Die Handlung und alle handelnden Personen in diesem Kriminalroman sind frei erfunden. Ähnlichkeiten zu Geschehnissen mit Bezug auf reale Personen, Persönlichkeiten des öffentlichen Lebens oder Institutionen wären rein zufällig.

Covergestaltung in Zusammenarbeit mit Alberto Sejas unter Verwendung eines Bildes von milanmarkovic78/Fotolia.com

Foto Arena di Verona: studio osvaldo
Fotos Chiemsee und Marta Donato: Thomas Endl

Italienisches Lektorat: Maria Volo

Originalausgabe (2016), Sechste Auflage 2025
ISBN 978-3-944936-31-4

Der Titel ist auch als E-Book erhältlich

© edition tingeltangel
Kohlstraße 7, 80469 München, www.edition-tingeltangel.de
Bei Fragen zur Produktsicherheit wenden Sie sich an tom@edition-tingeltangel.de

Druck: CPI Germany
CO_2-neutral hergestellt

Alle Rechte vorbehalten. Das Werk ist in all seinen Teilen urheberrechtlich geschützt. Jede Verwendung außerhalb der engen Grenzen des Urheberrechts ist ohne Zustimmung des Verlags nicht zulässig und strafbar.
Das gilt insbesondere für Vervielfältigungen, Übersetzungen und digitale Verarbeitung. Ausdrücklich nicht gestattet ist die Verwertung für Zwecke des Text- und Data-Minings (gemäß § 44b UrhG).

Marta Donato

Tod am Gardasee

Fontanaros & Breitwiesers
zweiter Fall

Ein Italien- &
Bayern-Krimi

1

Sonntag, 16.06.2013

Garda, 14.30 Uhr

Mücken umschwirrten in wildem Tanz seinen Kopf. Die schwache Brise, die über die Wasseroberfläche des Sees strich und aus dem noch heißeren Süden kam, glitt brennend über die Haut wie die Luft aus einem Haarfön. Matthias Holzinger stand auf der Terrasse und reckte seinen hochroten Schädel in die Sonne. Schweißperlen rannen ihm die Schläfen hinab und flossen als Rinnsale unter den offenstehenden Kragen seines weißen Hemds. Mit einem Seufzer holte er die Sonnenbrille von seiner schütteren, blassblonden Haarpracht und setzte sie auf seine fleischige Nase. Er hatte wieder einmal zu viel gegessen und ganz sicher zu viel getrunken. Rotwein am Mittag bei dieser Hitze war eine verdammte Dummheit. Doch er konnte es nicht lassen.

Er schob beide Hände in die Hosentaschen und wölbte dabei seinen Bauch nach vorne, während er hinüber zum anderen Ufer blickte. Oder zumindest dorthin, wo er das Westufer vermutete.

Der Sommerdunst lag grau und schwer über dem Gardasee und verwandelte nach einigen hundert Metern jegliche Kontur in einen diffusen Schatten. Moosgrün und glatt lag der See da, den er liebte und den er immer auch ein wenig als sein Eigentum betrachtete. Nur ein kaum hörbarer Wellenschlag drang über die kurze, abschüssige Wiese zu ihm herauf. Sonst Stille! Mittagsruhe! Siesta, wie die Italiener es nannten. Kein normaler Mensch stand um diese Zeit in der prallen Sonne, um eine nicht vorhandene Aussicht zu genießen.

Eine Aussicht, die nach Meinung seines Bruders Robert gut und gerne fünf Millionen Euro wert war. Er hatte angeblich einen Käufer an der Hand, der bereitwillig diese Summe auf den Tisch des Hauses blättern würde, nur um sagen zu können: Meine Villa am Gardasee hat einen unverbaubaren Blick, Privatstrand, Steg und Bootshaus.

Matthias schnalzte mit der Zunge. Er schätzte vor allem die klare Luft nach einem Gewitter, wenn er hinüber nach Manerba schauen oder weiter nördlich den breiten Rücken der *Adamello*-Gruppe mit ihren Schneefeldern sehen konnte. Beides blieb ihm an diesem heißen Junitag verwehrt. Was wollte Robert mit einem Käufer? Sein jüngerer Bruder war ein Spinner. Hin und wieder musste er ihn auf den Boden der Tatsachen holen, ihm klar machen, wo der Hammer hing, so wie heute beim Mittagessen. Matthias Holzinger lachte in sich hinein. Warum sollten sie ihr Erbe verkaufen? Dieses Kleinod am Gardasee, eine Villa aus dem 19. Jahrhundert, mühevoll über Jahrzehnte renoviert? Noch immer gab es Zimmer, die mehr schlecht als recht bewohnbar waren. Sie hatten noch nie eine Immobilie verkauft, wenn sie ihnen einmal gehörte. Andere Leute sammelten Bierkrüge oder Oldtimer, die Holzingers Grund und Boden. Sie hatten alles dafür getan, um den Immobilienbesitz der Familie zu mehren. Nichts anderes hatte ihnen der Vater beigebracht. Und er und sein Bruder waren in dieser Hinsicht willige und gelehrige Schüler gewesen. Sie hatten es weit gebracht. So viel stand fest!

Selbstgefällig nickte er bei diesen Gedanken und trat auf den sorgfältig getrimmten Rasen. Gemessenen Schrittes ging er auf das kiesige Ufer und den Steg zu. Vor wenigen Stunden erst hatte er an einem der bemoosten Pfähle die nagelneue Yacht vertäut: ein schnittiges, schneeweißes Motorboot für acht Personen. Seine neueste Errungenschaft, ein Prachtexemplar italienischer Bootsbaukunst. Wenn später der Bürgermeister von Verona vorbeikam, wollten sie gemeinsam nach Saló hinüberfahren und diese Erwerbung begießen. Renzo Di Santo, inzwischen ein Freund der Familie, imponierte ihm. Das schafften die wenigsten. Ein noch junger, aufstrebender Politiker, der den Italienern zeigen wollte, wie man Politik machte, wie man Macht nutzte, damit für die Kommune die Gelder sprudelten. Selbstverständlich ging auch Renzo dabei nicht leer aus. In dieser Republik, die von Chaoten bevölkert wurde, so dachte Holzinger, war es höchste Zeit für Veränderungen. Ein Macher wie Di Santo, der nicht lang fragte, sondern handelte, war genau der richtige Mann dafür. Es konnte für Verona nur noch aufwärtsgehen. Natürlich, an die Holzinger-Traumquoten bei der letzten Bürgermeisterwahl in Wolfing kam Renzo nicht heran. Das konnte er sich abschminken. Siebzig Prozent Stimmenanteil bei einer Wahlbeteiligung von fünfundsiebzig Prozent, davon konnte der Italiener nur träumen. Di Santo wollte Tipps von ihm. Die konnte er haben! Außerdem wollte er das Parteiprogramm einsehen, angeblich, damit er davon lerne. Ach was, abkupfern wollte er es. Aber der Eifer des Italieners amüsierte Matthias Holzinger durchaus.

Holzinger betrat seinen Privatsteg und sog den Geruch nach feuchtem, warmem Holz, nach Teer, Moder und Fisch tief ein und fühlte sich dabei nach Wolfing versetzt, an sein Seegrundstück am Chiemsee. Auch dort gehörte sein Besitz zu den teuersten Lagen am See. Mächtig schwoll sein Stolz in der Brust an und ließ ihn leicht schwindlig werden. Vielleicht sollte er doch zurück ins Haus gehen, bevor er sich einen Sonnenstich holte? Doch seine Yacht faszinierte ihn. Und das vertraute Schaben von nassen Tauen, die um die alten Holzpfähle geschlungen waren und das nagelneue Boot am Steg hielten, verstärkte sein Wohlgefühl noch. Es gab ihm die Gewissheit, alles im Leben richtig gemacht zu haben.

Das Wasser des Gardasees war an diesem Sonntagnachmittag so unbewegt träge, dass auch die Kanuten zu ihrem Recht kamen. Matthias schüttelte den Kopf, als er in einiger Entfernung zwei Paddler wahrnahm, die den Schilfgürtel passierten, der in den See hineinwuchs. Der Hitzschlag sollte diese Wahnsinnigen treffen! Wer bei dreißig Grad im Schatten unbedingt auf dem See herumschippern musste, dem hatte es doch das Hirn ausgetrocknet! Segeln war gut, Motorbootfahren natürlich besser, aber Kanu oder Kajak! Das war in seinen Augen das Allerletzte. Ein Armeleute-Vergnügen ohne Anspruch! Sie kamen vom Campingplatz von Bardolino. Dort gab es seit vielen Jahren eine Kanuschule, die mehr schlecht als recht betrieben wurde. Höchst überflüssig in seinen Augen.

Sein Blick ging hinüber zu seinem Nachbarn Ernesto Rubini. Bei dem alten Herrn schien alles ruhig. Die dunkelgrünen Fensterläden waren geschlossen. Die alte Palme und ihre großen Fächerblätter bewegten sich nur wenig in der lauen Luft. Das Verhältnis zu Rubini war nicht ungetrübt. Der Italiener war kein Freund der Deutschen, die ein Grundstück nach dem anderen am Seeufer aufkauften und Phantasiepreise zahlten, die sich die wenigsten Einheimischen leisten konnten. Matthias hatte ihn einmal gefragt, ob ihm ein reicher Mailänder oder Römer als Nachbar lieber wäre, aber darauf hatte er nur ein unwilliges Gebrumme zur Antwort bekommen. Der gute Rubini war eben nicht allein auf der Welt.

Bevor er wieder über den Steg zurück zum Haus ging, beugte er sich zu seinem Motorboot hinab und kontrollierte, ob die Taue auch fest genug um den Pfahl gezogen waren. Erst jetzt entdeckte er eines dieser schmalen, schlanken Kanuboote, das im Schatten seiner Yacht an einem anderen Stegpfahl mit einer windigen Leine befestigt war. Verdammte Kerle! Was hatten diese Paddelfuzzis hier zu suchen? Er griff in seine Hosentasche nach dem Schweizermesser, das er immer bei sich hatte. Die scharfe Klinge würde die Leine wie Butter durchschneiden. Doch er hatte nicht wie üblich die bequemen Jeans an, sondern seine dunkelblaue Sonntagshose. Er musste zurück ins Haus, um das Messer zu holen. Dem Kerl sollte das Lachen vergehen! Er drehte sich energisch zum Ufer um. Nur noch wenige Meter vom Kiesstrand entfernt, legte er die flache Hand an die Stirn, um sich Schatten zu machen und besser sehen zu können. Wo war der Besitzer dieser Nussschale abgeblieben? Mit dem geübten Blick des Jägers suchte er den Strand des Nachbargrundstücks nach Fremden ab. Doch das Gestrüpp zwischen beiden Anwesen war dicht. Holzinger kniff die Augen zusammen und fixierte einen großen Jasminbusch. Wenn er sich nicht sehr täuschte, dann hatte er dort etwas aufblitzen sehen. Doch bevor er sich noch klar darüber wurde, was genau er gesehen hatte, hörte er einen Knall, und fast gleichzeitig traf ihn ein harter Schlag auf die Brust. Verwundert griff er sich an die Stelle und sah, wie das Blut zwischen seinen dicken Fingern hervorquoll. Entsetzt sah er an sich hinunter. Weiter kam er in seinen Überlegungen nicht. Ein weiterer Schlag traf ihn am Kopf und alles um ihn herum wurde schwarz. Matthias Holzinger hörte, spürte und sah nichts mehr, bevor er mit einem lauten Platsch wie ein gefällter Baum vom Steg ins Wasser und auf grobe Steine fiel.

2

Verona, 17.00 Uhr

Antonio und Marissa Fontanaro standen nebeneinander in ihrer Küche und bereiteten *antipasti* für den Abend mit Freunden zu. Der Commissario briet Auberginenscheiben in einer Pfanne in reichlich Olivenöl und seine Frau zerkleinerte Knoblauchzehen in feine Stückchen. Dann belegten sie den flachen Boden einer Schüssel mit den Gemüsescheiben und übergossen diese mit einer Mischung aus Balsamico, Olivenöl, Salz, Pfeffer und Knoblauch. Darüber folgte eine weitere Auberginenschicht, getränkt mit der Salatsauce, bis alle Zutaten verbraucht waren. Schließlich stellte Marissa die Schüssel zugedeckt in den Kühlschrank.

»Meinst du, wir werden fertig, bis Teo und Gabriella kommen?«, fragte Antonio und erntete dafür einen belustigten Blick seiner Frau.

»Wenn du weiterhin so langsam arbeitest ...«

Antonio lachte. »Sieh dich vor, *cara*!« Und gab ihr einen Kuss auf die Wange.

»Sie kommen um acht Uhr! *Su, avanti!*«, trieb Marissa ihren Mann an. »Als Nächstes machen wir den weißen Bohnensalat mit Thunfisch. Du kannst die Zwiebeln schneiden. Aber in ganz dünne Ringe bitte!«

»*Sissignora!* Was darf es noch sein? Ein Glas Prosecco zur Beruhigung der Nerven vielleicht?«

Marissa versuchte weiter, tadelnd dreinzuschauen, musste dann aber die Waffen strecken und lachte mit.

»Darfst du das? Hast du nicht Bereitschaft?«

»Ich trinke einen *analcolico*. Wir haben doch sicher einen *Crodino* oder *Gingerino* im Haus?«

Antonio holte die Getränke aus dem Kühlschrank und war gerade dabei, die Flasche Prosecco zu öffnen, als er das Vibrieren seines Diensthandys in der Hosentasche spürte. Das durfte doch nicht wahr sein! So ein wunderbarer, warmer Juniabend, wie geschaffen, um mit Freunden auf dem Balkon zu sitzen und gemeinsam zu essen und zu plaudern. Kurz war er versucht, den Anruf einfach zu ignorieren. Aber er wusste, er würde keine Ruhe bekommen. Enrico Brandino, sein Ispettore und seine rechte Hand, hielt in der *Questura* die Stellung. Er war sicher, dass er es war, der ihn anrief.

Als Antonio sein Telefon aus der Hosentasche zog, stöhnte Marissa: »Bitte, nicht schon wieder!«

»Bin gleich wieder da!« Antonio verließ die Küche und ging in seine kleine Bibliothek hinüber, um ungestört zu telefonieren.

»*Pronto!*«

»*Ciao*, Tonio. Es tut mir leid, aber ich muss leider deinen Sonntagabend stören. In Garda gibt es einen Toten. Ich habe vor wenigen Minuten mit einer reichlich aufgeregten Frau gesprochen. Sie arbeitet als Haushälterin in einer der Villen am See und hat ihren Arbeitgeber tot im Wasser aufgefunden. Silvano Petrelli und seine Leute von der Kriminaltechnik sind zusammen mit der Pathologin, Dottoressa di Silva, schon unterwegs. Holst du mich in der *Questura* ab?«

»Mach ich! Wo ist der Staatsanwalt?«

»Keine Ahnung!«

Enrico legte auf.

Typisch, dachte Antonio verärgert. Seine Leute setzten sich nur ungern mit dem Staatsanwalt in Verbindung. Dottor Vincenzo Mauro konnte ziemlich ungehalten reagieren, wenn man ihn in einem unpassenden Moment erwischte. Ein Sonntagabend gehörte gewiss nicht zu den passenden.

Mauro ließ es mehrfach läuten, bis er sich endlich meldete.

»*Pronto!*«

»Dottore! Commissario Fontanaro am Apparat.«

Schweigen antwortete ihm. Im Hintergrund hörte er Geplauder und ein *motorino* hupen. Gar nicht gut! Mauro saß beim Aperitif in einem der zahlreichen Straßencafés der Stadt. Antonio hatte in der Tat einen ganz besonders schlechten Augenblick für sein Telefonat erwischt.

»Sie sagen mir jetzt nicht das, was ich vermute! Ich bin beschäftigt, Commissario. Außerdem habe ich Opernkarten für heute Abend und diese werde ich gewiss nicht verfallen lassen, egal, um welche Leiche es sich handelt. Die Tickets haben mich eine Stange Geld gekostet. Dieses hundertjährige Jubiläum der Oper von Verona ist die reinste Gelddruckmaschine für die *Agenzia Musica Classica*. Haben Sie auch schon Karten? Sie müssen sich beeilen, Commissario. Angeblich gehen sie weg wie warme Semmeln. Allerdings, für die Neuinszenierung der *Aida* bekommen Sie sicher demnächst die Karten geschenkt.«

Er lachte und verschluckte sich dabei. Antonio hörte, wie er gegen den Husten ankämpfte, und hielt das Telefon vom Ohr weg. Warum konnte dieser unsägliche Mensch nicht aufhören zu essen oder zu trinken, wenn er mit jemandem telefonierte? Aber Anstand und Benehmen hatte Mauro offenbar mit Erreichen seiner juristischen Examina ohne Skrupel an der Garderobe abgegeben.

»Haben Sie die Kritiken von der gestrigen Premiere gelesen, Commissario? Mit einem Wort: v e r n i c h t e n d . Dieser japanische Regisseur kann sich in die Wüstenlandschaft, die er da auf die Bühne geschaufelt hat, verabschieden. Niemand wird ihn suchen. Jämmerlich ist das Einzige, das einem zu dieser Inszenierung einfällt.«

»Ich weiß. Ich war dabei!«

Einen Moment herrschte Stille, dann brach Vincenzo Mauro in unbändiges Gelächter aus.

»Und was hat Sie der Spaß gekostet, Commissario?« Er kämpfte mühsam gegen seinen Lachkrampf an. »Sagen Sie schon!«

Antonio zwang sich, ruhig zu bleiben.

»Das erzähle ich Ihnen gern auf unserer Fahrt nach Garda. Wir haben einen Mord, Dottore, und ich hole Sie innerhalb der nächsten Viertelstunde ab, egal, wo Sie sich gerade aufhalten.«

Nachdem ihm Mauro die Bar genannt hatte, verließ Antonio Fontanaro seine Bibliothek. An der Garderobe hing sein blaues Jackett. Daneben stand Marissa mit enttäuschter Miene. Er nahm sie in die Arme und küsste sie auf den Mund.

»Es tut mir unendlich leid, *amore mio,* aber es ist nicht zu ändern. Ich beeile mich. Versprochen!«

Sie schüttelte nur den Kopf. Diese Versprechen kannte sie schon. Meistens musste ihr Mann sie schuldig bleiben.

Wenig später fuhr Antonio auf kürzestem Weg zur *Questura.* Das hieß, er versuchte die Abkürzung über die *Piazza Brà.* Doch die Altstadt war voll von Menschen. Auf dem *Listone* schoben sie sich gegenseitig entlang, als gäbe es etwas umsonst. Die Opernfestspiele, immer ein Tourismusmagnet, lockten in diesem Jahr zur Hundertjahrfeier noch mehr Menschen in die Stadt. Es blieb ihm nichts anderes übrig, als die Fußgängerzone mit Blaulicht zu durchqueren, sonst kam er gar nicht vorwärts. Gerne tat er das nicht. Er kam sich dabei immer wie ein Wichtigtuer vor. Manche schimpften ihm nach oder lachten frech ins Auto. Nur unwillig machten sie ihm den Weg frei. Das genau hatte er sich ersparen wollen.

Die Stadt platzte aus allen Nähten. Hotelbesitzer und Gastronomen rieben sich die Hände. Das Geschäft mit der *Arena* florierte. Auch sein Freund Bruno schwärmte von märchenhaften Umsätzen in seinem Restaurant. Vor allem die Amerikaner waren spendabel und ließen sich die teuren Weine bei ihm schmecken.

Später als gedacht erreichte er den Parkplatz der *Questura,* wo ihn Enrico ungeduldig erwartete.

»Wo bleibst du denn?«

»Nur keine Hektik. Der Tote läuft uns nicht weg. Was weißt du denn schon über den neuen Mordfall?«

»Nicht viel!« Enrico Brandino nahm auf dem Beifahrersitz des Dienst-Alfas Platz und kramte in der Seitentasche seiner Uniformjacke. »Ich würde gern mit meinen wenigen Fakten warten, bis wir auch den Staatsanwalt dabei haben.« Endlich förderte er einen verknitterten Zettel zutage.

»Das mag schon sein, dass du das gerne so hättest. Aber ich will jetzt hören, was du bisher herausgefunden hast! *Chiaro?*«

»Ist ja gut! Angerufen hat eine Frau. Adriana Bonomi. Sie arbeitet für einen gewissen Matteo Holzinger als Haushälterin. Holzinger ist Besitzer der *Villa Sole* in Garda. Ich hab das mal gegoogelt. Teurer Schuppen!«

»Südtiroler?«

»Keine Ahnung. Möglich.«

»Weiter! Was hast du noch?«

»Was ist denn los mit dir?«

»Jetzt lass dir nicht jedes Wort aus der Nase ziehen!«

»Ihr Arbeitgeber lag mit dem Gesicht nach unten im Wasser. Die Villa befindet sich direkt am See und das Opfer hielt sich vermutlich am Ufer seines Privatstrandes oder auf dem Steg auf.«

»Und wie kam er um?«

»Das wusste die Signora nicht. Sie hat den Toten nicht angefasst, wie sie mehrfach versichert hat.«

»*Brava!* Es kann sich also auch um einen Unfall handeln. Es muss nicht unbedingt ein Mord gewesen sein.«

»Hm ...«, brummte Enrico.

Antonio hatte wieder den Weg über die Fußgängerzone genommen und hielt schließlich in der *Via Roma* unweit der *Bar al Teatro* auf dem schmalen Bürgersteig. Der Menschenstrom umfloss den Wagen wie zäher Brei.

»Lauter Wahnsinnige sind das!«, murrte Enrico. »Fünf Stunden Gesang und Musik, dass man schwermütig wird. Und dafür zahlen die Leute auch noch!«

»Vincenzo Mauro sitzt auf der Terrasse«, entgegnete Antonio ungerührt. »Würdest du ihn bitte holen?«

»Habe ich eine Wahl?«

Antonio schüttelte den Kopf. Enrico stieg brummend aus und warf unwirsch die Autotür hinter sich zu. Der Commissario sah ihm nach. Er musste sich am Riemen reißen, durfte seine schlechte Laune nicht an Enrico auslassen. Er konnte auch nichts dafür, dass sie bei bestem Wetter am Sonntagabend eine Leiche zu untersuchen hatten. Neugierig beobachtete er die Szene, die sich nun auf der Terrasse der Bar abspielte. Mauro ließ sich Zeit und trank in Ruhe seinen Aperitif zu Ende. Enrico stand wie ein Schuljunge daneben, der was ausgefressen hatte, und wippte ungeduldig auf den Zehen auf und ab. Antonio Fontanaro hoffte, dass der Staatsanwalt seine Pflicht kannte und nicht schon ein wenig zu tief ins Glas geschaut hatte. Nach einem *analcolico* sah das Cocktailglas nicht gerade aus.

Müde lehnte er den Kopf an die Kopfstütze und versuchte, die Leute um sich herum auszublenden, sich auf seinen neuen Fall einzustellen. Vielleicht hatten sie Glück und der Mann hatte einen Herzinfarkt oder einen Schlaganfall gehabt oder war auf dem Steg gestolpert, ungünstig gefallen und anschließend im Gardasee ertrunken. Auch ein Sonnenstich, verbunden mit Übelkeit und Schwindel, war denkbar bei der Hitze. Sicher hatte die Pathologin, Dottoressa di Silva, sich schon ein Bild vom Tod des Matteo Holzinger gemacht, wenn sie dort eintrafen. Antonio war zuversichtlich, dass er bald wieder nach Hause zu seiner Frau und ihren Gästen fahren konnte. Der See forderte jedes Jahr seine Opfer und nur wenige von ihnen kamen auf unnatürliche Art und Weise ums Leben. Er würde Marissa nicht im Stich lassen müssen. Dieses Mal nicht!

Den Abend und die Nacht zuvor hatten sie in der *Arena* verbracht. Feierlich gestimmte Opernbesucher um sie herum sorgten unter sternenklarem Himmel für einen glanzvollen Auftakt des *Centenario* mit der Oper *Aida* wie vor hundert Jahren, als die erste Aufführung in der *Arena* stattfand. Gott sei Dank hatte er gestern nicht auch schon Bereitschaft gehabt. Marissa hatte ihm die Premierenkarten zum neununddreißigsten Geburtstag geschenkt. Das war Monate her, ganz im Vertrauen auf einen passenden Einsatzplan und auf die willigen Großeltern, die die gemeinsame Tochter Giulia übers Wochenende mit nach Bozen genommen hatten. Seine Frau hatte in der Tat eine Menge Geld für die Tickets ausgegeben, obwohl die Angestellten der Reiseagentur, für die sie arbeitete, einen kleinen Rabatt bekamen. Außerdem hatte sie sich ein neues Abendkleid gekauft. Eine Premiere war schließlich nicht irgendeine Aufführung, hatte sie sich augenzwinkernd verteidigt. Sie hatte wunderschön in dem nachtblauen, bodenlangen Kleid ausgesehen. Er selbst hatte seinen Hochzeitssmoking hervorgeholt und war ein wenig stolz auf sich gewesen, weil er nach wie vor tadellos passte. Immerhin waren sie bald zehn Jahre verheiratet. Er freute sich auf den Abend, auf eine laue Sommernacht unter Sternen zusammen mit seiner Frau. Opernaufführungen in der *Arena* hatten etwas Magisches, die Vorfreude und Erwartung der Zuschauer übertrug sich auf jeden einzelnen von ihnen. Bühnen- und Kostümbildner wetteiferten jeweils um den spektakulärsten Auftritt, zauberten auf die große Bühne ein wahres Feuerwerk an Glanz und Pracht. Spätestens wenn das Orchester die Ouvertüre anstimmte, wurden viele hundert kleine Kerzen angezündet oder beleuchtete Handys im Takt der Musik geschwungen. Niemand konnte sich dem Zauber des Augenblicks entziehen. Aufwendig gearbeitete Kostüme aus schweren Brokatstoffen, aus Samt und Seide glitzerten in der dunklen Nacht. Die Sänger gaben ihr Bestes. Unzählige Statisten bevölkerten die Bühne und suggerierten ein Volk oder ein Heer. Der vielstimmige Chor, der zu Verdis Opern gehörte wie das Salz in der Suppe, erreichte auch den letzten Zuhörer auf den obersten Rängen. All das sah Antonio vor sich, als er seinen Smoking zuknöpfte.

Und dann hatte dieser Japaner, Moto Yakanabe, den Abend der Abende ruiniert, hatte das illustre Opernpublikum förmlich in die Flucht geschlagen. Nach dem dritten Akt saß im Parkett nur noch ein Häuflein Aufrechter. Er und Marissa hatten nummerierte Plätze auf der *Prima Gradinata* mit prächtigem Blick über Parkett und Bühne. Marissa, die sich auf den stimmungsvollen Abend mit ihm gefreut hatte, war den Tränen nahe gewesen. Er hatte ihre Hand gehalten und besänftigend auf sie eingeredet. Tenor Raimondo Varese war jeden Euro wert, so versicherte er ihr. Auch die amerikanische Sopranistin Angelina Connors, die die Rolle der *Aida* übernommen hatte, sang mit Hingabe und großer Leidenschaft. Aber man musste die Augen schließen und sich ausschließlich auf die Musik und den Gesang konzentrieren, denn das Bühnenbild machte es einem schwer, sich an der Oper zu erfreuen. Kostüme wie aus einem Science-Fiction-Film und Kulissen, die an Erdölbohrungen in der Wüste erinnerten, machten der Musik ungebeten Konkurrenz. Antonio wollte von sich nicht behaupten, dass er Opernkenner war. Und er konnte durchaus nachvollziehen, dass die Verantwortlichen dieses Festivals Verona eine moderne Aufführung verordnet hatten. War doch die Welt zu Gast, mehr noch als sonst, wollte man sich als moderner Opernveranstalter präsentieren, der nicht vor Experimenten zurückschreckte. Aber er hatte das Gefühl, dass man über das Ziel hinausgeschossen war.

»Ah, Commissario, so in Gedanken!« Vincenzo Mauro hatte die Tür aufgerissen und nahm geräuschvoll neben ihm auf dem Beifahrersitz Platz. Enrico musste sich mit der Rückbank begnügen. Ein Blick in den Rückspiegel genügte Antonio, um zu sehen, dass sein Ispettore innerlich kochte.

Er startete den Wagen, fuhr Richtung *Porta Nuova*, um dann die Ausfallstraße zur *autostrada* zu nehmen. Die Fahrt nach Garda würde eine gute halbe Stunde dauern, wenn nicht allzu viel Verkehr war.

»Na, Commissario, nun erzählen Sie mal! Wie war Ihr Abend?« Um Vincenzo Mauros Mund spielte unverhohlen ein amüsiertes Lächeln. »Ich bin sicher, Sie hatten ein unvergessliches Erlebnis.«

»So ist es in der Tat, Dottore.« Er machte eine Pause. »Ispettore Brandino wird Sie über den Toten in Garda informieren.« Antonio nahm die Autobahnauffahrt bei *Verona Sud* und gab Gas.

Im Fond begann Enrico lustlos die wenigen Fakten herunterzubeten, die er seinem Chef bereits geschildert hatte.

»Das hört sich doch alles sehr nach Unfall an, oder, Commissario?«

»Ich halte nichts von Spekulationen, Dottore, das wissen Sie doch!« Vincenzo Mauro lachte, sagte aber nichts mehr.

Garda, 18.30 Uhr

Der Himmel hatte sich verdunkelt. Ein Gewitter braute sich über dem Gardasee zusammen und die schwarzblauen Wolken entzogen der mediterranen Uferlandschaft mit ihren Zypressen, Olivenbäumen, Rosenbüschen und Bougainvillea ihre leuchtende Farbigkeit, verwandelten die unterschiedlich satten Grüntöne in ein bleiernes Grafitgrau. Besorgt beobachtete Antonio Fontanaro die Wolkenfront, die sich bedrohlich vom Westen heranschob. Er hatte die *autostrada* bei Affi verlassen und war inzwischen in den Hügeln von Costermano angekommen. Weiter in Richtung Garda führte die Straße schnurgerade bergab, an Hotels und ihren Gärten vorbei, und eröffnete Durchblicke auf den See. Die Bäume entlang der Straße bogen sich im Wind. Plastiktüten, Papierfetzen und von der Sommersonne zu früh verdorrtes Laub wirbelten am Straßenrand auf. Die Bergkette, die sich hinter dem Westufer des Sees erhob, schaute konturenlos grauschwarz herüber und ihre Gipfel waren in der Wolkenwand, die schon beunruhigend nahegekommen war, verschwunden. Das Wasser des Sees war gewaltig aufgepeitscht. Wellenberge schoben sich mit weißen Schaumkronen in kurzen Abständen Richtung Ostufer. Nur noch wenige Segler mühten sich ab, den schützenden Hafen zu erreichen. Die meisten hatten die Sturmfock gehisst. Mit Großsegel die *Marina* von Garda anzusteuern, war zu gefährlich geworden.

Antonio beschleunigte den Wagen. Sie mussten sich beeilen. Selbst wenn Silvano Petrelli, Chef der Kriminaltechnik, und seine Leute schon mit den Untersuchungen fertig sein sollten, was er sich kaum vorstellen konnte, so würde die Leiche immer noch am Ufer liegen und bald dem Unwetter ausgesetzt sein. Die Pathologin musste ebenfalls noch vor Ort ihre diffizile Arbeit machen. Er konnte nur hoffen, dass das Wetter lange genug mitspielte, bevor sich Blitz und Donner entluden und sturzbachartig das Regenwasser herunterprasselte und die wenigen Beweisstücke wegschwemmte, die es vielleicht gab. Er kannte die Gewitter am See. Sie waren in der Regel heftig und konnten stundenlang andauern.

Auch Vincenzo Mauro sah sorgenvoll durch die Windschutzscheibe.

»Haben Sie einen Schirm dabei, Commissario?«

Antonio erlaubte sich ein kurzes Lachen. »Den werden Sie kaum brauchen, Dottore. Der Wind schlägt jeden Schirm in die Luft. So fest können Sie ihn gar nicht halten.«

»*Maledizione!* Ich habe einen Anzug aus Seide an.« Er machte eine Kunstpause. Wollte er jetzt Komplimente oder Ausrufe des Entsetzens hören, fragte sich Antonio.

»Für den Galaabend in der *Arena*«, fügte Mauro beleidigt hinzu, so als müsste er diesen Umstand erklären. »Der Stoff ist ruiniert, wenn er nass wird.«

»Sie können ja im Auto sitzen bleiben und sich schon mal mit dem Gedanken vertraut machen, dass die Vorstellung ins sprichwörtliche Wasser fällt. Den feinen Anzug werden Sie heute Abend nicht mehr brauchen.«

Eigensinnig fuhr der Staatsanwalt mit seinem Lamento fort. »Egal, was wir dort unten ...«, und er deutete mit dem Zeigefinger aufgeregt in Richtung See, »finden, ich muss um neun Uhr in der *Arena* sein, Commissario. Um jeden Preis!« Wie ein kleines Kind beharrte er auf seinen Plänen.

Welche Schöne wartet denn dieses Mal auf dich, fragte sich Antonio. Auch er hatte Besseres für den Sonntagabend vor, als eine Leiche zu inspizieren. Für sein Abendessen mit den Freunden würde es denkbar knapp werden. An Marissa wollte er erst gar nicht denken.

Bizarre Blitze erhellten für Bruchteile von Sekunden das Dunkel über dem Westufer. Ein erster Donner rollte grollend über den See. Es konnte nicht mehr lange dauern und die Sintflut brach los. Sie hatten die Hauptkreuzung im Zentrum von Garda erreicht. Das Navi leitete sie rechts an das Nordende des Orts, ein gutes Stück die Uferstraße entlang. Als sie die Einfahrt zum Anwesen der *Villa Sole* erreichten, war ein Einbiegen unmöglich. Auf der Gegenfahrbahn reihte sich ein Auto an das andere. Der permanente Kolonnenverkehr zwischen Garda und Lazise war inzwischen ein tägliches Übel, nicht nur während der Hochsaison. Das drohende Gewitter hatte die Badegäste überhastet die Strände verlassen und den Heimweg antreten lassen. Halb Bayern kam ihnen nun entgegen.

»Die Deutschen sind schon ein fleißiges Reisevölkchen!«, ließ sich auch prompt Vincenzo Mauro vernehmen. Antonio ignorierte den Einwurf und verfluchte im Stillen die schmale, viel zu enge Einfahrt, wie sie typisch war für das Hochufer. Sie machte das Einbiegen bei dem stetigen Kolonnenverkehr unmöglich. Er fuhr ein gutes Stück in nördliche Richtung weiter, bis er an der *Punta San Vigilio* endlich wenden und wieder in die entgegengesetzte Richtung fahren konnte. Allerdings war er nun auch Teil des Staus geworden, der sich im Schritttempo Richtung *Garda Centro* schob. Mauro grinste über das Wendemanöver, wie Antonio mit einem raschen Seitenblick genervt feststellte, besaß aber so viel Anstand, keinen weiteren Kommentar von sich zu geben. Wenig später hatte

Antonio erneut die Einfahrt zur *Villa Sole* erreicht. Sie führte steil bergab, an Palmen und riesigen, dunkelrot blühenden Oleanderbüschen entlang, die jetzt vom Wind hin und her gepeitscht wurden. Doch vor dem Anwesen verbreiterte sich der schmale, asphaltierte Weg zu einem geräumigen Parkplatz. Von der Straße aus waren weder der riesige Park noch die große Villa zu sehen gewesen.

Matteo Holzinger hatte zweifellos eines der ganz exklusiven Häuser besessen, wie sie nur spärlich am Ostufer zu finden waren. Die wenigsten verfügten über einen eigenen Strandabschnitt. Der überwiegende Teil der Villen befand sich jenseits der Uferstraße, in den steilen Hang hineingebaut und mit einem geradezu gigantischen Blick über den See und zu *Adamello* und *Brenta* gesegnet. Holzingers Villa war zweigeschossig und wurde links von einem Turm flankiert, der mit einem Kranz aus Schwalbenschwanzzinnen bekrönt war. Das Gebäude stand umgeben vom satten Grün des Parks wie ein Riegel vor ihnen und versperrte den Blick auf den See. Der Fassadenanstrich, ein freundliches, helles Orange, wurde durch dunkelgrüne Fensterläden vor gotischen Spitzfenstern, wie sie für Venezien typisch sind, effektvoll ergänzt. Der Bau war aufwendig renoviert worden, das erkannte Antonio mit einem Blick. Die Holzingers gehörten nicht zu den Armen im Lande! Vor der breiten Treppenanlage, die zu einer offenstehenden Eingangstür führte, standen die Kastenwagen der Kriminaltechnik, sowie zwei große, dunkelblaue Limousinen mit italienischen Kennzeichen, ein schwarzer Panamera mit Traunsteiner Nummernschild, wie Antonio überrascht feststellte, und ein silbergrauer Leichenwagen. Antonio parkte seinen Dienst-Alfa daneben. Vereinzelt klatschten erste Tropfen auf die Windschutzscheibe.

»*Perbacco!*« Vincenzo Mauro gab sich keine Mühe, sein Erstaunen zu verheimlichen. »Mein lieber Scholli! So ein Haus am *Lago* müsste man haben. Was meinen Sie, Commissario?«

Anstelle einer Antwort stieg Antonio aus dem Wagen. Enrico folgte ihm eilig. Sie überließen Vincenzo Mauro seinen Träumen und seinem Schicksal. Er zog es offenbar wirklich vor, das schützende Auto nicht zu verlassen. Mit wenigen Schritten waren beide Polizisten über die Treppen nach oben gelangt und betraten das Haus. »*Ehi ..., Polizia!*«, rief Antonio. Sie standen in einer geräumigen Halle, die mit antikem Cottoboden ausgelegt war. Eine kunstvoll geschnitzte Wendeltreppe aus goldfarbenem Holz führte nach oben und endete in einer umlaufenden Galerie, von der Zimmertüren abgingen. Graue Kreuzrippen formten ein hohes Gewölbe, von dem eine riesige, vom Alter schwarz gewordene Eisenlaterne an einer langen Kette herabhing. Die mit Blei verglasten Scheiben der Lampe gaben den Blick frei auf einen Kranz von Glühlampen, die keiner Energiesparnorm entsprachen und die Halle verschwenderisch erleuchteten. Der Ruf von Antonio hallte dumpf wider, aber niemand reagierte darauf. Sie durchquerten den großen Vorraum in Richtung See und gelangten in ein großzügiges, modern eingerichtetes Wohnzimmer mit weit geöffneten Glastüren, die einen grandiosen Blick auf ein kurzes, aber gepflegtes Rasenstück und den See gewährten. Vorgelagert war eine breite Terrasse, die von drei breiten Rundbogen begrenzt und einem flachen Kreuzrippengewölbe überspannt war. Immer noch im Inneren des Hauses hatten Antonio und Enrico einen guten Blick auf die Szenerie, ohne selbst bemerkt zu werden. Moderne Loungemöbel aus dunkelbraunem Plastikgeflecht mit niedrigen Tischen waren auf der Veranda aufgestellt und standen in seltsamem Kontrast zur neogotischen Architektur. Ein Mann saß mit vornüber gebeugtem Oberkörper auf dem Sofa und drehte ein leeres Schnapsglas in der Hand. Auf dem Tisch standen eine fast leere Grappa- und eine Mineralwasserflasche. Der Mann, der seine beträchtliche Leibesfülle in einen hellgrauen Sommeranzug gezwängt hatte, sah zu Boden und schien völlig in sich versunken. Sein schütteres, blondes Haar stand zerzaust ab und wurde immer wieder von Gewitterböen erfasst. Er wirkte auf Antonio hilflos und verloren. Abseits von ihm auf der Bank saß eine ältere Frau, die ein dunkelblaues Kostüm trug. Sie wandte ihnen den gekrümmten Rücken zu. Antonio vermutete, dass es sich um die Haushälterin handelte, die in der *Questura* angerufen und mit Enrico gesprochen hatte.

In einem Sessel, der sich in deutlichem Abstand zu den Personen auf dem Sofa befand, saß ein seltsam relaxt wirkender, offenkundig von den Ereignissen, die die Familie Holzinger ereilt hatten, wenig beeindruckter Mann mit Vollglatze. Er streckte seine kurz geratenen Beine, die in dunkelblauen Chinos steckten, weit von sich. In den Ausschnitt seines bordeauxroten Poloshirts hatte er nachlässig eine goldgerahmte Pilotenbrille mit dunkelgrünen Gläsern gesteckt und sah mehr interessiert als betroffen von einem zum anderen. Hinter ihm hatten sich zwei kräftige Männer in schwarzen Anzügen und weißen Hemden postiert. Bodyguards, wie Antonio vermutete, die aber die Neuankömmlinge in der Villa nicht bemerkten. Sie waren ihr Geld nicht wert.

Antonio sah sich den Mann im Sessel genauer an und dann fiel bei ihm der Groschen. Er hatte niemand Geringeren vor sich als den Bürgermeister von Verona, Renzo Di Santo. Antonio gab Enrico ein Zeichen und flüsterte ihm zu, er solle sehen, dass Vincenzo Mauro aus dem Auto herauskam. Es machte schon einen denkbar schlechten Eindruck, wenn der diensthabende Staatsanwalt nicht am Ort des Verbrechens auftauchte, sondern einfach gemütlich im Auto sitzen blieb. Zumindest sollte er wissen, dass der Bürgermeister anwesend war. Vielleicht machte diese Tatsache dem wasserscheuen Juristen Beine.

Antonio trat durch die Terrassentür ins Freie.

»*Buona sera!*«

Erschrocken wandten sich die Köpfe der Stimme zu. Die beiden Bodyguards stürzten sich förmlich auf die beiden Polizisten. Antonio hob abwehrend die Hände und wich nach rückwärts aus.

»Commissario Fontanaro", stellte er sich vor. »Sie erlauben?« Er hielt einem der Bewacher seinen Dienstausweis hin und wies dann auf Enrico mit den Worten: »Und das ist mein Kollege, Ispettore Brandino.« Dieser nickte nur kurz, drehte sich um und begann leise in sein *telefonino* zu sprechen.

»Der Staatsanwalt wird auch jeden Moment eintreffen«, gab Antonio noch Auskunft und wandte sich dann dem Mann auf dem Sofa zu, der sich schwerfällig erhob und ihm eine schweißnasse Hand reichte.

»Robert Holzinger. Ich bin der Bruder des ...« Die Stimme versagte ihm.

»Es tut mir sehr leid, Signor Holzinger. Umso mehr, als ich Sie in dieser Situation leider befragen und stören muss. Aber zunächst würde ich gerne mit meinen Kollegen von der Kriminaltechnik sprechen, um mir einen ersten Überblick zu verschaffen! Können Sie mir sagen, wo ich die Kollegen finde?«

Robert Holzinger sah ihn verständnislos an. Dann antwortete er schleppend und mit schwerer Zunge. Offenbar hatte die Grappa ihre Wirkung getan. »Sie sind alle ... unten am Ufer.« Mit dem Arm deutete er in die Richtung. »Wir sollen ... warten! Der Regen ... macht alles ...« Er hatte hörbar Mühe, einen sinnvollen Satz hervorzubringen. »Frau Bonomi«, dabei deutete er auf die Dame, die immer noch auf der Sitzbank saß und stumm von einem zum anderen blickte, »und ich bleiben hier. Was sollen wir auch ... anderes machen im Moment?«

Antonio wandte sich an den Bürgermeister. »Signor Di Santo! Ich bin überrascht, Sie hier anzutreffen.« Er lächelte den Mann an, den er noch nie gewählt hatte und von dem er auch nicht sonderlich viel hielt. Di Santo war ein Charmeur, ein Party-Typ und ein Mann mit vielfältigsten Beziehungen. Ihn sich zum Feind zu machen, wäre keine gute Entscheidung gewesen. »Falls Sie wichtige Termine haben, steht es Ihnen selbstverständlich frei zu gehen. Wir wissen ja, wo wir Sie gegebenenfalls finden.« Er nickte ihm freundlich zu, obwohl es ihm sehr widerstrebte, bei dem selbstgefälligen

Mann eine Ausnahme von der Regel machen zu müssen. Jeder andere Mitbürger hätte sich bereitzuhalten, bis man ihn befragt hatte.

Sofort sprang Di Santo schwungvoll von seinem Sessel auf. Mit dem breitesten Lächeln sagte er: »*Grazie*, Commissario, *grazie*. In der Tat, ich habe noch wichtige Termine. Besuchen Sie mich im *Palazzo Barbieri*. Jederzeit!«

Nichts anderes hatte Antonio hören wollen.

»Wir kommen auf Ihr Angebot zurück, Signor *Sindaco*. *Buona sera!*«

Und an Robert Holzinger gewandt, sagte der Bürgermeister: »Ich kann mich trotz allem«, und dabei deutete er ansatzweise mit dem Kinn Richtung See, »auf dich verlassen, Roberto?« Der scharfe Ton in seiner Stimme ließ jedes Mitgefühl vermissen.

Robert Holzinger nickte, sah aber zu Boden. Was er von der Frage hielt, war ihm nicht anzusehen.

Di Santo, gefolgt von seinen Wächtern, drehte sich auf dem Absatz um und verschwand im Wohnzimmer, wo er offenbar auf Vincenzo Mauro traf. Ein Wortschwall und befreites Gelächter drangen nach draußen. Pietät hörte sich anders an.

»*Avanti!*« Antonio gab Enrico einen Wink, ihm zu folgen. Umso besser, dachte er, dann konnte er mit Petrelli und der Dottoressa wenigstens ungestört die ersten Informationen austauschen. Ohne Not würde ihnen der Staatsanwalt kaum folgen, wenn Di Santo nicht mehr anwesend war. Mauro brauchte sich dann nicht mehr als eifriger Ermittler zu präsentieren. Antonio eilte über die Rasenfläche dem Seeufer zu. Der Regen fiel inzwischen in dicken Tropfen und die Donner folgten immer rascher aufeinander. Schon nach wenigen Augenblicken fühlte sich sein Hemd auf der Brust klatschnass an. Es war allerhöchste Zeit, dass er den Toten endlich zu Gesicht bekam.

»Auch schon da?« Silvano Petrelli hatte ihn als Erster entdeckt. Kommentarlos hielt er ihm und Enrico je ein Paar Latexhandschuhe hin. Er wusste aus leidvoller Erfahrung, dass der Commissario und sein Gehilfe nie das wichtigste Werkzeug zur Hand hatten.

»Dottoressa, *buona sera*.« Antonio begrüßte die Pathologin, nahm kommentarlos die Handschuhe und stopfte sie in die Taschen seines Jacketts.

Dottoressa di Silva kniete neben der Leiche und sah kurz auf.

»Ah, Commissario.« Sie wog bedächtig den Kopf hin und her, während ihr der Wind in die Haare fuhr. »Es sieht nicht gut aus.«

Antonio hatte das schon befürchtet. Der Tote lag auf dem Rücken. Man hatte ihn inzwischen aus dem Wasser und auf das Rasenstück gezogen. Ein Teil der Schädeldecke fehlte. Sonst wirkte sein Gesicht unverletzt, aber blutleer und unnatürlich fahl. Sein vormals vermutlich weißes Hemd war stark beschmutzt und rund um die Herzgegend von Blut durchtränkt. Ein Loch im Stoff zeigte deutlich, dass Matthias Holzinger erschossen worden war. Es hatte ihn mitten ins Herz getroffen. Einen Unfall mussten sie definitiv ausschließen.

»Welcher Schuss letztlich tödlich war, kann ich erst nach der Obduktion sagen«, riss die Dottoressa Antonio aus seinen Gedanken. »Aber das ist nicht wirklich interessant. Wichtig wäre es zu wissen, woher die Schüsse kamen! Vom Wasser oder vom Ufer aus? Und von welcher Entfernung aus geschossen wurde! Der Täter muss weiter weg gestanden haben.« Sie schob das Hemd auseinander und zeigte auf das Einschussloch. »So wie die Wunde aussieht, war das ein gezielter Schuss aus mindestens zwanzig Metern Entfernung. Ich muss erst noch den Verlauf der Kugel im Körper sehen. Dann kann ich vielleicht zur Entfernung des Täters Genaueres sagen. Um an Land nach Spuren suchen zu können, sind wir vermutlich zu spät gerufen worden.«

Die Tat musste sich in Ufernähe oder auf dem vorderen Teil des Stegs abgespielt haben. Hier war das Wasser so seicht, dass der Körper gar nicht untergehen konnte und mit dem heftigen Wellengang an die Uferkante gespült worden war.

»Ich habe zwei meiner Leute zum Nachbargrundstück hinübergeschickt. Vielleicht finden wir im Gebüsch irgendetwas. Aber viel Hoffnung habe ich nicht. Der Wind ist schon seit geraumer Zeit sehr stark und böig«, wandte Petrelli ein. »Und der Regen tut nun sein Übriges. Schlechte Bedingungen für uns!«

»Wann hat man ihn denn gefunden?«, fragte ihn Antonio.

»Signora Bonomi sagt, sie hat um kurz nach zwei Uhr mittags das Anwesen verlassen. Da hat unser Opfer noch gelebt. Gegen vier Uhr ist sie wieder gekommen, um alles für das Abendessen vorzubereiten. Kurz vor fünf Uhr traf dann Roberto Holzinger ein und hat nach seinem Bruder gefragt. Er sollte sich eigentlich in der Villa aufhalten. Daraufhin haben sie beide nach ihm gesucht: Roberto im Haus, die Haushälterin im Garten. Sie hat Matteo Holzinger schließlich im Wasser liegend, mit dem Gesicht nach unten, gefunden.«

»Als wir hier eintrafen, vor ungefähr einer knappen halben Stunde, trieb der Tote in der Nähe des Ufers«, ergänzte die Dottoressa die Ausführungen Petrellis. »Dort hatte ihn die Signora auch entdeckt.«

»Ist die Kugel hinten am Rücken wieder ausgetreten?«

»*No!*«, antwortete die Dottoressa. »Ich bin sicher, dass ich die Kugel bei der Obduktion im Körper des Toten finde. Dann wissen wir vielleicht auch, mit welcher Art von Waffe wir es zu tun haben.«

»Die Wahrscheinlichkeit, dass unser Opfer auf dem Steg stand und von dort ins Landesinnere schaute, als er getroffen wurde, ist doch ziemlich groß, oder, Silvano?«

Murrend schüttelte Petrelli den Kopf. Er wollte sich nicht festlegen.

»Und hier ist alles so wie immer? Es fehlen keine Boote, die sonst hier am Steg vertäut sind? Es war auch keines da, das hier nicht hingehört?«, bohrte Antonio weiter. Die große Motoryacht, die keine zehn Meter vom Ufer entfernt am Steg befestigt war, wurde durch die kurz aufeinanderfolgenden Wellen heftig hin- und hergeworfen. Sie sah sehr neu aus. Das Gewitter würde dem Boot zusetzen, dachte er bedauernd. Da konnten auch die Stegfender, die einen direkten Kontakt zwischen Boot und Holzbohlen verhindern sollten, nur wenig ausrichten. Zwei von Petrellis Leuten standen an der Reling und inspizierten den glatten Boden der Yacht. Vielleicht gab es dort Hinweise auf die Verwendung einer Schusswaffe. Eigentlich wäre es besser gewesen, das Boot ins Bootshaus, das in etwa dreißig bis vierzig Metern Entfernung dicht am Wasser stand, zu bringen und vor dem kommenden Sturm zu schützen. Aber Roberto Holzinger hatte vermutlich jetzt andere Dinge im Kopf.

Petrelli, der dicht neben Antonio stand und seinem Blick folgte, nickte bestätigend. »Schade um die Yacht. Zumindest einige Kratzer wird sie abbekommen.« Die Haare hingen ihm inzwischen klatschnass ins Gesicht und an seiner Schutzkleidung rann das Wasser in kleinen Bächen zwischen den Falten herunter.

Auch Antonio fühlte sich unwohl in seinen durchnässten Klamotten. Sie alle gaben mehr oder weniger ein Bild des Jammers ab. Als ein weiterer heftiger Donner jede Unterhaltung unmöglich machte, schüttelte er resigniert den Kopf. In einem kurzen Moment der Stille, die nur durch das Rauschen des Regens unterbrochen wurde, sagte er zu Petrelli: »Packt eure Sachen zusammen. Das macht hier alles keinen rechten Sinn mehr. Wir reden morgen in der *Questura* weiter.«

Er schickte einen letzten Blick über den See. Schwere Wellen von fast schwarzer Farbe mit breiten, weißen Schaumbändern oben drauf brachen sich mit Getöse kurz vor dem Kiesstrand, der kaum noch zu sehen war. Der See kochte. Wer ihn nur an heißen, windstillen Sommertagen kannte, konnte sich nicht vorstellen, welche Gewalt er entwickeln konnte. Der Wind, der böig über die Wasserfläche strich, brachte reichlich Gischt mit, die Antonio ins Gesicht schlug, als wäre der Regen noch nicht genug. Es reichte ihm. Er drehte sich um und lief zum Haus zurück. Enrico heftete sich dankbar an seine Fersen.

Auf der Veranda hatte sich die Lage wenig verändert. Robert Holzinger und die Haushälterin saßen mehr oder weniger einträchtig nebeneinander auf dem Sofa und stierten vor sich hin. Die beiden standen sichtlich unter Schock. Die Grappaflasche war inzwischen geleert, und Antonio bezweifelte, aus den beiden an diesem Abend noch Sinnvolles herauszubekommen.

»Haben Sie den Staatsanwalt gesehen?«, fragte Antonio Robert Holzinger, der verwirrt aufsah.

»Der Dottore ... hat sich ein Taxi gerufen. Sie sollen ... ihn morgen in seinem Büro aufsuchen, ... lässt er Ihnen ausrichten.«

Na, bravo, dachte Antonio. Der feine Herr machte es sich wirklich leicht. Er würde einen Teufel tun und ihm aus freien Stücken Bericht erstatten. Was sollte er ihm auch groß mitteilen? Dass Mauros Galaabend in der *Arena* durch das Gewitter nicht zum erhofften Vergnügen wurde, bereitete ihm eine stille Freude. Und wie er die Leute von der *Agenzia* kannte, würden sie zwischen zwei Regengüssen nochmals einen Auftritt der Sänger versuchen, um dann endgültig abzubrechen. So konnten sie die Einnahmen des Abends behalten. Viel Pech für Mauro und seinen teuren Anzug!

»Wir haben natürlich einige Fragen an Sie«, wandte er sich an den Bruder des Opfers. »Ich möchte Sie bitten, sich morgen Früh für uns bereitzuhalten. Bis auf Weiteres sollten Sie das Ufer, Ihr Bootshaus und die Böschung zu ihrem Nachbarn nicht betreten. Unsere Kriminaltechniker haben dort alles mit Bändern abgesperrt und gesichert. Bitte halten Sie sich daran!«

Beide nickten gehorsam wie kleine Kinder, die froh waren, dass die Strafpredigt des Vaters glimpflich verlief. Antonio wusste nicht recht, was er von ihnen halten sollte. Letztlich eröffnete er ihnen die Möglichkeit, Beweise zu beseitigen. Er verdrängte den Gedanken. Das Risiko musste er eingehen. Es blieb ihm keine andere Wahl.

Das Unwetter machte eine ordnungsgemäße Beweisaufnahme unmöglich.

»Nur ein paar wenige Informationen hätte ich jetzt schon gerne. Herr Holzinger, sind Sie Italiener? Südtiroler?«

»Nein, ... mein Bruder und ich ... sind aus Bayern.« Undeutlich brachte Robert Holzinger seine Worte hervor, als müsste er lange nachdenken. Die Grappa beeinträchtigte sein Denkvermögen und die Beweglichkeit seiner Zunge. »Wir haben dieses Haus, ... Anwesen von unseren Eltern geerbt. Es ist seit fast sechzig Jahren in Familienbesitz.«

»Und wo wohnen Sie in Bayern?«

»In Wolfing. Sagt Ihnen das was?« Er lachte unglücklich. Und als Antonio den Kopf schüttelte, lachte er lauter.

»Das ist ein Dorf! Mein Bruder würde jetzt sagen«, wieder lachte er und es klang abfällig, »Gemeinde, im Landkreis Traunstein. Als Bürgermeister ... muss man schon zu seiner Gemeinde halten, egal wie groß oder klein sie ist. Oder?«

Antonio nickte und beobachtete interessiert das Mienenspiel von Robert Holzinger. Er hat seinen Bruder nicht gemocht, dachte er. Das kam in den besten Familien vor. Ob die Abneigung jedoch auch etwas mit dem Mord zu tun hatte, würde sich weisen. Ein kleines Lächeln stahl sich auf seine Lippen. Die Holzingers bescherten ihm mit nahezu hundertprozentiger Sicherheit erneut einen gemeinsamen Fall mit seinem Freund und Kollegen Georg Breitwieser, Hauptkommissar der Mordkommission Traunstein. Das war in der Tat ein Lichtblick an diesem dunklen Gewitterabend.

»Wer außer Ihnen beiden und dem Verstorbenen wohnt derzeit in der *Villa Sole*?«

Robert Holzinger räusperte sich und sagte dann mit gepresster Stimme. »Das ist ja das Schlimme. Wir ... haben wirklich sehr wichtige Gäste: Geschäftspartner, Berühmtheiten, ... Stars. Ich weiß überhaupt nicht, wie das weitergehen soll. Ich ... bin völlig verzweifelt, Herr Kommissar, völlig am Ende!«

4

Verona, 23.00 Uhr

Antonio saß in seinem bequemen Lesesessel in der Bibliothek am Ende des langen Korridors, der die Wohnung der Fontanaros in eine Straßen- und eine Gartenseite teilte, und hielt ein Glas Rotwein in der Hand. Das Gewitter hatte den Abend mit den Freunden zumindest teilweise gerettet. Aus dem gemütlichen Essen auf dem großen Balkon war natürlich nichts geworden. Aber im Esszimmer hatten die *antipasti* genauso gut geschmeckt und das glückliche Gesicht von Marissa, die geradezu strahlte, weil er es fast pünktlich geschafft hatte, hatte ihn dazu bewogen, komplettes Stillschweigen über den neuen Fall zu wahren. Alle Ermittlungen hatte er auf den kommenden Tag verschoben. Freund Teodoro wollte zwar immer wieder ein wenig bohren und ihn aus der Reserve locken, doch er hatte geschwiegen. Aber nach der Nachspeise und dem *espresso* hatte Marissa seine Angespanntheit erkannt und ein Einsehen mit ihm gehabt.

»Ich merke schon, du bist nur halb bei der Sache, Tonio. Geh hinüber in deine Höhle und mach, was du machen musst. Aber mach nicht zu lange, hörst du! In der Zwischenzeit räumen Gabriela und ich den Tisch ab und Teo kann die Zeitung lesen. Nachher spielen wir *Briscola*.«

Marissa liebte das Kartenspiel, das ursprünglich aus Sizilien stammte und in Süditalien eine lange Tradition hat. Inzwischen wurde es in ganz Italien gespielt. Antonio hatte es von seinem Schwiegervater Danilo, einem in zweiter Generation in Bozen lebenden Neapolitaner, beigebracht bekommen. Danilo hatte ihn schon vieles gelehrt. Nicht nur Kartenspiele, sondern vor allem auch, wie man zu einem guten Kriminalpolizisten wird. Er hatte ihn als jungen Juristen an der Bozener Polizeiakademie ausgebildet. Später hatten sie in Bozen zusammengearbeitet, bis man ihn, den Südtiroler, nach Verona versetzt hatte. Aber das war nun auch schon einige Jahre her.

Er nahm einen letzten Schluck vom Rotwein und gab sich einen Ruck. Es war spät, aber noch nicht zu spät. Er hoffte, nein, er war sich sicher, dass sein alter Spezl Georg Breitwieser auch noch nicht in den Federn lag und sicher genauso aufgeregt, wie er darüber sein würde, dass sie vermutlich wieder einen gemeinsamen Fall zu lösen hatten. Er nahm sein *telefonino* zur Hand und wählte Breitwiesers Privatnummer.

»Bist du das, alter Schwede?«

Antonio lachte erleichtert auf. »*Salve* Giorgio. Wie geht's, wie steht's?«

»Halt! Das ist mein Spruch.« Georg lachte laut ins Telefon. »Sicher nicht so gut wie dir. Wir ertrinken bald in unserem Dauerregen. So einen Juni hab ich noch nicht erlebt. Halb Bayern säuft ab.«

»Euer Wetter möchte ich wirklich nicht geschenkt haben!«

»Wir werden es auch nicht los, das kannst du mir glauben. Wie stehen die Aktien? Was gibt es Neues im schönen Verona? Du rufst doch sicher nicht an, weil du gerade nichts Besseres vorhast?«

»Da hast du leider recht. Sagt dir der Name Holzinger etwas?«

»Ja mei, Toni, jeder hier in der Gegend kennt mindestens einen Holzinger. Das ist genauso, als wenn du nach Huber oder Meier fragst.«

»Matteo oder vielmehr Matthias Holzinger, Bürgermeister der Gemeinde Wolfing?«

»Da schau her! Was hat er denn ausgefressen, der Holzinger? Das ist ein unangenehmer Zeitgenosse, Toni. Ein Geldfuchs, ein Machtmensch und ein Streithammel.«

»Den guten Herrn Holzinger hat es erwischt. Er wurde heute Nachmittag, wohl so zwischen vierzehn und sechzehn Uhr in seiner Villa am Gardasee erschossen.«

Stille am anderen Ende der Leitung.

»Du hast schon richtig gehört. Matthias Holzinger wurde in Garda am Strand oder auf dem Steg seiner Villa erschossen.«

»Aha? In seiner Villa? Seit wann hat der Holzinger eine Villa am Gardasee?«

»Sein Bruder, Robert Holzinger, behauptet, dass die *Villa Sole* seit fast sechzig Jahren im Besitz der Familie ist.«

»Es reicht also nicht, dass ihnen halb Wolfing gehört, sie haben auch noch Liegenschaften im Ausland. Respekt!«

»Ich habe nur wenige Informationen aus dem Bruder herausbekommen. Der hat sich erst einmal betrunken. Eines ist jedoch sicher: dass wir es wieder mit einer Art Promileiche zu tun haben.«

»Geh, geh, ... Promileiche! Dass ich nicht lach! Das ist schon ein bisserl hoch gegriffen. Die Gemeinde Wolfing ist ein 3.000-Seelen-Dorf. Die Holzingers sind ziemlich reiche Leute. Das schon! Sie haben vor allem Haus- und Grundbesitz. Aber mehr weiß ich auch nicht. Allerdings bin ich mir sicher, dass meine Mutter da weiterhelfen kann. Ich glaube, sie ist mit der Mutter von Matthias in die Schule gegangen. Das kläre ich, kein Problem. Aber sonst kann ich mir nicht vorstellen, dass es da Prominentes um diese Familie gibt. Gerüchte ja, viel Neid auch, aber sonst?«

»Da fürchte ich, täuschst du dich gewaltig. Roberto zumindest hat einen direkten Draht zu unserem Bürgermeister von Verona. Und der steht gern im Mittelpunkt und sucht sich genau aus, mit welchen Leuten er aufs Foto kommt. Roberto besitzt eine Künstleragentur, wie er mir erzählt hat, die Sänger, Regisseure, Dirigenten, Orchester und was weiß ich noch alles für Opernaufführungen vermittelt. Seine Haupteinsatzgebiete sind Deutschland, Österreich, die Schweiz und Italien. In der *Villa Sole* sind zurzeit der Operntenor Raimondo Varese und der japanische Regisseur Moto Yakanabe zu Gast. Sie gehören zum Ensemble der Verdi-Oper *Aida*, die gestern in der *Arena* Premiere hatte. Außerdem haben beide Brüder noch eine Immobilienfirma mit Sitz in Garda. Das zumindest sind die wenigen Fakten, die ich zusammen mit Enrico heute Abend noch in Erfahrung bringen konnte.«

»Das hört sich alles ausgesprochen spannend an, Toni. Ich fürchte, wir haben einen neuen gemeinsamen Fall, oder?«

»Ja, schlimm!«

Antonio und Georg lachten.

»Ich denke, du musst mal wieder bei Kriminaloberrat Pfaffenrieder vorstellig werden.«

»Ist die Frau vom Opfer auch in Garda?«

»Nein. Von der Familie sind nur Matteo und Roberto hier. Wer sonst noch zur Familie gehört und eventuell zu den Vorkommnissen bei uns Wissenswertes beisteuern könnte, weiß ich nicht. Da bin ich auf deine Hilfe angewiesen.«

»Wird mir ein Vergnügen sein. Soll ich denn morgen schon bei der Witwe vorbeischauen?«

»Ja, mach das. Roberto wird seine Schwägerin sicher schon informiert haben. Je eher du sie sprechen kannst, umso besser. Vermutlich wird sie sich ziemlich rasch nach Garda aufmachen, um die Beisetzung ihres Mannes zu organisieren.«

»Dann brauche ich in der Tat erst einmal die Genehmigung von Pfaffenrieder. Und mit der neuen Richterin muss ich auch sprechen.«

»Soso. Richterin! *Interessante!*«

»Spar dir deine Anzüglichkeiten, *Collega*! Ich habe noch nicht viel mit ihr zu tun gehabt. Sie ist erst seit zwei Wochen bei uns. Mal sehen, wie sie sich anstellt.«

»Bei deinem umwerfenden Charme ist das doch alles überhaupt kein Problem!«

»Hammas jetzt?«

»*Ciao*, Giorgio!«

5

Arena di Verona, 23.30 Uhr

Im Garderobenraum, nur wenige Quadratmeter groß, stand die Wärme und es roch nach fetthaltiger Schminke, durchnässten Kostümen und Moder eines Gemäuers, das fast zweitausend Jahre auf dem Buckel hatte. Der Lärm von Bühnenarbeitern, Technikern und Sängerkollegen des Chors, die im Gang laut über den Abbruch der Aufführung diskutierten, strapazierten die sowieso schon angespannten Nerven von Tenor Raimondo Varese. Er saß auf einem kleinen Holzhocker vor dem Schminkspiegel, darüber brannte eine Neonröhre, die ihm schonungslos zeigte, wie ein verbrauchter, müder Tenor mit knapp fünfundvierzig Jahren aussah, der weder auf seine Gesundheit noch auf seinen Körper besonders achtgab. Sie offenbarte eine Haut, von tiefen Falten zerfurcht, mit offenen Poren, die ein ideales Grab für Make-up und Puder bildeten. Rotgeränderte Augen blickten ihn aus einem von unmäßigem Alkoholkonsum aufgedunsenen Gesicht an. Varese ertrug seinen Anblick nicht länger und schaute stattdessen auf seine nackten Beine. Keine gute Idee! Dickgeschwollene Fußgelenke und Krampfadern entlang der Waden zeugten von langen Proben und Auftritten im Stehen in viel zu warmer Luft. Er wusste nur zu gut, dass er eine höchst mittelmäßige Leistung an diesem Abend gezeigt hatte und froh sein konnte, dass das Gewitter seinem schwachen Gesang ein Ende setzte, bevor die Zuschauer ihn auspfiffen.

Dazu hätte es des hässlichen Streits mit Regisseur Moto Yakanabe am Tag zuvor nicht bedurft. Die Premiere der *Aida* war ein Desaster gewesen und es half ihm auch nichts, dass der Regisseur und seine Inszenierung in der Tagespresse genussvoll zerpflückt worden waren. Der Japaner hatte ihm in seinem schwerverständlichen Englisch Unvermögen vorgeworfen und ihm ins Gesicht gesagt, dass das, was er auf der Bühne abgeliefert hatte, Gejaule gewesen war, den Begriff Gesang nicht verdiente. Als er ihm jedoch drohte, ihn durch die zweite Besetzung, den jungen Russen Nikita Projevkow, zu ersetzen, hatte Raimondo Varese rot gesehen. Und dies nicht zum ersten Mal. Er hätte sich die Einmischungen von Moto, der weder über gesangliche Kenntnisse verfügte noch eine nennenswerte musikalische Ausbildung besaß, sich aber als künstlerischer Leiter erster Klasse aufspielte, gern verbeten. Aber sowohl Dirigent als auch Intendant ließen den Japaner gewähren, als wäre er Alleinherrscher über die *Arena*. Raimondo hatte vielleicht nicht seinen besten Tag gehabt, zugegeben, aber für seine Auswechslung gab es keinen Grund. Die künstlerischen Vorstellungen von ihm und Yakanabe drifteten manches Mal erheblich auseinander. Es hatte ein heftiges Wortgefecht zwischen ihnen gegeben, bis der Japaner die kleine Garderobe verlassen hatte, nicht ohne dabei zu vergessen, die Sperrholztüre hinter sich zuzuknallen. Doch auch den Galaabend mit Arien aus allen möglichen Opern Verdis, Puccinis und Bellinis, der vor einer knappen halben Stunde abgebrochen worden war, hatte Raimondo vergeigt. Ohne den Gewitterregen sähe es für sein weiteres Engagement düster aus. Soviel war selbst ihm klar.

Wütend auf sich selbst blickte er erneut in den Spiegel und in sein abgekämpftes Gesicht. Diesen vom Ehrgeiz zerfressenen Regisseur bekam er noch zu fassen, schwor er sich. Irgendeine Schweinerei würde er ihm schon nachweisen können. Die Vergabe der einzelnen Opern war jedes Jahr ein Politikum. Den begehrten Zuschlag zu bekommen, hing von verschiedensten Faktoren ab. Künstlerische

Qualität war dabei nicht unbedingt das Kriterium der ersten Wahl. Er würde sich umhören. Schon allein sprachlich war er klar im Vorteil. Und dann war Schluss mit dem Herumkommandieren und dem Gemecker vor der ganzen Mannschaft. Und der Russe konnte nach Hause in die Taiga fahren und dort singen, bis ihm die Lunge herausfiel.

Varese tröstete sich mit der nächsten Aufführung der *Aida* in vier Tagen. Dann stand die Inszenierung von 1913 auf dem Programm, erneut mit ihm in der Rolle des Radames. Im Jubiläumsjahr hatte die *Agenzia Musica Classica* die erste *Aida*, die jemals in Verona aufgeführt worden war, zusätzlich auf den Spielplan gesetzt. Die Uraufführung vor hundert Jahren hatte die *Arena di Verona* zum Operntempel gemacht. Seither hatten Millionen und Abermillionen die Aufführungen gesehen. Sogar während der Weltkriege hatte man gespielt. Er wusste, in vier Tagen hatte er die Zuschauer hinter sich. Die Inszenierung war sehr viel prächtiger ausgestattet und für den Durchschnittsbesucher eingängiger als das völlig abwegige Experiment von Yakanabe. Bis dahin hatte sich seine Stimme wieder erholt. Er hatte es doch noch immer hinbekommen!

Die schwülfeuchte Luft, die der Gewitterregen hinterlassen hatte und die anschließend wie eine Nebelbank über der Bühne der *Arena* hing, hatte seinen angegriffenen Stimmbändern zugesetzt. Freiluftoper war der Tod jeder Stimme. Ansingen gegen Wind und Nieselregen, gegen eine nicht vorhandene Akustik ohne Mikrofon und Verstärker. Man sang sich die Seele aus dem Leib und die Zuhörer in den letzten Reihen des Parketts und oben auf den Rängen konnten nur erahnen, was auf der Bühne gesungen wurde. Von Textverständnis ganz zu schweigen. Dennoch rissen sich viele Künstler um ein Engagement. Er machte da keine Ausnahme.

Es war das Event, das zählte: Oper im Freien, bei angenehmen Temperaturen unter sternenklarem Himmel. Davon träumten Sänger wie Besucher gleichermaßen, das erwarteten sie alle ganz einfach nicht anders von Italien. Manches Mal wurde dieser Traum, dieses Versprechen der Werbeplakate, nicht erfüllt, so wie heute Abend. Und dann lagen die Nerven blank und dann waren immer die anderen schuld, wenn es Kritik hagelte. Yakanabe musste sich warm anziehen. Seine Inszenierung drohte sich zum Debakel auszuwachsen und die Sänger würden es ausbaden müssen. Und dann traute sich dieser Wicht von Regisseur ihm zu drohen mit diesem Schrank von Russen, der nicht wusste, wie man ein sauberes hohes ›C‹ singt.

Varese schüttelte resigniert den Kopf. Es wurde Zeit, dass er ins Hotel kam und unter die Dusche. Ein Lächeln stahl sich auf seine Lippen. In dieser Nacht würde er nicht alleine schlafen. Er verstaute sein feuchtes Kostüm in der Plastikhülle. Es ekelte ihn fast davor, so muffig und abgestanden stank der feuchte Samt. Eine Bühnenarbeiterin würde es abholen und bis zur nächsten Aufführung lüften und trocknen. Raimondo schlüpfte in Jeans, Hemd und Lederjacke und löschte das grelle Neonlicht. Er trat auf den engen Flur hinaus und sah, dass es in den meisten Garderoben schon dunkel war. Die Türen zum Flur standen offen. Auch Angelina Connors, die Sopranistin aus Chicago, eine Rothaarige mit langen Beinen und einem wunderbaren Busen, der sich während der Arien aufregend hob und senkte, war schon in Richtung Hotel aufgebrochen. Er musste sich beeilen, damit er sich nicht verspätete.

Die Garderoben befanden sich tief unter den Sitzreihen aus Stein hinter dem Bühnenbereich. Dieser Teil des Innenovals im Gebäudekomplex der *Arena* beherbergte die Technik, die für ein solches Opernunternehmen unerlässlich war, und dort befanden sich auch die Garderoben der Künstler. Beleuchter und Bühnenarbeiter drängten sich zwischen die Mitglieder des Chors, die dort immer noch zusammenstanden. Alles war in diesen Katakomben vorhanden außer reichlich Platz. Die verschiedenen Aufführungen einer Saison mussten täglich neu vorbereitet, die Bühne jeden Tag mit Kran und Hebevorrichtungen aufgebaut werden. Ein organisatorischer Kraftakt, der bei allen Beteiligten die Nerven strapazierte. Schon am zweiten Tag hatte Raimondo Varese ein Gefühl der Erschöpfung. Wie würde es ihm erst bei der letzten Aufführung Anfang September ergehen? Er schob den Gedanken weit von sich und schritt weiter in Richtung Ausgang. Dabei musste er unweigerlich an der Garderobe des russischen Tenors vorbei. Und tatsächlich hörte er von dort noch Stimmen. Der Raum direkt daneben war leer und dunkel. Er schlüpfte hinein, schloss die Tür und drückte sein Ohr an die Wand. Die Garderoben waren kleine Käfige, aus Sperrholz zusammengezimmert und hellhörig wie Umkleidekabinen im Schwimmbad. Wenn man sich etwas konzentrierte, konnte man jedes Wort verstehen, das nebenan gesprochen wurde.

»Ich hab die Schnauze voll, Moto! Jeden Abend verbringe ich nutzlos in diesem Loch. Schaff mir den italienischen Canzone-Troubadour vom Hals«, hörte er den Russen in gebrochenem Englisch schimpfen. »Den kannst du auf einer Kleinstadtbühne einsetzen, aber nicht auf dieser Freiluftarena. Mach Robert Holzinger klar, dass er seinen Künstler aus dem Verkehr zieht. Und das am besten morgen.«

»*Don't discuss with me!*«, wehrte sich Moto Yakanabe. Aber selbst durch die Wand hindurch hörte Varese, wie wenig überzeugend die Stimme klang. »Du hast von Anfang an gewusst, was zweite Besetzung heißt. Außerdem habe ich Verpflichtungen, ... Verträge! Mit Di Santo ist nicht zu spaßen.«

Jetzt versteckte sich der japanische Operndompteur hinter dem allmächtigen Bürgermeister, dachte Raimondo angewidert. Weshalb war Moto überhaupt zu dieser Zeit, am Galaabend, in der *Arena*, wunderte er sich. Und Di Santo, so ging es ihm durch den Kopf, war wahrscheinlich genau der Richtige, bei dem e r Yakanabe in Schwierigkeiten bringen konnte, wenn er es darauf anlegte. Es sah ihm ähnlich, dass Moto kein anderes Ass im Ärmel hatte als diesen korrupten Politiker, der überall die Hand aufhielt. Da hatte er jedoch die Rechnung ohne Roberto gemacht. Di Santo und Holzinger waren dicke Freunde. Da brauchten sich weder Yakanabe noch Nikita aus der Taiga etwas einzubilden. Und Roberto vertrat Raimondos Interessen als Künstleragentur seit mehr als zwanzig Jahren. Wäre doch gelacht, wenn man das Yakanabe nicht nachhaltig beibringen könnte.

Varese hatte genug gehört. Er schob die Tür auf und verließ nun sehr viel zuversichtlicher das alte Gemäuer an seinem nordöstlichen Ende. Sein Auftritt in vier Tagen war nicht in Gefahr. Da war er sich ganz sicher. Mit federnden Schritten schlängelte er sich zwischen den Laternen und japanisch geformten Dächern aus Pappmaschee hindurch, die für die Oper *Madame Butterfly* gebraucht wurden. Er durchschritt an einem Kontrollposten den hohen Metallzaun und stand mehr oder weniger unmittelbar vor dem *Caffè degli Artisti*, dem Treffpunkt der Künstler nach der Oper. Trotz der feuchtkalten Nacht waren alle Tische und Stühle besetzt. Schön blöd von den Kollegen, dachte er schadenfroh. Ein Teil von ihnen würde morgen mit Halsschmerzen und Schnupfen aufwachen. Nach so einem Abend musste man nach Hause, unter die heiße Dusche und rasch ins Bett. Nikita gehörte auch zu den Nachtlichtern. Er würde noch einige Wodkas trinken, bevor er in sein altes Auto stieg und zum See fuhr, wo er einen klapprigen Campingwagen angemietet hatte. Nicht alle Sänger konnten sich den Luxus eines Hotelzimmers leisten oder wurden gar in der Villa der Holzingers aufgenommen so wie er und dort bestens verpflegt. Für einen kurzen Moment nur dachte Varese an seine Frau, die ihn ebenfalls großzügig unterstützte, wenn er keine Auftritte hatte. Sie wohnte weit weg in Deutschland und bekam nicht mit, wie er sich sein Leben einrichtete. Dankbarkeit war nicht seine Sache. Schließlich wusste Annegret genau, mit wem sie sich eingelassen, wen sie geheiratet hatte. Ihm war jedoch bewusst: Er hatte mehr Glück als Verstand.

6

Montag, 17.06.2013

Traunstein, 8.00 Uhr

Geradezu beflügelt durch das späte Telefonat mit Antonio Fontanaro hatte sich Georg Breitwieser sehr früh auf den Weg ins Kommissariat nach Traunstein aufgemacht. Seine Mutter hatte noch geschlafen, als er das Haus verließ. Maria, die polnische Pflegerin, würde ihr später einen koffeinfreien Kaffee machen und eine Semmel mit Kirschmarmelade schmieren, wie sie es gern hatte. Georg musste bei dieser Art von Frühstück immer die Augen schließen, den Verstand ausschalten und vor allen Dingen seinen Mund halten. Für eine Diabetikerin, die schon einen Schlaganfall hinter sich hatte und deshalb im Rollstuhl saß, war dieses Frühstück ein weiterer Baustein zur fortschreitenden Krankheit. Doch Katharina Breitwieser, sturschädelig und uneinsichtig, lachte ihn nur aus, wenn er Ratschläge gab.

»Was willst, Bub«, sagte sie dann grinsend, »an irgendetwas stirbt der Mensch. Du an deinem schlauen Verstand, der deine Gehirnwindungen verknotet, und ich am Zucker. So einfach ist das.« Und dann lachte sie ihn entwaffnend an und biss ein Stück von ihrer Marmeladensemmel ab. Er hatte es aufgegeben.

Als er die Innenstadt von Traunstein erreichte, wurde er in seinem Eifer jedoch empfindlich gebremst. Es regnete seit Tagen in Strömen. Auch die Scheibenwischer seines alten Audi Quattro kämpften vergeblich gegen den schweren Regen an. Und jetzt war die Feuerwehr im Einsatz und mühte sich ab, ein überflutetes Stück Straße abzusperren und eine Umleitung auszuschildern. Den Besuch bei der Witwe Holzinger in Wolfing musste er aufschieben. Zuvor musste er unbedingt noch ins Büro. Doch der übliche Weg zur Polizeiinspektion war unpassierbar. Bevor er in Sachen Holzinger aktiv wurde, wollte er mit seinem Mitarbeiter, Oberinspektor Florian Huber, sprechen. Der kannte rund um Traunstein Gott und die Welt. Vermutlich konnte er ihm einen ersten Eindruck von der Familie des Toten liefern und sich anschließend an die Recherche machen. Ein Bürgermeister hinterließ in der Presse mit Sicherheit Spuren. Außerdem stand seine Wiederwahl kurz bevor. Da mussten sie doch fündig werden!

Auch vor dem Kommissariat stand ein Feuerwehrwagen und Feuerwehrleute hantierten mit einem Schlauch, der wenige Meter nach dem Auslass im Wasser verschwand, das wadenhoch auf der Fahrbahn stand. Vor der Einfahrt zum Parkplatz der Polizeiinspektion arbeiteten Einsatzkräfte mit Sandsäcken und dichteten die Einfahrt ab.

»Verdammt«, fluchte Georg vor sich hin. »Wann hört dieser Wahnsinn endlich auf?« Das Radio schaltete er nicht mehr ein, denn er befürchtete, dass die Sintflut noch ein paar Tage weiter ging. So genau wollte er es gar nicht wissen. Langsam fuhr er durch das Wasser, konnte es aber nicht vermeiden, dass er links und rechts Fontänen auslöste und den Einsatzwagen der Feuerwehr mit einem Schwall brauner Brühe begoss. Einen halben Kilometer weiter die

Straße entlang, konnte er seinen Audi in einer Wohnsiedlung auf einer kleinen Anhöhe abstellen. Georg stieg aus und öffnete den Kofferraum. Dort hatte er immer ein Paar Gummistiefel deponiert. Schließlich wusste er nie, zu welchem Einsatzort er gerufen wurde. Rund um den Chiemsee gab es zahlreiche Moor- und Schilflandschaften, wo er mit seinen guten Schuhen, und für Schuhe hatte er eine ausgeprägte Schwäche, nicht entlanglaufen wollte. Er zog seine silbergrauen Slippers aus und zwängte sich in die hohen Schäfte der militärgrünen Gummitreter. Angewidert verzog er das Gesicht. Weder behagte ihm das Material noch das Gehgefühl noch die Passform, wenn von einer solchen überhaupt gesprochen werden konnte. Die Farbe empfand er schlicht als abartig, aber darum konnte er sich jetzt nicht kümmern. Er warf den Kofferraumdeckel mit Kraft zu, dass der alte Wagen ächzend in die Knie ging, und machte sich verdrießlich auf den Weg zur Polizeiinspektion.

Zehn Minuten später betrat Georg das Büro seines Mitarbeiters Florian Huber, der sich fast an seinem Kaffee verschluckte, als er seinen Vorgesetzten zu dieser frühen Stunde durch die Tür kommen sah.

»Morgen, Chef«, brachte er mühsam zwischen Schinkenbrot und Kaffeebrühe hervor.

Georg nickte ihm gnädig zu. Sein Mitarbeiter nutzte also die frühe Bürostunde, um in Ruhe zu frühstücken. Ob er das gut fand, wusste er noch nicht. Gar nicht gut gefiel ihm allerdings dessen belustigter Blick auf seine nassen Gummistiefel.

»Spar dir jeden Kommentar!«

Florian Huber hob abwehrend beide Hände und hielt ihm entwaffnend die Reste seines Schinkenbrots entgegen, außerdem eine Tasse, die über und über mit Marienkäfern bedruckt war. Georg bemühte sich, ernst zu bleiben, und sagte streng: »Wir haben einen neuen Fall! Sagt dir der Name Matthias Holzinger etwas?«

Oberinspektor Huber, der die Unvorsichtigkeit begangen und schon einen weiteren Bissen in seinem Mund hin und her bewegt hatte, verschluckte sich nun ernsthaft. Er wurde bedenklich rot im Gesicht und würgte und hustete.

Georg ließ sich auf einem der leeren Holzstühle nieder, die vor Hubers Schreibtisch herumstanden und ihn immer an verlassene Klassenzimmer erinnerten.

»Was ist denn mit dem Holzinger?«

»Da ist doch eine Riesensache am Laufen«, brachte Florian Huber schließlich mühsam hervor, als er sich ausgehustet hatte. Er griff hinter sich, fand in einem Stapel Zeitungen das Traunsteiner Tagblatt und blätterte hin und her. Dann hatte er die Stelle gefunden, die er suchte, und tippte mit steifem Zeigefinger mehrmals kurz hintereinander darauf. Gleichzeitig hob er seine Tasse an die Lippen und nahm unverbesserlich den nächsten Schluck von seinem Kaffee.

»Gestern stand in der Zeitung, dass der Golfplatz von Wolfing absäuft. Der liegt direkt am See. Nur ein schmaler Schilfgürtel wurde bei der Anlage vor drei Jahren stehen gelassen. Zu wenig für den Abfluss des Regenwassers und damit zu viel für die unterdimensionierte Drenasch«, wie sich Huber breit äußerte. Die Entwässerung, die Drainage, war gemeint. Georg verschränkte seine Arme vor der Brust, neugierig auf die Fortsetzung der Geschichte.

»Neben dem Golfplatz, ebenfalls direkt am See, wo auch sonst, hat der Holzinger, seines Zeichens Bürgermeister von Wolfing, sein neues Landhaus hingebaut. Gestern hatte die Feuerwehr dort Großeinsatz. Die Hütte läuft voll wie ein leckes Segelboot. Apropos Segelboot. Die Bootshäuser von Chieming und Wolfing, die die geldigen Münchner und Berliner als Liegeplätze für ihre Yachten nutzen, sind schwer gefährdet. Unten beim Max in Chieming schwimmt schon die halbe Hütte im See und das Zwei-Millionen-Boot vom Bankdirektor Staller gleich mit.« Florian Huber lachte in seine Kaffeetasse hinein und blinzelte Georg über den Rand listig an. »Da kommt schwer was auf den Holzinger zu. Die Genehmigung des Golfplatzes ist ja schon seit Jahren ein Politikum. Jetzt wird die Sache erneut im Gemeinderat diskutiert werden, darauf kannst du Gift nehmen, denn der Holzinger plant den Bau eines Viersterneschuppens auf einem Grundstück, das ihm nicht allein gehört. Und im September sind Bürgermeister- und Gemeinderatswahlen. Da kann es für den Matthias Holzinger richtig eng werden, wenn du mich fragst.« Der letzte Bissen des Schinkenbrotes verschwand im Mund von Florian Huber. Er lehnte sich zufrieden in seinem Schreibtischstuhl zurück, als hätte er die wichtigste Tat des Tages mit Bravour erledigt.

Georg nickte bedächtig. »Dem Matthias Holzinger ist das alles ziemlich egal. Der lag gestern mausetot im Gardasee. Von einem bislang Unbekannten mitten ins Herz geschossen, so zumindest hat es mir Commissario Fontanaro am späten Abend mitgeteilt.«

Für einen Moment war Florian Huber sprachlos.

»Ja, prost Mahlzeit!«, brachte er dann doch hervor. »Und warum? Was macht der Holzinger überhaupt am Gardasee?«

»Urlaub vermutlich!«

»Aha!« Man sah deutlich, dass der Oberinspektor intensiv nachdachte. »Aber der muss doch bemerkt haben, dass zu Hause den Leuten das Wasser mehr oder weniger bis zum Hals steht, einschließlich seiner eigenen Ehefrau. Hört der Mann keine Nachrichten? In einem solchen Katastrophenfall gehört der Bürgermeister zu seiner Gemeinde! Da taucht man nicht einfach ab! Was sagt denn Frau Holzinger dazu?«

»Das will ich in Kürze herausfinden. Aber zunächst wollte ich mit dir reden. Und du hast ja schon so einiges Wissenswerte erzählt. Kennst du jemand aus der Familie Holzinger persönlich?«

»Ich kenn fast alle von der Familie Holzinger näher. Die sind bei mir im Sportschützenverein.«

»Sie können also alle mit einer Schusswaffe umgehen?«

»Ja, schon«, antwortete Huber nachdenklich. »Robert Holzinger wurde im letzten Jahr Schützenkönig, allerdings mit dem Luftgewehr. Außerdem hat die Familie ein Jagdrevier in der Nähe von Bad Reichenhall.«

Für Georg hörte sich das alarmierend an.

»Wer gehört denn außer den Brüdern Robert und Matthias noch zum Verein dazu?«

»Ja mei!« Florian Huber kratzte sich am Kopf. »Ganz sicher der Sohn vom Matthias, der Korbinian, und in jedem Fall die Witwe vom Matthias, Rita Holzinger.«

»Gab es da schon mal Schwierigkeiten? Einen Unfall vielleicht? Wurde schon einmal jemand von der Familie oder von den Freunden versehentlich durch einen Schuss verletzt oder tödlich getroffen?«

»Versehentlich tödlich getroffen ... haha. So kannst auch nur du fragen!« Der Oberinspektor lachte laut und herzlich.

Georg ignorierte dessen Heiterkeit und sagte: »Kannst du das mal recherchieren? Dann möchte ich die finanziellen Verhältnisse der Familie Holzinger, und zwar aller Holzingers, die du gerade aufgezählt hast, wissen. Versuche eine Genehmigung für die Einsicht in Bankkonten, Erbscheine, Grundbücher etc. von unserer neuen Richterin zu bekommen. Für einen Durchsuchungsbeschluss reicht die Faktenlage noch nicht aus. Aber die Schaller sollte sich schon mal darauf einstellen, dass der Fall Holzinger vermutlich einen Teil ihrer kostbaren Arbeitszeit beanspruchen wird.«

»Willst nicht selber mit der Frau Doktor sprechen?« Dabei bemühte sich Florian Huber vergeblich um einen neutralen Ton.

Georg entgegnete genauso unbeteiligt: »Ich bin praktisch schon unterwegs nach Wolfing. Wenn ich am Nachmittag zurückkomme, wissen wir hoffentlich mehr. Und wenn es Probleme gibt, weißt du, wie du mich erreichst.«

Er stand von dem längst unbequem gewordenen Holzstuhl auf und wandte sich zur Tür. »Ah, fast hätte ich es vergessen«, Georg drehte sich nochmals um, »bitte, mach eine umfangreiche Internetrecherche. Ich möchte so viel wie möglich über den politischen Werdegang des Bürgermeisters von Wolfing erfahren. Und was er seinen Wählern zur nächsten Wahl alles verspricht. Möglich, dass seine Vorhaben bei manchen in der Bevölkerung nicht unbedingt nur auf Gegenliebe stoßen. Folgeprojekt Golfplatz, sage ich nur!« Er nickte noch kurz und war dann schon zur Tür hinaus.

Auf dem Weg zum Auto fragte er sich, ob sich die neue Richterin als flexibler und arbeitswilliger herausstellen würde. Richter Hans Bauer, inzwischen pensioniert, war dauernd überlastet gewesen und hatte die dringend benötigten Beschlüsse vor sich hergeschoben. Dagegen war die junge Frau anstrengend gesetzestreu und umständlich. Bei der Fahrerflucht mit tödlichem Ausgang vor einer Woche war ihm ihre beständige Nachfragerei derart auf die Nerven gegangen, dass er nun lieber Florian Huber vorschickte. Er konnte sich an seinen heftigen Ton beim letzten Telefonat mit ihr noch gut erinnern und es tat ihm immer noch leid. Von da an hatte sie mit ihm nur noch per Mail verhandelt. Er fühlte, wie er einen roten Kopf bekam. Das fehlte gerade noch, dass er sich vor einer Richterin, die gut und gern fünfzehn Jahre jünger war als er, genierte. Das war ihm doch noch nie passiert. Der zeitraubende Weg über das Gericht und die Juristen war absolut nicht seine Sache, redete er sich ein. Mal sehen, vielleicht konnte er den ganzen Papierkram aufgrund einer neuen, sehr eiligen Faktenlage elegant umgehen. Meistens fand er doch was!

Garda, 9.00 Uhr

Das Gewitter der Nacht hatte sich vollkommen verzogen. Raimondo Varese fuhr mit seinem Fiat Bravo von Costermano kommend den Berg hinunter Richtung See. Der Ausblick, der sich ihm bot, war spektakulär. In der glasklaren Luft nach dem Unwetter zeichneten sich die Gipfel der Bergkette vom Ufer gegenüber scharfkantig vor dem saphirblauen Himmel ab. Sie reihten sich aneinander wie auf einer Perlenschnur und erschienen so deutlich und nah, dass man meinte, jeden Felsblock einzeln zu erkennen. Varese, bestens gelaunt nach seiner Liebesnacht mit Angelina, schmetterte Teile einer Arie lautstark vor sich hin, dass der kleine Wagen ganz davon erfüllt war. Raimondo fühlte eine unglaubliche Energie in sich und die Töne quollen mühelos aus seinem Mund. Die Amerikanerin hatte ihn leidenschaftlich umgarnt und ihn in den siebten Himmel entführt. Seit langem hatte er wieder einmal das Gefühl gehabt, als Mann die Welt im Griff zu haben. Großartig! Moto Yakanabe und seine Krittelei waren in weite Ferne gerückt. Der Japaner musste sich warm anziehen. So wie Raimondo im Moment drauf war, würde er ihn verbal förmlich an die Wand drücken. Der brauchte ihm nicht dumm zu kommen, sonst würde er ihm einmal so richtig die Meinung sagen.

Der Tenor war früh genug dran, die Uferstraße noch nicht durch einen langen Stau blockiert. Und so konnte er mit einigem Geschick seinen wendigen Fiat problemlos auf das Grundstück der Holzingers manövrieren. Er pfiff einige Takte aus der *Aida* vor sich hin, bis er auf dem Vorplatz der *Villa Sole* ankam. Dann allerdings erstarb sein musikalisches Repertoire abrupt und er sah sich alarmiert um.

»*Polizia?*«, murmelte er vor sich hin, als er seinen Kleinwagen neben einem großen, hellblauen Alfa Touring parkte. Bedächtig stieg er aus und ging auf den Treppenaufgang der Villa zu. Ein Polizist stand neben der offenen Eingangstür und musterte ihn scharf.

Nichts Gutes ahnend, ging Raimondo auf ihn zu und wurde von ihm prompt mit einer energischen Geste daran gehindert, das Haus zu betreten.

»Wer sind Sie? Können Sie sich ausweisen?«

Varese fingerte aus der Innentasche seiner Lederjacke einen Ausweis, der den Polizisten offenbar zufriedenstellte. Raimondo durfte eintreten und fand seinen Agenten zusammen mit zwei Herren im Wohnzimmer in ein Gespräch vertieft vor. Als niemand auf sein Erscheinen reagierte, räusperte sich Varese lautstark. Roberto sprang vom Sofa auf und begrüßte ihn stürmisch.

»Raimondo, gut, dass du kommst. Hast du es schon gehört?«

Varese schüttelte den Kopf. »Was ist hier los, Roberto?«

»Irgendein Wahnsinniger hat meinen Bruder gestern ... erschossen. Hier auf unserem Grundstück. Stell dir das vor! Gestern Nachmittag, als wir alle in Verona und in der *Arena* waren.«

Fassungslos sah der Opernsänger seinen Agenten an, dann blickte er zu den beiden Herren, die zurückgelehnt in tiefen Sesseln saßen und sich seltsam reserviert und still verhielten. Einer von ihnen trug Uniform, der andere war in Jeans, hellblauem Hemd und Lederjacke sportlich leger gekleidet. Wenn er sich nicht sehr täuschte, dann hatte er in b e i d e n Fällen Vertreter der *Polizia* vor sich, die nur darauf warteten, dass er etwas Falsches sagte. Varese fuhr sich mit den Händen verlegen durch die Haare und ließ sich neben seinem Agenten auf dem Sofa nieder. Stumm blickte er von einem zum anderen. Auch er konnte warten und schweigen. Kein Problem! Raimondo Varese war kein Freund von Matteo Holzinger gewesen, jenes eigensinnigen und widerborstigen Mannes, der ihn immer mit einem herablassenden Lächeln bedachte, wenn sie sich beim Essen oder irgendwo im Haus zufällig über den Weg gelaufen waren. Für Künstler hatte er nicht viel übrig gehabt. Das Mittagessen vom Sonntag war ihm noch bestens in Erinnerung, als Matteo höhnisch über die verkorkste *Aida*-Aufführung lästerte. Moto Yakanabe hatte auf Englisch Gift und Galle gespuckt, was den Gastgeber zu einem lauten Heiterkeitsausbruch veranlasste. Daraufhin war der Japaner, wüste Verwünschungen ausstoßend, aus dem Raum gestürmt. Erst als Moto das Speisezimmer verlassen hatte, unternahm Roberto einen halbherzigen Versuch, seinen Gast zu verteidigen. Es dauerte nicht lange, dann hatten sich auch die Brüder in den Haaren.

Varese wusste, sein Agent konnte in den Augen des Bruders nur bestehen, weil das Immobiliengeschäft, das sie gemeinsam betrieben, ganz hervorragend lief. Die Konzert- und Künstleragentur nötigte Matteo höchstens ein verständnisloses Kopfschütteln ab und wurde von ihm als Liebhaberei abgetan. Robertos Versuch, am Sonntag den Bruder zu einer vorübergehenden Finanzspritze für seine Agentur zu bewegen, schlug fehl. Matteo hatte ihm wortlos den Vogel gezeigt und den Tisch verlassen.

Raimondo fühlte, wie ihm der Brustkorb eng wurde, wie Panik ihn ergriff. Ganz langsam, aber mit deutlicher Klarheit, sah er durch den Tod des Hausherrn seine eigene Zukunft in Gefahr. Er konnte überhaupt nicht einschätzen, wie dick die finanzielle Decke von Roberto Holzinger tatsächlich war. Vermutlich war sie durchscheinend wie gezogener Strudelteig. Er hatte keine Ahnung, ob

Roberto den Bruder beerben würde. Ob ihm nun die Immobilienagentur allein gehörte? Zumindest was Haus- und Grundbesitz anging, kam er wohl nicht umhin, mit der Ehefrau von Matteo, Rita Holzinger, zu teilen. Raimondo hatte sie nie kennengelernt. Aber nach Robertos Aussage hatte sie Haare auf den Zähnen. Hier zog Streit auf!

Das Abenteuer ›Moto Yakanabe‹ versprach für die Künstleragentur ein geschäftliches Desaster zu werden. Raimondo konnte es vielleicht sogar recht sein, wenn die *Agenzia Musica Classica*, die für die Vergabe der Aufführungen in der *Arena di Verona* federführend verantwortlich war, die moderne Inszenierung der *Aida* in den nächsten Tagen vom Spielplan strich. Dann würde er dennoch weitersingen. Ohne Zweifel würden die Verantwortlichen die frei werdenden Programmplätze vor allem mit der alten Inszenierung von 1913 füllen. Für Yakanabe sah es dann trübe aus, folglich für Holzinger teilweise auch. Für Varese selbst war es kein Beinbruch. So zumindest versuchte er sich selbst zu beruhigen.

Gleichzeitig fragte er sich, weshalb Roberto behauptete, sie seien gestern alle – wer immer mit diesem a l l e gemeint sein mochte – in Verona gewesen. Jeder für sich vielleicht. Nicht einmal das wusste er genau. Gemeinsam jedoch ganz sicher nicht! Er sah Roberto von der Seite an. Doch dieser starrte vor sich hin und war ihm keine Hilfe. Beim Galakonzert am Vorabend hatte es weder für Yakanabe noch für Roberto einen Grund gegeben, sich in der *Arena* aufzuhalten. Regie hatte ein erfahrener Veronese geführt, der seit Jahren mit der *Agenzia* zusammenarbeitete. Für das Konzert war eine ausgefallene Bearbeitung, wie sie der Japaner so liebte, überhaupt nicht notwendig gewesen. Allerdings war Moto dann ja spätabends in der *Arena* aufgetaucht und hatte mit Nikita lautstark verhandelt. Aber weshalb war es für Roberto so wichtig, dass sie sich angeblich alle gemeinsam in Verona aufgehalten hatten? Erneut sah er seinen Agenten scharf an. Hatte er etwas mit dem Mord an seinem Bruder zu tun? War er zur Tatzeit etwa in der Villa gewesen? Raimondo fühlte, wie es ihm kalt über den Rücken lief. Er konnte nur ahnen, was die beiden Polizisten von ihm wollten. Zumindest wollten sie Aussagen zu den einzelnen Alibis hören! Da war er sich ganz sicher. Und nun sollte er womöglich für Roberto lügen? Hatte er ihm das mit seiner Bemerkung suggerieren wollen? Noch bevor er sich richtig klar wurde, wie er mit dieser Erkenntnis umgehen sollte, hatte sich der Mann in Zivil endlich entschlossen, das Schweigen zu brechen und eine erste Frage an ihn zu richten. Überrascht sah Raimondo den Mann im Sessel an. Er hatte dessen Frage nicht richtig mitbekommen.

»*Scusi* Signore?«

8

Wolfing, 10.00 Uhr

Georg Breitwieser hatte nach seinem Besuch der Dienststelle nochmals einen Abstecher bei seiner Mutter in Chieming gemacht, bevor er dann, wie ursprünglich geplant, nach Wolfing weiterfuhr, um mit der Witwe von Matthias Holzinger zu sprechen. Der stete Regen machte ihn nervös und er hatte das Gefühl gehabt, es wäre besser, zu Hause vorbeizuschauen. Doch seine Mutter hatte ihn nur ausgelacht.

»Das bisserl Regen regt dich auf? Dass ich net lach'!« Und zu ihrer Pflegerin Maria sagte sie: »Mach ihm einen Kaffee. Er schaut ja ganz verfroren aus.« Auf dem Küchentisch, an dem Katharina Breitwieser saß, lag das Traunsteiner Tagblatt. Auf der Frontseite sah man einen großen Feuerwehrwagen und Einsatzkräfte, die am Ufer der Traun standen und offensichtlich beratschlagten, was sie nun mit dem überfluteten Bürgersteig machen sollten. Georg setzte sich zu ihr und wartete, bis Maria ihm das Haferl Kaffee auf den Tisch stellte. Vielleicht war es gar nicht so schlecht, dachte er, mit der Mutter über die Holzingers zu sprechen.

»Sag amal, Mama, du kennst doch die Rita Holzinger, oder? Der Name sagt dir doch was?«

»Ja, freilich! Das ist die Schwiegertochter von der Elisabeth Mooswinkel. Zu der habe ich gar keinen Kontakt. Zur Elisabeth schon, aber nicht zur Schwiegertochter. Mit der Lisa bin ich in die Schule gegangen. Die hat dann den Franz Holzinger geheiratet, Sohn von einem höheren Bahnbeamten aus Traunstein. War was Besseres, verstehst.« Sie lachte wieder. »Aber so richtig glücklich ist sie mit dem Holzinger nicht geworden. Der hat sie doch nur wegen der vielen Grundstücke, die sie mit in die Ehe gebracht hat, geheiratet.«

»Woher hatten denn die Mooswinkels so viele Grundstücke?«, fragte Georg unschuldig nach. Er mochte es, wenn seine Mutter ins Erzählen kam. Da lebte sie auf, da leuchteten ihre Augen und ihre bleichen Wangen bekamen Farbe.

»Na ja, der alte Mooswinkel war der größte Bauer von Wolfing und er hatte nur eine Tochter, die Elisabeth eben. Nach dem Krieg wurden die Wiesen und Felder zu großen Teilen Baugründe. Die ganze Siedlung nördlich der Kirche St. Stephan entstand in den sechziger Jahren mehr oder weniger auf dem alten Ackerland vom Mooswinkel.«

»Respekt!« Georg bekam eine schwache Vorstellung von den Besitzverhältnissen der Nachkommen des alten Mooswinkel. »Und wie viele Kinder haben Elisabeth und Franz Holzinger bekommen? Weißt du das?«

»Zwei Söhne! Matthias und Robert. Matthias hat eben die Rita Brettschneider geheiratet und Robert ist immer noch ledig, soviel ich weiß.«

»Und Rita Brettschneider war auch eine gute Partie, nehme ich mal an?«

»Sowieso! Dem Vater hat die Apotheke neben der Kirche am Hauptplatz gehört. Seine Eltern hatten ein Einfamilienhaus auf dem großen Grundstück direkt am See. Das Anwesen hat die Rita geerbt. Zusammen mit den Sumpfwiesen vom alten Mooswinkel jenseits der Straße *Am Seeufer* haben die Holzingers plötzlich ein riesiges Areal, wie geschaffen für einen Golfplatz, gehabt. Und als Matthias Bürgermeister wurde, hat er dann angefangen zu bauen, die Gemeinde Wolfing zu modernisieren, wie er sich ausdrückte. Fit machen für den Tourismus. Lauter so Schmarrn hat er seinen Gemeinderäten erzählt. Und sie haben es geglaubt. Der Ort hatte die Kosten und der Holzinger hatte plötzlich einen Golfplatz und als Nächstes will er auf dem Grundstück hinter dem Bauernhof vom Gruber Albert ein Vier-Sterne-Hotel hinbauen.«

»Das ist aber sehr interessant!«

»So! Findst? Ich weiß nicht. Was soll denn Wolfing mit einem Vier-Sterne-Hotel? Der Golfplatz soll schon ein Pleitegeschäft sein, sagt die Veronika.«

Maria stellte endlich das Haferl Kaffee vor ihm ab und lächelte ihn an. Georg wusste nicht, ob sie alles verstand, was seine Mutter erzählte, aber auch sie schien sich zu amüsieren. Sollte ihm recht sein, wenn seine Damen gut miteinander auskamen.

»Und wer ist jetzt die Veronika?«

»Das ist die Frau vom Bauern Albert Gruber.«

Da eröffnete sich ein weiteres Betätigungsfeld für seinen Oberinspektor Florian Huber, ging es Georg durch den Kopf. Umfängliche Recherchen im eigenen Chiemgauer Sumpf bahnten sich an.

»Und woher kennst du sie, die Veronika? Du warst doch schon eine Ewigkeit nicht mehr in Wolfing, oder?«

»Einmal im Monat trifft sich der Frauenbund im Pfarrhaus. Maria schiebt mich immer hin. Da sind wir immer dabei, oder, Maria?« Die junge Polin nickte eifrig. Georg musste sich eingestehen, dass er von diesen ausschweifenden Vergnügungen seiner Damen bislang nichts mitbekommen hatte. Aber er musste vielleicht nicht alles wissen.

»Und manchmal«, fuhr Katharina fort, »kommen aus den Nachbargemeinden die Frauen auf einen Besuch vorbei und trinken Kaffee und essen Kuchen. Aber warum interessierst du dich plötzlich so für diese Tratsch-Geschichten? Das ist dir doch sonst mehr als lästig, wenn ich dir von den Leuten aus dem Dorf etwas erzähle.« Mit gerunzelter Stirn sah sie ihren Sohn an. »Da stimmt doch was nicht! Also raus mit der Sprache!«

Georg lachte. Und er erzählte ihr in knappen Worten vom Tod des Matthias Holzinger.

»Wer erbt denn jetzt das ganze Sach von den Holzingers?« Katharina schien überraschend abgeklärt und redete nicht lange um den heißen Brei herum.

»Genau das würde mich auch interessieren.« Georg stand von seinem Stuhl auf, trank sein Haferl leer und fügte hinzu: »Darum lass ich euch zwei Hübschen jetzt wieder alleine, fahre nach Wolfing und werde mich mit der Witwe unterhalten.«

Georg hatte Chieming in nördliche Richtung verlassen und erreichte keine fünf Minuten später den Hauptplatz von Wolfing. St. Stephan, die Pfarrkirche des Orts, stand leicht erhöht auf dem Platz, umgeben von einer Mauer, hinter der sich der Friedhof erstreckte. Ihr Turm hatte eine hohe, spitz zulaufende Haube aus nass glänzenden, grauen Schindeln und war weithin als Landmarke sichtbar. Links und rechts vom kleinen Kirchberg standen die alten Häuser des Ortes aus den Zwanziger- und Dreißigerjahren des vorherigen Jahrhunderts. Schön herausgeputzt waren sie, mit Balkonen, die mit reichlich Geranien und Petunien bepflanzt waren, aber architektonisch wenig Interessantes boten. Es gab eine Apotheke, vermutlich hatte seine Mutter diese gemeint, als sie von Rita Brettschneider erzählte, eine Metzgerei und rechts von der Kirche ein großes Gasthaus zur Post, dazu ein Café, eine Bäckerei, einen Drogeriemarkt und eine Boutique für Trachtenmoden. Ganz so, wie es sich für einen Ort im Chiemgau gehörte, dachte Georg unwillig. Seine alte Sehnsucht nach München, der Großstadt mit all ihren

Geschäften, Restaurants, mit ihrer Großzügigkeit und Anonymität, wo jeder leben konnte, wie er wollte, holte ihn wieder einmal ein. Die Erzählung seiner Mutter, so hilfreich sie vielleicht für seine Ermittlungen war, hatte ihm erneut vor Augen geführt, wie genau die Dorfbewohner Bescheid wussten, wie wenig der Einzelne für sich sein konnte in den Orten rund um den Chiemsee. Das war ein kleiner, abgeschotteter Kosmos. Wer auffällig wurde, der entging den aufmerksamen Augen seiner Nachbarn nicht.

Georg fuhr weiter Richtung See. Die alten Gummis der Scheibenwischer quietschten laut und unangenehm bei jeder Bewegung über die Windschutzscheibe und kamen mit dem niederprasselnden Regen kaum zurecht. Die Straße *Am Seeufer* führte leicht bergab und kurz darauf hatte er das Anwesen der Holzingers erreicht. Ein großzügig angelegtes Landhaus mit rundumlaufendem Schreinerbalkon bester Qualität und einem weit vorkragenden, abgeschleppten Dach. Die Rauputzfassade mit reichlich Holzverkleidung auf der Frontseite zur Straße hin und Fensterläden aus Lärchenholz vervollständigten den eleganten Auftritt des Holzinger-Anwesens. Georg sah zur linken Straßenseite und erkannte durch die Regentropfen auf der Fensterscheibe perfektes Grün. Eine Stange mit Fahne, die sich mäßig bewegte, tropfnass vom tagelangen Regen, steckte im gepflegten Rasen des Golfplatzes, der allerdings von einigen sehr großen Wasserlachen durchsetzt war. Enorm praktische Lage, das musste Georg zugeben. Hinter dem Haus der Holzingers sah er die schwarzen Wipfel eines Fichtenwaldes, der das Grundstück nach hinten abschloss. Vor ihm, keine zwanzig Meter entfernt, glänzte die grauschwarze Wasserfläche des Chiemsees. Sie verschluckte das Straßenende und den kleinen Parkplatz am Strandbad. Bedrohlich nahe war der See herangerückt und hatte den Schilfgürtel und den schmalen Kiesstrand, den es hier normalerweise gab, überflutet. Auch der untere Teil des Vorgartens von Holzingers Grundstück war überschwemmt. Georg mochte sich nicht ausmalen, wie hoch das Wasser inzwischen im Keller stand.

Und ein Blick zum Himmel genügte, um ihm zu sagen, dass ein Ende der Sintflut nicht in Sicht war. Da er fürchten musste, dass der See weiter steigen und irgendwann auch seinen Wagen unterspülen würde, entschloss er sich, den Audi mehr in Richtung Ort zu parken. Er wendete und fuhr ein gutes Stück die Straße wieder zurück, bis er den Parkplatz des Golfclubs erreichte, der verwaist und leer jede Menge Platz bot. Georg stieg aus, öffnete den Kofferraum und wechselte erneut die Schuhe. Das würde ein anstrengender Tag werden, dachte er gottergeben. Elendige Schuhwechslerei! Und für seine Socken aus dünner Merinowolle war das viel zu weite Schuhwerk auch der Tod. Er würde sich mit den unförmigen Gummistiefeln ein Loch an der Ferse treten, mindestens. Georg seufzte. Was tat man nicht alles für den Job. Dann machte er sich auf den Weg zurück zum Anwesen der Holzingers.

Als er die Toreinfahrt erreichte und endlich freien Blick auf das Haus hatte, sah er eine kleine, drahtige Frau mit Sandsäcken hantieren. Er ging langsam auf sie zu und beobachtete, wie sie versuchte, mit Gummistiefeln, Jeans und Friesennerz bekleidet, Souterrainfenster mit Sandsäcken abzudichten. Ein sinnloses Unterfangen, wenn er daran dachte, wie hoch der Wasserspiegel schon gestiegen war. Matthias Holzinger hatte viel zu nahe an den See heran gebaut. Oberinspektor Huber hatte mit seiner Einschätzung recht gehabt und er hatte ihm vorhin schon erzählt, dass die ›Hütte‹ vom Bürgermeister volllaufe. Sogar in Traunstein wusste man darüber Bescheid. Die Welt war, wie gesagt, sehr klein im Chiemgau.

»Grüß Gott!«, machte sich Georg bemerkbar.

Die Frau fuhr herum und musterte ihn böse.

»Warum sind Sie allein? Wo sind Ihre Leute?«

»Georg Breitwieser! Mordkommission Traunstein!«, stellte er sich vor und hielt ihr seinen Ausweis hin. Die Frau machte sich nicht einmal die Mühe, das Dokument anzusehen. Stattdessen drückte sie ihm einen Sandsack in die Hand.

»Ich hab keine Ahnung, weshalb sie mir die Mordkommission schicken. Ich habe das Technische Hilfswerk angefordert. Sehen Sie sich die Schweinerei an! Wenn nicht bald eine große Pumpe angeschlossen und mein Keller ausgepumpt wird, kann ich das Haus abschreiben. Wenn Sie schon mal da sind, können Sie auch hinlangen.«

Sie drehte sich wieder um und arbeitete verbissen weiter.

»Das bringt doch nichts!«

Erneut wirbelte sie zum ihm herum. Ihre dunkelbraunen Augen sprühten Funken und sie giftete ihn an: »Wenn Sie nur dumm daherreden können, dann schleichen Sie sich, verstanden! Rufen Sie bei der Feuerwehr an und fragen nach, wo das Technische Hilfswerk bleibt? Soviel werden Sie wohl zusammenbringen, oder? Ich bin die Frau vom Bürgermeister, verstehen S'? Da kann man doch eine bevorzugtere Behandlung erwarten, oder etwa nicht?«

»Hat Sie Ihr Schwager nicht angerufen?« Georg versuchte, dem Gespräch eine andere Wendung zu geben.

»Der Robert?« Sie lachte kurz auf. »Warum soll mich der Robert anrufen? Der hat mich noch nie angerufen. Außerdem ist er mit dem Matthias zusammen, meinem Mann. Wenn es was zu bereden gäbe, dann würde der mich anrufen. Aber der hat es ja auch nicht nötig, einmal nachzufragen, was zu Hause los ist. Mindestens fünf Mal hab ich schon versucht, ihn auf dem Handy zu erreichen. Fehlanzeige. Nicht mal die Mailbox hat er eingeschaltet. Wenn die beiden in Italien sind, verlieren sie jeden Bezug zum Rest der Welt.«

Bevor sie sich den nächsten Sandsack schnappen konnte, griff Georg sie am Oberarm. »Frau Holzinger, wir beide müssen uns unterhalten. Kommen Sie!«

Mit einem heftigen Ruck riss sie sich los. »Haben Sie den Verstand verloren? Ich setz mich doch jetzt nicht mit Ihnen aufs Kanapee und halte einen Ratsch! Jetzt rufen S' endlich bei der Feuerwehr an, damit hier was weitergeht.«

Georg Breitwieser zog aus der Innentasche seines Regenmantels sein Handy hervor, um ihr den Gefallen zu tun. Zunächst war man bei der Dienststelle der Feuerwehr mehr als abweisend. Dort ging beständig das Telefon. Nach Nennung seines Dienstgrads und der Adresse wurde der Herr am anderen Ende der Leitung etwas freundlicher und versprach, Hilfe zu schicken.

Bedauernd betrachtete Georg das Anwesen von Bürgermeister Holzinger. Aus der Nähe sah das Landhaus noch eine Spur gediegener aus als durch die nassen Wagenscheiben. Auf der rechten Seite folgte auf das Haus eine großzügige Garage. Das Tor stand offen und zeigte Plätze für mindestens drei große Wagen. Einer davon war mit einem dunkelgrünen Land Rover besetzt. Ein Wagen, wie ihn Förster, Waldbesitzer oder Jäger gebrauchen konnten. Offenbar fuhr die Frau des Hauses mit diesem Geländewagen durch die Gegend. Unter dem weiten Dachvorstand im Anschluss an die Garage gab es eine bis oben hin gefüllte Holzlege. Holzscheite lagen dicht an dicht. Bestes Brennholz für den offenen Kamin oder Kachelofen. Die Auffahrt und der Weg zum Haus waren mit quadratischen Granitsteinen belegt und zeigten, dass man keine Mühen und kein Geld gescheut hatte, das Anwesen repräsentativ und für die Ewigkeit zu bauen.

Georgs Blick suchte einen abschließenden Zaun nach rechts. Doch es folgten ein großes Rasenstück und ein rundes Rosenbeet, das bereits zum nächsten Haus gehörte, das aber dennoch auf Holzingers Grundstück stand. Das zweistöckige Einfamilienhaus schien nagelneu und sehr modern. Hier hatte ein Architekt mit Hang zum Ausgefallenen sein Unwesen getrieben. Grau gestrichene Fassadenteile aus Holz, überlange, schießschartenartige Fenster und ein Pultdach auf dem zweiten Stock präsentierten einem Baustil, der für eine Großstadt geeignet schien, aber zum Landhaus der Holzingers wie die berühmte Faust aufs Auge passte. Die Terrasse war noch nicht fertiggestellt und das Grundstück davor noch nicht anplaniert. Im ersten Stockwerk brannte jedoch Licht, so dass Georg daraus schloss, dass man bereits eingezogen war. Kein schönes Gefühl, wenn man den See förmlich auf sich zukommen sah und womöglich die Umzugskartons noch gar nicht ganz geleert hatte.

Frau Holzinger schien seinen Blick zu bemerken und sagte: »Das ist das Haus von unserem Sohn Korbinian. Er ist mit seiner Familie vor vier Wochen eingezogen. Momentan haben sie alle die Grippe. Da kann keiner mithelfen. Bin froh, wenn sich mein Bub und mein Enkel keine Lungenentzündung holen bei dem Wetter.«

Georg kam nicht umhin, den Pragmatismus und die Leidensfähigkeit der Frau zu bewundern. Und was war mit der Schwiegertochter, fragte er sich. Frau Holzinger hatte den nächsten Sandsack gepackt und arbeitete einfach weiter. Noch fünf Säcke hatte sie zur Verfügung, dann war Schluss.

»Haben Sie irgendwo noch leere Säcke und Sand?«, fragte Georg und wunderte sich über sich selbst. Das hatte er eigentlich nicht fragen wollen.

Frau Holzinger schien dies nicht zu wundern. Stattdessen deutete sie mit dem Arm in Richtung Garage. »Wenn Sie um die Garage herumgehen, finden Sie einen Sandhaufen, der noch vom Bau übrig ist. Dort liegen jede Menge leerer Säcke zum Befüllen.«

Doch die Ankunft eines großen Feuerwehrwagens erlöste Georg von seinem übereilten Samaritertum. Fünf Männer stiegen aus und kamen auf sie beide zu.

»Frau Holzinger, wo brennt's?« Ein großer, kräftiger Mann in voller Montur und mit Helm auf dem Kopf lachte gutmütig.

»Spar dir deinen Witz, Sepp. Pumpen müsst ihr, aber ein bisschen dalli«

»Jaja, ist gut, Rita, machen wir. Geh rein mit dem Hauptkommissar Breitwieser. Der ist wahrscheinlich auch nicht zum Vergnügen hier.«

»Ja, leider. Wir sollten wirklich hineingehen, Frau Holzinger.«

Georg griff die Frau erneut am Oberarm und bugsierte sie zum Hauseingang und in die geräumige Diele. Dort zogen sie schweigend die Gummistiefel und die Regenmäntel aus. Georg roch das Wasser im Haus, bevor er es durch eine der abgehenden Türen lecken sah. Es drang unter der Schwelle hindurch und floss auf eine Sockelleiste am anderen Ende der Diele zu. Vermutlich verbarg sich hinter der Tür der Zugang zum Keller. Georg verstellte Frau Holzinger die Sicht, um sie nicht weiter zu beunruhigen, und betrat mit ihr eine großzügige Wohnküche. Stumm deutete Rita Holzinger auf eine Eckbank. Sie selbst nahm auf einem Holzstuhl Platz. Schwer stützte sie ihre Arme auf dem roh belassenen Esstisch aus Buchenholz ab, auf dem noch das Frühstücksgeschirr für eine Person, ein Marmeladenglas und eine Butterdose herumstanden. Ihre Unterarme auf die Tischplatte abgelegt, schaute sie auf das halb aufgegessene Butterbrot.

Zum ersten Mal konnte Georg die Frau des Hauses genauer ansehen. Sie war vermutlich Anfang fünfzig, sehr hager im Gesicht, mit zahllosen Falten um Mund und Augen, die von Sorgen und Arbeit zeugten. Sie sah nicht mehr jung aus, sondern erschöpft nach der Anstrengung, die das Hochwasser ihr abverlangte. Ihr blond gesträhntes Haar hing ihr ins Gesicht. Sie sah abgekämpft aus. Vermutlich hatte sie schon mehrere Nächte nicht mehr geschlafen. In den Ohrläppchen hatte sie sehr große Brillantohrstecker, die selten deplatziert wirkten zu ihrer übrigen eher nachlässigen Kleidung. Ihre Hände waren sehr gepflegt, die Fingernägel rot lackiert, aber nach dem Schleppen der Sandsäcke eingerissen und ruiniert. Für gewöhnlich arbeitete sie nicht mit den Händen. Soviel war klar. Sie wandte ihm das Gesicht zu.

»Was will die Mordkommission bei mir?«

»Ich habe keine guten Nachrichten, Frau Holzinger«, begann Georg zögernd. Und endlich schien sie auch zu begreifen. In ihre Augen trat ein gehetzter Ausdruck.

»Was ist mit dem Matthias? Was ist passiert?«

»Auf Ihren Mann wurde gestern geschossen. Er wurde auf seinem eigenen Grundstück ...« Weiter kam Georg nicht.

Die Frau sprang von ihrem Stuhl auf, der krachend auf den Fliesenboden fiel, und fing an, in ihrer Küche hin und her zu laufen. Dann hielt sie mitten in der Bewegung inne, umfasste ihren Oberkörper mit beiden Armen und stieß einen lauten spitzen Schrei aus, der Georg durch Mark und Bein ging. Er eilte zu ihr und versuchte, sie in die Arme zu nehmen, aber sie wehrte sich mit einer Kraft und Entschiedenheit, die er ihr nicht zugetraut hätte. Aus ihrer Kehle kamen gutturale tiefe Töne der Verzweiflung.

»Frau Holzinger, bitte, ... Frau Holzinger ...« Doch Georg erreichte sie nicht. Sie schlug um sich und wehrte sich wie ein verletztes Tier.

Endlich bekam er Unterstützung von einem der Feuerwehrmänner.

»Was ist denn hier los?«

»Bitte, rufen Sie einen Krankenwagen. Schnell! Frau Holzinger braucht ärztliche Hilfe.«

9

Verona, 11.00 Uhr

Antonio und Enrico standen am Bartresen des *Attimo Caffè*, einer kleinen, unscheinbaren Bar unweit der *Questura*, und rührten schweigend in ihren *espressi*. Ihr obligatorischer Besuch der *Liston Bar* auf der *Piazza Brà* um diese Uhrzeit verbot sich aufgrund der Menschenmassen, die sich auch an diesem Montagvormittag bereits durch die Stadt schoben. Es gab keine Verschnaufpausen für die Einheimischen mehr in diesem Festspielsommer. Zudem kannten sie die Besitzerin des *Caffè*, Signora Baldessarini, sehr gut. Antonio schätzte ihre Diskretion. Sie hielt auch jetzt den größtmöglichen Abstand von ihnen, um sie weder zu belauschen noch zu stören.

Antonio war so wütend, dass es ihm schwerfiel, seinen *espresso* genussvoll in kleinen Schlucken zu trinken. Je länger er über die Vernehmung in Garda nachdachte, desto wütender wurde er auf die sogenannten Zeugen in der *Villa Sole*, auf den ganzen verdammten Fall rund um Künstler, die Theater spielten, egal, wo sie sich aufhielten. Er legte den Kopf in den Nacken, trank den Rest seines *caffè* in einem Zug aus, stellte die Tasse dann so heftig auf dem Unterteller ab, dass der kleine Löffel, den er darauf abgelegt hatte, in hohem Bogen fortflog und klirrend auf der Marmorplatte des Tresens aufschlug.

Sowohl die Signora als auch Enrico sahen ihn verblüfft und alarmiert zugleich an.

»*Ancora due*, Signora, *per favore*.« Ohne ein weiteres Wort löste sich Antonio vom Tresen und ging auf die Terrasse hinaus, um an einem der Metalltische Platz zu nehmen. Enrico folgte gehorsam wie ein Hund und setzte sich ihm gegenüber. Außer ihnen gab es keine Gäste. Die Lage der Bar am *Lungadige* lud nicht gerade zum Verweilen ein. Ohne Unterlass fuhren Pkw und Lkw entlang. Touristen dagegen verirrten sich nur selten hierher. Dieser Teil der Stadt bot für sie keine Sehenswürdigkeiten.

Als Signora Baldessarini die frischen *espressi* vor ihnen abgestellt hatte, blickte Antonio seinem Mitarbeiter ins Gesicht.

»Und, was sagst du zum bühnenreifen Auftritt unserer Zeugen?«

»Du meinst, ob ich ihnen glaube?«

Sein Chef musterte ihn nur grimmig.

»*Assolutamente no!*« Enrico schüttelte entschieden den Kopf. »Sie haben sich ganz sicher abgesprochen.«

Der Commissario nickte und rührte gedankenverloren in seinem zweiten *espresso*. Ihre Ermittlungen in Garda hatten sie mit Signora Bonomi begonnen, dann war Roberto dazugekommen und schließlich dieser Tenor Varese. Was er von ihm halten sollte, wusste Antonio noch nicht so recht. Als Sänger war er nicht wirklich brillant, auch wenn ihm Antonio diesbezüglich ein wenig Honig um den Mund geschmiert hatte. Die korpulente Statur von Varese und sein wallendes dunkelbraunes Haar, das er weit über den Hemdkragen wachsen ließ und wohl eine Künstlermähne darstellen sollte, hatten ihm nicht gefallen. Frauen mochten solche Männer angeblich. Auch Marissa fand längere Haare anziehend. Schon mehrfach hatten sie darüber Diskussionen geführt. Doch das gehörte nicht hierher. Antonio riss sich zusammen.

Bevor er Yakanabe in dessen Gästezimmer aufgesucht hatte, hatte er Enrico hinüber zu Nachbar Ernesto Rubini geschickt. Was sein Mitarbeiter dort herausgefunden hatte, wusste er auch noch nicht.

Auf der Fahrt zurück nach Verona hatten sie nicht viel gesprochen. Enrico war gefahren. Er hatte wohl gespürt, dass sein Chef noch nicht bereit war, über die dürftigen Ergebnisse der Ermittlungen zu diskutieren, und hatte ihn in Ruhe gelassen.

Doch er konnte nicht ewig vor sich hinbrüten, deshalb sagte Antonio jetzt sehr bestimmt: »*Allora!* Fassen wir einmal zusammen: ein Operntenor, der morgens im eigenen Auto von wer weiß woher kommt und ohne rot zu werden behauptet, sein Agent hätte ihn am Tag zuvor zur *Arena* gefahren.

Roberto Holzinger, der mehr um seine Gäste besorgt als vom Ableben seines Bruders erschüttert zu sein scheint. Der reichlich über den Durst getrunken hat und felsenfest behauptet, er hätte nach dem Mittagessen am Sonntag die *Villa Sole* verlassen, um anschließend, nachdem er seine Künstler in der *Arena* abgeliefert hatte, einen Kunden in Garda zu treffen. Weshalb fährt er bis zur *Arena*, um dann wieder, zurück in Garda, seine Geschäfte aufzunehmen? Das ist doch die reinste Zeitverschwendung! Den angeblich so wichtigen Kunden müssen wir demnächst befragen.«

Antonio überlegte einen Moment und holte sein Notizbüchlein aus der Innentasche seiner Lederjacke. »Paul Ehrmann heißt er! Richtig. Er kommt aus Berlin und wohnt zurzeit im *Hotel Nautico* in Bardolino. Dann haben wir noch einen japanischen Regisseur, dessen einziges Interesse dem Fortgang seiner Aufführung gilt, die kein Mensch sehen will. Andererseits lässt er sich zu einer Generalprobe fahren, die mit seiner Aufführung rein gar nichts zu tun hat. Was wollte Yakanabe am Sonntagnachmittag in Verona? Außerdem gibt es eine Hausdame, die von den Ereignissen so mitgenommen ist, dass sie wirres Zeug redet, das man nicht gebrauchen kann. Sie wusste noch nicht einmal, ob sie am frühen Nachmittag allein in der Villa war, ob wirklich alle das Haus verlassen hatten. Unglaublich!«

Enrico nickte und ergänzte: »Bei deiner Aufzählung fehlt Ernesto Rubini, der Nachbar, der bei der Nennung des Namens Holzinger vor Wut rot anlief im Gesicht und eine Tirade auf die Deutschen im Allgemeinen losgelassen hat!«

»*Interessante!* Darüber sollten wir uns gleich noch genauer unterhalten.« Wieder blickte Antonio in sein Notizbuch und sagte ganz nebenbei. »Bitte, hol uns noch zwei *espressi*, Enrico.«

Als ihn sein Ispettore mehr als skeptisch ansah, lächelte Antonio entschuldigend.

»Nun geh schon. Ich habe die letzten Nächte wenig Schlaf abbekommen. Wenn du nicht willst, dass ich am Tisch einschlafe, dann bewegst du dich jetzt am besten. Drei *caffè* wirst du schon vertragen. *Eh ...?*«

Antonio, wieder allein, nutzte den Moment, um die Notizen, die er sich vor Ort gemacht hatte, zu überprüfen. Sie kamen ihm alle samt und sonders so dürftig vor wie die Aussagen der Zeugen. Das Gleiche galt für ihre Alibis, die alles andere als geklärt waren. Er versuchte, sich nochmals ganz genau an den Ablauf der Befragung zu erinnern.

Als Enrico und er morgens in Garda ankamen, parkte vor der *Villa Sole* lediglich der schwarze Porsche. Anhand der Papiere, die Roberto Holzinger bei sich hatte, gehörte der Wagen seinem Bruder Matteo. Angeblich hatte Roberto seine Gäste Varese und Yakanabe mit diesem Wagen in die Stadt zur *Arena* gefahren. Und angeblich besaß Matteo zum Zeitpunkt seines Todes keine Fahrerlaubnis. Wegen Alkohol am Steuer hatte man ihm in Deutschland den Führerschein für ein halbes Jahr entzogen: eine stattliche Strafe für vermutlich jede Menge Promille. Roberto hatte ihnen erklärt, dass er deshalb seinen eigenen Wagen in Traunstein gelassen hatte, weil sie nur mit einem Auto hatten anreisen können. Das machte Sinn, wenn es stimmte! Das hieß aber auch für alle Bewohner der *Villa Sole*, dass Matteos Bewegungsradius denkbar klein war, er wohl kaum das Haus verlassen konnte, wenn Roberto den Porsche benutzte und in die Stadt fuhr. Außerdem wussten sie alle, dass Matteo auf die Ankunft von Bürgermeister Di Santo wartete. Eine der wenigen Aussagen, die Antonio selbst bestätigen konnte. Sollte der Täter aus dem engen Kreis der Bewohner stammen, dann saß Matteo gestern, am Sonntagnachmittag, im eigenen Haus in der Falle.

Außerdem erschien der Operntenor heute am Morgen mit dem eigenen Wagen. Wo hatte er diesen geparkt? Weshalb machte er sich tags zuvor von Roberto abhängig? Er war der Einzige, der dringend in die *Arena* musste, weil nachmittags eine Generalprobe für das Konzert am Sonntagabend anstand. Es interessierte Antonio brennend zu klären, wo die Autos der einzelnen Zeugen zur Tatzeit untergestellt waren. Das konnte ein erster Schlüssel zur Aufklärung sein.

Adriana Bonomi, die Haushälterin, hatte berichtet, dass der Japaner normalerweise einen kleinen Mietwagen fuhr. Doch sie konnte weder die Automarke nennen, noch konnte sie sich erinnern, wann sie das rotlackierte Fahrzeug das letzte Mal gesehen hatte.

Als Antonio endlich Yakanabe in dessen Gästezimmer allein befragen konnte, ergab sich eine unerwartete Wendung. Dieser behauptete plötzlich, sie alle hätten ihre Fahrzeuge im Parkhaus nahe der *Arena* nach der Premierenfeier am Samstagabend stehengelassen und seien von Roberto auch in dieser Nacht gefahren worden. Das klang plausibel, musste aber nicht stimmen. Wenn Antonio die Neigung der Holzinger-Brüder zu reichlichem Alkoholkonsum bedachte, war Roberto als Fahrer der anderen nicht die beste Wahl. Yakanabe hatte ihm gegenüber als Einziger diese Premierenfeier erwähnt. Antonio wollte Lavinia oder Fausto, seinen Vice, bitten, anhand der Videoüberwachungskameras des Parkhauses diesen Teil der Aussage zu überprüfen. Antonio riss eine Seite aus seinem Notizbuch und begann, die einzelnen Aufgaben zu notieren.

Enrico kam mit den *espressi* zurück und schaute interessiert auf den eifrig schreibenden Chef, als er sich wieder setzte.

»Was treibt dich um, Tonio?«

»Diese eigenartigen Fahrten, die sie alle angeblich mit Roberto gemacht haben wollen.«

»Rubini, der Nachbar, ist uns in dieser Frage leider auch keine Hilfe. Er meint, er kam erst kurz nach zwei Uhr Mittag am Sonntag nach Hause, genau wusste er das nicht mehr. Er hatte bei seiner Tochter in *Garda Centro* gegessen. Von seinem Schlafzimmerfenster aus kann er den Parkplatz vor der *Villa Sole* einsehen. Doch er hatte nicht darauf geachtet, wann welche Autos dort parkten. Da drüben sei doch immer der Teufel los, meinte er.«

»Hat er was gehört? Einen Schuss vielleicht?«

Enrico schüttelte den Kopf. »*No, niente.* Ich hatte bei unserem Gespräch den Eindruck, dass der alte Herr ein Hörgerät gut gebrauchen könnte.«

»*Bene!* Ganz großartiger Zeuge!« Antonio schüttelte resigniert den Kopf. Wie sollten sie vorwärtskommen? Er fasste weiter die dürftigen Anhaltspunkte zusammen.

»Signora Bonomi fährt mit dem Fahrrad zu ihrem Arbeitgeber. Also, wenn wir davon ausgehen, dass Varese, Yakanabe und Roberto mit dem Porsche weggefahren sind, dann kam der Täter von außerhalb. Oder er ist mit dem eigenen Wagen wieder zurückgekehrt, ohne dass es dafür Zeugen gibt.«

»Der Nachbar hat den Nachmittag in seinem Wohnzimmer bei abgedunkelten Fenstern zugebracht. Die Fensterläden waren wegen der Hitze geschlossen. Er hat in seinem Sessel gesessen und gelesen. Vermutlich ist er dazwischen immer wieder eingenickt, wenn er das auch bestreitet. Aber er konnte mir einiges über die Familienverhältnisse der Holzingers berichten!« Enrico sah Antonio bedeutsam an und wartete.

»Nur nicht so schüchtern, Enrico! Ich bin ganz Ohr.« Antonio ließ endlich von seinen Notizen ab und lehnte sich in dem harten Metallstuhl zurück.

»Rubinis Haus wurde etwa zeitgleich mit der *Villa Sole* gegen 1880 erbaut, ist aber um einiges kleiner und einfacher gestaltet als die burgähnliche Villa im *stile neogotico*. Das sagte der alte Herr sehr abfällig. Ihm sagt dieser Architekturstil wohl gar nicht zu.« Enrico lachte. »Die *Villa Sole* gehörte anfangs einer reichen Adelsfamilie aus Vicenza und war als Feriendomizil gedacht. Schon nach dem Ersten Weltkrieg bekam die Familie finanzielle Probleme und bewohnte nur noch wenige Zimmer im Erdgeschoss. Der erste und zweite Stock wurden nicht mehr beheizt, die Antiquitäten und Einrichtungsgegenstände verkauft. Nach dem Zweiten Weltkrieg gab es nur noch die alte *Contessa* selbst, die das Haus nicht mehr halten konnte. Ihre beiden Brüder und ihr Vater waren aus dem Krieg nicht zurückgekehrt, im Stellungskrieg in den Dolomiten gefallen. Einen Mann hatte die *Contessa* nicht abbekommen. Als der Krieg zu Ende war, war sie für die Gründung einer Familie zu alt geworden und es gab keine geeigneten Männer mehr, die ihr zur Nase standen, so meinte Rubini.«

Nun lachte Antonio auch ein wenig. Er entspannte sich. Es war die immer gleiche Geschichte. Das Nachkriegsitalien gehörte zwar zu den Siegern, aber die Bevölkerung zahlte einen hohen Preis. Die Notlage in ganz Italien war enorm gewesen. Danilo, sein Schwiegervater, dessen Eltern schon in den Zwanzigerjahren von Neapel nach Bozen umgesiedelt worden waren, konnte stundenlang über diese schlimme Zeit berichten. Und die Armut machte, von wenigen Ausnahmen abgesehen, vor keiner Gesellschaftsschicht halt. Der Adel verlor seine Titel, sein Vermögen und musste sich wie alle anderen auch nach der Decke strecken.

»Die *Contessa* hatte kein Geld mehr«, fuhr Enrico mit seinem Bericht fort, »und konnte die *Villa Sole* nicht mehr halten. Reiche Industrielle aus Mailand oder aus dem Veneto sicherten sich die Filetstücke am Gardasee. Aber auch die Deutschen, die ersten Touristen, die Anfang der fünfziger Jahre nach Italien kamen, verliebten sich in die Schönheit des *Lago*. Unverbesserliche Romantiker müssen das gewesen sein.« Enrico schüttelte den Kopf. Ihre Begeisterung für die Zitronen von Limone, die verarmten, aber pittoresken Dörfer rund um den See und an den Flanken des *Monte Baldo* sowie für das mediterrane Südufer, das damals genauso schwül und wie heute ein Dorado der Mücken war, ließen sie sich Einiges kosten. »So fand auch die alte, mittellose *Contessa* in Franz Holzinger, dem Vater unseres Opfers, einen Dummen, der begierig nach der maroden Villa die Hände ausstreckte. Aus heutiger Sicht hat er alles richtig gemacht. Franz Holzinger hatte reich geheiratet, wie er Rubini einmal bei einer Flasche Wein erzählte. Seine Frau Elisabetta, eine Bauerntochter, hatte viele Grundstücke, ehemals Ackerland, in die Ehe gebracht. Das Dorf, aus dem sie kamen, war zu klein geworden für die Bevölkerung. Und so konnte Holzinger 1963 die *Villa Sole* für einen Spottpreis erwerben. Das Haus war heruntergekommen. Ein Teil des Daches war eingestürzt. Der zweite Stock und der Turm waren unbewohnbar. Nur im Erdgeschoss konnte man sich damals aufhalten. Die Holzingers fingen an zu renovieren und gleichzeitig hatten sie Blut geleckt und verdienten mit einer Immobilienfirma am Ausverkauf des *Lago* gutes Geld. Darüber regte sich Ernesto Rubini besonders auf.«

Antonio nickte. Das Immobiliengeschäft der Holzingers hatte also schon Tradition. Sie wussten mit Sicherheit, wo es gute Lagen und noch erschwingliche Preise gab, um selbst Profit damit zu machen.

»Und der Nachbar berichtete außerdem, dass bei den Holzingers die Fetzen flogen. So manche Vase und so manches Glas gingen zu Bruch während ihrer Streitereien. Der alte Holzinger muss ein echter Frauenverführer gewesen sein. Groß, kräftig und mit blonden Haaren gesegnet, waren die Italienerinnen schnell zu begeistern gewesen. Und Matteo sei aus ganz ähnlichem Holz geschnitzt gewesen, sagte der Nachbar nicht ohne Häme. Rita Holzinger hat

Rubini schon seit einigen Jahren nicht mehr gesehen. Es kämen immer nur die Brüder, um ihre Geschäfte abzuwickeln. Roberto feiert gern laute Partys mit seinen Künstlern. Wegen Ruhestörung hatte Signor Rubini schon mehrmals die Polizei gerufen. Während der Sommermonate war hier angeblich immer was los! Kein reines Rentnerparadies, wenn du mich fragst.«

»Hatte Rubini zu Adriana Bonomi auch irgendetwas Interessantes zu erzählen?«

»Richtig. Gut, dass du nachfragst. Die Hausdame wird, nach Aussage des Nachbarn, von den Holzinger-Brüdern ziemlich ausgenutzt. Sie hat angeblich einen pflegebedürftigen Sohn zu Hause. Doch darauf nehmen die Deutschen keine Rücksicht. Wenn sie die Villa bewohnen, muss Adriana mehr oder weniger rund um die Uhr zur Verfügung stehen. Lediglich nachmittags, zwischen Mittag- und Abendessen, kann sie für ein paar Stunden nach Hause. Und ab zweiundzwanzig Uhr ist ihr Dienst beendet.«

»Und morgens fängt sie um sieben Uhr an, wie sie uns selbst erzählt hat.« Antonio griff sich wieder seine Notizen und schrieb sich einiges auf. Dann klappte er sein Notizbuch zu und trank den dritten *espresso* aus. Das Koffein würde er in spätestens einer Stunde bitter bereuen. Ein entsetzliches Hungergefühl würde ihn befallen. Er sah auf die Uhr.

»Wo gehen wir später Mittagessen?«

Enrico sah ihn überrascht an und lachte laut und befreit auf.

»Tonio so gefällst du mir schon besser. Deine finstere Miene kann einem ja Angst machen. Was schlägst du vor?«

Antonio stand auf und legte reichlich Münzen auf den Metalltisch für Signora Baldessarini.

»Ich bin sicher, ich brauche eine riesige Portion *spaghetti al ragù* oder eine *pizza* mit allem.«

Gemeinsam gingen sie den kurzen Weg zur *Questura* zu Fuß. Den Dienstwagen hatten sie schon zuvor auf dem Parkplatz der

Polizeistation abgestellt. Antonio wollte noch einiges klären, bevor er sich für das Mittagessen Zeit nahm. Petrelli hatte, nachdem es keinen Sinn mehr gemacht hatte, unten am Strand die Beweisaufnahme bei strömendem Regen fortzuführen, am Abend noch das Zimmer von Matteo Holzinger untersucht. Per SMS hatte er Antonio über das Ergebnis unterrichtet. Viel hatten er und die Kollegen nicht gefunden. Aber einen Laptop und das Handy des Opfers konnten sie sicherstellen. Auch einige Ordner hatte Petrelli an sich genommen. Antonio war neugierig, was die Kollegen inzwischen herausgefunden hatten. Möglicherweise hatte auch Dottoressa di Silva schon erste Erkenntnisse.

Antonio und Enrico betraten die Eingangshalle der *Questura* und stiegen die Treppen hoch in den zweiten Stock.

»Sag Lavinia und Fausto Bescheid, dass wir zurück sind. Wir machen noch eine Bestandsaufnahme vor dem Mittagessen. Und ich will nicht hören, dass Fausto irgendwo in seinen Ländereien steckt und unabkömmlich ist, *capito?*« Antonio kannte seinen Vice und seine unaufschiebbaren Erntearbeiten. Es gab nahezu keinen Monat im Jahr, an dem Fausto nicht auf seinem kleinen Gut gebraucht wurde. Als er sein Büro betrat und an seinem Schreibtisch Platz nahm, sah er sofort den großen Briefumschlag aus feinstem, handgeschöpftem Briefpapier mit dem Wappen der Stadt Verona, der prominent in der Mitte lag. Er nahm ihn hoch und drehte ihn gedankenverloren hin und her.

10

Etwa zur gleichen Zeit saß Raimondo Varese auf der *Piazza Brà* in einem der dicht bevölkerten Touristenrestaurants, die sich gegenüber der *Arena* und in unmittelbarer Nähe zur *Via Mazzini* befanden. An diesem Punkt der Stadt herrschte Hochbetrieb und die Menschen drängten sich in das schmale Nadelöhr zur Einkaufsstraße, als gäbe es dort die besten Schnäppchen. Varese hatte diesen Ort ganz bewusst gewählt. Er wollte eintauchen in den Touristenstrom, unerkannt und unentdeckt bleiben, um nachzudenken. Dafür hatte er einen freien Tisch mitten auf der Terrasse ausgesucht, die von einer grünen Markise überspannt wurde. Um ihn herum saßen Amerikaner, Deutsche und jede Menge Asiaten. Er konnte sie keinem speziellen Land zuordnen. Und es war ihm auch egal. Yakanabe, sein ganz persönliches Asienerlebnis, dessen verschlossenes Gehabe und dessen spinöse Ideen, reichten ihm völlig.

In der *Villa Sole* hatte er es nicht mehr ausgehalten. Er hatte das Gefühl gehabt, als säßen dunkle Gestalten hinter Möbeln und Gardinen, als würde er belauert und belauscht. Den sicheren Hort bei den Holzingers, den er bislang so sehr geschätzt hatte, gab es nicht mehr. Nachdem die Kommissare von ihm abgelassen hatten, hatte er sofort das Weite gesucht. Das Gejammer von Roberto war ihm derart auf die Nerven gegangen und sein eigenartiges Verhalten hatte ihn so in Angst und Schrecken versetzt, dass er schnellstens mit seinem Fiat in die belebte Stadt geflüchtet war.

Kurz nur war er versucht gewesen, Angelina in ihrem Hotel aufzusuchen und sich ihr anzuvertrauen. Doch dann hatte er sich dagegen entschieden. Er traute keinem mehr über den Weg. Bevor er abends an dem Empfang teilnahm, musste er Klarheit in seine Gedanken bringen. Der Mord an Matteo warf Fragen auf. Was bedeutete dieser Mord für seine Karriere als Tenor? Wer hatte Matteo auf dem Gewissen und warum? Und welche Rolle spielte Roberto in diesem Drama? Ihn sah er an vorderster Front. Das Verhältnis der Brüder war angespannt gewesen. Wenn er es genau bedachte, hatten sie in den letzten Tagen mehrfach gestritten und dabei war es immer ums Geld gegangen. Roberto wollte mehr vom Kuchen abhaben, wollte Matteo, der sich nur noch um seine politische Karriere im kleinen Wolfing kümmerte, klarmachen, dass er ihm einerseits nicht die ganze Arbeit mit der Immobilienfirma allein aufhalsen konnte und andererseits die Hälfte des Gewinns einstrich.

Raimondo hatte sich einige Tageszeitungen gekauft in der Hoffnung, die Presse könnte die eine oder andere wichtige Information über den Mord für ihn bereithalten. Von der Polizei würde er auf seine Fragen sicher so schnell keine Antworten bekommen. Ganz im Gegenteil, sie würden i h n grillen, ihn sicherlich erneut befragen. Er griff sich *L'Arena*, als ein Ober nach seinen Wünschen fragte. Nachdem er sich eine Cola bestellt hatte, begann er die Zeitung durchzusehen. Im Innenteil fand er schließlich eine kleine Notiz. In sehr dürren Worten wurde vom Mord an einem deutschen Touristen in Garda berichtet. Ein Dreizeiler, ganz unten auf der rechten Seite. Das war's! Genervt warf Varese das Blatt auf den kleinen Tisch.

Ohne sie wirklich wahrzunehmen, schaute er auf die luftig bekleideten Touristen, die die *Arena* umkreisten, stehen blieben, fotografierten, oder einer Reiseführerin trotz Mittagshitze blindlings folgten. Aber dann fielen ihm doch zwei vertraute Personen auf und sein Herzschlag setzte für einen Moment aus. Hektisch griff er in die Brusttasche seines kurzärmeligen Seidenhemds und holte seine Sonnenbrille hervor. Er hatte Mühe, sie aufzusetzen, so sehr zitterten ihm die Hände.

Er musste sich getäuscht haben. Er saß einer Fata Morgana auf! Das konnte doch nicht wahr sein! Raimondo Varese griff sich erneut *L'Arena* und hielt sie vor sein Gesicht. Dann lugte er vorsichtig über deren Rand und fand bestätigt, was er so gar nicht glauben wollte.

Keine fünfzig Meter von ihm entfernt stand seine Frau Annegret mit dem gemeinsamen Sohn Jan. Es konnte nur Jan sein. Er hatte den Jungen seit über fünf Jahren – oder waren es doch schon mehr? – nicht mehr gesehen. Varese war selbst nicht gerade klein von Wuchs, aber sein Sohn würde ihn mit Sicherheit um einen halben Kopf überragen, stellte er sich neben ihn. Wie alt mochte Jan inzwischen sein? Varese begann, im Kopf zu rechnen. War er überhaupt schon zwanzig Jahre alt? Annegret hatte ihm irgendwann eine Mail geschrieben und mitgeteilt, dass Jan sein Abitur gemacht hatte und bald ein Studium beginnen würde. Er hatte vergessen, ihm zu gratulieren und er hatte auch vergessen, was sein Sohn studieren wollte. Ihm brach der Schweiß aus. Er merkte, wie sich sein Kopf leerte, als hätte jemand einen Stöpsel gezogen. Was bedeutete das alles? Annegret musste doch wissen, dass er zurzeit in Verona auf der Bühne stand. War sie deshalb gekommen? Wollte sie, dass Jan seinen Vater zum ersten Mal in seinem Leben singen hörte, auf der Bühne erlebte? Bislang hatte sein Sohn noch nie eine seiner Aufführungen besucht. Jan war angeblich nicht besonders musikalisch, wie Annegret ihm einmal berichtete. Seine Frau war darüber mehr enttäuscht als er selbst. Raimondos Herz raste. Er versuchte, ruhig durchzuatmen, einen gleichmäßigen Puls zu bekommen. Das konnte er doch. Das übte er oft, wenn das Lampenfieber ihn überfiel wie eine Grippe, wenn die Pumpe laut in den Ohren hämmerte, dass er sich gar nicht mehr auf seine Arie konzentrieren konnte, die er gedanklich durchging. Er war doch geübt darin, sein Herz, seine Atmung zu kontrollieren.

Selten nur legte er sich Rechenschaft über sein Leben ab. Er führte es, wie es gerade passte, wie es sich ergab. Hatte er ein Engagement, war alles wunderbar. Raimondo fühlte sich stark, selbstbewusst, geachtet und geliebt als Künstler. Seine Nacht mit Angelina hatte ihm gezeigt, wie großartig es war zu leben, als Künstler völlig frei im Handeln zu ein. Aber dort vorne, nahe der *Arena*, seiner Bühne, auf der er viele Abende in den nächsten Monaten singen würde, stand seine Ehefrau. Annegret von Mauerbach, Brauereibesitzerin aus Trostberg, Mäzenin seiner Lebensweise und glühende Verehrerin seiner Stimme. Zumindest war das einmal so gewesen. Vor über zwanzig Jahren hatte er sie bei den Salzburger Festspielen kennengelernt. Sie gehörte zu den Sponsoren des Opernfestivals, und bei einem Abendempfang waren sie sich begegnet. Sie machte ihn auch mit Roberto bekannt und sorgte dafür, dass Holzinger sein Agent wurde. Kein Jahr später hatte er mit fünfundzwanzig Jahren eine Dreißigjährige mit dickem Geldbeutel geheiratet, die ein Kind von ihm erwartete und von einer geradezu fanatischen Liebe zur Oper befallen war. Einen Tenor zum Mann zu haben, musste für Annegret das Glück schlechthin bedeuten. Und sie hatte sich diese Liebe bis heute nicht nehmen, sich viel Geld kosten lassen und alle Scheidungsüberlegungen in den Wind geschossen. Mehrmals schon hatte er ihr eine Trennung vorgeschlagen. Doch sie ließ ihn nicht von der Angel. Sie sagte zu ihm:

»Wart es ab, Raimondo. Du kannst nicht ewig singen, du wirst nicht bis zu deinem Tod auf der Bühne stehen. Ich kann warten. Irgendwann kommst du zurück und dann wirst du froh sein, dass deine Frau sich um dich kümmert, und du wirst stolz darauf sein, einen Sohn zu haben.«

Für sie klang das nach Verheißung, für ihn wie nach Tod, nach dem Ende aller Vergnügungen. Warum begriff sie das nicht? Er war für ein bürgerliches Leben völlig ungeeignet.

Hatte sie ihre Meinung geändert? Kam sie deshalb hierher? Das Seidenhemd klebte ihm unangenehm nass am Rücken. Der Mord an Matteo reichte offenbar nicht. Jetzt krochen auch noch die Dämonen seines eigenen Lebens aus der Dunkelheit hervor und auf ihn zu.

Annegret und Jan hatten das Interesse an der römischen *Arena* verloren und gingen, wie die anderen Touristen auch, in die *Via Mazzini*, mitten hinein in die Altstadt. Bald waren sie nicht mehr zu sehen, verschluckt von der Masse Menschen, die sich in die kleine Straße schob. Und Varese atmete hörbar laut und erleichtert aus. Sie hatten ihn nicht gesehen. Da war er sich sicher. Er legte vier Euro auf den Tisch, raffte die Zeitungen zusammen und ging in Richtung *Portoni della Brà*, dem doppelten Torbogen, der aus der Altstadt hinausführte. Auch Verona war kein sicherer Ort mehr. Er würde nach *Soave* fahren. Hinein ins Weinland, ins Landesinnere, und in der *Enoteca Il Drago* in der Stadt einen frischen *Soave Classico* trinken und bei *mafalde con pomodorini, scampi e rucola* versuchen, zur Ruhe zu kommen. Abends brauchte er alle seine Sinne und ein souveränes Auftreten beim Empfang von Di Santo.

Er verlangsamte seine Schritte und sah hinüber zum *Palazzo Barbieri*. Das Säulenportal mit dem großen Giebelfeld lag im Schatten. Das Rathaus der Stadt Verona war imposant und strahlte Macht aus. Sollte er jetzt gleich mit dem Bürgermeister sprechen, ihn dazu überreden, Moto Yakanabe und seine unselige *Aida* aus dem Programm zu nehmen? Sein Vertrauen in Roberto war schwer erschüttert. Der Agent würde nur nach seinem eigenen Vorteil entscheiden und Raimondo wusste nicht, wie dieser aussah, was der Tod von Matteo für Auswirkungen auf die Geschäfte seines Agenten hatte. War es nicht gescheiter, er sprach vorher mit Di Santo, bevor Roberto Fakten schuf, mit denen er nicht einverstanden war? Aber wie sollte er sein Ansinnen glaubhaft anbringen, ohne selbst ins Hintertreffen zu gelangen? Mit dem Bürgermeister war nicht zu spaßen. Nein, erst musste er sich etwas überlegen, einen Plan entwickeln. Dann war immer noch Zeit. Vor dem Empfang heute Abend würde Di Santo keine Entscheidungen treffen. Da war er sich sicher.

Zielstrebig überquerte er die *Piazza Brà*, durchschritt die *Portoni* und hastete den *Corso Porta Nuova* entlang, um möglichst rasch das Parkhaus zu erreichen. Doch er kam nicht weit. Sein *telefonino* meldete sich mit dem Triumphmarsch aus *Aida*.

»*Pronto!*« Sein Atem ging schwer. Telefonieren und gleichzeitig laufen war nicht seine Sache.

»*Ciao*, Raimondo! Wie geht es dir? Wie ich höre, hast du viel Spaß in Verona.« Die Stimme klang böse. Sie ließ jegliches Turteln vermissen, keine Spur vom sonst üblichen Liebesgesäusel, das Paolina für gewöhnlich ins Telefon flötete.

Auch das noch. Seine Freundin aus Mailand, die seine Wohnung hütete, bis er im September wiederkam. Sie klang aufgebracht. Raimondo bemerkte überrascht, dass ihm das gar nicht so unrecht war. Vielleicht konnte er diese Beziehung, die ihn schon lange belastete, die keinen Spaß, sondern nur noch Probleme machte, endlich beenden.

»*Ciao*, Paolina. Wie geht es d i r ? Es ist sehr heiß in Mailand, wie ich höre!« Dummes Zeug reden konnte er auch. Er hastete immer noch den *Corso* entlang und dann links hinein zur Tiefgarage. Aus der Gesäßtasche seiner weißen Leinenhose zog er seine Geldbörse. Er musste nur noch am Automaten zahlen, dann konnte er den Wagen holen und losfahren. Raus aus der Stadt, weg von all den Problemen, die anfingen, ihn zu umzingeln, ihm die Luft zum Atmen zu nehmen,

»Was kann ich für dich tun?« Seine Stimme klang selbst in seinen Ohren gehetzt, aber unbeteiligt. Er war in Eile und es war gut, wenn Paolina das hörte.

»Ich habe mir ein Zugticket nach Verona gekauft. Mein Zug kommt um fünf Uhr abends an. Ich erwarte dich an der *Porta Nuova*. Und versetz mich nicht, hörst du! Das würdest du bereuen.« Dann war die Leitung tot.

»*Merda!*« Varese fluchte vor sich hin, schob das *telefonino* in die Hosentasche und schob einen Zwanzigeuroschein in den Automaten.

Die Stadt wusste, wie sie zu Geld kam, dachte er bitter. Dann nahm er den Aufzug zum Parkdeck. Er würde einen Teufel tun und diese Wahnsinnige vom Bahnhof abholen. Sollte sie sehen, wo sie blieb. Er hatte einen Termin am Abend. Und dieser war unaufschiebbar. »*Mi dispiace, cara mia*«, schimpfte Raimondo vor sich hin. Er ließ sich doch von Paolina nicht drohen. Soweit kam es noch.

11

Verona, 12.00 Uhr

»Marissa, *ciao!* Entschuldige, wenn ich störe, aber ich brauche deine Hilfe!« Antonio hatte lange überlegt und sich dann doch entschlossen, seine Frau im Reisebüro anzurufen.

»Möchtest du verreisen, *caro mio?* Nimmst du mich mit?« Marissa lachte. »Wo soll es denn hingehen?«

Antonio versuchte erst gar nicht, auf ihren leichten Ton einzugehen.

»Das würde ich gerne, glaub mir, aber ich habe im Moment ein anderes Problem.«

»Was ist los, Tonio?«

»Ich würde gerne wissen, ob das Pressebüro oder irgendjemand vom Rathaus bei euch Reisen für deutsche Touristen gebucht hat. Speziell aus dem bayerischen Chiemgau. Du weißt schon, aus der Gegend, wo Giorgio herkommt.«

»Ja, ich weiß!« Auch Marissas Tonfall war nun kühl. Sie mochte es nicht, wenn er versuchte, Vorteil aus ihrer beruflichen Tätigkeit zu ziehen. Antonio bereute es nun doch, dass er diesen für ihn einfachen Weg gewählt hatte. Aber jetzt musste er weitermachen.

»Die Stadt Verona hat dort auch eine Patenschaft mit der Gemeinde Wolfing. Das ist ein wenig seltsam bei einem 3.000-Seelen-Dorf, aber offensichtlich richtig. Diese Patenschaft jährt sich in diesem Jahr zum fünften Mal. Ein Minijubiläum. Gleichzeitig mit unserem *Centenario* der *Arena di Verona* ergibt das eine gute

Gelegenheit, sich gegenseitig einzuladen und zu besuchen. Ihr seid doch immer zuständig, wenn unsere Stadträte oder unser Bürgermeister Geschäftsreisen unternehmen oder auf Kosten der Stadt Einladungen aussprechen, oder irre ich mich da?« Der Zusatz war überflüssig, und er wusste es. Natürlich irrte er sich nicht. Marissa hatte sich schon mehrfach über die ausgefallenen Wünsche der städtischen Beamten aufgeregt.

»Wie du ganz genau weißt, bin ich nur für Buchungen der einfachen Beamten und Angestellten zuständig. Den Bürgermeister und seine Stadträte betreut unsere Chefin.«

»Meinst du, ich könnte sie kurz sprechen?«

Marissa schwieg einen Moment. Dann fragte sie spitz: »Du kommst wohl nicht zum Essen nach Hause heute Abend?«

Einen Moment war er verblüfft über ihre Direktheit und nun endgültig in der Defensive. Die Einladung des Bürgermeisters, die prominent vor ihm lag, lautete ganz eindeutig auf seinen Namen und den seiner Ehefrau. Sehr spät war es Di Santo eingefallen, diese Einladung auszusprechen, und es gab für Antonio überhaupt keinen Zweifel, dass die Ermittlungen im Fall Holzinger der ausschlaggebende Grund für den Gesinnungswandel waren. Umso mehr musste er vorsichtig sein. Vorteilsnahme war die wohlklingende Umschreibung für Korruption. Er wollte nicht in den Ruf kommen, dass er die Nachforschungen, die einen auffälligen Zusammenhang mit dem Bürgermeister ergeben hatten, durch Prosecco und Kanapees unerlaubt wohlwollend betrachtete. Deshalb würde er dienstlich vorgehen und sowohl Enrico als auch Lavinia zum Empfang mitnehmen. Sie würden den Anlass dazu nutzen, sich das Umfeld des Bürgermeisters und der geladenen Gäste aus Wolfing genauer anzusehen.

»Bist du noch dran? Ich habe ein Gespräch auf der anderen Leitung.« Marissa wurde ungeduldig und hörte sich unerwartet aggressiv an.

»Doch, doch ich bin noch dran. Entschuldige. Deine Frage hat mich ein wenig durcheinandergebracht. Du ahnst es leider richtig. Nein, ich werde heute Abend nicht mit dir und Giulia zu Abend essen, komme aber gegen sechs Uhr nach Hause. Dann erkläre ich dir alles.« Manchmal hatte sie wirklich einen siebten Sinn für die unangenehmen Seiten ihres Zusammenlebens.

»Ich verbinde dich. *Ciao!*«

Antonio schluckte. Das ging aber schnell.

»Ah, Commissario! Wie geht es Ihnen? Ich habe schon lange nichts mehr von Ihnen gehört.« Chiara Fiore gab sich betont freundlich und tat ihr Bestes, um Antonio das Gefühl von freundschaftlichem Interesse zu vermitteln. Doch das war vergebliche Liebesmühe. Signora Fiore war eine unangenehme Person, die Marissa das Leben schwer machte. Antonio mochte sie nicht besonders und die Abneigung wurde von ihr erwidert. Aber beide wussten sie, was sich gehörte.

»Wie geht es Ihnen, Signora? Zurzeit haben Sie sicher alle Hände voll zu tun. Verona ist voll von Touristen. Da lacht das Herz.«

Die Signora ließ ein schrilles Lachen hören.

»Immer charmant, unser Commissario. Ja, ich kann mich nicht beklagen.«

»Freut mich zu hören! Leider ist nicht alles Gold, was glänzt, Signora, wenn Sie erlauben. Ich ermittle im Fall des deutschen Touristen, der am Gardasee erschossen wurde. Sie haben sicher davon gehört.«

»*Terribile!* Einfach schrecklich und sehr schlecht fürs Geschäft. Aber ich glaube kaum, dass mein Unternehmen für die tödliche Reise des Opfers verantwortlich gemacht werden kann, Commissario. Wenn ich richtig informiert bin, hatte das Opfer ein Haus am See.«

»Aber ich bitte Sie, Signora! Sie trifft selbstverständlich keine Schuld! Dennoch muss ich Sie etwas fragen. Der Tote gehörte offenbar zu den engeren Freunden unseres Bürgermeisters. Und dieser gibt heute Abend einen Empfang im Rathaus. Auf der Einladung, die ich in Händen halte, steht, dass er eine zwanzigköpfige Delegation aus dem Chiemgau erwartet. Und ich frage mich, ob Sie, Signora, diese Delegation betreuen.«

»*Momento!*« Signora Fiore hämmerte hörbar in ihre Tastatur. Und Antonio verdrehte genervt seine Augen. Im Türrahmen seines Büros stand Fausto und deutete auf seine Armbanduhr. Sein Mund formte die entscheidenden Wörter *mangiare* und *pranzo*. Antonio nickte, deutete seinerseits auf den Telefonhörer, den er krampfhaft festhielt. Sein Magen knurrte laut und vernehmlich. Das viele Koffein schlug erwartungsgemäß zu und die Worte Faustos genügten, um ein unheimliches Hungergefühl bei ihm auszulösen. Warum hatte er nicht bis nach dem Mittagessen mit diesem Telefonat warten können?

»Ich hatte einen Kontakt zu einem Rathaus in Wolfing. Sagt Ihnen das etwas, Commissario?«

»Ja, in jedem Fall. Was können Sie mir dazu erzählen, Signora?«

»Nicht sehr viel, fürchte ich. Es wurden vor drei Monaten Hotelzimmer für zwölf Personen angefragt. Vermittelt haben wir dann letztendlich nur vier Doppelzimmer.«

»Sind nur so wenige angereist?«

»Das weiß ich nicht. Ich fürchte, unser Angebot hat den Herrschaften nicht zugesagt. Es sind Opernfestspiele mit einem besonderen Jubiläum. Das heißt, wir haben in allen Hotels rund um die *Arena* und in der Altstadt Messepreise.«

Wucherpreise ergänzte Antonio in Gedanken.

»Ich habe sie alle im Hotel Europa untergebracht.«

Antonio kannte das Hotel. Es lag unweit der *Piazza Brà*, gegenüber des Theaters und nur fünf Minuten von der *Arena* entfernt. Beste Lage! Teuerste Preise!

»Wissen Sie, wo die übrigen Personen untergebracht sind?«

Signora Fiore erlaubte sich nun fast ein ordinäres Gelächter.

»Sie überschätzen mich, Commissario. Keine Ahnung. Vermutlich haben sie im Hinterland oder auf einem unserer zahlreichen Campingplätze günstigere Unterkünfte bekommen. Darüber machen wir uns für gewöhnlich keine Gedanken. Das ist keine Klientel, die für uns interessant ist.«

»Darf ich Sie bitten, Signora, uns die Daten der von Ihnen betreuten Personen zu faxen?«

»Dazu benötigen Sie einen richterlichen Beschluss, Commissario!« Sie kannte ihre Rechte und demonstrierte Stärke. »Wenn mir dieser vorliegt, erhalten Sie die Daten.«

Ihr Tonfall war zuckersüß und unnachgiebig. Eine seltene Kunst, wie Antonio anerkennend und verärgert zugleich feststellte. Deshalb entschloss er sich, seinerseits etwas mit den Instrumenten zu spielen.

»Das können wir gerne so handhaben, Signora. Falls es jedoch einen weiteren Todesfall unter den Bürgern von Wolfing geben sollte, die sich in unserer schönen Stadt aufhalten, weiß ich ja, wer dafür verantwortlich ist. Wenn Sie damit leben und anschließend auch noch gut schlafen können, warten Sie gerne ab, bis Sie morgen den richterlichen Beschluss auf dem Tisch liegen haben.

Sie schnaufte. »Ihre Frau wird Ihnen die Daten faxen. Ich bin sicher, sie kennt die richtige Faxnummer. Einen schönen Tag noch, Commissario.«

Antonio kam nicht mehr dazu, den Gruß zu erwidern. Die Damen vom Reisebüro waren wirklich von der schnellen Truppe. Mit einem zufriedenen Lächeln legte er den Telefonhörer auf.

»*Oh, là, là!*«, ließ sich Fausto lachend vernehmen. »Was für Muskelspiele!«

Antonio stand auf. Die Lederjacke, die an einem Wandhaken hing, rührte er erst gar nicht an. Für eine *bella figura* war es deutlich zu heiß.

»Wo gehen wir hin?«

»*Corsini?*«

»*D'accordo!* Wissen Lavinia und Enrico Bescheid?«

»*Sì.* Lavinia ist noch im Keller bei Dottoressa di Silva. Enrico holt die Kollegin dort ab. Außerdem habe ich Silvano Petrelli Bescheid gegeben. Er kommt auch mit.«

Antonio schüttelte resigniert den Kopf. Der Chef der Kriminaltechnik hatte eine unnachahmliche Art, einem den Appetit zu verderben. Aber so sparten sie natürlich Zeit und konnten die nötige Besprechung beim Essen machen. Eigentlich mochte er das gar nicht. Entweder man ging essen oder man arbeitete. Aber irgendwie hatte er das Gefühl, dass ihnen nicht viel Zeit blieb. Die Drohung, die er gegenüber Signora Fiore ausgesprochen hatte, war nicht aus der Luft gegriffen. So wenig, wie sie über Matteo Holzinger wussten, und so wenig sich ein klares Motiv für dessen Tod abzeichnete, mussten sie mit allem rechnen und vorsichtig sein. Sie konnten weder private noch politische Motive ausschließen. Die Nähe des Opfers zu Bürgermeister Di Santo war beunruhigend. Nicht auszudenken, wenn ein nächster Toter in Beziehung zum Rathaus von Verona stand. Von den Künstlern, die die Holzingers beherbergten, ganz zu schweigen. In dem Fall steckte Dynamit. Und Giorgio ließ auch nichts von sich hören. Das konnte nur heißen, dass auch er noch nichts Konkretes in Erfahrung gebracht hatte.

Silvano Petrelli wartete bereits auf dem Parkplatz der *Questura*. Er fuchtelte genervt mit den Händen vor seinem Gesicht herum. Es ging ihm mal wieder alles viel zu langsam. In der Rechten hielt er eine seiner obligatorischen dunkelblauen Eckspannermappen. Darin enthalten waren mit Sicherheit seine ersten Erkenntnisse im Fall Holzinger. Und Antonio hätte gelogen, wenn er behauptet hätte, nicht scharf auf die Ergebnisse des Kollegen zu sein.

»Ich dachte schon, ich müsste hier Wurzeln schlagen! Mein Magen hängt mir in den Kniekehlen. Wenn ich demnächst Hungers sterbe, seid ihr selbst schuld. Keine Ahnung, wer dann für euch die Kohlen aus dem Feuer holt.«

»Na, na Silvano. Noch wirkst du ganz lebendig. Solange du so schön schimpfen kannst, fehlt es noch nicht so weit.« Fausto Castillio lachte und Silvano Petrelli brummte Unverständliches vor sich hin.

Gemeinsam eilten sie die *Via Pallone* entlang. Die Stadtmauer staute die Mittagshitze auf und sie gingen schnell und einträchtig nebeneinander her. Fausto hielt es schließlich nicht mehr aus und brach das Schweigen.

»Hast du schon gehört, Tonio?« Als er nicht fortfuhr, sah ihn Antonio an und sagte: »Na, was soll ich denn gehört haben?«

»Die *Bavaresi* kaufen Simonetto Voglio!«

Antonio blieb abrupt mitten auf dem Gehsteig stehen. »Woher hast du das?«

»Liest du keine *n e w s* ?«

Skeptisch sah Antonio seinen Vice an. Schon allein das englische Wort aus seinem Mund war höchst verdächtig. Von dem Transfer des Fußballspielers von *Chievo Verona* an den FC Bayern hatte er überhaupt noch nichts gehört.

»Ich dachte, ihr habt Hunger. Ich geh dann schon mal voraus!« Silvano Petrelli ließ die beiden genervt stehen und stürmte weiter den Gehsteig entlang.

»Simonetto wird doch seit Jahren schon von *Chievo* immer wieder verliehen. Das ist der einzige gute Mittelfeldspieler, den wir haben und der Geld bringt, ohne dass wir ihn gleich verkaufen müssen. Aber Bayern …?«

»Tja, Simonetto ist eben eine Gelddruckmaschine.« Fausto ging ganz langsam weiter, lachte aber hörbar in sich hinein. Antonio wurde misstrauisch.

»Also, jetzt einmal im Ernst, Fausto, wo hast du diese Nachricht her?«

Der Vice blieb breitbeinig vor ihm stehen, schob beide Hände in die Hosentaschen seiner viel zu engen Jeans und schaute ihn amüsiert an.

»Wenn es um die *Bavaresi* geht, vergisst du sogar, dass du Hunger hast. Ich will es ja immer nicht glauben, aber wir haben wirklich einen Verräter in unseren Reihen.« Dann schlug er Antonio gönnerhaft auf die Schulter. »Nimm's nicht so schwer. *Uno scherzino* vor dem Essen wird schon noch erlaubt sein.«

Notgedrungen stimmte Antonio in das Gelächter von Fausto mit ein. Gleichzeitig ärgerte er sich, dass er ihm immer wieder auf den Leim ging. Sie hänselten ihn im Kommissariat für seine Vorliebe für den FC Bayern. Er wusste aber auch, dass die Kollegen mehr oder weniger heimlich die Spiele der deutschen Bundesliga verfolgten. Keiner gab offen zu, dass die Bayern eine Klasse für sich waren und die Spiele der meisten Clubs des großen Nachbarn im Schnitt besser als die der italienischen. Wenn man mal von Mailand, Turin und Rom absah. Sein Schwiegervater hätte jetzt noch laut und deutlich Neapel ergänzt. Und damit hatte er ja auch nicht Unrecht.

Sie waren bei *Corsini* angekommen. An ihrem Stammplatz, ganz hinten in der linken Ecke, dicht vor dem Weinregal, das alle heimischen Gewächse präsentierte und vollgestopft mit Flaschen war, saßen bereits Silvano, Enrico und Lavinia. Der Kellner stand auch schon bereit und sah ihnen erwartungsvoll entgegen.

»Heute ist Lebertag!«, rief ihnen Enrico entgegen.

Normalerweise mochte Antonio *fegato alla veneziana* sehr gerne. Doch heute war ihm nach mehr. Aber für zwei Gänge fehlte ihnen die Zeit. Dann lieber nur ein möglichst gehaltvolles *primo*.

«Gibt es *lasagne*?"

«*Naturalmente*, Commissario."

»Für mich auch«, schaltete Fausto sich ein. Und alle anderen folgten ihm.

»Also fünf Mal *lasagne*?« Die fünf nickten und der Kellner war enttäuscht. Auf der teuren Leber blieb er sitzen.

»Und ein Liter Hauswein – vom Roten – wie immer!«, vervollständigte Fausto die Bestellung und schon richteten sich alle Augen auf Silvano. Es war klar, von ihm wurden jetzt echte Neuigkeiten erwartet.

»*Allora*, Lavinia, was gibt es aus den Katakomben der Dottoressa zu berichten?« Silvano spielte den Ball weiter an die jüngste Kollegin. Wohl wissend, dass diese nun auch Rede und Antwort stehen musste.

Sie räusperte sich und reichte Antonio eine Mappe.» Mit den besten Grüßen der Dottoressa.«

»Ich bin sicher, du weißt genau, was drin steht.« Antonio ließ die Mappe geschlossen und wartete.

»Wie schon am Tatort festgestellt, wurde auf Matteo Holzinger geschossen. Die Dottoressa schätzt aufgrund des Einschlaglochs sehr nah am Herzen, dass der Täter zwanzig bis maximal fünfunddreißig Meter vom Opfer entfernt stand. Sie hat im Nierenbereich ein Projektil gefunden, das vermutlich durch das Schulterblatt des Opfers abgelenkt worden ist. Die Dottoressa ist sich jedoch ziemlich sicher, dass es sich um Kaliber 9 mm handelt. Sie hat das Projektil an die Ballistik weitergereicht.«

Sie lachten und Enrico sprach aus, was sie alle dachten:

»Sehr seltenes Kaliber.«

Lavinia ließ sich jedoch nicht aus der Ruhe bringen.

»Außerdem feuerte der Täter noch einen weiteren Schuss ab, der Matteo Holzinger seitlich am Kopf streifte. Das Projektil dazu fehlt. Dieser Schuss verfehlte wohl deshalb sein Ziel, weil das Opfer seine Haltung veränderte, sich vermutlich bereits nach vorne beugte oder schon in Richtung See fiel. Signor Holzinger hat noch wenige Atemzüge im flachen Wasser gemacht, denn es fanden sich in seiner Lunge Rückstände von Seewasser. Die Dottoressa betonte, dass wir es mit einem Präzisionsschützen zu tun haben.«

»*Grazie*, Lavinia.« Antonio blickte Silvano an und sein Blick ließ keinen Zweifel daran, dass er nun einen Bericht von ihm erwartete.

Obwohl jetzt der Kellner kam und ziemlich unwirsch fünf Teller mit *lasagne* nicht gerade behutsam auf dem Tisch abstellte, ließ Antonio den Chef der Kriminaltechnik nicht aus den Augen. Ganz automatisch griff Silvano Petrelli nach der Gabel und der Serviette, die er sich in den offenen Hemdkragen schob, und begann wie alle anderen zu essen.

»*Allora*, ich war heute nochmals am Tatort. Mich hat es geärgert, dass wir dort gestern nichts gefunden haben.« Eine erste aufgehäufte Gabel wanderte in seinen Mund. Doch davon ließ er sich nicht beeinträchtigen. »Auch meine erneute genaue Untersuchung vor Ort hat keine weiteren Erkenntnisse gebracht. Die Annahme der Dottoressa, der Täter könnte fünfundzwanzig bis fünfunddreißig Meter von seinem Opfer entfernt gestanden oder sich aufgehalten haben, ist ziemlich sicher richtig. Dagegen ist unsere Annahme, das Gebüsch zwischen den beiden Grundstücken könnte dem Täter als Deckung gedient haben, nicht zwangsläufig richtig. Sie kann stimmen, muss aber nicht. Ich bin mir sehr sicher, dass unser Opfer auf dem Steg stand, als es passierte. Doch dann endet meine sichere Annahme. Er kann auf den See hinausgesehen haben, ein Boot kam vorbei und der Täter schoss vom Wasser aus, Matteo dreht sich entsetzt um, will vielleicht nach dem ersten Schuss ins Herz verzweifelt und natürlich sinnlos die Flucht ergreifen, wird dabei noch am Kopf gestreift, bevor er ins Wasser fällt.«

»Du hältst es tatsächlich für möglich, dass sich das Opfer noch umdrehen konnte?« Antonio sah Petrelli verwundert an. »Gibt die Dottoressa die Richtung des zweiten Schusses an, Lavinia?«

Die Polizistin blätterte durch ihre Papiere und schüttelte verneinend den Kopf. Währenddessen hatte Silvano weitere Gabeln in den Mund geschoben. Er ließ sich nicht aus dem Konzept bringen.

»Genauso gut kann der Täter über den Strand gekommen sein«, fuhr er kauend fort. »Sowohl vom Norden als auch vom Süden ist das möglich. Es gibt keine Strandbegrenzungen für einige Kilometer entlang des Sees an dieser Stelle. Täter und Opfer sehen sich in die Augen. Matteo sieht dabei landeinwärts und die Schüsse fallen. Auch vom Bootshaus aus könnte geschossen worden sein. Doch dort hätten wir vermutlich Patronenhülsen oder sonst irgendwelche Spuren gefunden. Diese Annahme glaube ich, können wir ausschließen.

Der Täter hatte mehrere Möglichkeiten gehabt. Es war Mittag, Siesta, sehr heiß, niemand am Strand oder bei den Holzingers zu Hause. Wenn die Aussagen der Bewohner stimmen.« Petrelli wog seinen Kopf skeptisch hin und her. »Wer sagt uns denn, dass wirklich niemand zur Tatzeit in der Villa war und nicht einfach über den Rasen spazierte und auf Matteo Holzinger schoss, der viel zu spät erkannte, dass sein Freund, Bruder oder Gast sein Feind war?« Er schob sich einen weiteren großen Bissen *lasagne* in den Mund und reichte dem Commissario mit der freien Hand seine dunkelblaue Eckspannermappe.

»*Grazie*, Silvano.« Antonio wischte sich den Mund ab, legte sich die Mappe auf den Schoss und nahm einen Schluck vom Rotwein. Sein Teller war leer und er hatte immer noch Hunger. Kurz war er versucht, eines der Hausdesserts zu bestellen, aber dann hielt er sich doch zurück. Wer wusste schon, was Di Santo seinen Gästen am Abend alles kredenzen würde? Allerdings war die Stadtkasse leer oder zumindest ziemlich klamm. Aber vor den Deutschen würde der Bürgermeister ganz sicher den großzügigen Mann spielen und sich nicht blamieren wollen. Antonio sah zu Enrico hinüber, der eifrig auf Lavinia einredete. Was hatte sein junger Ispettore wohl der noch jüngeren Kollegin zu berichten? Sie lachte plötzlich sehr herzlich auf und wurde gleichzeitig ein wenig rot dabei. Antonio verkniff sich die neugierige Frage, die ihm auf der Zunge lag. Er konnte nur hoffen, dass der junge Mann einen dunklen Anzug oder einen Smoking besaß. Di Santo hatte ausdrücklich festliche Abendgarderobe gewünscht. Er war schon ein wenig speziell, der Bürgermeister. Antonio fragte sich, ob die Gäste aus Bayern die adäquate Kleidung im Koffer hatten, die sich Di Santo vorstellte.

Verstohlen sah er auf seine Armbanduhr. Ob er eine kleine schnelle Radtour in die *colline* einschieben konnte, damit er sein müdes Hirn wach bekam? Die Tour in die Hügel am nördlichen Stadtrand half ihm immer dabei. Ein weiterer *caffè* war nicht ratsam. Raddress und Rennrad hatte er in einem absperrbaren Verschlag im Keller der *Questura* abgestellt. Manchmal trat er abends noch in die Pedale und radelte nach Hause. Es blieb immer zu wenig Zeit, um ein bisschen Sport zu treiben. Er musste aufpassen, dass *lasagne* und *spaghetti* nicht doch eines Tages auf seinen fast vierzigjährigen Hüften hängen blieben.

Was würde wohl Marissa sagen, wenn er innerhalb weniger Tage zum zweiten Mal seinen Hochzeitsanzug aus dem Schrank holte und dann auch noch ohne sie loszog? Nach dem Telefonat am Vormittag würde es Diskussionen geben. Er hasste es jetzt schon.

12

Traunstein, 12.00 Uhr

»Also, Kollege Breitwieser, das ist eine verdammt ernste Sache! Wenn unsere honorigen Bürgermeister inzwischen im befreundeten Ausland erschossen werden, dann hört sich der Gemüsehandel auf. Haben Sie mich verstanden?«

Kriminaloberrat Alois Pfaffenrieder stand am Fenster von Georgs Büro und hämmerte mit den dicken Fingern seiner rechten Hand auf die nur mäßig saubere Scheibe. Wie nicht anders zu erwarten, hinterließ er dort vier deutliche, fettige Abdrücke, die Georg ärgerten. Er musste sich zusammennehmen, um darüber souverän hinwegzusehen und seinem Chef auch noch konzentriert zuzuhören. Pfaffenrieder war wie üblich einfach in sein Büro hereingeplatzt und begann ohne Umschweife loszupoltern. Mit höflichen Floskeln hielt er sich nicht auf.

»Und ausgerechnet der Matthias!«

Ganz so, als gäbe es auch unter den Toten gewisse Hierarchien zu beachten. Georg saß in seinem Schreibtischstuhl und hielt sich an den Armlehnen fest. Sein Chef schaffte es spielend, ihn in Rage zu bringen.

»Das ist schon eine Riesenschweinerei. Sie fahren sofort morgen nach Italien und suchen den Mörder. Bevor noch mehr passiert!«

»Glauben Sie denn, es könnte weitere Tote geben?«

Ruckartig drehte sich Pfaffenrieder vom Fenster weg und begann, in Georgs Büro auf und abzumarschieren. In seinem aufgedunsenen Gesicht arbeitete es. Beide Hände in die Hosentaschen seiner schweren, grauen Wollhose geschoben, baute er sich schließlich vor Georgs Schreibtisch auf.

»Das zu verhindern, Breitwieser, ist genau Ihre Aufgabe.« Sein rechter Zeigefinger schoss nach vorne und landete unvermittelt mitten auf Georgs Brust, so dass der sich instinktiv an die ergonomisch flexible Rückenlehne presste und mit den Beinen dem Stuhl einen leichten Rückwärtsdrall gab. Er ließ sich nicht gerne anfassen. Und Pfaffenrieder war so ziemlich der Letzte, dem er das gestatten wollte.

»Sie kannten Herrn Holzinger persönlich?« Georg bemühte sich um einen professionellen Ton. Es schien so, als ob er in seinem Chef einen Freund oder Bekannten des Opfers vor sich hatte. Dass Pfaffenrieder so vehement diese Reise nach Italien forderte, das waren völlig neue Töne.

»Ja, selbstverständlich! Wir sind alte Parteifreunde. Ich selbst habe ihm doch dazu geraten, sich für die Bürgermeisterwahl in Wolfing aufstellen zu lassen. Das war die Chance für ihn, als der ehemalige Amtsinhaber, äh ..., also den Namen habe ich jetzt vergessen, ist ja auch egal ..., nicht wieder kandidieren wollte.«

Parteifreunde also! Georg schob sich noch ein wenig weiter weg von der Schreibtischkante. Das war nun so gar nicht seine Welt.

»Was hat Herr Holzinger denn vor seiner Bürgermeisterwahl beruflich gemacht?«

»Matthias war im Landratsamt von Traunstein tätig. Ein sehr guter Mann war das, ausgebildeter Holzingenieur an der Hochschule in Rosenheim. Im Bauamt hat er natürlich eine schmerzliche Lücke hinterlassen, als er gewählt wurde, das ist klar. Aber Bauingenieure, Architekten und Holzingenieure gibt es ja mehr als genug.

Es war schlussendlich kein Problem, die Planstelle im Baureferat neu zu besetzen!«

Interessant, dachte Georg, wie genau Pfaffenrieder sich im Bauamt von Traunstein auskannte.

»Und Robert Holzinger? Kennen Sie den Bruder auch persönlich?«

»Flüchtig. Ein Träumer und Spinner. Ohne Matthias wäre der längst untergegangen. Die Fachkenntnisse, die die zwei für ihre Immobilienfirma in Italien brauchten, hat allein Matthias gehabt. Robert ist gelernter Textilkaufmann. Ein Herrenanzug oder ein Damenkostüm unterscheiden sich schon grundlegend von einer Eigentumswohnung oder einer Villa am See.« Pfaffenrieder lachte laut und schüttelte gleichzeitig den Kopf. »Ich kann nur hoffen, dass mein Freund ein ordentliches Testament gemacht hat und Rita erbt, was ihr zusteht. Robert ist imstande und bringt sein Erbe innerhalb kürzester Zeit mit seinen Künstlern durch.« Er verstummte und lehnte sich mit seinem breiten Kreuz am Fensterbrett an.

»Rita ist eine patente Frau. Die weiß, wie man aus nichts Geld macht. Matthias und sie waren das ideale Paar. Die verkauft dir ohne mit der Wimper zu zucken einen zehn Jahre alten Daimler als hochwertige Oldtimer-Kapitalanlage. Außerdem hat sie das Herz auf dem rechten Fleck und engagiert sich sozial. Regelmäßig geht sie ins Altersheim und kümmert sich ehrenamtlich um alte Leute, die keine Angehörigen mehr haben. Manche sind sehr dankbar dafür!«

Der letzte Satz hing im Raum und Georg glaubte, sich verhört zu haben. Was wollte ihm sein Chef mitteilen? Wusste er überhaupt, was er da gerade von sich gab? Ging es um Erbschleicherei, um Vorteilnahme, um das Ausnützen alter armer Leute, die niemanden mehr hatten, an den sie ihr Vermögen vererben konnten? Zogen die Holzingers andere über den Tisch, egal, um was es sich dabei handelte? Er merkte, wie er nun endgültig zornig wurde. Dieses Gesülze um die glorreichen Holzingers aus Wolfing ging ihm gegen den Strich. Doch es half ihm nichts. Wenn er jetzt explodierte, schickte sein Chef womöglich noch einen anderen Kollegen nach Italien. Er konnte sich zwar nicht vorstellen, wer da in Frage käme, aber Pfaffenrieder war noch nie mit Logik oder Kompetenz gesegnet gewesen. Halt den Mund, Georg, befahl er sich selbst energisch.

»Und Sie waren auch schon in dem Haus am Gardasee?«

Erneut lachte der Kriminaloberrat laut und vernehmlich.

»Haus ist eine nette Untertreibung. Ja, ich kenn' die Villa am See. Das ist was ganz Besonderes. Riesig! Toller, unverbaubarer Blick auf den Gardasee, eigener Badestrand mit Bootshaus und Motoryacht. Da kann einen schon der Neid fressen!« Er lachte schon wieder. »Und alles, was sich die Neureichen aus München rund um den Chiemsee hinstellen, ist einfach nur bieder, provinziell, armselig!«

Georg fragte sich nun endgültig, wie ein Beamter vom Landratsamt Traunstein zu solchen Reichtümern kam. War das alles nur mit Baugründen rund um Wolfing erklärbar, die die Frau Holzinger senior mit in die Ehe gebracht hatte? Pfaffenrieder wurde unversehens ernst und sah Breitwieser aus seinen kleinen Schweinsäuglein über den Schreibtisch an.

»Eigentlich hätte ich auch mitfahren sollen zu diesem Opernfestival. Zusammen mit den anderen Wolfingern. Aber ich mach mir nichts aus Oper, ehrlich gesagt. Zuviel Gesang für viel zu viele Stunden. Außerdem kann ich hier nicht weg. Ist ja immer was los bei uns im Kommissariat.« Er warf sich in die Brust, als hätte er gerade einen wichtigen Fall zu lösen.

»Wissen Sie denn, wer von Bürgermeister Holzinger noch alles eingeladen wurde?« Jetzt wurde es richtig spannend.

»Lassen Sie mich nachdenken! Es sind mindestens zwei Gemeinderäte mit ihren Frauen dabei und der zweite Bürgermeister mit Gattin. Ich vermute ganz stark, dass auch Landrat Keller mit Begleitung dabei ist. Und dann noch eine Jugendgruppe mit ihrem Leiter vom Kanu- und Ruderclub.«

»Und der Apotheker vielleicht auch?«
»Welcher Apotheker?«
»Na, der Vater von Rita Holzinger, Brettschneider oder?«
»Wie kommen S' jetzt auf den? Xaver Brettschneider ist seit mindestens zwanzig Jahren tot. Damals wurde die Apotheke verkauft. Inzwischen sitzt ein Filialist mitten am Ortsplatz von Wolfing. Keine Ahnung, wie der heißt. Aber ihn hat Matthias sicher nicht mitgenommen.«

»Der Pfarrer vielleicht? Ist ja auch immer eine wichtige Figur in einer Gemeinde.« Georg bemühte sich, ernst zu bleiben. Ihm war die Frage einfach rausgerutscht.

»Der Pfarrer? Sie sind gut. Wolfing hat seit über zehn Jahren keinen Gemeindepfarrer mehr. Der Pfarrer von Chieming betreut die Gemeinde mit. Das sollten Sie eigentlich wissen, Breitwieser. Aber die Kirche ist wahrscheinlich Ihre Sache nicht. Ihr Pfarrer hat andere Sorgen, als nach Italien zur Oper zu fahren. Das können Sie mir glauben. Seit der Vorgänger mit dem Opferstock durchgebrannt ist, haben selbst die Chieminger eine gewisse Skepsis gegenüber dem heiligen Amt des Priesters entwickelt. Lesen Sie denn keine Zeitung, Kollege? Ein bisserl Interesse am hiesigen Allgemeinwohl sollten Sie schon zeigen, Herr Breitwieser. Sonst entgehen Ihnen entscheidende Zeitströmungen. Verstehen Sie, was ich meine?« Herausfordernd musterte Pfaffenrieder seinen Kommissar und fügte grimmig hinzu: »Es ist schon Ihre Aufgabe, herauszufinden, wen Matthias alles eingeladen hat, wer alles nach Verona gefahren ist. Wer bin ich denn, dass ich Ihre Arbeit mach'? Und morgen sind Sie auf dem Weg nach Italien! Wird Ihnen nicht schwerfallen. Arbeitet Ihr Spezl Toni Fontanaro an dem Fall?«

»Ja, tut er. Er hat mich angerufen.«

»Das ist mal eine gute Nachricht. Der Fontanaro hat was auf dem Kasten. Gemeinsam werdet ihr schon herausbekommen, wer den Matthias auf dem Gewissen hat. Und täglich Rapport, Breitwieser, verstanden? Ich zahl Ihnen keinen Urlaub. Damit das klar ist. Ergebnisse brauchen wir, und das möglichst rasch.«

Der Kriminaloberrat rauschte zur Tür hinaus und ließ Georg mit gemischten Gefühlen zurück. Schwer stützte er sich mit beiden Ellbogen auf seinem Schreibtisch ab und wusste nicht recht, ob er lachen oder aus der Haut fahren sollte. Ein Blick auf die Uhr sagte ihm, dass es Zeit für ein Mittagessen war. Ein bisschen Abwechslung tat ihm sicher gut. Hinterher musste er dann mit Toni telefonieren.

Nachdenklich zog er die unterste Schreibtischschublade auf. Dort lag ein weißer, länglicher Briefumschlag auf alten Fachzeitschriften. Seit über drei Monaten lag er schon dort. Georg griff nach seinem Handy und fragte sich, ob nun der richtige Zeitpunkt gekommen war, in *Soave* anzurufen. Er schob dieses Telefonat schon genauso lange vor sich her, wie er den Umschlag im Schreibtisch deponiert hatte. Bisher war er davon ausgegangen, dass er am Samstag in aller Früh nach Verona fuhr. Eine Übernachtung hatte er sich vorgenommen. Spätabends am Sonntag wollte er zurück sein. Ob Stefania überhaupt in die Oper ging? Ob sie überhaupt Zeit haben würde am Samstagabend? Bislang hatte er nicht den Mut gehabt, sie zu fragen oder einzuladen. Wie ein pubertierender Schüler kam er sich vor. Warum tat er sich so schwer, einfach ein unverfängliches, unkompliziertes Telefonat mit einer Frau zu führen, die er kaum kannte, die aber einen nachhaltigen Eindruck bei ihm hinterlassen hatte?

Im letzten September hatten sie sich bei einem Fall kennengelernt. Stefania di Castello, Winzerin im *Soave*, war eine gute Freundin der Fontanaros. Was war dabei, sich mit ihr zu treffen, sie anzurufen? Einmal hatte er das bisher gemacht. Zur Weihnachtszeit. Da glaubte er, es sei unverfänglich. Gute Wünsche zum neuen Jahr konnte jeder gebrauchen. Sie hatten viel gelacht. Und Stefania hatte ihn deutlich ermuntert, sie zu besuchen, im April zur *Vin Italy*, der größten europäischen Weinmesse, zu kommen. Er hatte es dann doch nicht gemacht. Er konnte keine privaten Komplikationen gebrauchen.

Georg schob die Schublade mit dem rechten Fuß wieder zu und sein Handy in die Hosentasche. Ein Telefonat machte keinen Sinn. Jetzt, wo er nach Verona musste, dienstlich, konnte er sich mit dem Anruf auch noch ein paar Stunden Zeit lassen, dachte er. Wenn er sich morgen Abend vom Hotel aus bei ihr meldete, konnte er immer noch, sehr spontan, fragen. Zufrieden mit dieser Entscheidung stand er auf.

Er hatte Hunger. Am besten, er ging hinüber zu seinem Mitarbeiter Florian Huber und fragte nach, wie weit er mit seinen Recherchen war und ob er mit zum Griechen ging. Schon kurz vor dessen Bürotür angelangt, läutete das Telefon und Georg eilte zum Schreibtisch zurück.

»Breitwieser!«

»Servus, Bub! Kannst du nochmal heimkommen? Also gleich, mehr oder weniger.«

»Was ist los, Mama?« Georg spürte, wie sein Blutdruck stieg. Seine Mutter rief sehr selten an im Kommissariat. Da musste schon ein schwerwiegender Grund vorliegen.

»Ich war so überrascht vom Tod vom Holzinger, dass ich dir nur die Hälfte erzählt hab. Ich hab was ganz Wichtiges vergessen.«

»Hat das nicht Zeit bis heute Abend?«

»Das weiß ich nicht. Maria macht Kaiserschmarrn. In einer halben Stunde ist er fertig. Es gibt Zwetschgenkompott dazu. Kommst?«

»Auch mit Rumrosinen?«

Katharina Breitwieser lachte. »Was anderes kommt bei uns gar nicht auf den Tisch.«

»Bin schon unterwegs. Bis gleich!«

13

Chieming, 14.00 Uhr

Georg saß gemeinsam mit Katharina und Maria gemütlich im Wohnzimmer bei einem *espresso*. Selbst seine Mutter hatte inzwischen an dem starken Kaffeegebräu, das er mit seiner Siebträgermaschine fabrizierte, Gefallen gefunden. Der Regen hämmerte unablässig gegen die Fensterscheiben und hinterließ in dem sonst sehr hellen Raum eine graue, unfreundliche Stimmung. Schwarz stach die Thuja-Hecke am Gartenende in den Blick, darüber stahlgrauer Himmel, aus dem seit Tagen unablässig der Regen fiel. Seine Fahrt von Traunstein nach Hause war von einigen Umleitungen unterbrochen gewesen. Polizei und Feuerwehr kamen langsam aber sicher an ihre Grenzen. Der Kaiserschmarrn von Maria stand schon auf dem Tisch, als er zu Hause ankam. Aber er war die Fahrt wert gewesen. Knusprig und goldgelb von zahlreichen Eiern, mit einer Menge Rumrosinen und schön bestäubt mit Puderzucker, hatte er ihn angelacht. Ein wahrer Genuss.

Georg fühlte sich bereit für den Bericht seiner Mutter, die bis jetzt abgewartet hatte. Während des Essens wird nichts erzählt, war ihre Devise.

»Also, jetzt erzähl mal, Mama, was so wichtig ist, dass ich nochmals kommen sollte.«

»Hast du es vielleicht bereut?«, fragte Katharina.

»Was weißt du noch über Matthias Holzinger, was nicht warten kann?«

»Über den weiß ich nicht viel. Aber über Rita Holzinger muss ich dir noch etwas erzählen. Rita hatte eine Schwester, Jutta. Sie hat anfangs, nach dem Tod vom Vater, allein mit der Mutter auf dem großen Seegrundstück im alten Elternhaus gewohnt. Sie war ledig und hat die Pflege der Mutter übernommen, bis sie vor fünf Jahren starb. Danach wurde das Erbe so aufgeteilt, dass Rita und ihr Mann den vorderen Teil des Grundstücks bekamen und dort das große Haus bauen konnten. Viel zu nah am See! Erst dann konnte der Holzinger überhaupt Bürgermeister von Wolfing werden, verstehst? Er muss ja schließlich im Ort wohnen!«

Georg nickte. Damit schloss sich der Kreis und die Angaben von Pfaffenrieder machten richtig Sinn.

»Jutta hat bis vor einem Jahr in der Stadtverwaltung von Traunstein gearbeitet, dann ist sie an Krebs gestorben, die Arme. Sie wurde gerade mal achtundfünfzig Jahre alt.«

»Dann fiel also auch noch das restliche Brettschneider-Erbe an Rita Holzinger«, ergänzte Georg.

»Genau. Und vor ein paar Tagen erzählt mir die Veronika Gruber, dass der Bub, der Korbinian Holzinger, schon mit seiner Familie in das neue Haus eingezogen sein soll. Stimmt das?«

Georg nickte. »Ja, ich hab den modernen Kasten heute selbst gesehen und mich ein bisschen über die Architektur gewundert. Wann, sagst du, ist Jutta Brettschneider gestorben?«

Katharina lächelte versonnen. »Die Holzingers sind von der schnellen Truppe, das kannst mir glauben, Schorsch. Die haben das alte Elternhaus weggeschoben, da war die Jutta noch gar nicht richtig unter der Erde, so schaut's aus!«

Georg hatte noch Pfaffenrieders Bemerkung im Ohr. »Die Rita ist eine patente Frau, die macht aus nichts Geld.«

»Hatte Jutta Brettschneider keinen Partner, Freund?« Georg stand vom Kanapee auf und vertrat sich die Beine.

»Ja, einen Freund soll sie schon gehabt haben. Da fragst am besten die Veronika. Jutta und sie waren Freundinnen. Die kann dir mehr erzählen. Soviel ich weiß, war der Freund geschieden. Das kommt nicht gut an bei den katholischen Holzingers. Mit einem Geschiedenen gibt man sich nicht ab, verstehst?«

Georg glaubte, sich verhört zu haben. In welchem Jahrhundert lebten die Leute hier eigentlich immer noch? Das Dorf und seine Gesetze!

»Aber wenn du mich fragst«, sagte Katharina Breitwieser in seine Gedanken hinein, »ging es dabei weniger um religiöse Motive, sondern ums Sach! Wenn die Jutta geheiratet hätte, wäre der Grund am See richtig aufgeteilt oder mit einem anderen Grund südlich von der Kirche aufgerechnet worden! Den Plan mit dem Golfplatz und mit dem Vier-Sterne-Hotel, den hat der Holzinger sicher schon sehr lange gehabt. Und der wäre in der Form, wie es jetzt von der Gemeinde diskutiert wird, nicht umsetzbar gewesen, oder er hätte mit Schwägerin und Schwager teilen müssen. So bleibt alles in der Familie. Und jetzt, seit die Jutta tot ist, sowieso.«

»Glaubst du, an dem Tod von der Jutta ist irgendetwas faul?«

Katharina zuckte die Schultern. Bedächtig strich sie mit der Hand über die kalte Marmorfläche des Couchtisches.

»Möglich. Es ist viel geredet worden im Dorf!«

Maria nickte beifällig zu dieser Aussage. Doch Georg vermied es, auch ihre Meinung einzuholen. Ihm ging das alles zu weit. Es graute ihm regelrecht. Dorftratsch! Hörensagen! Üble Nachrede! Da kam das volle Programm auf ihn zu und er wusste nicht einmal, ob das für den aktuellen Fall überhaupt relevant war. Einen großen Teil der Recherche würde er Florian Huber aufbürden. Wenn er morgen auf der Autobahn Richtung Verona unterwegs war, konnte er ohnehin zu Hause nichts mehr ausrichten. Richtig dankbar war er dem Pfaffenrieder für diese Dienstreise. Aber er kam nicht umhin, Veronika Gruber und Rita Holzinger nochmals zu befragen. Das war sicher.

»Weißt du, wo Robert Holzinger wohnt? Auch im Haus am See in Wolfing?«

Katharina lachte laut auf.

»Das ist ein guter Witz! Rita und Robert sind wie Hund und Katz. Er hat in Traunstein eine Wohnung.«

»Und warum verstehen sich die beiden nicht?«

»Frag sie selber! Keine Ahnung! Aber es geht sicher um Immobilien, Bankkonten und ums Erbe. Was anderes hat die Rita ja nicht im Kopf. Und der Holzinger war aus dem gleichen Holz geschnitzt. Gesucht und gefunden haben sich die beiden.«

Georg hatte genug gehört. Er verabschiedete sich von seinen zwei Damen und saß wenig später im Auto. Der Regen trommelte auf das Wagendach und lief in breiten Striemen über die Windschutzscheibe. Die Polster fühlten sich klamm und feucht an und der alte Wagen roch wie ein nass gewordener Wanderschuh. Am liebsten wäre er ausgestiegen, herumgelaufen, hätte seinen Kopf ausgelüftet, aber das verbot sich, wollte er nicht nass werden wie ein Hund. Er fühlte sich wie gelähmt und körperlich erschöpft, wie nach einem viel zu langen Marsch. Wo sollte er anfangen? Allein die Vorstellung, zurück nach Wolfing zu fahren und wie ein Hausierer von Haus zu Haus zu gehen und den Leuten auf den Zahn zu fühlen, war ihm unerträglich. So stellte er sich keine Ermittlung vor. Und war das nötig? Der Mord an Matthias Holzinger war über dreihundert Kilometer entfernt am Gardasee passiert. Wer sagte ihm denn, dass das Motiv hier im Sumpf des Chiemseeufers zu suchen war? Die Holzingers betreiben in Italien eine Immobilienfirma. Vermutlich hatten sie Käufer geprellt, über den Tisch gezogen, übervorteilt. Einem von den Opfern war es zu viel geworden. Nach allem, was er inzwischen über diese Familie erfahren hatte, waren Wucher, Gier und Raffsucht bei allen vorhanden, genetisch bedingt sozusagen.

Bevor er jetzt losfuhr und erneut in Wolfing ermittelte, musste er mit Florian Huber sprechen. Er hoffte, sein Mitarbeiter hatte inzwischen irgendetwas Handfestes erfahren, womit sich ordentlich weitermachen ließ, nicht nur die Geschichten von zwei Frauen, die sich vor lauter Langeweile alles Mögliche zusammenreimten. Doch er wollte seiner Mutter auch nicht unrecht tun. Katharina war nicht der Typ für Dorftratsch. Zumindest hatte er das bislang geglaubt. Er wählte Hubers Nummer.

»Dass du dich auch mal meldest!« Florian Huber hörte sich nicht gerade begeistert an. »Wir haben inzwischen die Hausdurchsuchung bei den Holzingers abgeschlossen. Das war keine große Sache!«

»So schnell war Frau Doktor Schaller?« Georg war ehrlich überrascht.

»Mord ist Mord. Auf was soll sie groß warten!«, gab Florian Huber unwirsch zurück. »Aber das Ergebnis ist mäßig. Das private Büro von Matthias Holzinger befand sich im Souterrain des Hauses. Dort steht das Wasser bis zur Zimmerdecke.«

Georg nickte ergeben. Herrgott, er hatte den vollgelaufenen Keller selbst gesehen. Da war nichts mehr zu holen.

»Und das Büro im Gemeindehaus von Wolfing? Was habt ihr da gefunden?«

»Mit der Durchsuchungsgenehmigung des Bürgermeisterbüros lässt sich die Frau Doktor Zeit.«

»Wir brauchen den Computer vom Herrn Bürgermeister, die laufenden Verfahren im Gemeinderat, Sitzungsprotokolle.«

»Das weiß ich selber, dass wir das alles brauchen. Ob wir an den Computer rankommen, ist zweifelhaft, weil alle Mitarbeiter des

Amts miteinander vernetzt sind. Das ist eine riesige Hürde! Und wenn es da Brisantes zu entdecken gab, ist das inzwischen gelöscht. So viel steht fest. Was ich dir anbieten kann, ist die Liste der Gemeinderäte und einige Zeitungsberichte über die Wahl des Herrn Bürgermeisters und die Gemeinderatssitzungen der letzten Wochen. Da ist es hoch hergegangen, kann ich dir sagen.«

»Ich höre!«

»Soll ich dir das jetzt alles vorlesen?«

»Nein, zusammenfassen! Ich bin auf dem Weg zu Veronika Gruber. Was muss ich dazu wissen?«

»Wieso ausgerechnet zur Veronika?«

»Kennst du die Familie?«

»Muss ich jeden kennen oder was?«

»Wäre ja möglich gewesen? Zumindest sprichst du nur den Vornamen von ihr aus, oder irre ich mich?« Georgs Nerven waren angespannt. Dieser Fall war nichts für ihn. Immer wieder die Dörfler und ihre Eigenheiten.

»Albert Gruber, der Mann von Veronika Gruber, hat vor einer Woche seinen Posten als Gemeinderat hingeworfen. Und mit ihm haben zwei weitere Gemeinderäte den Bettel hingeschmissen. Da gab es riesigen Streit wegen der geplanten Hotelanlage am Golfplatz.«

»Um was ging es genau?«

»Albert Grubers Grundstück, wo sein Bauernhof draufsteht, grenzt direkt an den Holzinger-Grund an, der für das Vier-Sterne-Hotel genutzt werden soll. Aber damit die vorgeschriebenen Abstände zu den Grundstücksgrenzen stimmen, soll der Gruber seinen Gemüsegarten und einen Kartoffelacker opfern, der Gemeinde verkaufen, im besten Fall abtreten. Wenn er sich lange genug weigert, dann könnte die Gemeinde, bei entsprechendem Antrag, sogar ein Enteignungsverfahren wegen dringender Gemeindeinteressen anstrengen. Dann geht er leer aus und verliert etwa 1.500

Quadratmeter Grund. Außerdem steht dann direkt vor dem Fenster seiner Stubn ein fünfstöckiges Haus mit umlaufenden Balkonen, wo sich dann die Touristen auf den Liegestühlen aalen und ihm in den Suppenteller hineinschauen. Außerdem kämen ein Teil des Parkplatzes und der Haupteingang dorthin. Die Pläne für den Bau hat Holzinger bei der Sitzung schon vorgelegt. Alles hatte er bereits mit einem Architekten und einer Baufirma besprochen. Von wegen Ausschreibung und so! Wer wird sich mit solchen Kleinigkeiten aufhalten, wenn man überall Freunde hat. Albert Gruber hat nur noch rot gesehen. Es gab eine lautstarke Auseinandersetzung. Gruber soll Holzinger am Kragen gepackt haben. Am Ende waren es drei Gemeinderäte und ein Bürgermeister weniger.«

»Wäre schon ein Mordmotiv!«

»Sowieso!«

»Hast du den Gruber schon vorgeladen?«

»Ich hab es versucht, aber die Leitung ist tot.«

Vermutlich eine Folge des Hochwassers, dachte Georg.

»Meinst, er ist am Gardasee? Dort hat es ja einige von den Gemeinderäten hin verschlagen.« Und er berichtete seinem Mitarbeiter kurz, was ihm Pfaffenrieder über die vom Staat finanzierte Urlaubsreise der Gemeinderäte nach Verona erzählt hatte.

»Wir haben eindeutig den falschen Beruf, Schorsch.«

Georg schluckte. Diese Vertraulichkeit hatte er nicht so gerne, aber er ging kommentarlos darüber hinweg.

»Hast du denn Namen von den Gemeinderäten?«

»Selbstverständlich, Herr Hauptkommissar Breitwieser! Und was das Schönste dabei ist, einige Namen sagen uns sogar etwas.«

»Ich höre!«

»Robert, Korbinian und Annalisa Holzinger. Das ist die Schwiegertochter von Matthias Holzinger, falls du wissen willst, wer das weibliche Gemeinderatsmitglied ist.«

»Wie viele Gemeinderäte hat Wolfing überhaupt?«

»Nach dem Debakel nur noch dreizehn anstelle der üblichen sechzehn!«

»Schickst du mir die Liste per SMS?«

»Klaro!«

»Und wer von den Herrschaften ist in Verona?«

»Moment!« Georg hörte seinen Oberinspektor mit Papieren rascheln. »Gefahren sind Stefan Hasler, Paul Pointner und Gerhard Weichselmüller, der zweite Bürgermeister. Ob auch Franz Oberlechner dabei ist, konnte die Sekretärin nicht sagen.«

»Und dann wäre es gut zu wissen, wer von den Gemeindeleuten einen Waffenschein oder eine gemeldete Waffe besitzt.«

Florian Huber schwieg.

»Bist noch dran?«

»Ich stell mir das nur gerade vor. Ein Gemeinderatsmitglied erschießt den Bürgermeister und fährt zu diesem Zweck eigens an den Gardasee. Das ist schon ein wenig surreal, findst nicht? Wir hätten hier genug Platz, um einen anderen über den Haufen zu schießen.«

»Aber möglicherweise denkt der Täter, im Ausland ist er nicht verdächtig und er kann unentdeckt die Heimreise antreten, bevor die Polizei vor Ort die richtigen Schlüsse zieht. Wie schaut es denn mit der Wohnung von Robert Holzinger in Traunstein aus? Ist da schon jemand von der Kriminaltechnik gewesen?«

»Die Kollegen sind dort.«

»Bestens! Ich fahr jetzt nochmals nach Wolfing. Bis später! Und stell dich darauf ein, dass du ab morgen alleine im Büro sitzt.«

Georg drückte rasch die Auflegetaste, bevor sein Mitarbeiter noch dumme Fragen stellen konnte. Erstmals hatte er das Gefühl, die Ermittlungen gingen in die richtige Richtung. Wolfing, das Dorf der Amigos. Nicht, dass ihn das verwunderte. Eher schon die Tatsache, wie oft und regelmäßig sich ein solches Bild in den Gemeinden rund um den Chiemsee ergab. Er war sicher, dass das anderswo genauso war. Nur bekam er es da nicht mit. Nun hatte er ein konkretes Ziel vor Augen. Georg ließ den Wagen an und betätigte die Scheibenwischer.

Er fuhr rückwärts aus der Toreinfahrt und auf die Hauptstraße Richtung Stöttham. Am Abend musste er dann seinen beiden Damen noch beibringen, dass sie ab dem nächsten Tag sturmfreie Bude hatten. Der Chef und Aufpasser fuhr nach Italien.

Seiner Mutter würde das nicht gefallen und seiner Schwester Barbara auch nicht. Da kamen auch privat noch ein paar unangenehme Gespräche auf ihn zu. Doch er war ein Meister der Verdrängung. Immer schön eine Sache nach der anderen erledigen. Wer weiß, was sich bis zum Abend noch alles ergab.

14

Verona, 16.00 Uhr

Antonio berief die erste größere Besprechung zum Fall Holzinger in einem der kleinen Konferenzzimmer in der *Questura* ein. Er saß bereits am Tisch, sah in die Runde und hatte das unangenehme Gefühl, nichts Relevantes in Händen zu haben. Ordner und Laptop, die vor ihm lagen, täuschten Ergebnisse vor, waren aber leere Hülsen ohne Inhalt. Seine Spritztour nach dem Essen in die *colline*, hinauf in die Hügel zur *Piazzale Castel San Pietro*, hatte ihm, neben der grandiosen Aussicht, die er immer wieder schätzte, nicht wie erhofft das Hirn durchgeblasen, die Verstrickungen im Gedankendickicht bei frischem Fahrtwind mit dem Rennrad aufgelöst.

Außer den wenigen Details, die sie beim Mittagessen erörtert hatten, war er keinen Schritt weitergekommen. Lavinia, Enrico und Fausto blickten ihn erwartungsvoll an. Vermutlich ging es ihnen ähnlich und sie glaubten, von ihm käme der alles erhellende Geistesblitz.

Enrico war nach dem Mittagessen nochmals nach Garda gefahren, hatte aber, wie er ihm vorhin berichtete, nur verschlossene Türen vorgefunden. Ärgerlich darüber hatte Antonio dann selbst angefangen, herumzutelefonieren. Roberto Holzinger befand sich zu diesem Zeitpunkt mit seinem Kunden Ehrmann mitten auf dem See beim Motorbootfahren. Roberto hatte sich also die Yacht seines Bruders zumindest schon einmal ausgeliehen. Ein Gespräch mussten sie aufschieben.

Von Varese und Yakanabe fehlte jede Spur. Sie hatten ihre Telefone ausgeschaltet. Nur die Mailboxen spulten Texte ab. Antonio verzichtete darauf, ihnen eine Nachricht zu hinterlassen. Er trat auf der Stelle. Selbst Georg hatte ihn auf später vertröstet. Er sei mitten in den Ermittlungen. Er wollte sich später melden. Na super!

Antonio warf genervt seinen Stift auf die Papiere, die vor ihm auf dem Tisch lagen, und sah in die Runde. Die erwartungsvollen Mienen verbesserten seine Laune nicht. Sein Blick fiel auf Fausto, der entspannt in seinem Stuhl lehnte, die Augen geschlossen hielt und ein kleines Lächeln auf den Lippen hatte. Es fehlte nicht viel und der mittägliche Rotwein hätte seinen Vice selig entschlummern lassen. Doch bevor Antonio ihn wachrütteln konnte, ging die Tür auf und Staatsanwalt Dottor Vincenzo Mauro stürmte herein.

»Ah, die Signori sind alle beisammen.« Er zog sich einen Stuhl heran, sodass das Linoleum quietschte. Fausto riss die Augen auf. Mauro drängte sich zwischen ihn und Lavinia und knallte einen dicken Stapel von Unterlagen auf den Tisch. Die Ruhe war dahin.

»Sie sehen so aus, als hätte es Ihnen die Ernte verhagelt, Vice Commissario!« Mit hochgezogener Augenbraue musterte er Fausto, ein arrogantes Lächeln umspielte dabei seinen Mund. Es war ihm anzumerken, dass er interessante Neuigkeiten hatte.

Der Vice sah ihn nur verkniffen an und schwieg.

»Dottore, was verschafft uns die Ehre Ihres unerwarteten Besuchs?« Antonio hatte keine Lust auf die Verzögerungstaktik oder die üblichen Spielchen des Staatsanwalts. Ihm saßen die Zeit im Nacken und die Sorge, Mauro könnte nun tatsächlich Substanzielles beitragen, Fakten, die ihnen bislang entgangen waren. Er schätzte es nicht, dumm dazustehen.

Mauro lachte. »Ich bringe Arbeit, Commissario! Und wenn ich in Ihre Gesichter blicke, sehe ich, dass Sie auf der Stelle treten, dass Sie buchstäblich auf mich gewartet haben. Deshalb auch keine Berichte!« Sein Blick, der Antonio bedachte, war ohne jeglichen Anflug von Charme oder Ironie. Spaßbefreit begann Mauro mit seiner Selbstdarstellung. Das konnte er wie kein Zweiter.

»Ich habe das Wenige, was Dottoressa di Silva und Signor Petrelli herausgefunden haben, gelesen. Nichts stand in den Papieren, was wir gestern am Tatort nicht schon herausgefunden hätten.«

Wenn Antonio bedachte, dass Mauro nicht einmal einen Fußbreit auf den nassen Rasen gesetzt und das Opfer nicht eines Blickes gewürdigt hatte, weil er wasserscheu zunächst im Auto und später im Inneren der *Villa Sole* geblieben war, fand er diese Demonstration von Selbstgefälligkeit unerträglich. Ohne Zweifel handelte es sich um den Auftakt zu ganz großer Oper. Hier sollte Yakanabe mal Mäuschen spielen! Da könnte er Anschauungsunterricht bekommen, wie Oper in Italien aufgeführt werden musste!

Mauro begann mit ausschweifender Geste, die Papiere in gleichmäßigen Stapeln zu verteilen. Niemand ging leer aus! »Das ist alles für Sie, meine Herren, meine Dame ...« Ein beredter Blick traf Lavinia.

Sie lächelte wie eine Sphinx und schwieg.

»Lesen können Sie später. Ich habe mir inzwischen ein Bild von den gewerblichen Aktivitäten der Brüder Holzinger und ihrer finanziellen Ausstattung gemacht. Das ist ein Lehrstück über ›Traue niemandem außer dir selbst!‹ Matteo Holzinger nötigt mir einen gewissen Respekt ab und das will etwas heißen.« Mauro lachte heiser und fuhr sich mit der Hand energisch durch seine dicken Haare. Er schob seine Hornbrille auf die Stirn und vermittelte so den Eindruck höchster Geschäftigkeit und Effizienz und Antonio musste zugeben, dass ihm dies prächtig gelang. Schon allein deshalb, weil er sie wieder einmal überfahren hatte. Unangemeldet platzte er in eine Besprechung und es kam ihm gar nicht in den Sinn, dass sein Erscheinen in diesem Moment alles andere als erwünscht war. Nein, er vermittelte vielmehr den Eindruck, als wäre es ihm gerade recht, dass ihn keiner sehen oder gar hören wollte.

»Darüber, wie die privaten testamentarischen Verfügungen aussehen, die Matteo Holzinger getroffen hat, kann ich nichts sagen. Da müssen wir auf die Ergebnisse der deutschen Kollegen warten. Aber es gibt Interessantes zu den Firmen zu berichten, die die Brüder hier nach italienischem Recht angemeldet haben. Die Immobilienfirma wurde in Garda gegründet und hat dort auch ihren Hauptsitz. Eigentümer zu gleichen Teilen sind die Brüder Holzinger. Der Anteil von Matteo geht nach dessen Tod vollständig an seine Frau Rita über. Die Brüder haben sich zu gleichberechtigten Partnern eingesetzt, sich ein gleiches Gehalt genehmigt. 7.000 Euro pro Monat. Nicht viel, wenn man an die Umsätze denkt, die die beiden erwirtschaftet haben, aber anständig. Die Überschüsse wurden regelmäßig zum 31.12. eines Jahres zu gleichen Teilen ausgeschüttet. Für das Jahr 2012 einigten sie sich darauf, vom Gewinn 500.000 Euro pro Anteilseigner freizugeben. Der Rest ging in die Rücklagen.

Matteo Holzinger besitzt keine weitere Firma in Italien. Anders sein Bruder Roberto. Seine Künstleragentur hat ihren Hauptfirmensitz in Traunstein und Zweigniederlassungen in Verona und Zürich. Sie alle gehören ihm allein. Wie die finanziellen Verhältnisse in Deutschland und in der Schweiz aussehen, müssen wir noch herausfinden. Sein Firmenkonto in Verona jedenfalls ist mächtig überzogen. Ich würde sagen, Roberto Holzinger steht kurz vor der Insolvenz.«

»Wie kann das sein?«, fragte Enrico dazwischen.

Mauro bedachte ihn mit einem nachsichtigen Lächeln. »Sehr gute Frage, Ispettore! Roberto Holzinger sollte an seinem japanischen Star-Regisseur und seinem Opernsänger Varese nicht schlecht verdienen. Doch in seiner Kasse herrscht Ebbe.«

Mauro blätterte in seinen Papieren und zog ein Blatt aus dem Stapel. »Besonders interessant ist seine Zusammenarbeit mit der *Agenzia Musica Classica*. Sie hat ihm für die Neuinszenierung und

Aufführung der *Aida* in der *Arena* die stolze Summe von 1,2 Millionen Euro bezahlt.«

Fausto ließ einen Pfiff hören. Was ihm ein schiefes Lächeln des Staatsanwalts einbrachte.

»Dieses Geld hat Roberto bereits komplett ausgegeben. Die Kontobewegungen dazu sollten Sie im Einzelnen überprüfen, Signori. Die nötigen Genehmigungen sind dabei. Und so weist sein Konto per Stand heute ein Minus von 1,5 Millionen Euro auf.«

»Bitte?« Nun war es Antonio, der seinen Mund nicht halten konnte. »Welche Bank gibt einen solchen Überziehungskredit?«

»Das hat mich auch interessiert, Commissario. Und ich habe nachgefragt. Der Bankdirektor teilte mir mit, dass Roberto in den nächsten Tagen ein größeres Immobiliengeschäft abschließt mit einer zu erwartenden Verkaufssumme von etwa fünf Millionen Euro. Das wollte der Herr Bankdirektor abwarten. Roberto hat bis Ende des Monats Zeit, seinen Kontostand in Ordnung zu bringen.« Auf Mauros Gesicht erschien ein durchtriebenes Lächeln. »Ich habe bis auf Weiteres alle Konten von Roberto Holzinger sperren lassen. Ohne meine Einwilligung kann er in Italien keine Überweisungen tätigen. Mal sehen, was das für ein Immobiliengeschäft ist. Ihr *collega* Breitwieser sollte uns möglichst rasch einen Kontakt zur Staatsanwaltschaft in Traunstein herstellen. Wir müssen wissen, wie die finanzielle Situation der Holzingers zu Hause aussieht. Mal sehen, was uns Roberto demnächst für eine Geschichte erzählt. Ich vermute, dass ihm der Tod seines Bruders alles andere als ungelegen kommt.« Mauro raffte die restlichen Papiere zusammen, schob quietschend seinen Stuhl zurück und stand auf. »Laden Sie Roberto Holzinger für morgen vor, Commissario. Neun Uhr dreißig wäre mir angenehm.«

Antonio sah Mauro ungläubig an. Für ihn schien der Schuldige gefunden. Roberto Holzinger hatte seinen Bruder wegen hoher Schulden erschossen. Abwegig war der Gedanke natürlich nicht! Aber war die Sache wirklich so einfach?

»Wir treffen uns hier in diesem Raum. Ich denke, nach dem Gespräch mit ihm sind wir mit dem Fall durch und können uns wieder um unsere alltäglichen Geschäfte kümmern.« Vincenzo Mauro machte eine neckische kleine Verbeugung. »*Buona sera!*« Dann verließ er geräuschvoll das Besprechungszimmer.

Einen Moment herrschte absolute Stille und dann begannen alle durcheinanderzureden.

»*Momento, ... prego!*« Antonio verschaffte sich Gehör.

»Was habt ihr herausgefunden, das sich mit den Ergüssen unseres Staatsanwalts messen lässt?« Er konnte es nicht verhindern. Selbst für ihn hörbar, schwang eine Grundaggressivität in seiner Stimme mit. Er wollte lustig sein, aber das Gegenteil war der Fall. Alle starrten ihn an, bis das tiefe Gelächter, das Faustos breitem Brustkasten entsprang, alle mit einstimmen ließ.

»Es ist doch immer wieder schön zu beobachten, wie unser geschätzter Mauro dich auf die Palme bringt, Tonio. Aber damit du dich nicht so sehr grämst – ich habe tatsächlich Informationen, die die von Mauro zumindest ergänzen, wenn ich ihn auch nicht ganz toppen kann.«

Antonio war schlau genug und ließ Fausto gewähren. Jede Widerrede hätte ihn noch dümmer aussehen lassen. Es ärgerte ihn maßlos, dass der Römer mit seinen Allüren ihn ein ums andere Mal aufbrachte.

»Ich habe mir die *Agenzia Musica Classica* genauer angesehen und dort mit einer Dame gesprochen, die mich über die jährlich wiederkehrenden Bewerbungsverfahren aufklärte, mit dem die Stadt bzw. die *Agenzia* die Opernaufführungen des Sommerfestivals vergibt. Die Stadt und das Festival gehören eng zusammen. Das Geld der *Agenzia*, das sie jeweils ausgeben kann, wird durch die Eintrittsgelder, durch Merchandising und durch Sponsoren aufgebracht. Die Stadt Verona beteiligt sich ebenfalls mit einer jährlich differierenden Summe, je nach Haushaltsbudget. Für das *Centena-*

rio hatte man eine ordentliche Menge Geld lockergemacht. Die *Agenzia* verfügt in dieser Spielperiode über ein Budget von knapp neun Millionen Euro. Bei acht verschiedenen Aufführungen bestehend aus fünf Operninszenierungen, einer Solistengala und zwei Ballettthemen, kommen für jedes einzelne Repertoire etwa eine Million Euro zur Auszahlung. Roberto Holzinger hat also für die Neuinszenierung der Oper *Aida* mehr eingestrichen als die übrigen. Dieses Geld muss er mit den Künstlern und dem Regisseur teilen und dann noch zusehen, dass für ihn selbst etwas übrig bleibt. Von dieser Summe ausgenommen sind das Orchester mit Dirigent, der Chor und die komplette Technik mit den Bühnenarbeitern. Dies alles gehört zu den Aufgaben der Stadtverwaltung, die dafür nochmals zwei Millionen Euro bereithält.«

Antonio fing überschlägig an zu rechnen. Wenn er allein den teuren Regisseur Yakanabe bedachte, Raimondo Varese und Angelina Connors, die internationalen Spitzenkräfte, fünf weitere Sängerinnen und Sänger, sowie Komparsen und Zweitbesetzung für den Notfall, dann wurde selbst bei 1,2 Millionen Euro die Luft dünn. Vermutlich hatte sich Roberto Holzinger mit diesem Projekt völlig überhoben. Aber ein Minus von 1,5 Millionen Euro war allerdings nochmals eine andere Größe.

»Und was konnte dir die Dame von der *Agenzia* noch erzählen?«, fragte Antonio seinen Vice.

»Man hat sich offenbar im Gremium darüber sehr gewundert, dass eine deutsche Künstleragentur ausgerechnet für die wichtigste Inszenierung, die neue *Aida* den Zuschlag bekommen hat. Das ist wohl überhaupt noch nie vorgekommen, dass eine ausländische Agentur oder ein Produzent zum Zug kamen.«

»Hatte die Dame dafür auch eine Erklärung?«

»Sie meinte, Bürgermeister Di Santo habe ein Machtwort gesprochen. Er wollte nicht Gefahr laufen, sich mit chaotischen Künstlern und Organisatoren zu blamieren. Mit Deutschen und

Japanern konnte man sicher sein, dass die Arbeit zügig voranging, dass alles wie am Schnürchen klappte und die Aufführung am Ende auch den Erwartungen entsprach.«

Bei Letzterem, so wusste Antonio, war der Wunsch der Vater des Gedankens gewesen. Es hatte nicht funktioniert. Bei aller Professionalität fehlte es der *Aida* an der Akzeptanz des Publikums. Und um sich einem weiteren durchaus spannenden Thema zu nähern, wandte er sich an Enrico. »Hast du denn schon die Laptops der Holzinger-Brüder näher ansehen können?«

Sein Ispettore lächelte und nickte. »Man kann sich Gott sei Dank fast immer auf die Unfähigkeit oder Naivität von durchschnittlichen Computerbenutzern verlassen. Die Angst, das eigene Passwort zu vergessen, trägt schon pathologische Züge. Beide Brüder haben ihre eigenen Vornamen verwendet. Da hatte sogar Petrelli leichtes Spiel.«

Alle lachten.

»Über Kontobewegungen habe ich jedoch nichts gefunden. Wenn es ums Geld geht, sind die beiden gerissen, fürchte ich. Hier brauchen wir die Genehmigungen von Mauro.«

Lavinia hob schüchtern die Hand und sagte: »Die Mappe, die er mir gegeben hat, enthält alle nötigen Genehmigungen für Bankkonten, Schließfächer, Testament, sofern es sich um ein italienisches handelt, Firmenräume und -unterlagen. Wirklich alles, was wir normalerweise brauchen.«

»Kein schlechtes Wort mehr über unseren Staatsanwalt.« Enrico bemühte sich um einen ernsten Ton. Antonio warf ihm einen zweifelnden Blick zu und sein Ispettore wurde rot im Gesicht. »Aber«, fuhr er entschlossen fort, »alles andere konnte ich nicht entschlüsseln. Die Herren haben meist nur auf Deutsch korrespondiert. Da musst leider du ran, Tonio.« Er nahm den flachen Laptop, der vor ihm auf dem Tisch stand, und reichte ihn an Antonio weiter. »Dies ist das Gerät von Roberto Holzinger. Der PC von Matteo ist noch bei Petrelli.«

»Das war's dann wohl.« Fausto stand unvermittelt auf. »Ich muss noch etwas besorgen. Wir sehen uns morgen.«

»Moment, wo willst du hin?«, fragte Antonio alarmiert. Noch war es mitten am Nachmittag und keineswegs war alles gesagt.

»Ich muss noch Netze besorgen.«

»Netze? Was denn für Netze?«

»Hast du einen Kirschbaum im Garten, Tonio?«

»Ich habe keinen Garten, wie du weißt.«

»Hm, das erklärt alles!« Bedächtig schritt Fausto zur Tür. »Wenn Spatzen und Amseln in die Nähe von schönen reifen, roten Kirschen kommen, ist das gar nicht günstig.« Er öffnete die Tür und war einen Augenblick später verschwunden.

Nicht mehr in der Lage, ernsthaft ärgerlich zu werden – es machte ja auch überhaupt keinen Sinn, gegen Fausto zu opponieren – stand Antonio von seinem Stuhl auf und packte seine Unterlagen zusammen. Obenauf legte er den Laptop von Roberto Holzinger. Den wollte er sich gleich noch ansehen.

»Lavinia«, wandte er sich an seine jüngste Mitarbeiterin. Sie würde ihn sicherlich nicht im Stich lassen, und wenn sie bis tief in die Nacht arbeiten musste. »Ich wäre dir dankbar, wenn du möglichst rasch einen Bericht über die Geldtransfers der Künstleragentur von Roberto Holzinger machen könntest. Mit den Immobilien beschäftigen wir uns später. Doch für heute Abend müsste ich mehr über Roberto wissen.«

»*Certo*, Commissario!«

Um Enricos Mund glitt ein verkrampftes Lächeln. Antonio sah es ihm an, dass sich sein Mitarbeiter zurückgesetzt fühlte, völlig überflüssig selbstverständlich. Schließlich arbeiteten sie gemeinsam an dem Fall, wenn er einmal von den privaten Alleingängen Faustos absah.

Energisch sagte Antonio: »Um kurz vor halb acht Uhr hole ich dich von zu Hause ab, Enrico. Vergiss nicht, deinen Smoking anzuziehen. Oder zumindest einen präsentablen dunklen Anzug. Wir haben ein Date mit unserem Bürgermeister und einer Reihe sehr wichtiger Gäste aus dem befreundeten Ausland.«

Sein Ispettore blickte ihn entgeistert an. »Aber ...«

15

Verona, 17.00 Uhr

Raimondo Varese betrat die Lobby des Hotels *Arena Antica* und fragte nach Signora Connors. In den Händen hielt er große Tüten aus hochglänzender, weinroter Kartonage, bedruckt mit goldenen Lettern. Ihm stand der Schweiß auf der Stirn und das Seidenhemd klebte ihm am Rücken. Seine Leinenhose hing, an den Knien ausgebeult, unförmig wie ein Sack am Körper. Damit machte er keinen lässigen Eindruck mehr, so viel war auch ihm klar. Was er jetzt dringend brauchte, war eine Dusche. Er hatte dem *Soave Classico* in der *Enoteca* reichlich zugesprochen, aber der Alkohol in der Nachmittagshitze rächte sich jetzt. Ihm war sehr heiß und er fühlte sich alles andere als wohl in seiner Haut. Der Herr an der Rezeption sagte ihm, dass Signora Connors ihn erwartete.

Erleichtert darüber, dass Angelina im Hotel war, bestieg Raimondo den kleinen, stickigen Hotelaufzug, der ihn rumpelnd und ruckelnd bis zum dritten Stock brachte. Mit wenigen Schritten hatte er das Zimmer seiner Geliebten erreicht und klopfte. Doch niemand öffnete ihm. Er klopfte erneut und etwas lauter als zuvor. Endlich hörte er Schritte und dann ließ sich Angelina durch einen schmalen Türspalt sehen. Sie hatte dick Creme im Gesicht aufgetragen, das Haar war unter einem Handtuchturban verschwunden und ihr Körper steckte in einem dunkelroten Seidenkimono. Er bedeckte nur die Hälfte ihrer Oberschenkel und wurde in der Mitte von einem dünnen Stoffgürtel, der seitlich zu einer Schleife gebunden war, gehalten. Raimondo konnte nicht umhin, diese aufreizende Bekleidung mit Wohlwollen zu betrachten.

»Was willst du?«

Auf diesen barschen Ton war er nicht gefasst gewesen. Erschrocken sah er sie an. Er hatte nicht damit gerechnet, Angelina könnte ihn womöglich nicht empfangen.

»Bitte lass mich herein. Ich muss dringend duschen und mich für den Abend umziehen.« Brüsk drückte er sich mit dem Oberkörper gegen die Zimmertür, die sie mit einer Hand festhielt und erstaunlich viel Kraft dabei entwickelte.

»Was fällt dir ein, Raimondo, hier einfach so aufzukreuzen. Ich muss mich selbst noch für den Abend zurechtmachen. Wir wollten uns an der Bar in der Lobby treffen. Um halb acht Uhr abends. Bis dahin musst du dich schon noch gedulden.

»Bitte Angelina. Ein Notfall. Es ist etwas dazwischen gekommen.«

»Scheint so.« Kühl musterte sie ihn von oben bis unten. Dann trat sie gnädig zur Seite und ließ ihn eintreten. »Auf deine Erklärung bin ich wirklich sehr gespannt.« Sie wich seinem Versuch aus, ihr einen Kuss auf die Wange zu drücken, und ging voraus in den kleinen Salon ihrer Suite, wo sie sich auf das Sofa fallen ließ. Mit ihrer linken Hand hielt sie den offenherzigen Ausschnitt zu. Was Raimondo noch weiter verunsicherte.

In seinem Kopf arbeitete es. Die abweisende Art seiner Geliebten gab ihm Rätsel auf. Sollte sie ihn in der vergangenen Nacht nur benutzt haben? Suchte sie ein Abenteuer und er war darauf hereingefallen wie ein Primaner? Eigentlich konnte das nicht sein, versuchte er sich zu beruhigen. Während er die Tüten neben dem Sofa abstellte, fragte er sich, was er Angelina erzählen sollte. Sicher nicht die Wahrheit, das war klar. Artig fragte er, ob er erst einmal ihre Toilette benutzen durfte, was sie ihm großzügig erlaubte. Jede Minute zusätzlicher Zeit half ihm, Ordnung in sein Gefühls- und Gedankenchaos zu bringen.

Als er wieder zurückkam, saß sie unverändert auf dem Sofa und musterte ihn eindringlich.

»Ich bekam Skrupel wegen meines dunklen Anzugs«, begann er und lächelte sie entschuldigend an. »Ich bin leider doch ein wenig fülliger geworden in den letzten Jahren und das Jackett saß nicht mehr besonders. So wollte ich mich nicht mit dir heute Abend zeigen. Du sollst dich ja nicht mit mir schämen.« Er lächelte sie an, in der Hoffnung, sie würde seine negative Selbsteinschätzung charmant korrigieren. Aber diesen Gefallen tat sie ihm nicht. So beugte er sich zur größeren der beiden Tüten und zog einen schwarzen Seidenanzug hervor. Mit großer Geste hielt er ihn Angelina hin und ließ sie den Stoff fühlen. »Ein ganz feines, teures Tuch. Gefällt es dir?«

Sie schaute ihn nur skeptisch an und schwieg.

»Du wirst sehen, wenn ich ihn trage, sieht er perfekt aus.«

Auch das schien sie nicht zu überzeugen. Stattdessen begann sie, ihre Haare mit dem Handtuch trocken zu rubbeln. Entsetzt trat er ein paar Schritte zurück. »Mach mir keine Wassertropfen auf den Stoff. Das gibt Flecken.« Beleidigt zog er sich zurück und legte den Anzug über einen der beiden Stühle, die um einen kleinen runden Tisch nahe der Balkontür standen. Bedächtig holte er ein weißes Hemd aus der Tüte. Und dann eine Schuhschachtel aus der zweiten.

»Du hast dich ja mächtig ins Zeug gelegt.« Interessiert betrachtete Angelina die Slippers aus schwarzem Lack, die er ihr unter die Nase hielt.

»Das will ich meinen! Man wird schließlich nicht jeden Abend zum Empfang beim Bürgermeister eingeladen.« Dass er nie im Leben knapp 2.000 Euro für den Abend bei Di Santo ausgegeben hätte, wenn ihn die Umstände nicht dazu zwingen würden, musste er seiner Flamme nicht verraten.

Angelina stand auf. »Ich frage mich, was wir dort sollen.«

»Das ist eine große Ehre. Ohne Roberto hätte uns Di Santo niemals eingeladen.« Raimondo empfand ihre Frage als sehr verletzend.

»Darauf pfeife ich, ehrlich gesagt. Mir wäre es lieber, unser windiger Agent würde endlich meine Gage vollständig bezahlen. Auf die Hälfte warte ich immer noch. Wenn bis nächste Woche das Geld nicht auf meinem Konto ist, kann die *Aida* singen, wer will. Ich jedenfalls nicht.«

»Du willst doch nicht der zweiten Besetzung Platz machen?« Nun war Raimondo ernsthaft alarmiert. In seinen Augen konnte Angelina froh sein, die Rolle bekommen zu haben. Roberto hatte sie eigens dafür von einer internationalen Künstleragentur ausgeliehen. Vermutlich kostete sie um einiges mehr als er selbst. Bislang hatte er auch erst einen Teil der Gage bekommen. Aber Roberto war ihm noch nie etwas schuldig geblieben. Im Zweifel sprang Annegret ein. Da war er auf der sicheren Seite. Aber das konnte er Angelina natürlich nicht sagen. Sie wusste noch nicht einmal, dass er verheiratet war. War bei ihrer Art von Verhältnis auch nicht wichtig. Zudem machte ihm die Vorstellung Angst, Nikita könnte zum Zuge kommen, wenn er wegen der ausstehenden Gage rebellierte. Lieber sang er gegen Ende des Festivals umsonst, bevor er dem Russen die Genugtuung gönnte, auf der Bühne der *Arena* zu stehen.

»Es wird sich alles klären. Du wirst sehen«, versuchte er halbherzig, Angelina zu beruhigen. »Kann ich jetzt kurz dein Bad benutzen?«

Sie schüttelte entschieden den Kopf. »Zuerst will ich wissen, was dieser Auftritt mit all den Klamotten bei mir soll. Verkauf mich nicht für blöd, Raimondo. Bis gestern hast du die Gastfreundschaft und die Villa und all den Reichtum der Holzingers in höchsten Tönen gepriesen und jetzt kommst du zu mir zum Duschen. Da ist doch etwas faul.«

Erschöpft ließ er sich neben sie auf das Sofa fallen und fuhr sich mit beiden Händen durch seine verklebten Haare. Er fühlte sich unappetitlich und schmutzig. Und er war überhaupt nicht in der Stimmung, irgendwelche Storys zu erzählen. Zu allem Überfluss rückte Angelina von ihm ab. Er wagte nicht, dies zu kommentieren, tat vielmehr so, als hätte er es nicht bemerkt.

»Kannst du dir nicht denken, dass die Stimmung bei den Holzingers einen Tiefpunkt erreicht hat?«, fragte er aggressiver als beabsichtigt.

Angelina zog in ihrer unnachahmlichen Art eine Augenbraue hoch und musterte ihn erwartungsvoll.

»Überall Leichenbitterminen und Tränen.« Bis auf Adriana Bonomi hatte niemand auch nur eine Träne in seinem Beisein vergossen. »Roberto rennt verstört und rastlos zwischen den Räumen hin und her.« Er erinnerte sich nur an den apathisch auf einem Sessel sitzenden Agenten, der mehr recht als schlecht dem Commissario Auskunft gab und sich ansonsten an der unvermeidlichen Grappa festhielt. Ein persönliches Wort hatten sie seit dem Tod des Bruders nicht gewechselt. Er hatte überhaupt keine Ahnung, wie Roberto den Tag verbrachte, wie es ihm ging. »Dazwischen stehen Polizisten, die jeden Schritt der Bewohner argwöhnisch beobachten. Man hat das Gefühl, jedes Wort, jede Geste wird genau registriert und irgendwann gegen einen verwendet.« Raimondo hatte Angst. Das hörte er selbst aus diesen Worten heraus.

»Was hast du zu befürchten?«, konterte Angelina auch prompt. »Wenn du mit der Sache nichts zu tun hast, kann es dir egal sein, wie viele von der *Polizia* dort herumstehen«, konstatierte die Opernsängerin kühl, sachlich und ohne jegliches Mitgefühl. Ihre Leidenschaft für Raimondo in der Nacht zuvor hatte sich in Luft aufgelöst. Er fragte sich, wie er diese wieder entfachen konnte. Aber er gab sich keinen Illusionen hin. Angelina war für ihn in weite Ferne gerückt. Sie hatte in der Nacht zuvor ihren Spaß gehabt. Das zumindest hielt er sich zugute. Aber das war's. Seine Probleme interessierten sie nicht.

»Das verstehst du nicht!« Raimondo sprang vom Sofa auf und trat an die Balkontür, die offenstand. Er blickte auf die Rundbögen der *Arena*, die nur wenige Meter entfernt schienen. Auf der *Via Mazzini*, die drei Stockwerke tiefer lag, drängten sich die Menschen. Er hatte den Eindruck, dass es noch mehr Touristen und Einheimische geworden waren als am Vormittag. Und unvermittelt sah er auch wieder Annegret und Jan vor sich. Die Verdrängung, die er mittags mit Alkohol so wunderbar hinbekommen hatte, funktionierte nicht mehr. Langsam aber sicher wurde er wieder nüchtern und seine ganze missliche Lage drängte in sein Bewusstsein. Er sah auf seine Armbanduhr. Paolina stand nun auch schon über eine halbe Stunde am Bahnhof und wartete darauf, dass er sie abholte. Vielleicht war es doch ein Fehler gewesen, seine feste Freundin einfach so abzuservieren. Er hatte keine Ahnung, was sie machen würde, wenn sie begriff, dass er nicht mehr kam.

Raimondo trat von der Balkontür zurück und wandte sich wieder dem Raum und Angelina zu, die sich auf das ungemachte Bett gelegt hatte und ihn unverwandt anschaute.

»Es ist nichts mehr so wie vorher«, nahm er halbherzig seinen Faden wieder auf. »Die harmonische Atmosphäre, die Geborgenheit innerhalb einer Familie, die alles dafür tut, damit sich die Gäste wohlfühlen, ist dahin.« Raimondo ließ unerwähnt, dass die Brüder beim Mittagessen am Sonntag heftig gestritten hatten. Matteo hatte den Rotwein wie Wasser in sich hineingeschüttet und sich unappetitlich vollgehäufte Gabeln in den Mund gestopft, als wäre es das letzte Essen auf Tage hinaus. Da hatte er noch nicht wissen können, dass es sein allerletztes sein würde. Über Raimondos Rücken lief ein kalter Schauer. Plötzlich war ihm sehr kalt in seinem nassgeschwitzten Seidenhemd.

»Wundert dich das? Wäre es nicht an dir, Roberto deine Freundschaft zu beweisen, indem du ihm beistehst, ihn tröstest, anstatt das Weite zu suchen? Nach allem, was du mir über eure jahrelange Freundschaft erzählt hast, müsstest du jetzt für ihn da sein.« Angelinas Blick war hart. Sie ließ jegliches Verständnis für seine Situation vermissen. »Stattdessen bist du feige, kaufst dir neue Klamotten, damit du keinesfalls genötigt bist, nochmals die Villa zu betreten. Glaube nicht, dass ich nicht begriffen habe, um was es dir wirklich geht. Ich frage mich jedoch, ob es allein deine Feigheit und Angst sind, die dich zu mir treiben, oder ob mehr dahinter steckt. Solltest du etwas mit dem Mord an Matteo zu tun haben, ist unsere Freundschaft beendet. Mach dir darüber keine Illusionen. Und jetzt sieh zu, dass du ins Bad kommst, und mach schnell. Ich bin nämlich noch lange nicht fertig.«

Und während Raimondo ins Bad schlich, rief sie ihm noch hinterher: »Und schlag dir gleich aus dem Kopf, dass du die Nacht bei mir verbringst. Du fährst schön zurück zu den Holzingers nach Garda.«

16

Wolfing, 17.00 Uhr

Georg hielt ungläubig sein Gesicht in den Himmel. Es wurde nicht nass! Endlich hatte es aufgehört zu regnen. Über dem See klarte es stellenweise auf. Die noch hochstehende Sonne schickte helle Strahlen durch die nun lockere Bewölkung und verwandelte das bislang grauschwarze Wasser in grün schimmernde Wellen. Georg befand sich am Ende der Straße, dort, wo Holzingers gepflegter Rasen im Hochwasser des Chiemsees versank. Er blickte hinüber zur Fraueninsel, die als dunkler Nebelfleck über dem See stand, schemenhaft, unwirklich und nur für den Einheimischen erkennbar. Der Wind strich sacht durch die Tannen- und Fichtenwipfel, die hinter Holzingers Garten aufragten. Allein die große Pumpe, die den Keller der Holzingers leeren sollte, übertönte alle anderen Geräusche. Georg hörte keinen Wellenschlag, keine Vögel, keine Kinder und keinen Straßenlärm. Die Pumpe arbeitete hochtourig und stetig und ein einsamer Feuerwehrmann, der nahe dem Souterrainfenster stand, das Georg mit Rita Holzinger vor Stunden mit Sandsäcken abgedichtet hatte, beaufsichtigte den Löschzug wie den Schlauch, damit das Wasser nicht wieder ins Haus zurücklief. Georg wandte dem See endgültig den Rücken zu und betrachtete das

Landhaus der Holzingers, das ihn mit schwarzen Fenstern anzustarren schien. Vielleicht hatte die Hausherrin Glück und der Schaden hielt sich letztlich in Grenzen. Georg konnte das nur für sie hoffen. Er hatte, Gott sei Dank, in seinem achtundvierzigjährigen Leben bislang keine eigenen Erfahrungen mit Hochwasser gemacht.

Er ging auf den Neubau von Korbinian Holzinger zu. Dort brannte im Erdgeschoss Licht. Noch zögerte Georg, die Glocke zu läuten. Er kam sich unsensibel und ungebührlich neugierig vor, obwohl er natürlich wusste, dass er seine Arbeit machen musste und nicht ewig Zeit dafür hatte. Und das, was er inzwischen in Erfahrung gebracht hatte, machte ein weiteres Gespräch mit Rita Holzinger und ihrem Sohn unumgänglich.

Als Georg sich nach dem Mittagessen mit dem Auto zu Veronika Gruber aufgemacht hatte, war er nicht einmal in die Nähe ihres Bauernhofs gekommen. Der Ortsteil war großräumig von der Feuerwehr abgesperrt und die Einwohner evakuiert worden. Auf Nachfrage erfuhr er, dass Veronika Gruber und ihre zwei Kinder in der Turnhalle der Grundschule am Ortsrand untergebracht worden waren, so wie die anderen unmittelbaren Nachbarn auch. Der Feuerwehrmann, der ihm bereitwillig Auskunft gab, war sichtlich mit den Nerven am Ende. Nur mit Gewalt hatten er und die Kollegen die Bäuerin dazu bewegen können, ihr Hab und Gut aufzugeben, berichtete er. Die dreißig Milchkühe, die im Kuhstall bis zum Bauch im Wasser standen, wurden vom Technischen Hilfswerk abgeholt und bei Bauern in der Umgebung untergebracht.

»Haben Sie schon einmal Kühe in Panik brüllen und schreien gehört?«, fragte ihn der Mann. »Unvorstellbar, einfach grauenhaft. Es grenzt an ein Wunder, dass die Viecher nicht ausgebrochen sind und schließlich wohlbehalten in den Viehwagen verladen werden konnten.« Der Mann sah zu Boden. Ihm versagte die Stimme. Georg hatte ihm wortlos auf die Schulter geklopft und war zu seinem Wagen zurückgegangen.

Anschließend war er zur Turnhalle gefahren und hatte sich zwischen die aufgeregten Menschen gemischt, die dort versuchten, auf Matratzen und Feldbetten ihre Familien zu versammeln und zu beruhigen. Er kannte Veronika Gruber nicht und als er inmitten der verzweifelten Menschen stand, die weinten oder wortlos und apathisch herumstanden, hatte er sich umgedreht und war wieder hinausgegangen. Welchen Sinn sollte es haben, Veronika Gruber nach Jutta Brettschneider zu befragen? Einer Frau, die zur Tatzeit bereits über ein halbes Jahr tot war. Rita Holzinger musste er nach der Schwester fragen, niemand anderen sonst. Sehr viel interessanter wäre es für ihn jedoch gewesen, sich bei der Bäuerin nach dem Verbleib ihres Mannes zu erkundigen. Es kam ihm schon recht seltsam vor, dass der Familienvater und Bauer, der dabei war, Haus und Hof in den Fluten zu verlieren, seiner Familie nicht beistand. Zumindest hatte ihm der Feuerwehrmann erzählt, dass er außer der Bäuerin und den Kindern niemanden im Haus angetroffen hatte.

Georg war wieder in seinen Audi gestiegen und in Richtung See gefahren, um nochmals mit Rita Holzinger zu sprechen. Dabei musste er den Dorfplatz überqueren. Überall parkten Polizei-, Feuerwehr- und Sanitätsfahrzeuge am Straßenrand. Das Technische Hilfswerk pumpte über die Gullys mitten auf der Fahrbahn das Wasser ab. Dann entschloss er sich, noch einen Stopp einzulegen, und stellte seinen Wagen auf den Bürgersteig, weil kein anderer Raum mehr zur Verfügung stand, und schaute durch die Windschutzscheibe. Er konnte den Sinn der Geschäftigkeit, das ewige Hin- und Hergerenne von Männern und Frauen in den entsprechenden Dienstkleidungen, nicht erfassen. Es erinnerte ihn an so manchen Einsatz in München, bei Großbränden in der Innenstadt, bei der Bergung einer Fliegerbombe im Wohngebiet oder bei Großdemonstrationen, wenn alle Polizeikräfte gebraucht wurden, egal, zu welcher Einheit sie gehörten. Er hatte immer die Einsatzleiter solcher Aktionen bewundert, die irgendwie den Überblick behielten, wussten, wer am besten wohin ging. Gott sei Dank hatte er nie eine solche Aktion zu leiten gehabt. Er war mehr der Individualist, der Einzelkämpfer, im Team tat er sich schwer. Auch jetzt war er fast froh darüber, dass es lediglich ein Mordfall war, der ihn beschäftigte, und er nicht die aufgeregten und verzweifelten Gemüter eines ganzen Dorfes zu beruhigen hatte. Sein Ziel war das Rathaus, das auf der gegenüberliegenden Straßenseite stand. Wenn er schon einmal hier war, sollte er ein paar Worte mit dem stellvertretenden Bürgermeister sprechen. Die Protokolle der letzten Gemeinderatssitzung, über die er sich mit Florian Huber am Telefon ausgetauscht hatte, und die auf einen Tumult am Ende der Sitzung verwiesen, hatten ihn mehr als nur neugierig gemacht.

Georg verließ sein Auto und betrat das Rathaus. An der Pforte fragte er nach dem Bürgermeister und erhielt zunächst nur ausweichende Antworten. Es sei keiner von den Herren da, hieß es, schließlich herrsche im Ort der Notstand. Erst nach Vorlage seines Dienstausweises und einigen forschen Worten begleitete ihn die Dame von der Pforte persönlich zum Büro des Bürgermeisters.

Sie klopfte an und öffnete unmittelbar danach die Türe.

»Entschuldigen S' schon, Herr Schapfinger, aber der Herr Kommissar wollte Sie unbedingt sprechen. Ich hab ihm schon gesagt, dass das jetzt ganz schlecht ist.« Vorwurfsvoll blickte sie Georg ins Gesicht. So nach dem Motto: Wenn's unbedingt sein muss.

Doch er ließ sich nicht beirren, betrat das Dienstzimmer und sah sich einem äußerst jungen und blassen, sehr dünnen Mann in einem karierten Hemd und Jeans gegenüber. Die Ärmel hatte er über die Ellbogen hochgekrempelt. Vor ihm lagen mehrere offene Ordner, in denen er fahrig blätterte.

»Ich hab jetzt wirklich keine Zeit, verstehen S' des? Bei uns ist der Teufel los und ich bin dafür eigentlich gar nicht zuständig!« Mit einer verzweifelten Geste klappte er den Ordner zu und sah Georg fragend an.

Was sollte er darauf sagen? Ohne sich näher zu erklären, zog er sich einen der Stühle heran, die in nicht ersichtlicher Ordnung im Zimmer herumstanden. Offenbar hatte kurze Zeit zuvor eine Lagebesprechung stattgefunden und alle Anwesenden waren überstürzt aufgebrochen. Aufmerksam sah Georg dem jungen Mann ins Gesicht, der sich auch sogleich veranlasst fühlte, ungefragt Auskunft zu geben.

»Ich hab überhaupt keine Befugnisse. Und ich will auch gar keine!«, brach es aus ihm heraus. Der Mann ließ sich auf den Schreibtischstuhl fallen, der hinter ihm stand, und sah Georg an, als erwartete er von ihm Anweisungen oder Erklärungen. »Ich bin gar nicht im Amt.« Er hob beschwörend seine Hände in die Höhe. »Es gibt im Moment keinen Bürgermeister, der irgendetwas regeln, anschaffen, organisieren könnte. Ich bin n i c h t z u s t ä n d i g !«, erklärte er sehr laut, um dann sichtlich verzweifelt die Hände sinken zu lassen.

Georg dämmerte, dass er ihn für irgendeinen Bittsteller oder einen offiziellen Beamten vom Landratsamt hielt, der jetzt vom Bürgermeister der Gemeinde gescheite und sinnvolle Maßnahmen erwartete.

»Herr Schapfinger, mein Name ist Breitwieser, ich bin Hauptkommissar der Mordkommission in Traunstein.«

Es dauerte einen Moment, bis diese Nachricht im Bewusstsein seines Gegenübers einsickerte. Dann fragte er nach: »Wer sind Sie? Was will die Mordkommission von mir? Gibt es jetzt zu allem Unglück auch noch irgendwo in dem ganzen Schlamassel einen Toten, der nicht einfach ertrunken, sondern auf eine andere, rechtswidrige Art und Weise ums Leben gekommen ist, oder wie muss ich Ihren Besuch verstehen? Aber ich sag es Ihnen gleich, wenn Sie mich als Bürgermeister befragen wollen, ich bin nicht zuständig.«

Georg musste nun doch lächeln. Die Verzweiflung des jungen Mannes hatte etwas rührend Komisches an sich. »Weshalb sind Sie denn nicht zuständig?«, fragte Georg nach, obwohl er sich denken konnte, warum der andere so hartnäckig darauf beharrte. »Das ist das Zimmer des Bürgermeisters. Und die Dame von der Pforte hat Sie auch so tituliert. Also wird schon was Wahres dran sein.«

»Ach, das ist doch eine dumme Kuh!« Schapfinger schüttelte resigniert den Kopf. »Wolfing hat im Moment keinen amtierenden Bürgermeister, der sich um die Katastrophen kümmern könnte.«

Daher wehte der Wind. Georg hatte richtig vermutet.

»Sie gehören also auch zu den Personen, die in der letzten Gemeinderatsitzung von ihren Ämtern zurückgetreten sind.«

Schapfinger schaute Georg ganz entgeistert an.

»Woher wissen Sie das? Wer hat Ihnen das erzählt?«

»Ich ermittle im Mordfall Matthias Holzinger und wir kümmern uns nicht nur um das private Umfeld des Toten, sondern auch um sein berufliches, wie Sie sicher verstehen werden.«

Nahezu erleichtert lehnte sich Schapfinger in seinem Sessel zurück. »Die G'schicht hab ich ja völlig vergessen. Natürlich! Der Holzinger! Der hat uns eh alles eingebrockt. Und jetzt hat ihn auch noch irgendwer umgelegt. Wundern tut's mich wirklich nicht, wenn ich ehrlich bin. Wegen ihm hab ich auch mein Amt als dritter Bürgermeister hingeschmissen. Aber das wissen S' wahrscheinlich auch schon.«

Georg gab seinen konzilianten Ton auf. Er beugte sich nach vorne und fixierte den jungen Mann mit festem Blick. »Was war auf der letzten Gemeinderatssitzung los, dass es zu so vielen Austritten kam? Und wer hatte in Ihren Augen einen Grund, den Holzinger umzulegen, wie Sie sich ausdrücken?«

Schapfinger wurde noch eine Nuance blasser im Gesicht und wich mit seinem Schreibtischstuhl bis zur Wand zurück, als hätte er Angst, Georg käme nun direkt auf ihn zu.

»Es ging um den Golfplatz und um das neue Hotel, das keiner von uns wollte. Und um die Flächenabtretungen und die neue Baulinie. Eine Menge offener Punkte gab es da und bei der Abstimmung sind über die Hälfte der Gemeinderatsmitglieder umgefallen und dem Holzinger in den Hintern gekrochen. Bildlich gesprochen!«

Georg nickte.

»Nur die unmittelbar von den Maßnahmen betroffenen Gemeinderäte haben dagegen gestimmt. Und weil genau eine Stimme fehlte, um die Anträge vom Holzinger abzulehnen, ist Albert Gruber handgreiflich geworden. Er hat uns alle ›feige Schweine‹ genannt und ›korrupte Saub...‹, na, Sie wissen schon, was ich meine. Und da hat der Albert auch nicht Unrecht gehabt, wenn Sie mich fragen. Ein abgekartetes Spiel war das. Und Holzinger grinste sich eins. Ich bin sicher, dass zwei der Gemeinderäte von ihm geschmiert waren. Wer nichts zu verlieren hat, hält doch gern einmal die Hand auf, oder? Tut doch gar nicht weh.«

»Sie sprechen in Rätseln, Herr Schapfinger.«

Der junge Mann schaute ihn irritiert an.

»Sie wissen doch so gut wie ich, wie Gemeindearbeit gemacht wird. Oder etwa nicht? Bei Interessenskonflikten wird nachgeholfen. Zur Not auch mal mit härteren Bandagen. Jetzt weiß ich es auch. Wenn ich das vor der Wahl gewusst hätte, hätte ich mich für den Wahnsinn nicht hergegeben. Ich will ja nicht so enden wie der Gruber.«

Nun wurde Georg hellhörig. Lauernd sah er den Bürgermeister an, der nach dem Eklat keiner mehr hatte sein wollen.

»Was ist denn mit dem Gruber? Wir sprechen vom Mann der Veronika Gruber, oder?«

»Ja, ja sicher!« Schapfinger zögerte und drehte sich leicht mit seinem Stuhl hin und her. Es war ihm anzusehen, dass er seine Bemerkung bereute.

»Also, seit der Gemeinderatssitzung ist er verschwunden«, begann er kryptisch und sah Georg unsicher an.

»Jetzt lassen Sie sich doch nicht jedes Wort aus der Nase ziehen! Seit wir beide miteinander reden, sprechen Sie in Rätseln. Wir können uns auch auf dem Kommissariat unterhalten und eine ordentliche Befragung machen. Vielleicht hilft Ihnen das, konkreter in Ihren Ausführungen zu werden, was alles in diesen schönen vier Wänden des Rathauses geschehen ist.«

»Nun gut.« Schapfinger schnaufte tief durch, bevor er sich zu einer längeren Erklärung aufraffen konnte: »Albert Gruber ist nach der Sitzung in seinen Wagen gestiegen und nie zu Hause angekommen. Zumindest hat das Veronika meiner Frau erzählt. Sie hat irgendwann um Mitternacht angerufen und nachgefragt, ob denn die Sitzung immer noch nicht zu Ende sei und warum im Gemeindehaus niemand ans Telefon ginge.« Wieder schwieg Schapfinger. »Wir haben uns erst nichts dabei gedacht. Nach dem Streit war es immerhin möglich, dass der Gruber irgendwo hingefahren ist und bei einem Wirt ein oder zwei Halbe brauchte, um sich wieder zu beruhigen. Aber selbst jetzt, wo die Feuerwehr seinen Hof evakuiert hat, ist er nicht aufgetaucht.«

»Hat seine Frau eine Vermisstenanzeige aufgegeben?«

Schapfinger schüttelte den Kopf. »Nein. Die Veronika will davon nichts wissen. Sie schämt sich. Fürchtet die Schmach im Dorf. Die Leut' hier können schon grausam sein, das können S' glauben.«

Georg nickte, lehnte sich in seinem Stuhl zurück und schlug die Beine übereinander. Vom Dorftratsch konnte auch er ein Lied singen. Interessant wäre jetzt zu wissen gewesen, wann Matthias Holzinger mit seinem Bruder nach Italien aufgebrochen war. Ob der Gruber-Bauer dort bereits auf sein Opfer wartete und nur noch der richtige Zeitpunkt kommen musste?

»Wissen Sie, ob Albert Gruber eine Jagd hat oder zum Schützenverein gehört?«

Schapfinger sah ihn völlig entgeistert an. »Ja, um Gottes Willen. Auf welche Ideen kommen Sie denn da, Herr Kommissar? Der Gruber bringt doch keinen um.«

»Das herauszufinden überlassen Sie besser mir. Also, wissen Sie, ob Albert Gruber auch Sportschütze oder vielleicht Jäger ist?«

Nun wand sich der junge Bürgermeister außer Dienst auf seinem Schreibtischstuhl. Er schüttelte den Kopf und warf Georg schließlich einen unglücklichen Blick zu. Aber er schwieg und presste die Lippen zusammen. Für Georg war das Antwort genug.

Und nun stand Georg vor dem modernen Haus des Korbinian Holzinger und fragte sich, wie er weitermachen sollte. Selbst der Mord am fernen Gardasee kam ihm irgendwie unbedeutend vor, wenn er an das Chaos im Dorf und die Folgen für die Wolfinger Familien dachte. Was würde auf die Menschen hier noch alles zukommen? Und nicht nur hier. Im halben Landkreis Traunstein herrschte Katastrophenalarm. Es würde Wochen dauern, bis einigermaßen Normalität einkehrte.

Er betätigte die Glocke und es war Rita, die ihm öffnete.

»Sie schon wieder! Es gibt nichts mehr zu erzählen.« Die Bürgermeistersgattin stand mit in den Hüften gestemmten Händen da und musterte ihn herausfordernd. Ihre Courage und ihr Durchhaltevermögen nötigten ihm, bei aller Vorsicht, Hochachtung ab. Diese Frau warf wirklich so schnell nichts um. Sie hatte rot verweinte Augen, dennoch war ihr Blick hart und unbeugsam. Wer weiß, welches Beruhigungsmittel ihr der Arzt mittags gespritzt hatte.

»Sie wollen uns jetzt wirklich nochmals behelligen? Tät' meinen, dass es im Ort für einen Polizisten zurzeit genug zu tun gäbe.« Energisch reckte sie ihm ihr spitzes Kinn entgegen.

Das war deutlich mehr, als Georg bereit war einzustecken. »Wie wollen Sie es halten, Frau Holzinger? Soll ich Sie aufs Kommissariat mitnehmen, oder können wir uns bei Ihnen unterhalten?«

Sie drehte sich um und ließ die Haustür für ihn offen. Georg betrat den mit schwarzem Marmor ausgelegten Flur des Hauses und folgte ihr. Der lange Gang weitete sich am Ende in ein großzügiges Wohnzimmer mit Breitwandkamin, in dem ein Feuer flackerte, und Panoramafenstern, die allerdings nicht auf den See hinausgingen, sondern auf die hohen Fichten des anschließenden Waldes. Düster, dunkel, bedrohlich sahen die tropfnassen Bäume zum Fenster herein. Die vorgelagerte Terrasse befand sich noch im Bauzustand. Sandsäcke, Granitsteine und eine Schubkarre warteten darauf, dass demnächst verlegt wurde. Dort wo einmal Rasen sein sollte, zeigte sich schwarze Erde, in der viele kleine Wasserlachen glänzten. Der Garten würde die jungen Leute oder die Oma noch lange beschäftigen.

Vor dem Kamin stand eine Couchlandschaft aus hellgrauem Leder auf kufenartigen Chromfüßen. Rita Holzinger saß aufrecht auf dem Sofa, neben ihr ein junger, fülliger Mann mit sehr hoher Stirn. Das bereits lichte blonde Haar hatte er nach hinten gekämmt und so seine tiefen Geheimratsecken voll zur Geltung gebracht. Er würde bereits mit dreißig eine Glatze haben. Eine dunkelgraue Strickjacke mit Hirschhornknöpfen über einem beigefarbenen Hemd und eine dunkelbraune Wollhose über dem ansehnlichen Bauch gaben dem jungen Holzinger die Erscheinung eines Fünfzigjährigen, der mit seinem Leben weitgehend zufrieden war und nur noch auf die Rente wartete. Auf seiner supermodernen Ledercouch wirkte er so deplatziert, als wäre er lediglich auf Besuch. Aus blauen Augen, umrahmt von farblosen Wimpern, musterte er Georg unsicher, aber hellwach. Ob ihn der Tod des Vaters irgendwie aus der Balance brachte, war nicht auszumachen. Seine Gefühle schien Korbinian Holzinger hinter gelassener Ruhe zu verstecken.

Georg betrachtete ihn kritisch und fragte sich, wie wohl die junge Frau aussah, die diesen farblosen, unförmigen Mann mit vermutlich gut gefüllter Brieftasche geheiratet hatte und nun auch noch junge Mutter war. Von der Schwiegermutter gar nicht zu reden. Er setzte sich auf den einzigen verfügbaren Sessel und sah die beiden Holzingers an, die ihn arrogant fixierten.

»Frau Holzinger, ich komme gerade von Herrn Schapfinger«, begann Georg. »Seiner Aussage nach hat sich ihr Mann als Bürgermeister eine Menge Feinde gemacht.« Er sah sie an und sie sah zurück. »Was sagen Sie zu diesem Vorwurf?«

Sie zuckte gleichgültig mit den Schultern. »Als Politiker kann man es nicht allen recht machen. Und mein Mann hatte moderne, sehr moderne Ideen für Wolfing und da gab es natürlich unter den eingefleischten Bauern, die am liebsten immer nur Bauern blieben, welche, die diese modernen Ideen rundweg ablehnten.«

»Sie meinen den Golfplatz und das Vier-Sterne-Hotel?«

»Unter anderem.«

»Mein Vater war ein Visionär!«, ließ sich Korbinian Holzinger mit einer unerwartet tiefen, ruhigen Stimme vernehmen.

»Wie darf ich das verstehen?«

Der junge Mann fummelte aus seiner Hosentasche ein schon reichlich benutztes Stofftaschentuch hervor, um sich damit über die Augen zu wischen. Es war die erste echte Gefühlsregung. Korbinian Holzinger räusperte sich und sagte dann: »Das Hotel wäre ja erst der Anfang gewesen. Die meisten im Gemeinderat waren von seinen Ideen begeistert.« Wieder benötigte der junge Mann sein Taschentuch. Seine Haltung bröckelte sichtlich.

»Sie bringen meinen Sohn ganz durcheinander. Merken Sie das denn nicht? Unverschämt ist das von Ihnen, ein Trauerhaus derartig zu bedrängen.«

Trotzig fast wehrte sich Korbinian gegen die Einmischung der Mutter: »Wenn wir hier im Chiemgau nicht endlich aufwachen und uns um den Tourismus kümmern, dann kommt in zehn Jahren niemand mehr auf Urlaub. Das hat mein Vater ganz klar erkannt. Neben dem Hotel brauchen wir einen Kursaal mit Festhalle und ein großes Erlebnisbad, so wie es in Prien schon eins gibt. Mit Naturbecken im See, großen Liegewiesen und dazu einen medizinischen Bereich mit Heilanwendungen. Die Menschen werden immer älter und können immer länger aktiv Urlaub machen. Damit sie nicht alle nach Mallorca oder auf die Kanaren fliegen, müssen wir hier in Bayern an unserem wunderbaren See mehr bieten.« Geradezu euphorisch wurde der junge Mann, je mehr er sich in die Begeisterung hineinredete. »Aber das ist jetzt alles zu Ende.« Kräftig schnäuzte er in sein Taschentuch, bevor er es zurück in die Hose schob. Aus traurigen Augen sah er Georg an.

»Aber diese hochfliegenden Pläne Ihres Vaters haben zum Beispiel dem Bauern Albert Gruber überhaupt nicht gefallen.«

»Das ist doch ein Depp!« Rita Holzinger machte ihrem Unmut Luft. »Der hat überhaupt keine Ahnung, wie ein modernes Dorf heute agieren muss, damit es auch in Zukunft überleben kann. Sein Hof ist denkmalgeschützt. Mit einem Wort: eine Spardose ohne Boden! Und das auf immer und ewig. Der Matthias hat zu ihm gesagt, es gibt immer Lösungen. Wir machen aus deinem Hof ein Schmuckstück, halt ein paar Kilometer weiter weg, dafür machst du den Weg frei. Aber davon wollte der Gruber nichts hören. Jetzt säuft die alte Hütte ab. Und ob die Versicherung genug bezahlt?« Ein hintertriebenes, wissendes Lächeln legte sich auf ihre Züge.

Georg fragte sich, ob sie betriebsblind war und nicht begriff, was ein paar Meter weiter gerade mit ihrem Landhaus passierte.

Doch Rita Holzinger war noch nicht fertig mit ihrem Vortrag, den sie vermutlich von ihrem Mann mehrmals am Tag gehört hatte. »Schaun S' doch hin, in die ehemaligen Zonenrandgebiete, in die Oberpfalz oder nach Thüringen und Mecklenburg. Die Dörfer und Städte sterben aus, weil sie weder den jungen Leuten noch den Urlaubern etwas bieten. Aber wenn so ein Sturschädel wie der Gruber-Bauer auf seinem sumpfigen Kartoffelacker besteht und auf sein Kräutergartl, in dem nichts anderes als Unkraut wächst, weil die Veronika zu faul oder zu blöd ist, um Unkraut von Kräutern zu unterscheiden, wenn solche sogenannte Naturmenschen sich gegen jede Erneuerung stemmen, dann können wir einpacken, dann ist es aus mit dem Wohlstand.«

»Und zur Not hat Ihr Mann ein wenig nachgeholfen, wenn nicht alle Gemeinderatsmitglieder seiner modernen Meinung waren!«, ergänzte Georg und schenkte Rita Holzinger ein Lächeln.

»Was heißt hier nachgeholfen?«, empörte sie sich. »Was wollen Sie damit andeuten?«

»Bei der Bürgermeisterwahl soll es nicht mit rechten Dingen zugegangen sein. Die Stimmen mussten nochmals nachgezählt werden, weil plötzlich der Inhalt von den Urnen fehlte, die im Rathaus aufgestellt waren. Ausgerechnet dort gab es Ungereimtheiten.« Georg hatte den Zeitungsartikel von Schapfinger kommentarlos am Ende ihres Gesprächs in die Hand gedrückt bekommen. Sagen wollte der ehemalige dritte Bürgermeister dazu nichts. War auch nicht nötig.

»Soso, mit der alten G'schicht kommen Sie jetzt daher. An der ist doch hinten und vorne nichts dran. Das weiß doch inzwischen jeder. Verzählt haben sie sich, die Schlauberger vom Rathaus. Die freiwilligen Helfer! Und hinterher hat es geheißen, der Holzinger hat einem von ihnen ein paar Geldscheine zugeschoben, damit das Wahlergebnis am Ende stimmt. Nachweisen konnte man das nie. Bei einer Mehrheit von siebzig Prozent kräht auch kein Hahn mehr danach. In zwei Monaten wäre die nächste Bürgermeisterwahl gewesen. Darum sollten Sie sich kümmern. Wer wollte denn verhindern, dass mein Mann nochmal kandidiert? Das sollte Sie interessieren.«

»Sagen S i e es mir!«

»Jetzt ist Gerhard Weichselmüller endlich am Ziel. Jetzt hat er erreicht, was er wollte, ohne dass er die Wahl abwarten muss.« Rita

Holzinger war erregt aufgesprungen und stellte sich mit dem Rücken vor den Kamin.

»Das ist der zweite Bürgermeister, der zurzeit in Verona die Opernfestspiele genießt?«

»Sehr richtig! Jetzt kann er sich vor dem italienischen Bürgermeister in die Brust schmeißen und die Ideen von Matthias als seine eigenen ausgeben.«

Da bekam sein Oberinspektor neue Recherchearbeit, dachte Georg. Das könnte interessant werden. Und die Fakten musste er morgen noch vor seiner Abreise haben. Was sollte ein kleiner Wolfinger Bürgermeister wissen, was dem Bürgermeister Veronas nützlich sein könnte? Dafür hatte er deutlich zu wenig Phantasie.

»Wie war denn Ihr Verhältnis zu Ihrer Schwester, Frau Holzinger?« Geradezu brutal wechselte er das Thema. Und prompt lief Rita Holzinger rot an im Gesicht.

»Was hat denn die Tante mit all dem zu tun?«, fragte Korbinian sichtlich überrascht. »Sie hatte doch mit der Gemeinde nichts am Hut und auch nichts mit der Arbeit meines Vaters.«

Triumphierend sah Rita Georg an. »Ganz genau! Meine Schwester hat ihre Arbeit gemacht, bis sie krank wurde. Und dann war sie auch, leider, sehr schnell tot.« Rita schaute zu Boden und verhinderte so geschickt, dass Georg ein Gefühl dafür bekam, ob der Tod der Schwester sie betroffen machte.

»Sie profitieren zumindest vom Tod Ihrer Tante, wenn ich mir das neue Haus so ansehe.« Unbeirrt machte Georg weiter und sah sich provozierend in dem geschmackvoll und sehr teuer ausgestatteten Wohnzimmer um. Er hatte das dringende Bedürfnis, die selbstgerechte Fassade der Holzingers einzureißen. Er konnte, mochte nicht glauben, dass die beiden in Wahrheit so ruhig und abgeklärt waren, wie sie sich gaben. Als die beiden weiter schwiegen, stand Georg auf.

»Warum ist sie denn so schnell gestorben?«

»Jutta hatte Krebs im Endstadium. Da war nichts mehr zu machen.«

»Und welcher Arzt hat das festgestellt?«

Rita Holzinger stemmte erneut ihre Hände in die Seiten und blickte Georg voller Hass an.

»Macht es Ihnen Spaß, Herr Kommissar, kaum verheilte Wunden wieder aufzureißen? Bekommt ihr das auf der Polizeischule beigebracht?«

»Wer hat Ihre Schwester ärztlich betreut, Frau Holzinger?«

»Anton Schäfer war der Gynäkologe meiner Tante. Er hat seine Praxis am Stadtplatz von Traunstein.« Ruhig, doch ohne seine Mutter anzusehen, gab Korbinian Holzinger Auskunft.

Aber Georg war noch nicht fertig mit den beiden: »Ich werde mich mal im Landratsamt Traunstein erkundigen, wann Sie die Baugenehmigung für dieses Haus eingereicht haben, Herr Holzinger, und wann der Baubeginn war, bekomme ich sicher auch noch heraus. Auch den Nachlass werden wir genau überprüfen.«

Rita Holzinger schnaubte verächtlich und drehte sich zum Kamin. Sie zog ihre Strickjacke enger, als wäre ihr kalt. Georg hatte schon länger das Gefühl, in einem Eisschrank zu sitzen. Bereits in der Küche am Morgen war es ihm so ergangen. Rita Holzinger hatte eine Ausstrahlung, die einem nicht das Herz erwärmte.

»Ich hoffe für Sie, dass Ihre Tante beim Einreichen der Baugenehmigung nicht mehr gelebt hat, sonst kommen wir um eine Obduktion nicht herum.«

Ruckartig drehte sich Rita Holzinger wieder herum. Mutter und Sohn sahen Georg richtig entsetzt an. Das erste starke Gefühl!

»Ach, noch eine Frage! Wer von Ihnen besitzt denn einen Waffenschein?«

»Alle Holzingers sind Mitglieder im Schützenverein von Wolfing«, antwortete Korbinian Holzinger, sichtlich bemüht, seine Fassung wiederzuerlangen.

»Und wo bewahren Sie Ihre Waffen auf?«

Nun stand der junge Mann von seiner Couch auf und ging erhobenen Hauptes auf Georg zu. Die Hände hatte er in seine braune Wollhose geschoben. Er war groß und sehr kräftig. Das war doch nicht alles nur Bier und Schweinebraten, was sich auf seinem Körper abgelagert hatte. Georg vermutete, dass der junge Mann auch Krafttraining machte.

»Wie Sie sehr genau wissen, Herr Hauptkommissar, werden Sportwaffen und Luftgewehre in den Schützenhäusern sicher in Spezialschränken verwahrt. Niemand kann, ohne sich registrieren zu lassen, die Waffen entwenden, um sie nach Hause oder sonst wohin mitzunehmen. Das ist Vorschrift. Und an diese Vorschrift halten sich alle unsere Mitglieder.«

»Sehr schön, Herr Holzinger. Das beruhigt mich doch zu hören, dass Sie so genau Bescheid wissen. Einen schönen Abend noch! Ich finde den Weg. Machen Sie sich keine Mühe!«

17

Verona, 18.30 Uhr

»Was machst du denn da?« Marissa stand im Türrahmen des Schlafzimmers und beobachtete misstrauisch Antonio, der seinen Smoking aus dem Schrank holte. »Gehst du nochmal weg? Und dann im Smoking? Möchtest du mir nicht erklären, was los ist?« Sie verschränkte die Arme vor der Brust und sah ihn herausfordernd an.

Das hatte er nun davon, dass er mal wieder nicht mit der Sprache herausgerückt war.

»Es tut mir leid, *amore mio*, aber ich muss wirklich heute Abend nochmal weg. Enrico, Lavinia und ich ermitteln im *Palazzo Barbieri*. Da gibt es heute einen Empfang für die Wolfinger Bürger und wir wollen uns umsehen. Damit das unter den festlich gekleideten Gästen nicht unangenehm auffällt, passen wir uns kleidungsmäßig an.« Noch geschwollener konnte er sich fast nicht ausdrücken, um sein schlechtes Gewissen zu vertuschen. Und seine Frau kommentierte das mit einer hochgezogenen Augenbraue.

»Im Rohr wartet eine *parmigiana* auf dich! Extra noch gemacht in großer Eile, weil ich dachte, vielleicht änderst du deine Meinung nach unserem Telefonat ...!« Doch dann schwieg sie verunsichert und sah ihn nur traurig an. Sie hielt es genauso wenig aus wie er, wenn Spannungen im Raum standen. Jeder hatte seine eigene Art, damit umzugehen. Antonio warf den Smoking auf das Bett, ging auf seine Frau zu und nahm sie in die Arme.

»Es tut mir wirklich leid!«, sagte er ernst, ganz dicht an ihrem Ohr. Den Auberginenauflauf aß er ausgesprochen gerne und er wusste nur zu gut, wie viel Arbeit er machte. Es war ihr Friedensangebot, das er ausschlagen musste.

»Wann wirst du es endlich lernen, mit mir rechtzeitig zu reden«, flüsterte sie an seiner Brust. »Schweigen macht es doch nicht besser.« Sie entwand sich aus seiner Umarmung, drehte sich um und verschwand in der Küche. Bald darauf hörte er sie mit Pfannen und Deckeln hantieren. Er kannte das schon. Wenn es in ihr rumorte, begann sie geräuschvoll den Geschirrspüler ein- oder auszuräumen, mit Deckeln zu klappern oder mit dem Besteck zu scheppern. Dann wusste er genau Bescheid, dass seine Frau zornig war, aber eigentlich keinen Streit mit ihm wollte.

Es half nichts. Er musste sich beeilen. Nur gut, dass Marissa die Einladungskarte nicht gesehen hatte. Aber er ließ sich nicht von Di Santo bestechen, sich mit Champagner und einem üppigen Buffet abfüllen. Der Bürgermeister würde sich wundern, wenn er mit seinen beiden Kollegen aufkreuzte. Di Santo sollte nicht glauben, seine Masche wäre nicht durchschaut. Und nach dem, was Antonio vor einer knappen Stunde in seinem Büro noch in Erfahrung gebracht hatte, war zusätzlich höchste Vorsicht geboten.

Er ging ins Bad, zog Hemd und Unterhemd aus und begann, sich nass zu rasieren. Der Abend würde länger dauern, da wollte er nicht mit seinem starken Bartwuchs in wenigen Stunden wie ein Süditaliener aussehen.

Silvano Petrelli hatte ihm nach der Besprechung mit den Kollegen auch noch den Laptop von Matteo Holzinger vorbeigebracht.

»*Molto interessante!*«, begann er. »Ich habe nur die wenigen Mails auf Italienisch verstanden, die er mit Renzo Di Santo gewechselt hat, aber das hat mir gereicht!« Der Chef der Kriminaltechnik hatte sich unaufgefordert auf einen der Stühle vor seinem Schreibtisch niedergelassen und ihn bedeutungsvoll angesehen.

»Renzo betreibt eine Art Separatismus. Er stellt sich vor, das Veneto vom Rest Italiens abzuspalten. Solche Bestrebungen gibt es ja schon länger, aber jetzt hat er offenbar durch die Ideen von Matteo Holzinger neuen Aufwind bekommen. Die sensationellen Erfolge des Bayern machen ihn regelrecht gierig auf Erfolg und Macht. Offenbar glaubt er, wenn er das Parteiprogramm von Matteo abkupfert, dann ist er hier bei uns genauso erfolgreich. Wie dumm kann der Mensch sein?«

»Sehr dumm!«

Antonio waren diese Bestrebungen natürlich nicht neu. Außerdem kannte er von seiner Heimatregion Südtirol, wie engstirnig, fanatisch und bar jeder politischen Verantwortung Parteien und ihre Anhänger glaubten, ohne den Rest des Stiefels besser leben und wirtschaften zu können. Alle wollten sie das verhasste Rom hinter sich lassen. Der fehlende Bürger- und Sozialsinn seiner Landsleute, ihre mangelnde Solidarität machte ihn immer wieder wütend. Es ging nicht, dass eine erfolgreiche Region alles für sich behielt und andere Teile des Landes ausgetrocknet und ausgehungert wurden. Da schrien alle nach Bekämpfung der Mafia, aber dass sie genau auf dieser Art Boden ganz prächtig gedieh, wollte keiner hören. Diese Haltung führte das vereinte Europa in den Köpfen der Italiener ad absurdum. Die Extremisten fühlten sich durch manche Reformen und Regelungen, die von Brüssel durchgedrückt wurden, in ihren separatistischen Bestrebungen mehr als nur bestätigt. Sie hassten nicht nur Rom, sondern auch Brüssel, und wenn man genau hinhörte, waren sie mit Berlin sowieso nicht einer Meinung.

»Matteo und Roberto Holzinger wollten Di Santo finanziell bei seiner Wiederwahl unterstützen.«

»Du meinst wirklich, es geht um Politik?« Antonio mochte es nicht glauben. Ein kleiner bayerischer Bürgermeister und ein Immobilienmakler waren ins Umfeld von Renzo Di Santo geraten? Machte das wirklich Sinn? Wollten irgendwelche Fanatiker die einflussreichen Bayern stoppen? Ließ sich daraus ein tragfähiges Mordmotiv der Gegner von Di Santo stricken?

»*Sicurissimo!* Todsicher! Nur ist die Hilfestellung, die die beiden Brüder Renzo geben wollen, sehr unterschiedlich motiviert. Und unser schlauer Bürgermeister spielt einen gegen den anderen aus. Und, wenn ich das richtig verstanden habe, haben sie es auch nicht bemerkt.«

»Wie muss ich mir das vorstellen?«

»Matteo scheint sehr von sich eingenommen gewesen zu sein. Er macht auf Berater, gibt Renzo großmütig Tipps, erzählt, wie großartig das bei ihm zu Hause in Bayern funktioniert. Das soll das Renommee sowohl von Renzo als Heilsbringer für das Veneto als auch das von Matteo gehörig aufpolieren. Der kann zu Hause rumerzählen, wie unentbehrlich er für seinen Freund Renzo geworden ist und dass die Italiener nur auf die bayerischen Segnungen gewartet haben. Dabei ist Di Santo weit davon entfernt, Idealist zu sein. In einer Mail an Matteo Holzinger fragt er ihn ganz unverblümt aus, will die Mechanismen wissen, die einen solchen Wahlsieg ermöglichen. Er spricht ganz offen über Summen, die vermutlich nötig sind, um die Wähler zu locken. Di Santo will konkret wissen, was Holzinger seinen Wählern für ihre Stimmen bezahlt hat.«

»Und was hat der bayerische Bürgermeister darauf geantwortet?« Jetzt war Antonio wirklich gespannt.

Silvano Petrelli lachte. »Das war sehr interessant. Er meinte, er habe selbstverständlich nichts bezahlt. Das wäre in Bayern nicht üblich und nicht nötig und überhaupt verboten.«

Jetzt lachten sie beide.

Dann führte Petrelli weiter aus: »Aber er habe Wahlversprechen gemacht, Zusagen für Projekte in Aussicht gestellt, das würde reichen. Denn das Wort eines Bayern gilt.«

»Ich bin neugierig, was Renzo Di Santo aus diesen Lehrstücken macht.«

»Eines ist klar: Renzo spürt in den eigenen Reihen Gegenwind, er braucht starke Argumente für seine Wiederwahl. Deshalb hat er den Bayern eingeladen. Holzinger hielt vor einem Kreis von Interessierten einen Vortrag und nahm anschließend auch an einer Diskussionsrunde teil. Dieser Vortragsabend hat am Samstag, wenige Stunden vor seinem Tod, stattgefunden.«

»Aber wer sollte ihn umbringen? Warum? Das will mir nicht einleuchten. Matteo Holzinger wird sicher kein Amt in Verona oder in der Provinz Veneto einnehmen. Als Deutscher hat er dazu überhaupt kein Recht. Und wie kommt ein Unternehmer aus Bayern dazu, eine italienische Partei zu finanzieren?«

»Das wollte Roberto erledigen, ohne Wissen seines Bruders. Er hat Di Santo versprochen, sich an der Finanzierung seines Wahlkampfes zu beteiligen, und ihm 500.000 Euro für seinen persönlichen Wahlkampf und nochmal den gleichen Betrag für die Partei überwiesen. Im Gegenzug bekam seine Künstleragentur im *Centenario* die begehrte *Aida*-Aufführung.«

»Es ist doch immer wieder ein schönes Geben und Nehmen! Wenn man sich auf alles so verlassen könnte!«

»Unser Bürgermeister hat seinen Freund als Durchlauferhitzer benutzt. Aber die 1,2 Millionen, die die *Agenzia Musica Classica* dafür bewilligte, reichten natürlich nicht aus, um die Unterstützung für Di Santo zu finanzieren. Und plötzlich sah sich Roberto in einer Zwangslage. Vielleicht ist irgendein anderes Projekt nicht zum Laufen gekommen, vielleicht hat er noch von anderer Seite Geld erwartet! Vielleicht hat er in Deutschland noch Mittel, um sein leeres Konto bei uns zu füllen. Keine Ahnung, wie er geglaubt hat, das Versprechen einzulösen.«

»Oder aber er veräußert die *Villa Sole*! Angeblich hat er einen Käufer, der dafür fünf Millionen lockermachen würde. Nur Matteo, der Bruder, ist mit dem Verkauf vermutlich nicht einverstanden gewesen.«

»Darüber habe ich keine Mails gefunden. Da müsstest du mal im deutschen Schriftverkehr nachforschen.«

»Habe ich schon. Die Brüder haben sich nicht über einen Verkauf ausgetauscht. Aber Roberto hat einem Herrn Ehrmann aus Berlin inzwischen die Villa mehr oder weniger zugesagt. Die beiden wollen morgen vor einem Notar den Verkauf verbriefen.«

»Kann Mauro das noch verhindern?«

»Ich habe mit Richter Gioberti gesprochen. Er hat das Notariat informiert und einen Verkauf bis auf weiteres untersagt. Solange der Nachlass von Matteo Holzinger nicht geklärt und der Täter nicht gefunden ist, kann Roberto nicht über das gemeinsame Vermögen der Brüder verfügen.«

»Roberto ist damit mehr als tatverdächtig.«

»Hier sehe ich das eigentliche Motiv. Habgier unter Geschwistern. Keine Politik!«

»Die Einladung heute in den *Palazzo Barbieri* und am Samstag in die *Arena* für die Wolfinger Bürger angeblich aufgrund der Partnerschaft der Orte zum *Centenario* ist sozusagen das Geschenk und die Wahlhilfe von Di Santo an Matteo für seine Beratertätigkeit. Sehr nobel!«

»Und kostet ihn keinen Cent. Die Stadtkasse, in der ewig Ebbe herrscht, muss dafür aufkommen.«

Antonio zog sich sein Smokinghemd an und stellte den Kragen auf, um sich seine schwarze Fliege zu binden. Di Santos Verhalten machte ihn wütend. Dieser hatte die Stirn und lud ihn großzügig m i t G a t t i n zu dieser Farce ein! Allerdings erst, als der bayerische Parteifreund tot im Gardasee lag und ein bedrohliches Szenario durch die ermittelnden Behörden entstand. Antonio nahm sich vor, ein besonders sorgsames Auge auf den smarten Bürgermeister von Verona zu haben. Er schlüpfte in seine Hose und zog die Smokingjacke über, bevor er sich auf den Weg in die Küche machte. Von dort durchzog ein unverschämt guter Duft nach Auberginen, Tomaten, Basilikum und überbackenem Mozzarella den Gang. Nichts konnte ihm Di Santo servieren, was auch nur annähernd an die *parmigiana* seiner Frau herankam.

Er öffnete die Tür und sah Marissa am Küchentisch sitzen, vor sich einen Teller mit dem Auflauf. Spitzbübisch lächelte sie ihn an. Ihr Ärger war verflogen. Dafür liebte er sie am meisten. Sie konnte schimpfen und dann sehr schnell verzeihen. Die Luft war wieder gereinigt. Er setzte sich zu ihr und sah begehrlich auf den Teller. Ohne ein Wort zu verlieren, schob sie ihn zum ihm hinüber, langte in die Besteckschublade nach einer Gabel und reichte sie ihm.

»Pass auf dein Smokinghemd auf.«

Nachdem er mehrere Gabeln in sich hineingeschoben hatte, zog sie den Teller wieder energisch in ihre Richtung.

»Du bekommst noch genug zu essen! Oder auch nicht!« Sie lachte. »Di Santo ist nicht so spendabel, wie man hört. Er muss aufs Geld schauen!«

»Mir ist der Appetit schon vergangen. Das ist für mich eine Ermittlung unter erschwerten Bedingungen. In der feinen Gesellschaft von Verona herumzuschnüffeln und Politiker zu beobachten, wie sie sich Vorteile verschaffen, indem sie Leute, die ihnen vielleicht nützlich sein könnten, umgarnen, ist nicht meine Welt. Da kann man als Polizist nur verlieren. Glaub es mir! Das macht nur sehr wenig Spaß.«

Sie sah ihn ernst an. »Glaubst du, Di Santo hat etwas mit dem Mord zu tun?«

»Ich glaube es nicht, aber ausschließen kann ich es auch nicht.« Er zögerte einen Moment. Dann sagte er: »Darf ich dich um etwas bitten?«

Marissa nickte.

»Ich muss im *Palazzo Barbieri* mein *telefonino* ausschalten. Möglicherweise versucht Giorgio, mich zu erreichen. Dann wird er es hier probieren. Sag ihm, ich muss ihn heute Abend oder Nacht noch unbedingt sprechen. Ich muss wissen, was er bei sich zu Hause herausgefunden hat, bevor ich morgen mit den Verhören beginnen kann. Er soll in jedem Fall auf meinen Anruf warten.«

»*D'accordo!* Was ist, wenn er sich nicht meldet?«

»Ich rufe dich gegen zweiundzwanzig Uhr an, spätestens, oder bin dann schon zu Hause. Dann sehen wir weiter. *Ciao, carissima!*«

Antonio umarmte seine Frau und saß wenige Augenblicke später in seinem Dienst-Alfa, um die Kollegen Enrico und Lavinia abzuholen.

18

Verona, 19.30 Uhr

Im Schritttempo fuhr Antonio Fontanaro am Säulenportal des *Palazzo Barbieri* vorbei, dem imposanten Rathaus der Stadt, an der östlichen Flanke der *Piazza Brà* gelegen. Er folgte einem schwarzen Porsche Panamera mit Traunsteiner Kennzeichen, der laut röhrend in zweiter Reihe hinter einigen dunklen Limousinen geparkt wurde.

»Das ist doch der Wagen von Roberto Holzinger!« Enrico war plötzlich ganz aufgeregt und aus seiner Lethargie erwacht. Während der Fahrt durch die Stadt hatten Antonios Mitarbeiter geschwiegen. Enrico hatte ziemlich sauer reagiert, weil er seinen Feierabend für einen langweiligen Empfang opfern musste. Lavinia dagegen fand die Ermittlung im Rathaus spannend. Sie hatte vor wenigen Monaten ihren Job bei der Polizei von Venedig aufgegeben und um ihre endgültige Versetzung nach Verona gebeten. Antonio hatte sich sehr über ihre Entscheidung gefreut. Die junge Frau war eine echte Bereicherung für sein Team. Sie konnte eine enorme Zähigkeit an den Tag legen und seine müden Männer, allen voran seinen Vice Fausto, mit hartnäckigem Charme bei der Stange halten. Auch bei diesem Einsatz machte sie die denkbar beste Figur. In einem bodenlangen, taubengrauen Seidenkleid, das einen sehr ansehnlichen Rücken frei ließ, sah sie mitnichten wie ein Polizeiinspektor aus. Sie würde unter den illustren Gästen von Di Santo nicht auffallen. Auch Enrico hatte sich zu einem dunkelblauen Anzug aufgeschwungen und passte hervorragend zu seiner jungen Kollegin. Er hatte ihr galant beim Einsteigen in den Dienst-Alfa geholfen und ihr dabei bewundernde Blicke zugeworfen, wie Antonio amüsiert bemerkte. Er hielt den Wagen in Sichtweite des Panamera an und wartete gespannt ab.

»Lavinia, hast du noch etwas über Roberto Holzinger herausgefunden, was ich wissen sollte?«

Die vier Türen des Porsche öffneten sich mehr oder weniger gleichzeitig. Im Fahrer erkannte Antonio unschwer die gedrungene Gestalt von Roberto Holzinger. Auch er trug dunkelblaues Tuch, ein weißes Hemd und eine dunkelblau und gelb gestreifte, sehr locker gebundene Krawatte. Sein schütteres, rotblondes Haar wurde vom leichten Wind, der über die *piazza* strich, hin und her geweht und gab ihm ein hilfloses Aussehen.

»Bei den Kontobewegungen«, antwortete Lavinia, »habe ich regelmäßige, monatliche Zahlungen in Höhe von jeweils 100.000 Euro im letzten halben Jahr auf ein Nummernkonto entdeckt.«

Hinter Roberto stieg in diesem Moment eine schwarzhaarige Schönheit aus, deren Locken wirr abstanden. Ihre Augen und die Hälfte ihres schmalen Gesichts verdeckte eine große, dunkle Sonnenbrille, als sie über das Dach des flachen Wagens schaute. Dann umrundete sie das Heck und ihre High Heels wurden sichtbar, genauso wie ein knapp bis zu den Knien reichendes türkisfarbenes Cocktailkleid. Die schlanken Beine waren wohlgeformt und dunkel gebräunt.

»Ein Schweizer Nummernkonto?«

»Nein, Commissario. Der Bankdirektor meint, es könnte sich um eine Überweisung auf die Bahamas handeln. Der Inhaber des Kontos ist unbekannt. Und auch der lange Arm unseres Staatsanwalts ist dafür deutlich zu kurz.«

»Roberto besitzt also ein sicheres, steuerfreies Konto für Notfälle?« Wer hätte das dem untersetzten Bayern mit dem Babygesicht zugetraut? Die Holzingers hatten es faustdick hinter den Ohren.

»Sieht so aus!«, bestätigte die junge Kollegin.

Antonio beobachtete weiter mit großem Interesse das Schauspiel vor seinen Augen. Die schwarzhaarige Schöne hatte Mühe, mit ihren High Heels unfallfrei über den unebenen Steinboden der *piazza* zu laufen und suchte bei einem schlaksigen jungen Mann Halt, der ebenfalls aus dem Fond des Sportwagens gestiegen war. Er reichte ihr widerwillig seinen Arm und sah sie skeptisch an. Diese Galanterie war ihm höchst zuwider und er machte kein Hehl daraus. Der junge Mann trug einen schlecht sitzenden dunkelbraunen Baumwollanzug, Turnschuhe und ein verknittertes weißes Hemd ohne Schlips. Antonio unterdrückte ein Lächeln. Er sah sich selbst im Alter von etwa zwanzig bei einem der wenig geliebten offiziellen Auftritte im Hotel seiner Eltern. Nichts hatte er so gehasst, als vor fremden Leuten zu repräsentieren und den wohlerzogenen Sohn der Besitzer zu mimen. Und er hatte seine Mutter mit ungepflegter Erscheinung nur zu gerne provoziert in der vergeblichen Hoffnung, sie würde ihm und sich selbst die Peinlichkeit eines Auftritts ersparen. Aber es war sinnlos gewesen.

Enrico machte Anstalten, aus dem Dienstwagen zu steigen. Plötzlich schien er voller Tatendrang.

»Moment noch! Ich parke gleich richtig ein, möchte aber erst noch die Leute beobachten. Vor allem die Dame, die neben dem Fahrer saß, interessiert mich.«

»Glaubst du, dass das die Ehefrau von Roberto ist und der junge Mann sein Sohn? Davon hat er uns bislang nichts berichtet. Auch die Haushälterin hat nicht erwähnt, dass die Frau des Hauses auch anwesend ist.«

»War sie vielleicht bis heute auch nicht. Besondere Ereignisse erfordern besonderes Handeln«, mutmaßte Antonio.

Mittlerweile war noch eine große, schlanke Frau mit dunkelbraunen, in der Mitte gescheitelten Haaren aus dem Panamera gestiegen. Sie trug ein elegantes Abenddirndl, eine Abendgarderobe, die Antonio ebenfalls bestens von Südtirol her kannte. Dort mochte er es schon nicht besonders, doch hier auf der *Piazza Brà* wirkte es selten deplatziert. Neben dem türkisfarbenen Cocktailkleid sah es aus wie von einer anderen Welt. Dennoch musste er zugeben, dass das nachtblaue Seidendirndl der Dame perfekt auf den Leib geschneidert und mit Sicherheit nicht von der Stange war. Auch die dreireihige Perlenkette, die sie trug, war viele tausend Euro wert.

»Ich denke, unser Staatsanwalt sorgt sich grundlos um das Konto von Roberto Holzinger, falls sie seine Frau sein sollte. Sie macht auf mich einen geradezu selbstverständlichen Eindruck von Seriosität, gepaart mit sehr viel Geld. Aber warten wir ab, bis man uns die Herrschaften vorstellt.«

»Was du wieder alles siehst!« Enrico schüttelte den Kopf.

Die vier Personen gingen in Richtung *palazzo* und auf den seitlichen Eingang zu. Antonio stellte den Dienst-Alfa neben dem Porsche ab. Es war Zeit, den Gästen von Di Santo zu folgen.

Kurz darauf betraten er und seine Kollegen das Gebäude und wurden von einer jungen Dame, die die Gästeliste in den Händen hielt, aufgehalten. Er zückte seinen Dienstausweis und machte unmissverständlich klar, dass er und sein Gefolge sich nicht als geladene Gäste verstanden, sondern dienstlich an dem Abend teilnehmen würden, wenn auch so unauffällig wie möglich.

Sie betraten eine großzügige Halle und stiegen breite Steinstufen bis ins *Piano Nobile* nach oben. Von dort hörte man schon Stimmengewirr. Die Gänge zur *Sala degli Arazzi* waren mit Fresken bemalt und Wandteppichen bespannt, die gewaltige Szenen aus der Veroneser Geschichte abbildeten. Alles wirkte ein wenig düster und eher abschreckend. Der neoklassizistische Bau bemühte sich, Eleganz und Würde auszustrahlen, konnte aber mit einem Renaissancebau weder an Leichtigkeit noch an architektonischer Brillanz mithalten. Er blieb eine matte Kopie eines solchen. Antonio, der in den Räumen des *palazzo* getraut worden war, empfand ihn erneut als behäbig, kalt und nicht gerade einladend.

Gemeinsam betraten sie den Festsaal, die *Sala degli Arazzi*, die zu diesem Zweck in einen Bankettsaal verwandelt worden war. Sonst tagten hier die Stadträte oder es wurden große Versammlungen abgehalten. An den Seiten standen Tische, auf denen unterschiedlichste kalte Köstlichkeiten aufgebaut waren. Auf anderen wurden Getränke angeboten. Kellner balancierten Tabletts mit Sektflöten zwischen den Gästen. Die bodenlangen, grün-rot gestreiften Damastvorhänge waren seitlich an den hohen Fenstern gerafft und ließen das warme Abendlicht, das die *Piazza Brà* überstrahlte, hereinleuchten. Um zahlreiche Bistrotische gruppierten sich geladene Gäste in lebhaften Gesprächen. Antonio sank der Mut. Es war unmöglich, diese Menge an Menschen zu überblicken und zuzuordnen. Sie würden eine detaillierte Gästeliste benötigen, um sich einen Überblick zu verschaffen.

Zu Enrico gewandt sagte er: »Bitte sieh zu, dass du einen Fotografen auftreibst, der uns später mit Fotos der Anwesenden versorgt. Wenn keine Presseleute hier sein sollten, bitte ich dich, mit deinem Smartphone Fotos zu machen. Das kann nicht schaden! Von Di Santo benötigen wir eine Gästeliste. Wir müssen wissen, wer alles geladen war und wer alles zur Delegation aus Wolfing gehört.«

Er ärgerte sich, dass Giorgio nicht schon in Verona war. Der Bayer hätte wahrscheinlich schnellstens herausgefunden, welche der Personen für ihren Fall interessant waren. Antonio sah sich um und entdeckte schließlich den Bürgermeister im Gespräch mit Roberto Holzinger und seiner Begleitung. Zielsicher ging er auf die Gruppe zu. Wie würde wohl der Immobilienmakler auf seine Anwesenheit reagieren? Und er täuschte sich nicht. Als Holzinger ihn erkannte, zog er die Augenbrauen zusammen und schaute ihm finster entgegen. Seine breite Stirn färbte sich dunkelrot. Auch Di Santo merkte am veränderten Mienenspiel des Gastes, dass sich in seinem Rücken jemand näherte, und drehte sich zu Antonio um.

»Ah, Commissario, welche Freude! Schön, dass Sie meiner Einladung gefolgt sind und dann auch noch in Begleitung Ihrer charmanten Gattin.« Di Santo machte eine elegante Verbeugung vor Lavinia, die sofort lächelnd abwehrte.

»Darf ich Ihnen meine Mitarbeiterin, Ispettore Lavinia Strano, vorstellen, Signor Di Santo? Wir kommen leider dienstlich.«

»Das ist jetzt nicht Ihr Ernst, Commissario! Sie wollen uns doch nicht den Abend verderben? Ich muss doch sehr bitten!«

»Nein, wir werden Ihnen nicht den Abend verderben, soweit das in unserer Macht steht, sondern uns lediglich umsehen und umhören. Alle weiteren wichtigen Gespräche, die nötig sind, verschieben wir auf morgen und in die *Questura*. Aber vielleicht haben Sie die Freundlichkeit, uns den Herrschaften vorzustellen, die mit Roberto Holzinger gekommen sind?«

Di Santo drängte ihn unhöflich vom Bistrotisch ab. »Ich nenne Ihnen die Namen. Das muss genügen!«

Antonio sagte nichts dazu, gleichzeitig stieg sein Blutdruck. Er ließ sich nicht gern den Mund verbieten. Allerdings wäre es wenig schlau, sich Di Santo schon in den ersten fünf Minuten zum Gegner zu machen.

»Die Signora im türkisfarbenen Cocktailkleid wurde mir als Paolina Venturini vorgestellt. Offenbar die Begleitung von Roberto Holzinger. Eingeladen zumindest war sie nicht. Die Signora im *costume tirolese* heißt Annegret von Mauerbach. Sie ist in Begleitung ihres Sohnes Jan.«

Antonio staunte über die Eloquenz, mit der der Bürgermeister diesen ungewöhnlichen und für einen Italiener schwer auszusprechenden Namen fehlerfrei über die Lippen brachte.

»Sie ist die Gattin unseres geschätzten Tenors Raimondo Varese. Diese Dame haben wir selbstverständlich erwartet. Sie steht in enger Verbindung zu unserer *Agenzia Musica Classica* und wir sind sehr stolz darauf, dass wir sie als Mäzenin unseres Opernfestivals gewinnen konnten.«

Di Santo fasste Antonio am Ellbogen und zog ihn noch ein wenig weiter beiseite. »Dort drüben, an dem Tisch«, er deutete mit dem Kinn auf einen weiteren Bistrotisch nahe des kalten Buffets, »stehen die wichtigsten Bürger von Wolfing, die wir eingeladen haben. Der Herr mit dem Bart ist der nun amtierende Bürgermeister mit seiner Frau.« Seine Miene zeigte Missfallen. »Ich meine die Dame in dem hellbeigen Straßenkostüm.« Ihre Garderobe war ganz offensichtlich nicht nach seinem Geschmack.

»Und wie heißt der Herr?«

»Oh, das kann ich mir nicht merken, Commissario. Das sind ganz komische, unaussprechliche Namen. Meine Assistentin macht Ihnen eine Liste, wenn Sie es wünschen.«

»Ja, damit wäre uns sehr geholfen.« Immerhin kam Antonio einen Schritt weiter.

»Neben dem Bürgermeister stehen noch zwei Herren ohne Begleitung. Sie gehören zum Rat der Gemeinde, wenn ich das richtig verstanden habe. Andere offizielle Personen sind unserer Einladung fern geblieben.« Di Santo fügte den letzten Satz genervt hinzu. Diese Form der Missachtung schätzte er eindeutig nicht. »Die jungen Leute, die sich am Ende der *sala* über unser Buffet hermachen, gehören auch noch zu den geladenen Gästen. Darauf hat Frau von Mauerbach bestanden!«

Di Santo schüttelte indigniert den Kopf. Das Auftreten der Wolfinger Delegation ging ihm gehörig gegen den Strich. Dieser Abend war so gar nicht nach seinem Geschmack und es war deutlich herauszuhören, dass er nur widerwillig seiner Verpflichtung nachkam. »Meine Begrüßungsrede, die ich gleich halten werde, werden die Herrschaften nicht verstehen. Die wenigsten sprechen unsere Sprache! Dafür schmeckt ihnen unser Prosecco umso besser!« Er wandte seinen Blick einem Neuankömmling zu, der direkt auf sie zusteuerte: Vincenzo Mauro.

»Ah, Commissario, Sie haben sich auch mit Ihrer charmanten Mitarbeiterin hierher verirrt. Sehr vernünftig! Man muss die Feste feiern, wie sie fallen. Wenn uns die Stadt Verona einlädt, da folgen wir doch gerne, oder, Commissario?«

»Wie Sie das halten, kann ich nicht beurteilen, Dottore!«, erwiderte Antonio kühl. »Meine Mitarbeiter und ich sind dienstlich hier.«

»Ah, immer im Dienst, unser Commissario! Verstehe!« Mauro grinste anzüglich, um sich dann abrupt umzudrehen und sich einer Gruppe von dunkel gekleideten Herren zuzuwenden, die ganz sicher nicht aus Wolfing kamen. Argwöhnisch blickte Antonio Di Santo an.

»Das sind wichtige Geschäftspartner«, bedeutete der Bürgermeister stolz, »Parteifreunde und Ratsmitglieder der Stadt! Sie alle hatten ja gehofft, ein paar Worte mit Matteo Holzinger wechseln zu können, aber leider ist das nun nicht mehr möglich.«

Antonio glaubte es nicht. Ging es hier wirklich nur um Politik? Denn was sollte Matteo Holzinger sonst noch Interessantes für die Ratsmitglieder der Stadt Verona zu bieten gehabt haben?

»Roberto ist für seinen Bruder in dieser Hinsicht kein Ersatz.«

»In welcher Hinsicht ist er denn ein Ersatz?«

Jetzt hatte Antonio den Bürgermeister definitiv auf dem falschen Fuß erwischt. Er wurde doch tatsächlich rot im Gesicht.

»*Dunque* ...«, begann er und wusste nicht weiter. Sein Blick schweifte suchend über die Gäste und blieb schließlich erleichtert an Raimondo Varese hängen, der im richtigen Moment die *Sala degli Arazzi* in Begleitung einer großen, vollbusigen Frau betrat, in der Antonio die Darstellerin der *Aida* erkannte. Angelina Connors hatte ihr tizianrotes Haar hochgesteckt und unterstrich damit ihre beachtliche Größe. Sie trug ein bodenlanges, tannengrünes Satinkleid mit langer Schleppe und blickte sich mit hoch erhobenem Kopf um, ob sie auch von allen Gästen wahrgenommen wurde. Die Operndiva war eine beeindruckende Frau von enormer Ausstrahlung und sie war sich ihrer Wirkung voll bewusst. Raimondo sonnte sich sichtlich an ihrer Seite. Wie ein Gockel folgte er ihr, bedacht darauf, nicht auf ihre Schleppe zu treten. Als sie die Mitte der *sala* erreicht hatten, durchbrach ein spitzer Schrei den bühnenreifen Auftritt. Erschrocken wandten sich alle nach der Frau um, die die Gäste unvermittelt zum Schweigen gebracht hatte. Paolina Venturini, die Begleitung von Roberto Holzinger, war drauf und dran, sich auf den Tenor zu stürzen. Geistesgegenwärtig griff Annegret von Mauerbach nach ihr und hielt sie fest. Raimondo Varese, bis vor wenigen Augenblicken siegessicher im Gefolge der schönen Amerikanerin und in Erwartung von Applaus und Ovationen, wandte ebenfalls seinen Blick in die Richtung, aus der der Schrei gekommen war. Er erkannte Paolina und dann, Bruchteile von Sekunden später, neben der Freundin seine Ehefrau und seinen Sohn. Antonio dachte einen Moment lang, Raimondo Varese verlöre das Bewusstsein, so erstarrt war seine Miene plötzlich, so fahl wurde seine Gesichtsfarbe. Der Tenor griff sich an den Hals, als bekäme er keine Luft mehr. Auch Angelina Connors bemerkte den Wandel, der in ihrem Begleiter vor sich ging. Dann drehte sich Varese auf dem Absatz um und stürzte aus dem Saal, als wäre der Teufel hinter ihm her. Die Sängerin, vollkommen Frau der Situation, die sie vermutlich gar nicht zu deuten vermochte, ging stattdessen strahlend auf den Bürgermeister zu, der nur zu gern Antonio verließ. Renzo Di Santo begrüßte die Sängerin mit Küsschen rechts und links auf die Wange, wie unter alten Freunden üblich. Dann reichte er ihr galant den Arm, damit sie an seiner Seite die Honneurs machen konnte. Die beiden taten, als wäre nichts geschehen. Commissario Fontanaro schien vergessen.

Antonio war das nicht unlieb. Er war vollends damit beschäftigt, die Reaktionen der Begleiterinnen von Roberto Holzinger zu beobachten. Beide Frauen schienen von der Rolle. Vareses Gattin redete beschwörend auf ihren Sohn ein und hielt ihn am Arm fest. Offenbar wollte er seinem Vater hinterher. Paolina Venturini dagegen machte sich von Roberto los, der sie um die Taille hielt und ebenfalls auf sie einredete, und stolzierte auf ihren hohen Schuhen durch den Raum, um dem Geliebten zu folgen. Antonio wanderte an den Rand der *sala*, um einen besseren Überblick zu bekommen.

Unter die Gäste, die sich um die Geschäftsfreunde und den Staatsanwalt scharten, hatte sich nun auch Moto Yakanabe gemischt. Der Regisseur gehörte also auch zum Freundeskreis des Bürgermeisters. Oder zu seinen Geschäftsfreunden. Antonio war sich sicher, dass Di Santo darin keinen wesentlichen Unterschied sah.

Der Commissario ging auf Roberto zu und fragte ihn ganz unumwunden: »Was hat denn Ihre charmante Begleitung in die Flucht geschlagen, Signor Holzinger?«

Der Immobilienmakler, rot wie eine reife Tomate im Gesicht, suchte nach Worten. Vergeblich.

»Ich wundere mich überhaupt«, fuhr Antonio fort, »Sie nach dem Tod Ihres Bruders in so geselliger Runde wiederzufinden. Aber Abwechslung tut Ihnen vermutlich ganz gut.«

Je mehr er sich den Bruder des Opfers ansah, desto unsympathischer wurde er ihm. Ein tougher Geschäftsmann sah in seinen Augen anders aus.

Und das war er mit Sicherheit auch nicht. Es wunderte ihn nun nicht mehr, dass Annegret von Mauerbach nicht dessen Frau war. Doch was wollte die sehr seriös und selbstbewusst wirkende Dirndlträgerin mit Raimondo Varese als Ehemann? Das war aus seiner Sicht nicht unbedingt eine bessere Wahl. Für den Mord an Matteo Holzinger schienen ihm diese Fragen allerdings nicht relevant zu sein. Roberto stand dagegen als Verdächtiger immer noch an erster Stelle. Auch wenn ihm Antonio ein solches Verbrechen nicht wirklich zutraute. Aber da konnte er sich täuschen. Ein Schwarzgeldkonto hätte er schließlich auch nicht erwartet.

»Paolina, äh, Venturini«, begann Holzinger nun stockend Auskunft zu geben, »reiste heute aus Mailand an. Am Bahnhof von Verona hat sie vergeblich auf Raimondo gewartet. Schließlich hat sie mich angerufen und ich habe sie abgeholt und mit hierher gebracht. ... Ich konnte sie ja schlecht allein zu Hause in unserer Villa lassen.«

»Die Signora gehört auch zu Varese?«

»Ja, sicher!«, antwortete Holzinger flüsternd. »Sie ist seine Geliebte. Er hat in Mailand eine Wohnung. Und während er tourt, passt sie auf die Möbel und seine Katze auf.«

»Und Angelina Connors?«

»Tja, keine Ahnung. Wahrscheinlich einfach nur eine Kollegin, die er mitgenommen hat.«

Antonio stand immer noch bei Robert Holzinger und den Mauerbachs, als Paolina so schnell zurückkam, wie sie verschwunden war, und mit kaum unterdrückter Wut sagte: »Raimondo ist zur *Villa Sole* gefahren. Ihm ist übel. Wir sollen uns nicht um ihn sorgen.« Sie lachte auf. »Was glaubt er eigentlich? Hält er sich für einen Adonis, der nur mit dem Finger zu schnippen braucht, dann kommen die Frauen scharenweise und huldigen ihm? Hat er keinen Spiegel zu Hause?«

Und zu Annegret von Mauerbach gewandt fragte sie:

»Oder was meinen Sie, Signora? Raimondo Varese hat seine besten Jahre hinter sich. Das können Sie mir glauben!«

Roberto versuchte entsetzt, den Redeschwall von Paolina Venturini zu stoppen. Aber die junge Frau war nun in Fahrt.

»Ich lebe seit fast zehn Jahren mit ihm zusammen. In diesen Jahren ist er nicht schöner geworden. Jünger schon gar nicht. Aber er meint immer noch, alles müsse sich um ihn drehen. Und jetzt schleppt er diese amerikanische Schnepfe an. Wenn irgendwo ein Rockzipfel auftaucht, meint er, einfach zugreifen zu können. Was würden Sie an meiner Stelle machen, Signora?«

Jan von Mauerbach hatte die Hände zu Fäusten geballt und schien drauf und dran, auf Paolina loszugehen. Doch Antonio trat ihm in den Weg.

»Lassen Sie, junger Mann«, sagte er so leise wie möglich. »Die Dame ist es nicht wert, dass Sie sich aufregen!«

Argwöhnisch sah Paolina zu ihnen hinüber.

»Ich empfehle Ihnen, sich einen anderen Lebensgefährten zu suchen«, entgegnete Annegret von Mauerbach gefährlich ruhig.

»Mein Mann ist ein sehr unsteter Geist. Dass er es zehn Jahre mit Ihnen ausgehalten hat, sollten Sie als Kompliment nehmen.«

Paolina Venturini riss die Augen auf. Dann schlug sie sich entsetzt die Hand vor den Mund. Sie suchte nach Worten. Aber nun kam nichts Sinnvolles mehr über ihre Lippen.

»Nehmen Sie es nicht persönlich, Signora«, fuhr Vareses Frau fort. »Sie müssen auch nicht so entsetzt schauen. Ich habe solche Auftritte schon mehrfach erlebt. Meinem Sohn hätte ich es gern erspart. Er ist eigens nach Verona gekommen, um einmal seinen Vater *live* singen zu hören. Aber ich glaube, wir sollten morgen abreisen.« Sie lächelte Jan nachsichtig an. »Ich fürchte, er hat keine Lust mehr auf Oper.«

»Annegret, bitte!« Nun erwachte Robert Holzinger zum Leben. »Lass mich nicht im Stich. Du kannst jetzt nicht einfach abreisen.«

»Mal sehen, Robert. Mir ist nicht mehr nach Feiern und Kanapees. Wir nehmen uns ein Taxi. Bemüh dich nicht.« Sie nickte kurz in die Runde, griff ihren Sohn an der Schulter, der blass neben Antonio stand, und verließ mit ihm den Festsaal.

»Was ist denn hier los?« Unvermittelt tauchte Lavinia auf. »Ich wollte dich gerade noch mit einer Gruppe aus Wolfing bekannt machen. Aber das ist jetzt vielleicht ein schlechter Zeitpunkt?«

Und das war es in der Tat. Gemeinsam beobachteten sie Moto Yakanabe in engagiertem Gespräch mit dem Bürgermeister. Der kleinwüchsige Japaner hob in diesem Moment den rechten Arm in theatralischer Geste und seine Hand landete dabei sehr unglücklich mitten im Gesicht eines Kellners, der ein mit Sektkelchen vollgestelltes Tablett über dem Kopf trug und zwischen den Gästen vorbeizubalancieren versuchte, die dicht an dicht die Bistrotische umstellten. Die Gläser flogen in hohem Bogen über die am nächsten stehenden Personen und zersprangen schließlich auf dem Parkettboden in viele Splitter. Das Metalltablett folgte scheppernd. Entsetzte Ausrufe durchbrachen die Gespräche und die auseinanderspringenden Gäste rissen einen der Bistrotische um. Weiteres

Geschirr und Glas gingen zu Bruch. Das Chaos, das sich daraus entwickelte, war unbeschreiblich. Blut floss von den Fußfesseln vereinzelter Damen, wo Glassplitter auf nackte Haut getroffen waren. Pflaster und Verbandszeug wurden herbeigeschafft. Putzpersonal folgte mit Eimern und Wischmops. Dazwischen stand Moto Yakanabe, der mit vielen hektischen Verbeugungen vergeblich versuchte, sich für sein Malheur zu entschuldigen. Er fühlte sich so peinlich allen Blicken ausgesetzt, dass er vor Verlegenheit nicht wusste, wohin mit Händen und Füssen. Di Santo zog ihn schließlich energisch beiseite, bevor er weiteres Unheil anrichten konnte.

Antonio amüsierte sich. Der Japaner war immer wieder für eine Überraschung gut. Dann wandte er sich an Lavinia.

»Du wolltest mich mit Leuten bekannt machen?«

Antonio war froh, Robert Holzinger und Vareses Geliebte verlassen zu können. Andererseits hätten ihn die Abhängigkeiten von Holzingers Entourage schon brennend interessiert. Der Immobilienmakler und Konzertagent hatte die Gattin von Varese geradezu flehentlich angesehen. Die Mäzenin der Opernfestspiele war vorhin wohl nicht zufällig mit ihm gekommen.

Lavinia bahnte sich einen Weg durch die schmausenden Gäste. Die Stimmung hatte sich wieder stabilisiert. Die Schäden, die durch das Missgeschick Yakanabes entstanden waren, schienen behoben. Antonio entdeckte Vincenzo Mauro im Gespräch mit einem großen schlanken Mann, in dem er Richter Gioberti erkannte. Alle waren sie gekommen, wenn der Bürgermeister rief, dachte er bitter. Kein Wunder, dass das Stadtsäckel leer, aber die Konten der einzelnen Herren gut bestückt waren. Er mochte nicht wissen, welche Seilschaften an so einem Abend geschmiedet oder gepflegt wurden. Und als nun Di Santo an sein Glas schlug und um Ruhe für seine Rede bat, wandten sich ihm alle Gesichter in gespieltem oder echtem Interesse zu.

19

Raimondo Varese gab Vollgas. Er kümmerte sich nicht um seinen altersschwachen Fiat, hatte kein Ohr für den Motor, der aufjaulte und den Wagen zum Vibrieren brachte. Seine Gedanken waren auf Flucht programmiert. Koste es, was es wolle. Den Augenblick der Schmach in der *Sala degli Arazzi* brachte er nicht aus seinem Kopf. Er sah den Hass in Jans Gesicht, die fast schelmische Gleichmut und Unerschütterlichkeit seiner Frau und die völlig entgeisterte Miene von Paolina, die sicher bis jetzt nicht begriffen hatte, in welchem Schauspiel sie die Ehre hatte mitzuwirken. Paolina war seine geringste Sorge. Annegret dagegen vor den Augen der Gäste und des Gastgebers, die sich alle einschließlich seiner Wenigkeit auf ihre Freigiebigkeit, auf ihr Mäzenatentum verließen, die sie deshalb mit sehr viel Charme umwarben, bloßzustellen, war an Idiotie nicht zu überbieten. Er hatte die Großzügigkeit und Loyalität seiner Frau, die ihm immer den Rücken freigehalten hatte, egal, wie schlecht es ihm ging, wie viele Schulden er angehäuft oder Weiber um sich geschart hatte, als gegeben vorausgesetzt. Er hätte sich doch denken können, dass sie am Empfang teilnahm. Ihr Auftauchen am Vormittag vor der *Arena* war natürlich kein Zufall gewesen. Wie hatte er nur so dumm sein können?

Doch was er seinem Sohn Jan mit seinem Auftritt angetan hatte, konnte er überhaupt nicht abschätzen. Dazu kannte er ihn zu wenig. Aber es war nicht allzu schwer, sich vorzustellen, wie die Szene auf ihn gewirkt haben mochte. Was musste er von seinem Vater halten? Wie verkraftete er die öffentliche Schmach? Was musste ein junger Mann denken, der die Leidenschaft der Mutter für die Oper und die Liebe zum singenden Vater überhaupt nicht erfassen konnte, weil er sie nie gemeinsam aus der Nähe erlebt hatte? Jan hatte keine Ahnung von der wilden Phase der ersten künstlerischen Jahre, die er zusammen mit Annegret in Salzburg durchlebt hatte. Konnte ihm seine Frau verzeihen, die an diesem Abend all ihren Stolz aufbieten musste, um nicht das Gesicht zu verlieren? Sie, die behütete Brauereitochter, die über Nacht ein großes Erbe antrat, hatte ihn, den jungen Künstler, getragen, hatte ihn gefördert und auf eine selbstlose, schwärmerische Art geliebt, wie es wohl nur selten zwischen Partnern möglich ist. Und er hatte ihre Großzügigkeit und Liebe mit Füßen getreten. Oft schon hatte er sich das gesagt und vor sich selbst Besserung gelobt. Nie zuvor jedoch hatte er sich in diesem Ausmaß seine eigene Unverschämtheit, seinen Egoismus bewusst gemacht. Wie sollte er nach diesem Abend Annegret jemals wieder unter die Augen treten? Wie sollte er jemals die Rolle des Vaters bei einem jungen, intelligenten Mann übernehmen können, der diese Schande mit angesehen hatte? Von seinem Sohn durfte er weder Respekt noch Verständnis erwarten. Nie war ihm das klarer gewesen als in diesem Moment. Als Vater hatte er ausgespielt. Diese Erkenntnis schmerzte ihn, tat ihm buchstäblich im Herzen weh.

Raimondos Augen brannten. Er starrte zur Windschutzscheibe hinaus und suchte sich den Weg von Costermano nach Garda, den er schon unzählige Male gefahren war und der ihm bei viel zu hohem Tempo seltsam fremd vorkam. Doch er fuhr weiter mit durchgedrücktem Gaspedal, als könnte er durch die Geschwindigkeit genug Distanz zum Erlebten legen, sich abgrenzen von der eigenen Schande.

Als er schließlich, völlig erschöpft und schweißgebadet, die Bremsen auf dem Parkplatz vor der *Villa Sole* mit Wucht trat, flog er fast in die Windschutzscheibe. Er ließ den Kopf auf das Lenkrad fallen und fing hemmungslos zu weinen an.

Nach vielen Minuten raffte er sich auf, stieg aus dem Wagen und betrat die dunkel vor ihm liegende *Villa Sole*. Niemand schien im Haus zu sein. Signora Bonomi hatte ausnahmsweise frei bekommen. Raimondo betrat die große Halle mit der Wendeltreppe nach oben und rief Robertos Namen, um sich zu vergewissern, dass er alleine war. Stille antwortete ihm! Einige Zeit blieb ihm noch, bis sie alle zurückkamen, bis der Spießrutenlauf in diesem Haus, in dem er sich immer so wohl gefühlt hatte, begann. Oben in seinem Zimmer schälte er sich aus dem neuen Anzug, zog das tropfnasse Hemd aus und schlüpfte in Jeans und T-Shirt. In der Minibar fand er noch einen Rest Whiskey. Er ging in sein Badezimmer, holte den Zahnbecher und kippte den Inhalt der Schnapsflasche hinein. Dann trat er auf seinen Balkon hinaus und schaute ins Nichts. Die Bilder der vergangenen Stunden verstellten seinen Blick.

Roberto würde ihm Vorwürfe machen. Und wer konnte es ihm verdenken? Er hatte leichtfertig auch die Künstleragentur durch sein Verhalten in Schwierigkeiten gebracht. Moto Yakanabe würde frohlocken. Er hatte dem Japaner alle Trümpfe in die Hände gespielt. Der russische Muskelprotz bekäme seine Chance. Denn Angelina Connors würde einen Teufel tun, Raimondo in Schutz zu nehmen. Die Amerikanerin ließ sich nicht für dumm verkaufen. Sie war eine großartige, attraktive Frau und als Sängerin keine zweite Wahl. Er hatte leichtfertig seine Karriere aufs Spiel gesetzt.

Raimondo Varese trat zurück in sein Zimmer und begann zu packen. Doch mitten in dieser frustrierenden Tätigkeit hielt er inne und beschloss, noch einmal zum See hinunterzugehen. Zu übertriebener Eile bestand kein Grund. Er hatte mindestens noch eine Stunde, bevor die anderen zurückkamen.

So verließ er das Gästezimmer, schritt über die breite Holztreppe nach unten, ohne Licht zu machen, und betrat schließlich die Terrasse. Der Mond warf silberne Reflexe auf das langsam schlagende Wasser. Die Nacht war sehr mild und klar. Die Sterne funkelten an einem tiefblauen Himmel. Der Tenor schritt über das weiche, schon ein wenig nasse Gras. Unwirklich ruhig und unaufgeregt empfing ihn der See. Kein Windhauch kräuselte seine Oberfläche. Die schwere, neue Motoryacht der Holzingers lag bewegungslos am Steg. Plötzlich fiel ein goldfarbener Lichtstreif auf das weißlackierte Schiff.

Raimondo sank der Mut. Die ersten Gäste waren bereits vom Empfang zurück. Irgendwo hinter ihm war im Haus Licht angegangen. Es würde nicht mehr lange dauern und irgendjemand würde ihn mit ironischem Lächeln, leicht süffisant im Garten begrüßen und dumm nachfragen, weshalb er so früh gegangen war, auf die flammende Rede Di Santos verzichtet und sich das kalte Buffet zusammen mit dem Prosecco hatte entgehen lassen. Er hätte sofort abreisen sollen. Jetzt war es für einen unauffälligen Rückzug zu spät. Vielleicht war es auch besser so. Weshalb sollte er feige sein und dem Russen das Feld überlassen? War es nicht so, dass Frauenhelden in seinem Land geschätzt und beneidet wurden? Galt er nicht vielmehr als großartiger, ganzer Kerl, der auf einem Empfang die Stirn hatte, mit drei Frauen zu erscheinen? Er lachte unglücklich in sich hinein. Vermutlich konnte er dieses alte Klischee gut verkaufen. Matteo hätte an dieser Art von Geschichte sicher Gefallen gefunden. Er war alles andere als ein Kostverächter gewesen.

Roberto sah das sicher anders. Aber wer konnte das wissen? Der Bruder von Matteo hatte im Moment andere Sorgen. Er musste der Polizei noch beweisen, dass er seinen Bruder nicht auf dem Gewissen hatte. Gut möglich, dass er ihm als Zeuge sehr nützlich sein konnte. Denn die Geschichte, die er den Kommissaren gestern aufgetischt hatte, stimmte so ja nicht. Raimondo fühlte, wie seine alte Selbstsicherheit zurückkehrte. Roberto konnte es sich gar nicht leisten, ihn durch Nikita zu ersetzen. Raimondo hatte ein probates

Druckmittel in der Hand. Wenn er wollte, dass er die Lügengeschichte vor Commissario Fontanaro wiederholte, würde Roberto ihm schon eine gewisse Gegenleistung anbieten müssen.

Der Tenor richtete sich gerade auf und warf den Kopf in den Nacken. Was für ein Idiot er doch war! Weshalb sollte er die Flinte ins Korn werfen? Mit Annegret war er doch noch immer ins Reine gekommen! Und Jan, sein Sohn? Wann hätte der sich schon für ihn interessiert? Sie hatten kein Verhältnis zueinander. Na und? Das würde sich mit dem heutigen Abend nicht ändern.

Mit frischem Mut sah er auf den schwarzen See hinaus, verfolgte die Positionslichter der Fischerboote, die weiter draußen auf der Jagd nach Forellen und Blaufelchen unterwegs waren. Dann drehte er sich um, um wieder ins Haus zurückzugehen, als er im Gegenlicht einen dunklen Schatten auf der Terrasse stehen sah. Dann fiel ein lauter Schuss und es traf ihn ein heftiger Schlag an der Schulter. Unmittelbar darauf verspürte er einen stechenden Schmerz mitten im Bauch. Ein weiterer Schlag folgte, den er nicht mehr zuordnen konnte. Raimondo Varese krümmte sich zusammen, fiel auf die Knie und kippte schließlich auf dem weichen, feuchten Rasen zur Seite. Weitere Schüsse trafen ihn in den Rücken. Dann herrschte wieder Stille am See. Nur eilige Schritte über die Terrasse und zurück ins Haus waren zu hören.

20

Traunstein, 21.30 Uhr

Georg saß zurückgelehnt auf seiner Ledercouch und nahm einen Schluck Rotwein. Es war geraume Zeit her, dass er einen so arbeitsintensiven Tag hinter sich gebracht hatte. Und er war noch nicht zu Ende. Georg stellte das Glas neben einem gut gefüllten Teller ab, der auf dem niedrigen Couchtisch vor ihm stand.

Bevor er gegen zwanzig Uhr nochmals ins Kommissariat gefahren war, hatte er im Delikatessenladen *Signora Maria* am Taubenmarkt eingekauft. Nach dem süßen Kaiserschmarrn vom Mittag hatte er Lust auf Käse, Oliven und eingelegte, getrocknete Tomaten bekommen. Dann gab es in der Vitrine des Geschäfts aber auch noch in Olivenöl eingelegtes Ofengemüse und Meeresfrüchtesalat. Chef Francesco hatte ihm die Reste seines Vorspeisenbüffets förmlich aufgenötigt und Georg hatte sich nur sehr schwach gewehrt. Im hauseigenen Keller fand sich zufällig noch eine Flasche *Amarone*, die dringend getrunken werden musste. Er vertraute darauf, dass er in Verona Nachschub besorgen konnte. Anschließend hatte er es sich in seinem Wohnarbeitszimmer im ersten Stock bequem gemacht. Im Haus rührte sich nichts. Seine Damen waren kurz zuvor ins Bett gegangen. Georg genoss die

Ruhe, sie tat ihm körperlich gut, und er tat nichts, um diese angenehme Stimmung zu stören.

Der Fernseher lief ohne Ton. Georg ließ die Bilder an sich vorbeiziehen. Er sah sich Nachrichten an, mehr aus Verlegenheit als aus einem Bedürfnis nach Informationen, und was er da sah, reichte ihm tonlos völlig. Das Hochwasser war den ganzen Tag über sein ständiger Begleiter gewesen. Weitere Hiobsbotschaften und Brennpunkte brauchte er nicht! Er tunkte ein Stück der frischen *ciabatta* in die Olivenölmarinade der eingelegten Tomaten und schob es sich in den Mund. Erst jetzt bemerkte er, was für einen Hunger er hatte. Unschlüssig betrachtete er die Herrlichkeiten auf dem Teller. Eigentlich sollte er mit dem Meeresfrüchtesalat beginnen und dazu passte der Rotwein wahrscheinlich nicht so gut. Aber das war jetzt auch egal. Neben dem Teller lag griffbereit sein Handy und weiter entfernt stand sein aufgeklappter Laptop. Seit Stunden schon hatte er ein schlechtes Gewissen, weil er Toni noch nicht angerufen hatte. Sein Freund in Verona wartete mit Sicherheit auf Neuigkeiten von ihm. Aber wo sollte er anfangen? Während des Tags hatte sich immer wieder Neues ergeben. Oberinspektor Huber hatte fleißig recherchiert und was dieser so alles über den sauberen Herrn Bürgermeister in den Zeitungen und im Internet gefunden hatte, machte es nicht mehr so verwunderlich, dass jemand die Reißleine gezogen und ihm eine Kugel mitten ins Herz gejagt hatte. Dabei hatte Georg noch nicht einmal alle Dokumente, die ihm Huber geschickt hatte, auf seinem Laptop gelesen.

Und seine eigenen Befragungen waren auch nicht gerade ohne. Vor allem der Besuch beim Gynäkologen Anton Schäfer hatte schon ein bizarres Bild der Schwestern Rita Holzinger und Jutta Brettschneider ergeben. Es passte nahtlos zu den Eindrücken, die er im Haus von Korbinian Holzinger gewonnen hatte. Ein weiteres Stück *ciabatta* verschwand in Georgs Mund und ein sehr mürber *calamaro* aus dem Meeresfrüchtesalat folgte direkt hinterher. Der

Geschmack nach Zitronensaft, Petersilie, Olivenöl, Knoblauch und Meeresgetier war unvergleichlich frisch. Allein dieser Salat war einen Besuch bei *Signora Maria* wert. Und nicht weit vom Laden entfernt hatte Dr. med. Anton Schäfer seine Praxis.

Georg war dem Gynäkologen am frühen Abend gegenübergesessen und ihm ausgesprochen dankbar gewesen, dass das Gespräch in dessen Privatbüro und nicht im Sprechzimmer stattfand. Mit Gynäkologie war Georg wenig bewandert und er war sich alles andere als sicher, ob er seinen Kenntnisstand erweitern wollte.

Anton Schäfer, der entspannt auf einer Biedermeiercouch saß, die langen Beine vor sich ausgestreckt und lässig übereinandergeschlagen, sah ihn aufmunternd an, so als wollte er sagen: »Na, Herr Breitwieser, was kann ich für Sie tun?« Doch der Arzt schwieg und wartete. Er mochte etwa in Georgs Alter sein und machte auf ihn einen sehr sportlichen und sympathischen Eindruck. Er war der Typ Arzt, zu dem man sofort Vertrauen fasste.

»Ich danke Ihnen, dass Sie sich für mich kurz Zeit nehmen.«

»Ich bin schlicht neugierig, was die Kriminalpolizei von mir will!«

»Es geht um Ihre Patientin Jutta Brettschneider!«

Der Arzt hatte eine Mappe auf den Knien und sagte: »Die Krankenakte habe ich vor mir und mich auch nochmals darin informiert, nachdem Sie Ihren Besuch angekündigt haben.« Er klappte den Aktendeckel auf und ergänzte: «Jutta Brettschneider ist am 25. November vorigen Jahres verstorben.«

Georg zog sein Smartphone aus der Hosentasche und speicherte sich das Datum.

»Hat Sie der Todeszeitpunkt damals überrascht?«

Schäfer schüttelte den Kopf. »Da die Patientin alle nötigen therapeutischen Maßnahmen abgelehnt beziehungsweise abgebrochen hat, war der Todeszeitpunkt leider vorhersehbar. Vielleicht hätte sie noch ein oder zwei Monate länger leben können, aber Frau

Brettschneider hat durch ihr Verhalten diesen Todeszeitpunkt mehr oder weniger selbst bestimmt.«

Georg spürte, wie es ihm kalt über den Rücken lief. Das passierte ihm nicht oft. Der Tod gehörte zu seinem Beruf, aber die Formulierung des Arztes ließ für mehrere Überlegungen Spielraum. Sie gefielen ihm alle nicht.

»Könnten Sie mir das näher erklären? Frau Brettschneider war nach heutigen Begriffen eine Frau im besten Alter. Mit achtundfünfzig Jahren zu sterben, ist nicht normal. Und an Brustkrebs zu sterben, ist nicht unbedingt notwendig, wenn ich richtig informiert bin.«

»Generell sind die Heilungschancen heute sehr gut, da haben Sie Recht. Doch das muss die Patientin auch zulassen. Als Frau Brettschneider zum ersten Mal zu mir kam, war das Karzinom schon ziemlich groß. Es musste sofort behandelt werden. Ich habe ihr gut zugeredet und sie war mit der nötigen Chemo- und Strahlentherapie einverstanden. Doch nach drei Behandlungen hat sie aufgehört, ist nicht mehr in der Klinik erschienen. Stattdessen kam sie nach einigen Wochen zu mir in Begleitung ihrer Schwester. Sie fragten mich nach alternativen Heilmethoden. Vor allem die Schwester wetterte gegen die Chemie im Körper von Jutta Brettschneider. Vor allem die Chemie sei doch schuld an den vielen Krebsgeschwüren, die überhandnähmen und sich zur Volkskrankheit auswüchsen. Und nun würde Jutta mit weiteren harten Dosen verseucht. Es würden doch nur die Pharmaindustrie und Leute von meiner Zunft an ihrer Schwester verdienen, ohne dass sich ihr Zustand bessere. Frau Holzinger erwies sich als sehr eloquente und gleichzeitig engstirnige Person, die die Schwester in einer Weise bevormundete, dass mir angst wurde. Jutta Brettschneider saß daneben und schwieg, als ginge es nicht um sie und um ihr Leben. Sie ließ die Schwester reden und vermutlich dann auch über ihr Leben entscheiden. Ich habe es abgelehnt, alternative Heilmethoden in Erwägung zu ziehen, weil das den sicheren Tod von Frau Brettschneider zur Folge gehabt hätte.«

»Und das war das letzte Mal, dass Sie Ihre Patientin gesprochen haben?«

»Richtig. Sie ist nicht mehr in meiner Praxis erschienen. Ob sie einen Kollegen aufgesucht hat, weiß ich natürlich nicht. Von ihrem Tod habe ich durch die Zeitung erfahren und damit meine Krankenakte geschlossen.« Und, wie um das zu bestätigen, legte er die Mappe neben sich auf die Biedermeiercouch.

»Wann war sie denn zum ersten Mal bei Ihnen?«

»Etwa eineinhalb Jahre vor ihrem Tod.«

»Und wenn man nichts unternimmt, ist ein Ableben so rasch wahrscheinlich?«

»Genau!«

»Was denken Sie, war der Grund von Frau Brettschneider, sich so zu verhalten? Haben Sie solche Fälle öfter?«

Schäfer schüttelte entschieden den Kopf. »Gott sei Dank nicht! Aber es kommt vor. Die Gründe sind vielfältig. Der häufigste ist schlicht Verdrängung. Es kann nicht sein, was nicht sein darf. Das Negieren einer tödlichen Krankheit funktioniert bei Menschen, die große Angst vor Ärzten und Krankenhäusern haben, die sehr religiös sind und sich auf den Herrgott verlassen, der ihnen schon helfen wird, oder bei Menschen, die eine völlig naive Einstellung zu Krankheiten und ihrem eigenen Körper haben und bis zum Tag ›X‹ praktisch keinen Kontakt zu Ärzten hatten. Gerade in unserer ländlichen Gegend kommt das öfter vor, als Sie sich das vorstellen mögen. Lieber wird mit Hausmittelchen herumgedoktert, als zum Facharzt zu gehen. Solange es sich nicht um ernsthafte Erkrankungen handelt, funktioniert das auch mehr schlecht als recht. Bei Krebs hört der Spaß allerdings auf. Aber bis das von den Patienten akzeptiert wird, ist es unter Umständen schon zu spät.«

»Was glauben Sie, war bei Jutta Brettschneider der Fall?«

»Sie hatte keine Erfahrung mit Ärzten. Das sagte sie mir gleich bei ihrem ersten Besuch. Außer zum Zahnarzt ging sie zu keiner

Vorsorge. Sie hat es so gehalten wie ihre Mutter, die angeblich ohne großen ärztlichen Beistand über achtzig Jahre alt geworden ist. Sie lebte in der Vorstellung, dass das bei ihr genauso sein würde. Und sie hatte kein Vertrauen in die Medizin. Weshalb sie so eine große Skepsis gegenüber der Schulmedizin entwickelt hatte, kann ich Ihnen leider nicht sagen. Unser Tun war in ihren Augen alles Geschäftemacherei, unterstützt von der Pharmaindustrie. Ihre Schwester hat sie in dieser Annahme mehr als bestärkt. Gut möglich, dass Rita Holzinger noch andere Interessen verfolgte. Das ist ja wohl auch der Grund, weshalb Sie hier sind, Herr Hauptkommissar, oder?« Anton Schäfer lächelte fein.

Georg nickte. »Ja, ich erwäge eine Obduktion durchführen zu lassen, um sicherzugehen, dass man beim Tod von Jutta Brettschneider nicht ein wenig nachgeholfen hat.«

»Das können Sie sich schenken, wenn Sie meine Meinung dazu hören wollen! Frau Brettschneider hatte nach Abbruch der Therapie keine Chance. Selbst, wenn irgendjemand durch Schlaftabletten oder durch eine Überdosis von Schmerztabletten ihren Tod beschleunigt haben sollte, so war das auch, egal ob ungewollt oder mit anderen Hintergedanken veranlasst, die humane Verkürzung eines sehr schmerzhaften Leidenswegs. Und Sie werden nie herausfinden, ob Jutta Brettschneider am Ende darum gebeten oder selbst Hand an sich gelegt hat. Da machen Sie ein Fass auf, Herr Breitwieser, das Sie nicht erfolgreich leeren können. Es wird ein Bodensatz bleiben, der nicht aufgeklärt werden kann.«

Georg musste sich eingestehen, dass er so weit nicht gedacht hatte. Das Thema Sterbehilfe wollte er gar nicht antasten. Er hatte mit dem Mord an Matthias Holzinger schon genug zu tun.

»Sie haben Recht, Herr Doktor Schäfer.« Georg erhob sich von seinem Sessel und reichte ihm die Hand. »Ist Frau Holzinger eigentlich auch Ihre Patientin?«

»Nein!«

Georg leerte sein Weinglas. Das abendliche Gespräch mit dem Gynäkologen hinterließ immer noch einen schalen Nachgeschmack. Es gefiel ihm nicht, dass er etwas auf sich beruhen lassen sollte, was so offensichtlich nicht in Ordnung war. Der Neubau von Korbinian Holzinger, der ganze selbstsichere Habitus des jungen Mannes, der mit dreiundzwanzig Jahren im gemachten Nest saß, während die Tante viel zu früh verstorben war, ließ erneut den Ärger in ihm hochkochen. Eine verkehrte Welt war das. Und nur deshalb hatte er es überhaupt in Erwägung gezogen, doch noch die evakuierte Veronika Gruber in der Grundschule von Wolfing aufzusuchen. Sie sollte nach Aussage seiner Mutter eng mit Jutta Brettschneider befreundet gewesen sein. Hoffentlich war Albert Gruber inzwischen aufgetaucht und stand seiner Frau und seinen beiden Kindern in dieser schlimmen Situation bei. Auch das herauszufinden, lohnte sich. Dann konnte er diesen Verdächtigen vielleicht von seiner Liste streichen. Das wäre schon ein wichtiger Schritt.

So hatte er nach seinem Einkauf bei *Signora Maria* und vor der Fahrt ins Kommissariat nochmals bei der Grundschule vorbeigeschaut. Dort hatte sich die Situation kaum verändert. Der Parkplatz war immer noch komplett mit Privatautos und Sanitätsfahrzeugen zugeparkt. Leute liefen rastlos und geschäftig hin und her. Hier würde auch in der Nacht keine Ruhe einkehren. So viel war gewiss. Die Unsicherheit, was mit den eigenen Wohnungen und Häusern passierte, die Ängste der Menschen um Angehörige, die dicht an dicht in der Turnhalle ausharrten, waren nicht für einen geruhsamen Schlaf geeignet.

Georg betrat das Gebäude und sah sich um. Im Pausenkiosk der Schule arbeiteten mehrere Frauen und verteilten warme Suppe und Würstel. Die Schlange davor war lang. Vor allem Kinder und Jugendliche standen an und waren auch schon wieder zu Scherzen aufgelegt. Georg ging an ihnen vorbei und bahnte sich den Weg zur Turnhalle. Am Eingang stand Herr Schapfinger und sprach mit einem Sanitäter.

»Gut, dass ich Sie hier antreffe, Herr Schapfinger«, unterbrach Georg ohne Umschweife das Gespräch der beiden. »Können Sie mir sagen, wo ich Veronika Gruber finde?«

Der Bürgermeister außer Dienst starrte ihn irritiert an. Er schien im ersten Moment nicht zu kapieren, wer vor ihm stand. Auf seiner Stirn stand der Schweiß und auf seinen Wangen zeichneten sich inzwischen dunkle Bartstoppeln ab. Mit zitternder Hand fuhr er sich fahrig in die Haare. Der Mann stand kurz vor einem Nervenzusammenbruch. Das sah sogar Georg.

»Gibt es denn hier keinen freien Stuhl? Herr Schapfinger, Sie müssen sich setzen, bevor Sie umkippen.«

»Kümmern Sie sich um Ihren eigenen Kram!«, parierte er unwirsch. »Die Veronika sitzt dort drüben am Boden mit ihren beiden Kindern. Die Frau mit dem grünen Pullover und der schwarzen Hose.« Schapfinger deutete mit ausgestrecktem Arm in die Turnhalle, bis Georg die Gesuchten entdeckte. Er stieg über Matten, Rucksäcke und große Plastiktüten, die überall herumstanden, und erreichte schließlich Veronika Gruber, die apathisch zwischen ihren beiden Kindern auf einer Sportmatte saß. Georg ging vor ihr in die Hocke und wies sich aus.

»Was ist mit meinem Mann? Haben Sie ihn gefunden?« Verstört, fast panisch fragte Veronika Gruber.

»Leider nein. Ich wollte eigentlich von Ihnen wissen, wo sich Ihr Mann aufhält.«

»Er ist wahrscheinlich bei seinem Bruder in München!«

»Wissen Sie das oder glauben Sie das nur?«

»Wo soll er sonst sein? Der Edi hat in München ein Baugeschäft und manchmal braucht er den Albert zum Aushelfen.«

»Aber Ihr Mann wird doch jetzt dringend hier benötigt. Ihr Hof steht unter Wasser. Sie haben keine Bleibe und offenbar auch keine Verwandten, wo Sie unterkommen könnten.«

»Meine Schwester sitzt dort drüben!« Sie deutete zwei Sportmatten weiter, wo sich eine Großfamilie dicht drängte. »Sie hat auch einen alten Hof so wie wir. Der ist auch vollgelaufen. Wir stehen alle vor dem Nichts. Da kann auch mein Mann nichts mehr ausrichten. Ob er hier ist oder in München. Was spielt das alles noch für eine Rolle?«

Die Resignation der Bäuerin machte Georg fast schon wütend. Doch er riss sich am Riemen. Er war einsichtig genug, um sich einzugestehen, dass er nicht einmal eine blasse Vorstellung davon hatte, was in der Frau vor sich ging. Das Hochwasser war vermutlich nur die Spitze des Eisbergs. Das ganze Fundament der Familie Gruber schien aus dem Lot geraten zu sein.

»Haben Sie denn versucht, Ihren Mann inzwischen telefonisch zu erreichen?«

»Das Telefon geht ja schon seit gestern Abend nicht mehr.«

»Sie haben kein Handy?«

Veronika schüttelte den Kopf. »Mein Mann auch nicht!«

Georg ließ sich von ihr die Adresse von Eduard Gruber in München geben und schickte die Daten per SMS an seinen Inspektor. Er hoffte, dass der Kollege noch im Amt war und sofort mit der Recherche begann.

»Jetzt habe ich noch eine andere Frage, Frau Gruber«, begann er vorsichtig. »Sie waren doch eine enge Freundin von Jutta Brettschneider?«

»Ja, ... schon!«

»Wo ist denn Frau Brettschneider gestorben?«

Unsicher sah die Bäuerin ihn an. Die Frage fand sie wohl seltsam.

»In der Palliativstation im Krankenhaus von Traunstein.«

»War die Rita Holzinger auch dabei?«

»Nein! Die war am Sterbetag in Urlaub!«

»Fanden Sie das in Ordnung?«

»Das geht mich nichts an!« Sie kniff die Lippen zusammen.

Georg hakte sofort nach. »Aber es muss Sie doch aufgeregt haben, dass ihre Freundin so jung sterben musste!«

Mit den Augen schweifte Veronika Gruber ab, blickte in die Turnhalle, als suche sie jemanden. »Sie meinen, weil sie sich von einem Heiler bei uns im Dorf hat behandeln lassen?«

Georg bekam eine Gänsehaut, als die Bäuerin diese Frage stellte, als ginge es um Belangloses.

»Ja, genau! Was halten Sie denn davon?«

»Ja, mei!« Ratlos sah sie ihn an, hob beide Arme und ließ sie wieder fallen. »Die Rita hat gemeint, dass es das Beste für die Jutta wäre. Ein Heiler. Ich versteh von solchen Sachen nichts. Und für einen Heiler hätt' ich auch nicht das nötige Geld.«

Georg wunderte sich nicht mehr. Veronika Gruber war wohl keine Stütze für Jutta Brettschneider gegen die alles dominierende Schwester gewesen. Die Kranke hatte sich auf den Rat der anderen verlassen.

»Hat Frau Brettschneider alleine gelebt oder hatte sie einen Freund?«

»Manchmal hat sie den Charly besucht. Der wohnt in Trostberg.« Sie druckste herum. »Manchmal sind sie auch zusammen in Urlaub gefahren. Und wenn die Rita und der Matthias nicht da waren, hat er sie auch manchmal besucht. Im alten Elternhaus. Aber das gibt es ja jetzt nicht mehr.«

Seltsame Verhältnisse, dachte Georg.

»War Charly sein richtiger Name?«

»Nein, ich glaub nicht. Sie hat nur immer Charly zu ihm gesagt.«

»Wie heißt der denn mit Nachnamen?«

»Ja, mei, das weiß ich doch nicht! Wir reden uns alle nur mit Vornamen oder Spitznamen an. Am Land sind doch alle per Du!« Sie sah ihn skeptisch an.

Georg hatte genug gehört. Das alles half ihm im Mordfall Matthias Holzinger nicht weiter. Das war ein Nebenschauplatz, mit dem er zu viel Zeit vergeudete. Er kam aus der Hocke hoch und wünschte der Bäuerin alles Gute und versprach ihr, sich zu melden, wenn er den Aufenthaltsort ihres Mannes ausfindig gemacht hatte. Veronika Gruber schaute ihn an, als käme er von einem anderen Stern. Sie war mit ihren Gedanken schon wieder anderswo, absorbiert von ihren Sorgen. Die Frau war vom Hochwasser traumatisiert und brauchte dringend ärztliche Betreuung, wenn sie selbst das auch sicher ganz anders sah.

Georg ging auf den Ausgang der Turnhalle zu und suchte einen Sanitäter, um ihn auf Veronika Gruber aufmerksam zu machen. Er hatte Glück. Ein älterer Herr vom Johanniterorden versprach, sich um die Bäuerin zu kümmern. Mehr konnte Georg im Moment nicht für die Frau und ihre Kinder tun.

Ein letztes Stück vom *taleggio* legte er sich auf das letzte Stück *ciabatta*. Der feinwürzige Weichkäse rundete sein Abendessen ab. Zumindest war Georg jetzt satt, wenn auch alles andere als zufrieden mit dem Ausgang seines Arbeitstags. Zu viele Fragen waren offengeblieben. Immerhin hatte er in Erfahrung gebracht, wo sich Albert Gruber in den letzten Tagen aufgehalten hatte. Florian hatte die Telefonnummer von Eduard Gruber durchgegeben und Georg hatte den Bruder des Bauern auch erreicht. Seiner Aussage nach hatte sich Albert Gruber während der Tatzeit in München aufgehalten. Eduard berichtete, dass sein Bruder mit ziemlich viel Wut im Bauch bei ihm angekommen war. Er hatte ihn dann auf seiner Großbaustelle eingesetzt, um ihn auf andere Gedanken zu bringen.

Warum er denn seine Schwägerin nicht verständigt hätte, wollte Georg wissen. Das wäre die Sache seines Bruders, hatte Eduard Gruber gemeint. Da wolle er sich nicht einmischen. Überhaupt ginge ihn die Ehe von Albert nichts an. Außerdem hätten den Bruder die Berichte über die Überschwemmungen im Chiemgau in den Nachrichten erneut aus der Bahn geworfen.

Georg fragte, wie sich das äußerte. Und Eduard Gruber hatte nur trocken gemeint, dass Albert etwas mehr Bier benötigte als sonst. Aber inzwischen befand er sich schon auf der Autobahn und auf dem Rückweg nach Wolfing. Diese Neuigkeit hatte Georg dann dem Sanitäter in der Turnhalle zukommen lassen, in der Hoffnung, dass dieser Veronika Gruber informierte. Ob Albert Gruber völlig aus dem Täterkreis um Matthias Holzinger auszuscheiden war, darum sollte sich sein Inspektor am nächsten Tag kümmern. Georg glaubte nicht, dass sich der Bauer am Gardasee aufgehalten hatte, bevor er nach München zu seinem Bruder fuhr. Diese Art von Weitläufigkeit schien ihm nicht in das Bild der Bauersfamilie Gruber zu passen.

Entschlossen griff er nach seinem Handy. Es war Zeit, sich mit Toni in Verbindung zu setzen. Er ließ es einige Male läuten, aber der Freund ging nicht dran. Dann versuchte er die Privatnummer der Fontanaros.

»*Pronto!*«

»*Ciao*, Marissa. Ich bin's, Giorgio!«

»*Ciao*. Wie geht es dir? Tonio hat deinen Anruf schon erwartet. Wann kommst du uns besuchen?«

Georg lachte. Die quirlige Marissa packte alles Wichtige gleich mal in die ersten Sätze.

»Morgen!«

»Was? *Non e vero!* Du machst Scherze!«

»Nein, Marissa, ausnahmsweise einmal nicht! Den Fall, an dem Tonio und ich arbeiten, können wir nur zusammen lösen. Deshalb fahre ich morgen im Laufe des Tages los und bin sicher zum Abendessen bei Euch. Meinst du, wir können uns bei *Da Bruno* treffen?«

»*Naturalmente!* Weiß Stefania schon Bescheid?«

Georg zuckte förmlich zusammen. Frauen waren einfach immer einen Tick schneller. Und als er nicht sofort antwortete, fing Marissa laut zu lachen an.

»Soll ich sie anrufen? *No, no*, das mach nur schön selbst! Und warte nicht zu lange. Stefania ist eine vielbeschäftigte Frau. Gut möglich, dass sie morgen Abend schon etwas vorhat.«

»Ja, mach ich!« Aber es klang selbst in seinen Ohren wenig selbstsicher. Marissa lachte nur. Dann wurde sie unvermittelt ernst.

»Gut, dass du dich meldest. Antonio lässt dir ausrichten, er bräuchte für morgen alle persönlichen Daten der Leute, die aus Wolfing nach Verona gereist sind. So viele Einzelheiten, wie du nur auftreiben kannst.«

Georg brummte vor sich hin. Nur gut, dass er Florian Huber darauf bereits angesetzt hatte. Bis morgen früh sollte er Unterlagen haben, die er nach Verona faxen konnte.

»Wird gemacht. Aber sag, Marissa, ist dein Göttergatte noch nicht zu Hause?«

»Nein, leider nicht. Enrico hat vor wenigen Minuten angerufen. Irgendetwas ist in Garda passiert. Tonio ist nochmals an den See gefahren.«

21

Garda, 22.30 Uhr

»*Aspettate!* Signori! So geht das nicht. Halt! ... Halt!« Antonio versuchte, zwischen den hektisch agierenden Kollegen der Kriminaltechnik und zwei übereifrigen Pressefotografen die Oberhand zu gewinnen. Die Pressefritzen mussten es wie immer im Blut gehabt haben, dass es Sensationelles zu knipsen gab. Antonio konnte sich nicht erklären, weshalb sie ihm nach dem Empfang bei Di Santo einfach Richtung Garda gefolgt waren. Nun gut, er hatte den Fehler gemacht und die beiden um Fotos der Gäste für die Ermittlungen gebeten. Als sie spitzbekommen hatten, dass die Polizei inkognito auf dem Empfang des Bürgermeisters herumstrich, hatten sie sich anschließend an seine Fersen geheftet. Und jetzt schossen sie ein Blitzgewitter auf den toten Raimondo Varese ab. Antonio hatte dafür wenig Verständnis.

»Signori! Es reicht!« Antonio wurde nun richtig laut. Entschlossen packte er den Fotografen am Arm, der unmittelbar vor ihm stand, und zog ihn von der Leiche zurück. »Lassen Sie uns unsere Arbeit machen. Verstanden! Sie haben auf dem Grundstück nichts verloren. Und wenn Sie sich jetzt nicht vom Acker machen, helfen wir nach!«

Murrend packten die Presseleute ihre Aluminiumkoffer zusammen und steuerten die Terrasse an.

»Enrico, begleite die Herren nach draußen. Keine Fotos vom Inneren der Villa! Und keine Fotos von den Anwesenden im Haus!«

Enrico schnappte sich noch einen Kollegen von der Kriminaltechnik und dann eskortierten sie die unliebsamen Gäste bis zum Ausgang.

Antonio wandte sich wieder Varese zu. Die Rasenfläche um ihn herum war weiträumig abgesperrt. Zumindest in dieser Hinsicht hatten die Fotografen wenig Unheil anrichten können. Dennoch gefiel es ihm nicht, wie die Mitarbeiter von Petrelli dicht an der Leiche arbeiteten, Fotos machten, sich wenig um den Rasen scherten, den sie bei ihren Umrundungen der Leiche zusammentraten. Er sorgte sich darum, dass die Pathologin keine unangetastete Leiche vorfinden würde.

»Heute regnet es nicht, es gibt keinen Sturm und deshalb überhaupt keinen Grund, nicht vorschriftsmäßig die Leiche und ihre Umgebung in Ruhe zu untersuchen.« Antonio ärgerte sich hauptsächlich über sich selbst. Weil wieder alles falsch lief und er wusste, dass sich die Kollegen über seine Überreaktion amüsierten.

»Wir warten jetzt auf die Dottoressa«, kündigte er forsch an, »anschließend könnt ihr euch um das Beweismaterial kümmern.«

»Tonio, lass uns gefälligst unsere Arbeit machen!« Petrelli war genauso aufgebracht. Er stand mit einer professionellen Digitalkamera wenige Schritte von ihm entfernt, um endlich die nötigen Fotos von Varese und dem Tatort zu machen.

»Ja, aber macht sie auch richtig.«

Der Chef der Kriminaltechnik bekam einen roten Kopf.

Natürlich, jetzt war Antonio zu weit gegangen. Er hob die Hand und stoppte ihn, bevor der Kollege richtig lospulvern konnte. »Hör zu, Silvano: Der Mörder ist, wenn ich die Lage von Vareses Körper richtig deute, vom Haus gekommen. Das heißt, er hat Zimmer durchquert, bevor er im Garten ankam. Es ist absolut notwendig, dass ihr zuerst die Räume sichert. Dort drin ...«, und er deutete Richtung Villa, »befinden sich ein halbes Dutzend Personen in heller Aufregung. Sie laufen hin und her und zerstören alles, was auch nur irgendwie für unsere Ermittlungen hilfreich sein könnte.«

»Und, was soll ich, deiner Meinung nach, gegen dieses Wespennest machen?«

»Sie sollen alle in die Küche gehen und dort auf uns warten. Keiner streicht im Haus herum. Keiner geht auf sein Zimmer. Jetzt sind sie alle im *salone*. Aber den hat unser Täter mit Sicherheit durchquert im Gegensatz zur Küche. Kannst du das für mich organisieren?«

Silvano Petrelli sah Antonio überrascht an.

»Und meine Leute hier?«

»Sollen in gebührendem Abstand zum Opfer helle, große Scheinwerfer aufstellen, damit wir möglichst Lichtverhältnisse wie bei Tag bekommen. Dann warten wir auf die Dottoressa.«

Petrelli ließ Antonio wortlos stehen, fing aber an, die Vorschläge umzusetzen. Der Commissario entspannte sich. Seit er und die Kollegen vor einer knappen Viertelstunde in der *Villa Sole* angekommen waren, hatte er das Gefühl, unter Strom zu stehen. Er hatte es nicht geschafft, einen weiteren Mord am gleichen Ort zu verhindern. Schlimmer noch, er hatte das Unheil nicht einmal kommen sehen, wenn er ehrlich war. Nichts hatte darauf hingedeutet! Antonio zwang sich, ein paar Mal ganz langsam ein- und auszuatmen, bevor er sich wieder auf die Leiche konzentrierte.

Sie lag höchstens zwei Meter von ihm entfernt, und er fragte sich, wer dieses Gemetzel an Raimondo Varese angerichtet hatte. Auf den ersten Blick schienen die beiden Morde, die er zu untersuchen hatte, unterschiedlich zu sein. Gleichzeitig hatten sie unübersehbare Ähnlichkeiten, die ihm zu denken gaben. Von Ferne hörte er eine Frau hysterisch lachen und dann aufschluchzen. Antonio konnte sich schon denken, wer da im Haus völlig ausrastete: Paolina Venturini.

Langsam, und den Blick konzentriert auf den Boden gerichtet, ging Antonio auf die Terrasse zu und durchkämmte mit den Augen den Rasen vor sich. Ein Projektil, eine Patronenhülse, irgendetwas musste er doch sehen! Dieses Mal brauchten sie einfach Beweismaterial, das sie zum Täter führte, und wäre es zunächst auch noch so dürftig. Es konnte doch nicht sein, dass es dem Täter zweimal gelang, sie an der Nase herumzuführen! Der Commissario schaute durch die spitzbogigen Fensterscheiben in den hell erleuchteten *salone*. Drinnen arbeitete Roberto mit Händen und Füßen, um Petrelli seine Unschuld, seine Fassungslosigkeit zu demonstrieren. Dicht am Fenster stand Moto Yakanabe mit gesenktem Kopf. Die Aufforderung Petrellis, das Zimmer zu verlassen und zu den anderen in die Küche zu gehen, schien er nicht zu hören.

Der Japaner stand sicherlich unter Schock. Er war unmittelbar nach Antonio in der *Villa Sole* angekommen und mehr oder weniger gleichzeitig mit ihm und seinen Leuten im Garten eingetroffen, um Robert mit hängenden Schultern neben der Leiche seines Tenors stehen zu sehen. Holzinger jedenfalls hatte vor Antonio und den Kollegen in Begleitung von Paolina Venturini den Empfang verlassen.

Welchen zeitlichen Vorsprung Holzinger und seine Begleitung wohl hatten? Das war eine Frage, die Antonio umtrieb. War der Bayer auf der Fahrt nach Garda die junge Frau irgendwie losgeworden und hatte dieses Gemetzel an seinem Opernstar unbeobachtet vollbracht? Ging das überhaupt? Und welches Motiv sollte er für diese grausame Tat haben?

Holzinger war als Erster am Tatort angelangt und hatte die *Questura* verständigt. Fausto, der dort Dienst hatte, telefonierte mit Enrico. Antonio selbst hatte sein *telefonino* noch ausgeschaltet gehabt und vergessen, es nach dem Empfang wieder zu aktivieren.

Eine Fehlleistung, die erheblich zu seinem Frust beitrug. Wie sah das jetzt aus? Sein Ispettore war erreichbar gewesen, er dagegen nicht! Ein gefundenes Fressen für Vincenzo Mauro! Wenn es ganz dumm lief, konnte er sich von Schlauberger Staatsanwalt auch noch blöde Bemerkungen oder eine Ermahnung anhören. Auch er wurde in Kürze in der *Villa Sole* erwartet.

Die Aussicht, der Staatsanwalt könnte demnächst bei der Befragung der Gäste in der Küche etwas von Bedeutung in Erfahrung bringen, was er ihm anschließend auf dem Silbertablett präsentierte, verbesserte Antonios Laune nicht. Er versuchte jedoch, seine Phantasie im Zaum zu halten. Sie alle waren auf dem Empfang gewesen. Niemand von den Gästen konnte eigentlich die Möglichkeit gehabt haben, Raimondo Varese zu töten. Eigentlich! Doch wenn Antonio ehrlich war, konnte nicht einmal e r mit Sicherheit sagen, ob alle gleichzeitig von dort aufgebrochen waren. Er würde bei einer Befragung einen miserablen Zeugen abgeben. Die Menge der Menschen in der *Sala degli Arazzi* hatte eine genaue Beobachtung oder gar Kontrolle während des Empfangs unmöglich gemacht. Es war ein einziges Geschiebe zwischen Buffet und Bistrotischen gewesen. Außerdem hatte er den Schwerpunkt seiner Ermittlungen bei dieser Veranstaltung auf Gespräche mit den Gästen gelegt, anstatt ihr Erscheinen oder gar Verschwinden genau zu registrieren. Seine Mitarbeiter würden recherchieren müssen, wann wer den *Palazzo Barbieri* verlassen hatte. Nur von Annegret von Mauerbach und deren Sohn wusste er, dass sie deutlich vor allen anderen die Gesellschaft verlassen hatten. Und bei Lichte besehen, hatten die beiden auch die denkbar besten Mordmotive: Eifersucht und Hass.

Inzwischen stand Moto Yakanabe alleine im *salone* vor dem Fenster. Seine und Antonios Blicke trafen sich. Irgendwann auf der Fahrt nach Garda hatte der Commissario bemerkt, dass ihnen ein kleiner Wagen dicht auf den Fersen war, als sie mit Blaulicht zur Villa rasten. Dort angekommen, kletterte der kleine Japaner aus seinem roten Schuhkarton und folgte ihnen mit raschen, kurzen Schritten in die Villa und hinaus in den Garten. Das Blaulicht hatte wohl auch ihm signalisiert, dass Eile geboten war. Oder die Neugier hatte ihn angetrieben.

Der Anblick Vareses war für den Japaner offenbar nur schwer zu ertragen gewesen. Stumm stand er daneben, blickte starr auf den übel zugerichteten Körper. Nur die Hände konnte er nicht unter Kontrolle bringen. Sie zitterten so stark, dass er sie schließlich ineinander verschränkte und vor den Unterleib drückte. Antonio ahnte, was Moto umtrieb. Sein Opernprojekt *Aida* war mehr denn je gefährdet. Der Japaner musste förmlich seine Felle die Etsch entlang schwimmen und in den Fluten der fernen Adria auf nimmer Wiedersehen verschwinden sehen.

Dabei war der Anblick des toten Varese nichts für schwache Nerven. Der Täter musste aus nächster Nähe ein ganzes Magazin auf ihn abgefeuert haben. Erst Dottoressa di Silva würde klären können, welche der Schüsse tödlich gewesen waren. Sie hatten den Tenor regelrecht durchsiebt. Das Opfer hatte offensichtlich nach dem Empfang sein Smoking-Hemd gegen ein weißes T-Shirt getauscht. Blut hatte es rostbraun verfärbt, einschlagende oder austretende Projektile den Stoff perforiert und Schmauchspuren hinterlassen.

Mit Matteo Holzinger war der Täter sehr viel ziviler umgegangen. Antonio schüttelte bei diesem Gedanken den Kopf. Einen zivilen Mord gab es beileibe nicht. Doch der Schütze hatte sein Opfer sehr gezielt, mit zwei präzisen Schüssen um die Ecke gebracht und dies war ihm aus einiger Entfernung gelungen. Gemeinsam war den Opfern jedoch der Fundort. Und der war bemerkenswert. Weshalb fanden innerhalb weniger Tage zwei Personen unterschiedlichster Herkunft auf dem Grundstück der *Villa Sole* einen gewaltsamen Tod? Erschossen, als niemand sonst im Haus war? Einen Zufall schloss Antonio aus! Das konnte nicht sein. Aber woher hatte der

Täter gewusst, dass Varese allein anwesend sein würde? Wer ihn kannte, wusste, dass er sich an diesem Abend im *Palazzo Barbieri* aufhalten würde. Nur wer auf dem Empfang gewesen war, hatte miterlebt, was ihn Hals über Kopf die Flucht ergreifen ließ. Oder hatte man ihn allein hierher gelockt?

»Ihr müsst unbedingt nach seinem Handy suchen!« Antonio rief das Petrelli zu, der inzwischen wieder aus dem Haus gekommen und zu seinen Mitarbeitern gegangen war, die in respektvollem Abstand zu Antonio und der Leiche auf Befehle warteten.

»Gleich oder erst in ein paar Tagen?« Petrelli machte sich gar keine Mühe, seinen Unmut zu verbergen.

»Später dann!« Antonio überlegte einen Moment. »Hat ein Opernsänger einen Laptop?« Als er darauf keine Antwort bekam, fügte er hinzu: »Vermutlich! Ihr müsst sein Zimmer in der Villa gründlich absuchen!«

»Und auch sein Auto!«

»Richtig!«

»Tonio, hältst du uns für blöd, oder was?«

Antonio winkte ab und konzentrierte sich wieder auf die Leiche und den Tathergang, den er nicht kannte. Es war natürlich auch möglich, dass der Täter Varese aufgelauert oder einfach abgewartet hatte, bis der Tag oder die Stunde ›X‹ eintraten und er endlich zuschlagen konnte. Ob dieses Mal der Nachbar etwas gesehen oder gehört hatte? Eine neuerliche Befragung des alten Mannes am besten durch Enrico, die beiden kannten sich schon, war unumgänglich.

»Ah, Commissario, so in Gedanken.«

Antonio sah auf und begrüßte Dottoressa di Silva, die im Laufschritt mit ihrem schweren Arbeitskoffer in der Hand über die Terrasse auf ihn zukam.

»Das ist schon eine ungesunde Gegend, wenn ich mir diese Bemerkung erlauben darf. Ausgesprochen bleihaltige Luft! Weshalb bringt man einen Opernsänger um?«

Antonio zuckte mit den Schultern und begleitete die Pathologin zu Raimondo Varese. Sie schlüpfte unter der Absperrung durch, kniete sich neben das Opfer, besah seinen Rücken, dann den Bauch. Schließlich griff sie mit beiden Händen nach seinen Oberarmen und brachte Varese vorsichtig aus der Seiten- in die Rückenlage.

»Was machen Sie da?«, fragte Antonio erschrocken.

»Er wurde von vorne und auch von hinten getroffen, Commissario. Irgendwo muss ich anfangen!«

Antonio musste ihr insgeheim recht geben.

»Haben Sie gar keine Ahnung? Keinen Verdacht?«, fragte sie und öffnete ihren Koffer, »wer ihn so zugerichtet hat?«

»Varese war ein Frauenheld. Heute Abend konnten wir uns alle bei Di Santo davon überzeugen. Gleich drei Damen waren seine derzeitigen Gefährtinnen. Dabei war die Ehefrau noch die abgeklärteste von ihnen.«

»Also Eifersucht! Es gibt schlechtere Motive!«

Die Dottoressa holte aus ihrem Metallkoffer eine Tasche mit Besteck hervor und nahm eine große Pinzette heraus. Sie begann, in einer der Schusswunden im Schulterbereich damit herumzuzupfen. Als sie nicht weiterkam, suchte sie nach einem spitzen Messer und mit beiden Werkzeugen gelang es ihr schließlich, aus der Wunde ein deformiertes Projektil hervorzuholen. Sie stand auf und trat zu Antonio, der hinter der Absperrung geblieben war und sie bei ihrer Arbeit genau beobachtete.

»Was meinen Sie?«

»9 mm?«

»Hm ... Ich möchte nicht voreilig sein, aber 9 mm ist so häufig in Gebrauch, dass ich fast schwören würde, dass wir es damit zu tun haben.«

»Gleiches Kaliber wie bei Matteo Holzinger.«

»*Esatto*. Ob es auch die gleiche Waffe war, mit der geschossen wurde, werden uns die Ballistiker erzählen. Das dauert bis morgen

Mittag, vielleicht auch ein paar Stunden länger. Aber selbst, wenn es dieselbe Waffe sein sollte, ist es auch derselbe Täter? Was meinen Sie, Commissario?«

Antonio fühlte sich wie im Lateinunterricht: für ihn nicht beantwortbare Fragen vor neugierigem Publikum. Er spürte förmlich, wie Petrelli in seinem Rücken grinste. Genau diese Frage stellte er sich, seit Varese in diesem erbärmlichen Zustand vor ihm lag. »*Non lo so!* Ich weiß es nicht. Möglich! Oder besser, ich hoffe es. Denn wenn wir nach zwei Tätern suchen müssen, wird die Ermittlung nicht einfacher. Bislang haben wir uns auf das Umfeld von Matteo Holzinger gestürzt. Aber wo die Schnittmenge zwischen ihm und Raimondo liegt, kann ich mir nicht erklären. Die beiden lebten in komplett verschiedenen Welten. Wo soll es da einen gemeinsamen Täter oder ein gemeinsames Motiv geben?«

»Ich kann dazu nur so viel sagen, Commissario: Der erste Täter konnte schießen. Und zwar ganz ausgezeichnet. Und der zweite war ein Dilettant oder unglaublich in Rage. Ich glaube aber eher, er hat heute zum ersten Mal in seinem Leben eine Waffe in der Hand gehalten. Ohne Sinn und Verstand hat er aus fünf, maximal zehn Metern losgeballert. Das, was er hier angerichtet hat, sieht ziemlich böse aus!«

Die Dottoressa ging zur Leiche zurück und holte aus dem Koffer einen Plastikbeutel, in den sie das Projektil gleiten ließ. Anschließend setzte sie die Untersuchung an der Leiche fort. Mit einer Schere schnitt sie den Stoff des T-Shirts in zwei Teile und entblößte den Brustkorb, der drei deutlich sichtbare Wunden von Einschüssen aufwies.

»Kollege Petrelli wird dieses Mal schon fündig werden.«

»Ihr Wort in Gottes Ohr!« Antonio konnte den Optimismus der Dottoressa erst mal nicht teilen.

»Außer der Täter hatte noch Zeit, alle Patronenhülsen einzusammeln. Obwohl, im Rasen unter der Leiche oder in ihrem Umfeld findet Silvano ganz bestimmt das eine oder andere Projektil, das sich in die Grasnarbe gebohrt hat. Es lohnt sich bestimmt, die Zimmer nach der Pistole abzusuchen. Vielleicht habt ihr Glück!«

»Das wäre das erste Mal, dass wir im Haus eines Opfers die Tatwaffe finden würden. Ich glaube nicht an Wunder, Dottoressa.«

»Ich weiß.« Sie stand auf und hielt ihm die Hand zum Abschied hin. »Besuchen Sie mich morgen in den Katakomben der Pathologie. Gegen Mittag bin ich wahrscheinlich mit der Obduktion unseres Operntenors fertig.« Sie wandte sich nochmals zur Leiche. »Wirklich schade um ihn. Was werden denn jetzt seine Frauen machen? So plötzlich ganz allein und ohne Arien zu Bett gehen zu müssen, ist schon tragisch.«

Antonio lachte. Der sarkastische Humor von Dottoressa di Silva blitzte nur sehr selten auf, aber in diesem Fall konnte sie wohl ihre Meinung nicht zurückhalten. Er sah ihr nach, wie sie im Haus verschwand und von Moto Yakanabe aufgehalten wurde. Der Japaner glaubte wohl, ein gewisses Anrecht auf die ersten Erkenntnisse zu haben. Die Dottoressa schüttelte nur den Kopf und ließ den neugierigen Mann einfach stehen.

Antonio wappnete sich, als auch er auf das Haus zutrat. Es wurmte ihn nach wie vor, dass es Silvano nicht geschafft hatte, den Regisseur wie alle anderen auch in die Küche zu verbannen. Andererseits gab es ihm die Gelegenheit, mit Yakanabe unter vier Augen schon mal ein paar Worte zu wechseln. Den Leuten von der Kriminaltechnik, die auf den Loungemöbeln der Terrasse mehr lagen als saßen, gab er ein Zeichen, dass sie nun mit ihrer Arbeit beginnen konnten.

»Habt ihr im *salone* etwas Interessantes entdeckt?«

»Einen penetranten Japaner!«, antwortete einer von ihnen.

»Und im Haus?«

»Oben sind drei weitere Kollegen am Werk. Wir sind für die Leiche zuständig.«

Na, Hauptsache jeder wusste, wofür er zuständig war. Antonio verkniff sich eine weitere Bemerkung. Kaum hatte er den *salone* betreten, als sich Yakanabe schon auf ihn stürzte.

»Was haben Sie herausgefunden, Commissario?«, fragte er auf Englisch.

»Dazu kann ich Ihnen nichts sagen, Signor Yakanabe. Aber ich habe eine Frage an Sie! Wann haben Sie den Empfang beim Bürgermeister verlassen?«

Der Japaner sah ihn überrascht an, blickte unsinnigerweise auf seine Armbanduhr und dann sehr ratlos in Antonios Gesicht. »Ich habe keine Ahnung. Ich bin gegangen, als alle anderen auch aufbrachen. Fragen Sie Di Santo. Er war der Letzte, mit dem ich gesprochen habe, bevor ich den *palazzo* verließ.«

Antonio wusste, dass er seine Leute gegen einundzwanzig Uhr dreißig eingesammelt hatte, nach den unzähligen Smalltalk-Gesprächen, das schlimmste mit dem Kanu-Lehrer der Jugendgruppe. Günther Schrewe war ein umständlicher Typ mit nuschelnder Art zu reden und heftigen Gesten ohne Sinn, ein pensionierter Chemie- und Sportlehrer des Gymnasiums in Traunstein, der ihm förmlich ein Ohr abgekaut hatte. Spätestens da wollte er nur noch weg und nach Hause.

Der Anruf von Roberto Holzinger in der *Questura* war zu einer Zeit erfolgt, da saß Antonio mit Enrico im Auto. Lavinia hatte er schon nach Hause gefahren. Also hatte der Täter einen Vorsprung von mindestens einer halben Stunde gehabt, sollte er wirklich unter den Gästen des Empfangs gewesen sein. Das Zeitfenster für die Tat war denkbar knapp.

»Weshalb sind Sie nicht zu den anderen in die Küche gegangen, wie mein Kollege das von Ihnen wollte? Varese bietet wahrlich keinen schönen Anblick!«

»Tote lässt man nicht alleine! Sie benötigen unseren Schutz, unsere Fürsorge. Und ein gewaltsam getöteter Mensch erst recht.«

Vorwurfsvoll sah der Japaner Antonio an. »Ihre Leute sind nicht sehr pietätvoll! Raimondo Varese hat für mich gearbeitet. Ich bin für ihn verantwortlich, bis jemand von seiner Familie kommt und sich um ihn kümmert.«

Das könnte schwierig werden, dachte Antonio. Er sah Moto prüfend an. Meinte er, was er da sagte? Der Commissario hatte keine Ahnung, was Japaner für Riten hatten, wenn es sich um tote Angehörige handelte. Die Kultur war ihm völlig fremd. Motos dunklen Augen, die im dämmrigen Licht des *salone* feucht glänzten, war nicht zu entnehmen, ob er ehrlich meinte, was er sagte. Dann machte der Japaner eine tiefe Verbeugung vor Antonio und presste die Lippen aufeinander. Sonderbarer Mensch!

»Meinetwegen. Warten Sie hier, bis wir im Haus mit den Ermittlungen fertig sind.«

»*Grazie*, Commissario!« Wieder folgte eine tiefe Verbeugung.

Antonio wunderte sich noch mehr. Bisher hatte Yakanabe auf diese Art der Kommunikation gänzlich verzichtet. Es war das erste Mal, dass er ihn so japanisch erlebte. Keine Ahnung, was er davon halten sollte. Antonio nickte ihm zu und überließ ihn seiner Totenwache.

Stattdessen betrat er die geräumige Diele und folgte den lauten Stimmen bis ans Ende des Raums, wo er in einer riesigen Küche, die für ein mittleres Restaurant ausgereicht hätte, die übrigen Gäste von Roberto Holzinger vorfand. Der Hausherr saß auf einem Barhocker an einer Theke und hatte erneut eine Grappaflasche vor sich, die nicht einmal mehr halb voll war. Sein Blick war glasig, seine Handbewegungen fahrig. Mit Mühe traf er das Glas, das vor ihm stand, um es mehr oder weniger sicher zum Mund zu führen. Roberto Holzinger entzog sich damit erneut einer sinnvollen Befragung. Antonio hielt dieses Verhalten inzwischen für Kalkül, was seine Laune nicht verbesserte.

Nicht weit von ihm entfernt standen der amtierende zweite Bürgermeister von Wolfing und seine in Hellbeige gekleidete Frau. Der

Mann hatte ein leeres Weißbierglas in der Hand. Seine Frau hing an seinem Arm, als könnte sie sich kaum noch auf den Beinen halten. Es würde Antonio nicht wundern, wenn sie sich bereits Horrorszenarien für das Ableben ihres Mannes vorstellte. Garda hatte seinen Charme als Erholungsort für die Wolfinger deutlich eingebüßt. Er hatte nur eine einzige, aber entscheidende Frage an die beiden: »Wann sind Sie in Verona angekommen?«

»Gestern am späten Abend. Stau am Brenner. Wie immer!«, informierte ihn der zweite Bürgermeister. Seine Frau nickte. Wenn das stimmte, kamen sie für den Mord an Matteo nicht in Betracht. Einen Bezug zu Varese sah Antonio nicht.

»Kann das jemand bestätigen?«

Die Frau in Beige wurde ganz rot im Gesicht. »Fragen Sie im Hotel Europa nach, wenn Sie uns nicht glauben.«

Gute Antwort, dachte Antonio. Das war in der Tat leicht nachprüfbar! Er nickte den beiden abschließend zu und richtete seine volle Aufmerksamkeit auf den Staatsanwalt, den er schon geraume Zeit hinter sich agieren hörte.

Vincenzo Mauro vernahm Paolina Venturini und ging dabei nicht gerade zimperlich vor. Er wahrte keinesfalls die nötige Distanz zu ihr, bedrängte sie regelrecht, was Antonio skeptisch und sehr wachsam beobachtete. Sollte der Staatsanwalt seine Kompetenzen zu großzügig auslegen, würde Antonio einschreiten.

»*Allora*, Signora, fassen wir zusammen: Sie hatten sich um siebzehn Uhr mit Raimondo Varese am Bahnhof verabredet. Als er nicht kam, haben Sie Roberto Holzinger angerufen und ihn gebeten, Sie von dort abzuholen?«

Sie nickte und sah ihn böse an. Das Verhör nervte sie sichtlich.

»Wer war alles in der *Villa Sole*, als Sie mit Signor Holzinger ankamen?«

»Woher soll ich das wissen? Ich bin nicht von Zimmer zu Zimmer gerannt, um nachzusehen, wer da ist.«

»Aber es hat Sie doch sicher brennend interessiert, ob Ihr Freund Varese anwesend war?«

Sie warf den Kopf in den Nacken und sah Vincenzo Mauro herausfordernd an. »Glauben Sie wirklich, ich lauf dem Typen nach und mache ihm eine Szene, weil er mich versetzt hat? Das können Sie vergessen, Dottore. Ich bin in mein Zimmer gegangen und habe mich für den Abend umgezogen. Roberto hat mich zum Empfang des Bürgermeisters eingeladen. Damit war für mich die Angelegenheit erledigt.«

Wer's glaubt!, dachte Antonio und beobachtete das Mienenspiel der jungen Frau, die immer noch ihr türkisfarbenes Cocktailkleid trug. Petrelli hatte es also geschafft und verhindert, dass sie in ihr Zimmer zum Umkleiden gegangen war. Immerhin!

»Wusste denn Roberto Holzinger, wo sich Raimondo Varese zu diesem Zeitpunkt aufhielt?«

»Fragen Sie ihn doch selbst!« Sie lachte hysterisch auf und schaute Mauro herausfordernd an.

»Ich frage Sie!« Der Staatsanwalt ließ sich nicht beirren, was Antonio imponierte. Paolina Venturini war ziemlich ansehnlich und ihr Dekolletee, das Mauro direkt vor der Nase hatte, hätte ihn doch eigentlich milder stimmen müssen. Doch da hatte der Commissario offenbar die Professionalität des Staatsanwalts deutlich unterschätzt.

Antonio trat auf die beiden zu und mischte sich unvermittelt in das Verhör ein.

»Sagen Sie, Signora, um welche Uhrzeit sind denn Signora von Mauerbach und ihr Sohn Jan in der Villa angekommen? Kamen sie mit dem Taxi?«

Ein vernichtender Blick von Vincenzo Mauro traf ihn, doch das hielt er gut aus. Paolina Venturini dagegen wurde von dem Vorstoß überrascht und sah Antonio verunsichert an. Die neue Sachlage schien sie zu überfordern.

»Darf der Signore mich das fragen, Dottore?« Sie wandte sich Hilfe suchend an den Staatsanwalt.

Der lachte gequält und sagte: »Darf ich vorstellen: Commissario Capo Antonio Fontanaro. Ja, er darf Sie das fragen, auch wenn er sich gerade in u n s e r Gespräch einmischt.«

»Ich verstehe die Frage nicht!« Hochmütig sah sie zu Antonio auf, der sie trotz ihrer High Heels um einen halben Kopf überragte.

»Oh, doch Signora, Sie verstehen mich ausgezeichnet. Roberto Holzinger hat nicht nur Sie zum Empfang gefahren, sondern sie saßen gemeinsam mit Signora von Mauerbach und ihrem Sohn in seinem Porsche. Meine Kollegen und ich haben Sie alle vor dem *Palazzo Barbieri* aus seinem Wagen aussteigen sehen. Wussten Sie denn nicht, dass das die Ehefrau von Raimondo Varese ist?«

Vincenzo Mauro pfiff leise durch die Zähne. Nun hatte er doch noch etwas dazugelernt, dachte Antonio schadenfroh.

Paolina Venturini schleuderte erneut ihre schwarze Lockenpracht nach hinten und sah die beiden Herren herausfordernd an.

»Weshalb sollte ich mich für die beiden interessieren? Raimondo hat nie von einer Ehefrau gesprochen.« Ein hinterhältiges Lächeln legte sich auf ihren Mund. »Aber wenn Sie es schon so genau wissen wollen: Die adelige Signora in ihrem *costume tirolese* und ihr tumber Sohn, der nicht weiß, wie man sich gegenüber einer jungen Frau verhält, sind mit zwei *motorini* vorgefahren. Angeblich wohnen die beiden auf dem Campingplatz von Bardolino. Mit solchen Leuten gebe ich mich nicht ab, Commissario.« Mit entschiedener Geste landeten ihre Locken ein drittes Mal im nach hinten gereckten Nacken. Bekam man davon nicht Kopfweh, fragte sich der Commissario.

Und als weder Mauro noch er selbst auf diese hässliche Bemerkung eingingen und sie nur weiter herausfordernd ansahen, fügte sie widerwillig hinzu: »Also, wenn Sie mich fragen, kann es mit der *Contessa* oder *Duchessa*, oder was immer sie auch sein soll, nicht so weit her sein, auch wenn Roberto an ihr seinen ganzen Charme versprüht hat. Viel ist es ja nicht, was ihm da zur Verfügung steht!« Sie lachte wieder laut und übertrieben auf. »Von *nobiltà* ist Signora

Mauerbach weit entfernt! Aber sogar ich habe gemerkt, dass sie für Roberto wichtig ist. Warum auch immer!«

Antonio nahm diese Antworten mit gemischten Gefühlen entgegen. Ohne jeden Zweifel waren Frau von Mauerbach und Jan nach dem Empfang hierher gefahren und hatten ihre *motorini* geholt. Nachdem sie mehr oder weniger unmittelbar nach dem Abgang von Varese die *sala* verlassen hatten, war es sogar möglich, dass Varese die beiden hierher mitgenommen hatte. Entgegen der Aussage von Frau von Mauerbach, sie nähmen sich ein Taxi. Zwischen den Eheleuten könnte es folgerichtig zum Streit gekommen sein. Der Campingplatz von Bardolino war nur wenige Kilometer entfernt. Der Täter oder die Täterin hätten genug Zeit gehabt, die Waffe von dort zu holen und ohne Zeugen Raimondo Varese zu erschießen, der, wie ihnen auch bewusst gewesen sein dürfte, völlig allein in der Villa zurückgeblieben war.

»Dottore, wir brauchen einen Durchsuchungsbeschluss für das Zelt, den Campingwagen, das Wohnmobil, was weiß ich, von Signora von Mauerbach und das schleunigst. Kümmern Sie sich darum?«

»*Certo! Ma ...*«

»Und jetzt entschuldigen Sie mich!« Antonio wartete die Reaktion von Vincenzo Mauro gar nicht ab, sondern stürmte aus der Küche, durch die Diele und den *salone* hinaus in den Garten, wo er Enrico vermutete. Er traf ihn im Gespräch mit Silvano Petrelli an.

»Hört zu!«, drängte er sich vor, »Enrico und ich müssen sofort zum Campingplatz nach Bardolino fahren, bevor die Mauerbachs heute Nacht noch abreisen. Ihr sucht hier weiter nach der Waffe.«

»*Yes, Sir!*« Petrelli schlug die Hacken zusammen und tupfte sich mehrmals mit dem Zeigefinger seitlich an seine Stirn.

»Das habe ich gesehen!« Antonio musste widerwillig lachen. Petrelli konnte man nicht lange gram sein.

»Dein Tenor hatte im Übrigen keinen Computer auf dem Zimmer. Von einem Handy fehlt jede Spur. Wir suchen weiter!«

»Du bist doch der Beste, Silvano!«

Dann stürzte Antonio zurück ins Haus Richtung Ausgang, wo ihm Vincenzo Mauro überraschend und unaufgefordert die Haustür aufhielt, um ihm und Enrico auf den Parkplatz hinaus zu folgen. Antonio fluchte leise vor sich hin. Mauro blieb dran!

22

Chieming, 23.00 Uhr

Georg stand auf seinem Balkon und kontrollierte die Uhrzeit auf seinem Handy. Die Stunden krochen im Schneckentempo dahin. Er fühlte eine tiefe Unruhe und konnte sich nicht erklären, weshalb Toni nicht endlich zurückrief. Was war in Garda geschehen? Weshalb fand sein Spezl nicht einmal Zeit für ein kurzes Telefonat? Georg lauschte in die Nacht, doch außer dem Wind, der feuchte Luft mit sich führte und durch die Kronen der Apfelbäume strich, und dem Wellenschlag des Chiemsees, der immer noch bis an den Uferweg heranreichte, war es vollkommen ruhig. Eine vom Regen schwere Wolkenschicht verdeckte Sterne und Mond. Jeden Moment konnte ein weiterer Schauer die durchweichten Wiesen und Felder mit neuem Wasser fluten. Es war noch zu früh, Hochwasser-Entwarnung zu geben, auch wenn seit über fünf Stunden kein Regentropfen mehr gefallen war. Georg fröstelte, aber er blieb draußen auf dem Balkon, weil er sonst eine Entscheidung hätte treffen müssen, die er nun schon geraume Zeit vor sich herschob. Die Warnung Marissas, mit dem Anruf bei Stefania nicht zu lange zu warten, war durchaus auf fruchtbaren Boden gefallen. Er wusste selbst, dass er sich bei der Winzerin melden sollte. Doch je länger er darüber nachdachte, desto unschlüssiger wurde er. Was sollte es für einen Sinn machen, eine vielbeschäftigte Geschäftsfrau, die sicher täglich Einladungen von Kunden, feschen Winzerkollegen oder Freunden bekam, zum Essen einzuladen? Was wollte sie mit einem bayerischen Kriminalkommissar, der nur einmal im halben Jahr, wenn es hochkam, in Verona auftauchte? Worüber sollten sie miteinander reden? Welche Gemeinsamkeiten hatten sie?

Dabei fand er es gerade spannend, dass sie so verschieden waren, unterschiedliche Berufe hatten und anderen Welten angehörten. Doch ob sie das auch so sah? Er wusste es nicht und fragte sich, ob er es herausfinden wollte. Stefania di Castello hatte ihn bei ihrer ersten Begegnung fasziniert und bezaubert. Die Italienerin hatte einen wunderbaren Witz, war intelligent und sehr attraktiv. Sie ging ihm nicht aus dem Kopf. Das wusste er nur zu gut. Wieder sah er auf die Uhr. Für einen Anruf war es eigentlich zu spät. Ganz sicher! Das kam nicht gut an, wenn man eine vielbeschäftigte Frau um ihren Schlaf brachte.

Georg fror. Er verließ den Balkon und setzte sich wieder auf seine Ledercouch. Eigentlich sollte er packen. Barbara, seine Schwester, hatte er schon am Nachmittag kurz angerufen und ihr gesagt, dass er eine Dienstreise nach Italien antreten musste.

»Ja, ja, deine Dienstreisen kenne ich schon. Und wann kommt die Mama zu mir? Wann soll ich sie holen?«

Georg war sehr erleichtert gewesen, dass seine Schwester, die einen Hof und zwei Kinder zu versorgen hatte, keine Probleme machte. Sie war ihm dankbar, dass er sich normalerweise um die Mutter kümmerte. Und Maria, die polnische Pflegerin, die sie über die Diakonie zugeteilt bekommen hatten, war eine Perle und nahm ihnen sehr viel Arbeit und Sorge ab. Das Hochwasser konnte Barbara Gott sei Dank nichts anhaben. Ihr Bauernhof lag in der Nähe von Hart auf einem Hügel. Sie hatte eine wunderbare Aussicht von dort oben auf die Chiemgauer Berge. Leider aber auch jede Menge

Vieh im Stall und Felder zu bearbeiten. Sein Schwager Franz arbeitete in einer Schreinerei und konnte nur am Feierabend und an den Wochenenden mithelfen und die harte Stallarbeit übernehmen.

»Es wäre gut, Maria könnte am Sonntag wie üblich ihren freien Tag nehmen.«

»Klar. Ich hol die Mama gleich nach dem Frühstück. Sag das der Maria. Und abends bringe ich sie auch bei euch ins Bett und warte, bis Maria wieder nach Hause kommt. Der Franz ist ja auch noch da und kann helfen. Von deiner Nichte sehe ich im Moment nicht viel.« Sie lachte ein bisschen gequält. Corinna, die Tochter, hatte gerade das Abitur gemacht und genoss die neue Freiheit in vollen Zügen. Georg hatte sich schon mehrfach vorgenommen, mit ihr ein ernstes Wort über ihre Zukunft zu reden. Aber immer kam etwas dazwischen. Und den bösen Onkel zu spielen, schmeckte ihm sowieso nicht!

»Wann, glaubst du, bist du zurück?«, fragte Barbara.

»Sonntagnacht – spätestens!«

Georg schaute auf das Display seines Handys. Wen zuerst? Toni oder Stefania? Unentschlossen legte er das Telefon wieder auf den Couchtisch und klappte stattdessen seinen Laptop auf, gab sein Passwort ein und öffnete die letzte Datei, die Florian Huber ihm geschickt hatte. Unter anderem enthielt sie eine Liste der im Schützenverein von Wolfing gemeldeten Personen. Die Holzinger Brüder waren genannt, ebenso Sohn Korbinian, zwei Gemeinderatsmitglieder gehörten dazu und Bauer Albert Gruber, so wie er das vermutet hatte.

Aber inzwischen war das nicht mehr wichtig. Die Liste enthielt um die dreißig weitere Namen, die ihm nichts sagten, was aber nichts bedeuten musste. Ganz sicher hielten sich noch weitere Mitglieder des Vereins in Verona auf und hätten die Möglichkeit und vielleicht auch ein Motiv gehabt, Matthias Holzinger niederzuschießen. Georg lehnte sich in seinem Sofa zurück, verschränkte die Arme vor der Brust und dachte über Marissas Bemerkung nach. Was war in Garda geschehen?

Sollte Pfaffenrieder mit seiner Vorahnung recht behalten haben? Warum meldete sich Toni nicht? War ein weiterer Mord passiert? Hatte es jetzt Robert Holzinger erwischt? Und was würde das für seine bislang getätigten Ermittlungen bedeuten? Komplettes Umdenken! Georg schüttelte entschieden den Kopf. Das wollte er sich gar nicht vorstellen. Ein Motiv aus politischen Gründen im Zusammenhang mit der anstehenden Bürgermeisterwahl konnte er dann ziemlich sicher ausschließen.

Was, wenn der Mord an Matthias ein Versehen gewesen sein sollte? Vielleicht hatte es der Täter eigentlich auf Robert abgesehen gehabt? Von der Statur waren sie sich ja nicht unähnlich: korpulent und durchschnittlich groß mit rotblondem bis leicht ergrautem, schütterem Haar. Aus einer gewissen Entfernung konnte man die beiden durchaus verwechseln.

Georg riss sich zusammen. Seine Gedanken waren reine Spekulation. Er sollte packen und sich an das halten, was er inzwischen herausgefunden hatte. Viel war das nicht, aber immerhin hatten die wenigen Fakten eine gewisse Logik. Er nahm sein Handy erneut zur Hand und nach kurzem Zögern fing er an, eine SMS an Stefania zu entwerfen. Da vergab er sich nichts und die Winzerin konnte auf gleichem Weg elegant absagen, wenn sie keine Lust auf ein Treffen hatte. Darauf hätte er auch schon früher kommen können. Er bastelte mühsam an einem mehr oder weniger brauchbaren Satz und einer Frage herum, ob sie Zeit hatte, am kommenden Abend zusammen mit den Fontanaros bei Bruno zum Essen zu gehen. Das war jetzt nicht der Megaeinfall, aber als er die SMS abgeschickt hatte, fühlte er sich besser. Jetzt war der Ball bei ihr.

Georg ging ins Schlafzimmer hinüber und begann, auf seinem Bett alle Kleidungsstücke für die Dienstreise auszubreiten. Die Unterwäsche machte ihm noch kein Kopfzerbrechen. Aber bereits bei den Oberhemden und Polo-Shirts kam er ins Grübeln. Was trug der Italiener in der *Arena*? Dunkler Anzug? Weißes Hemd? Er hatte keine Karten fürs Parkett gekauft. Das war ihm dann doch zu teuer gewesen. Aber die Ränge mit Platznummer waren auch nicht gerade billig und er wollte weder sich noch seine Begleitung, falls sie überhaupt mit ihm in die Oper ging, blamieren. Nach einigem Hin und Her entschied er sich für ein lindgrünes Polo-Shirt zu seinem nachtblauen Baumwollsakko. Dazu wollte er eine leichte Bluejeans und die neuen Loafers aus navy-blauem Veloursleder tragen. Die Schuhe waren handgefertigt und erst zwei Wochen zuvor aus Bozen geschickt worden. Der Schuster dort hatte schon vor Jahren die Maße von Georg genommen und so konnte er für jede Jahreszeit und für jeden Anlass Schuhe bestellen. Früher, als er noch für die Mordkommission in München arbeitete, war Georg schon mal übers Wochenende nach Bozen zum Einkaufen gefahren. Von der Marmelade, über Espressokaffee und handgemachte Nudeln bis hin zu Wein und Schuhen hatte er alles in den Kofferraum gepackt, was die Stadt zu bieten hatte. Und das Angebot in Bozen war bestens.

Georg holte die Loafers aus der Schuhschachtel hervor und strich mit der Hand über das seidenweiche Leder. Allerbeste italienische Handarbeit! Dann schob er sie in den mitgelieferten Schuhsack aus weichem Wollfilz und verstaute ihn im Koffer. Die schwierigste Kleiderfrage war somit gelöst. Langsam entspannte er sich. Schielte aber gleichzeitig auf sein Handy, das er auf das Kopfkissen gelegt hatte, um zu sehen, ob Stefania schon geantwortet hatte.

Gerade wollte er ins Bad, um seinen Kulturbeutel zusammenzupacken, als endlich das Telefon läutete. Er sprintete zurück, damit niemand im Haus aufwachte. Auf dem Display erschien Antonios Name.

»Jetzt wird's aber auch Zeit, Toni! Ich bin schon ein alter Mann und brauch meinen Schlaf!«

»*Ciao*, Giorgio. Leider nehmen unsere Täter auf deinen Schönheitsschlaf keine Rücksicht.«

Georg war alarmiert. Er trat zum Schlafzimmerfenster und schaute in die Nacht hinaus. Was würde Pfaffenrieder sagen?

»Hast du zufällig schon eine Liste mit den Namen der Wolfinger, die im Schützenverein gemeldet sind?«

»Ja, einen Moment.« Georg verließ eiligst das Schlafzimmer. Sein Laptop war immer noch aktiv, die Liste von Florian Huber noch parat.

»Wen suchst du denn?«

»Sind da zufällig die Namen Annegret von Mauerbach und Jan von Mauerbach als Mitglieder gemeldet?«

»Ja, beide!«, sagte Georg langsam. »Du weißt schon, wer das ist? Der Mauerbach gehört eine Brauerei in Trostberg. Sie macht ein spitzenmäßiges Weißbier.«

Antonio pfiff durch die Zähne. »Ich bin mit Enrico und Dottor Mauro auf dem Weg zum Campingplatz von Bardolino. Es hat in der *Villa Sole* einen weiteren Mordfall gegeben. Raimondo Varese, ein Tenor und Gast der Holzingers, wurde ebenfalls in Ufernähe mit mehreren Schüssen getötet. Deine Brauerin ist seine Gattin. Wir vermuten eine Familientragödie.«

Jetzt ließ Georg einen Pfiff hören. »Und wie hängt das mit Matthias Holzinger zusammen?«

»Das ist der wunde Punkt! Auf den ersten Blick noch gar nicht.«

»Na sauber!«

»Der Bürgermeister von Verona hat heute einen Empfang gegeben, an dem ich bis vor wenigen Stunden mit meinen Leuten teilgenommen habe. Dort waren einige Wolfinger geladen. Die Gästeliste schickt dir Enrico in den nächsten Minuten per Mail. Kannst du sie auch noch mit den Mitgliedern des Schützenvereins abgleichen? Oder vielleicht sagen dir einzelne Namen etwas. Wir müssen morgen nochmals telefonieren. Wir sind gleich am Campingplatz.«

»Ich bin morgen Abend bei euch!«

»*Buona idea!* Ich freu mich. Aber bleib am Vormittag noch in Traunstein, wenn's geht! Ich bin sicher, dass wir von dir noch Informationen brauchen. Alles, was du zu Annegret von Mauerbach findest, würde uns weiterhelfen. Meinst du, du kannst für das Anwesen und die Brauerei der Mauerbachs in Trostberg noch einen Durchsuchungsbeschluss für morgen bekommen?«

Nein, nicht auch noch die Schaller, dachte Georg erschrocken. Pfaffenrieder reichte ihm völlig. »Ich kann es versuchen!« Das würde der Richterin nicht gefallen. Alles zu kurzfristig. »Dafür brauche ich von dir bis morgen aber ein gut formuliertes und schlüssiges Motiv!«

»Gar kein Problem. Mord aus Eifersucht! Begründung folgt. Das macht Enrico gleich nach unserem Besuch in Bardolino.«

Georg hörte aufgebrachtes Gemurmel im Hintergrund. Er konnte sich den meuternden Enrico lebhaft vorstellen.

»*A domani!*« Die Leitung war tot. Antonio löste das Problem auf seine Weise. Doch bevor sich Georg über dieses Telefonat noch ärgern oder wundern konnte, ploppte eine SMS auf, deren Text noch dürftiger als sein Gespräch mit Toni war.

»Freu mich! Bin nicht vor 22.00 Uhr bei Bruno. *Ciao*, Stefania!«

23

Dienstag, 18.06.2013

Bardolino, 1.00 Uhr

Antonio saß am Steuer und fuhr langsam mit ausgeschalteten Scheinwerfern den Dienst-Alfa die schmale Zufahrtsstraße entlang, bis er die geschlossene Schranke erreichte, die nachts den Campingplatz von Bardolino sicherte. Neben ihm saß Vincenzo Mauro, der selten schweigsam zum Seitenfenster hinaussah. Antonio ahnte, dass auch ihm der neuerliche Todesfall zu denken gab, wenn er nicht völlig abgestumpft war. Oder war es der Auftritt von Vareses Geliebter, die alle Register weiblicher Raffinesse in der Küche der *Villa Sole* gezogen hatte? Sinnierte der Staatsanwalt etwa über die verpasste Chance nach, bei ihr zu landen? Auch Enrico lehnte den Kopf mit geschlossenen Augen an die Rückbank im Fond des Wagens und tat, als schliefe er. Sie alle waren durch den Mord an gleicher Stelle innerhalb von nur zwei Tagen aus der Bahn geworfen. Antonio fragte sich wiederholt, ob der Tod des Opernsängers zu verhindern gewesen wäre. Doch noch sah er keine Zusammenhänge oder Beziehungen zwischen den Taten, die ihm eine Vorwarnung hätten sein müssen. Sicherheitshalber hatte er die Kollegen der Kriminaltechnik in der *Villa Sole* zurückgelassen, bis weitere Polizisten von der *Questura* eintrafen. Er wollte keine Risiken mehr eingehen. Die Stimmung in Garda war aufgeladen, ja geradezu explosiv gewesen, als sie dort aufbrachen. Es fehlte nicht viel und die Gäste wären sich gegenseitig an die Gurgel gegangen. Der in verhaltener Verzweiflung vor sich hinstarrende Moto Yakanabe war urplötzlich auf Enrico losgegangen und hatte immer wieder ausgerufen: »Wer hat das getan?«, um schließlich in hemmungsloses Weinen auszubrechen. Antonio hatte seinen Augen nicht getraut. Und dann die völlig überdrehte Venturini, die den lethargisch vor sich hinstarrenden, grappaseligen Roberto an den Schultern gepackt hatte und in wildem Zorn den armen Mann hin- und herschüttelte, in dem vergeblichen Versuch, ihm eine adäquate Emotion auf den Tod ihres Geliebten zu entlocken. Dazwischen agierte ungerührt Petrelli mit seinen Leuten, die alles im Haus auf den Kopf stellten. Er war weder von schönen Augen noch von Tränen oder von ansprechendem Dekolleté zu beeinflussen, was Antonio sehr an ihm schätzte. Wenn es dort etwas von Bedeutung zu entdecken gab, würde Petrelli darauf stoßen. Diese Gewissheit beruhigte ihn. Ein schwacher Trost!

Seinem Wagen folgte ein Polizeiauto mit drei Mann Verstärkung in respektvollem Abstand. Der Commissario hatte keine Ahnung, was ihn in Bardolino erwartete. Es konnte gut sein, dass er auf Unterstützung angewiesen sein würde.

»Und was jetzt?«, fragte Mauro unvermittelt und sah ihn von der Seite an. »Ich halte diese Aktion zu mitternächtlicher Stunde für eine Nullnummer!« Sein provokanter Kommentar, der völlig unerwartet kam, ärgerte Antonio maßlos. Er biss die Zähne zusammen und schwieg. Was würde der oberschlaue Staatsanwalt erst sagen, wenn es weitere Tote gab? Wenn sie erneut zu spät kamen? Aber

Mauro hatte in jedem Fall mitkommen und Zeuge dieser ›Nullnummer‹ werden wollen.

Antonio wandte sich an seinen Ispettore: »Enrico, lass dir bitte vom Pförtner die Schranke öffnen und frag nach dem Standplatz der Mauerbachs.«

»*D'accordo!*« Augenblicklich stieg sein Mitarbeiter aus und lief auf ein größeres Gebäude hinter der Schranke zu. In einem erleuchteten Raum saß ein einzelner Mann und sah zum Fenster hin. Er musste die Wagen gehört haben.

»Haben Sie die Gattin von Varese auf dem Empfang beobachtet? Sehr elegant, sehr zurückhaltend. Eine Frau mit Klasse, das sieht man auf den ersten Blick. Varese war ein Idiot. Einfach unmöglich, eine solche Dame, seine eigene Frau öffentlich derart plump zu brüskieren. Ganz schlechter Stil!«

Antonio war nun ehrlich verblüfft. Vincenzo Mauro als Frauenversteher war eine Entdeckung. Bislang hatte er ihn nur in Begleitung herausgeputzter Damen zweifelhafter Herkunft erlebt. Er wusste nicht, ob Mauro verheiratet, geschieden oder überzeugter Single war, der seine Freiheit nach Lust und Laune auslebte.

»Können Sie sich Frau von Mauerbach mit einer Waffe vorstellen? Die in sinnloser Wut ein Magazin in den Rücken ihres Gatten abfeuert?«

»Sie ist Mitglied in einem Sportschützenverein in Wolfing. Ebenso ihr Sohn Jan.«

Der erstaunt ungläubige Blick von Mauro entschädigte Antonio. Der geschätzte Dottore lag mit seinen Annahmen eben nur selten richtig.

»Außerdem besitzt sie eine Brauerei. Frau von Mauerbach ist eine schwerreiche Geschäftsfrau und nicht ganz so zimperlich, wie Sie vermuten, Dottore!« Diesen Seitenhieb konnte er sich nicht verkneifen. Georg sei Dank. »Über ihren Sohn wissen wir bislang noch gar nichts!«

»Varese als Vater war vermutlich eine Fehlbesetzung! Genauso wie im Übrigen als Tenor!«

»Hm ...!« Antonio gab ihm nur widerwillig Recht.

Die Schranke vor ihnen hob sich. Wenige Meter hinter ihr hielt Antonio an und ließ seinen Ispettore wieder einsteigen.

»Signora Mauerbach hat am Ende des Campingplatzes drei Standplätze gemietet. Nach Aussage des Pförtners besitzt sie das größte Wohnmobil, das er je gesehen hat. Täglich pilgern andere Camper zu ihr, um sich das Monstrum anzusehen.«

Enrico hatte vom Pförtner einen Plan bekommen und anhand dessen dirigierte er seinen Chef durch die Nacht und zwischen Zelten und Campingwägen entlang. Die meisten Gäste lagen schon im Bett. Einige saßen in ihren Vorzelten bei einer Flasche Wein und verfolgten mit erstaunten Blicken die Polizeiwagen, die ohne Licht im Schritttempo an ihnen vorbeiglitten. Antonio hoffte, dass sie sich weiter an ihren Weingläsern festhielten, anstatt als Schaulustige die Arbeit zu behindern.

Der Campingplatz von Bardolino, direkt am See gelegen, hatte eine ziemliche Ausdehnung und es dauerte einige Minuten, bis sie den Standplatz von Annegret von Mauerbach erreicht hatten. Entlang einer niedrigen Lorbeerhecke, etwas abseits von ihrem Wohnmobil, das in der Nacht wie ein riesiger, schwach beleuchteter Reisebus aussah, hielt Antonio an und parkte. Zunächst sprach keiner von ihnen. Alles starrte auf das Ungetüm, das in seiner Länge und mit allen seinen Auslegern und Zeltanbauten wirklich drei Stellplätze beanspruchte.

Der Staatsanwalt fasste sich als Erster. »*Dio mio! Un American Coach!*« Seine Stimme war so von Ehrfurcht erfüllt, dass Antonio nur mit Mühe ein Lachen unterdrückte. Der honorige Mauro klebte förmlich an der Windschutzscheibe und konnte sich an dem riesigen Wohnmobil, das vor ihnen stand, nicht sattsehen. Antonio hätte es nicht für möglich gehalten, in ihm einen Anhänger der

Campingkultur vor sich zu haben. Er persönlich hatte mit dieser Art von Urlaubsunterkunft rein gar nichts am Hut.

Vor dem Wohnmobil, unter ausgefahrener Markise, saßen Annegret von Mauerbach und ein Mann, den Antonio in der Dunkelheit nicht erkennen konnte, einträchtig an einem Campingtisch. Sie unterhielten sich. Frau von Mauerbach schüttelte immer wieder den Kopf, während der Mann mit ausholenden Gesten Überzeugungsarbeit leistete. Schließlich griff er nach der Hand der Brauereibesitzerin und hielt diese fest. Sie sahen sich an und waren so in ihr Gespräch vertieft, dass sie von den Polizeiwagen, die in ihrer Nähe parkten, keine Notiz nahmen.

»Was ist das?«, fragte Mauro überrascht. »Haben die zwei etwas miteinander?« Fragend blickte er Antonio an, der sich auch wunderte. Obwohl Varese als Ehemann nicht der Treueste gewesen war, hätte er nicht gedacht, dass Annegret von Mauerbach sich öffentlich in Begleitung eines anderen Mannes zeigen würde. Fühlte sie sich zu dieser Tageszeit unbeobachtet? Ihr Stellplatz befand sich etwas abseits am entferntesten Ende des Campingplatzes. Wer sollte sich von den anderen Urlaubern für ihr Liebeslieben interessieren? Kam ihr der Tod des Ehemanns gerade recht? Hatten sie oder ihr Liebhaber nicht ein hervorragendes Mordmotiv? Es taten sich im Moment ganz neue Perspektiven auf.

»Das Verhältnis der beiden sollten wir uns erklären lassen, oder was meinen Sie, Commissario?« Vincenzo Mauro war schon wieder in seinem Element. »Das bietet uns doch die ideale Gelegenheit, auch einen Blick in den American Coach zu werfen. Haben Sie eine Ahnung, was so ein Gefährt kostet?« Er schob die Stirn in Falten. »Eine knappe Million würde ich sagen. Kein Schnäppchen! Vermutlich muss der Camper für europäische Bedürfnisse dann auch noch entsprechend umgebaut werden.«

Antonio amüsierte sich über ihn. Die Deutschen und ihre großzügigen Wohnverhältnisse nötigten dem Staatsanwalt erneut größten Respekt ab. Ihr zur Schau gestellter Reichtum befremdete ihn nicht, sondern er hatte eine Antenne für diese Art von Angeberei. Villen, Yachten, Porsche, American Coach ...! Römer halt, dachte Antonio und war sich seines Vorurteils dabei voll bewusst. Er hielt von dieser Aufschneiderei ja eher weniger.

Gemeinsam verließen sie den Dienstwagen und gingen auf das Wohnmobil zu. Den Kollegen von der *Polizia di Stato* gab Antonio Zeichen, sich erst einmal im Hintergrund zu halten. Er war froh, dass sie nicht zu spät kamen. Für Aufbruch oder gar Abreise gab es keine Hinweise. Wie Frau von Mauerbach auf die traurige Nachricht, die sie zu überbringen hatten, wohl reagierte? Antonio, Vincenzo und Enrico gaben sich nun keine Mühe mehr, sich lautlos zu nähern und so hob Frau von Mauerbach den Kopf und sah ihnen überrascht entgegen. Der Mann ließ ihre Hand los, lehnte sich in seinem Stuhl zurück und wartete ganz offensichtlich ab. Zwei zur Hälfte geleerte Weißbiergläser standen auf dem Campingtisch. Sonst nichts. Im Näherkommen erkannte Antonio in dem Mann Günther Schrewe, den Kanulehrer und Jugendgruppenbegleiter. Der hatte ihm gerade noch gefehlt. Den ehemaligen Sport- und Chemielehrer des Gymnasiums von Traunstein, der jetzt als Pensionist die Jugend weiter förderte, wie er ihm wortreich erklärt hatte, mussten sie so schnell wie möglich loswerden. Er hatte Antonio schon auf dem Empfang des Bürgermeisters gelöchert, ihm ungefragt die Vorzüge des Kanusports in glühenden Farben geschildert und ihm erläutert, wie positiv sich diese Sportart auf die Entwicklung Jugendlicher auswirkte. Von diesen Segnungen, die Schrewe in höchsten Tönen pries, hatte er wahrlich genug gehört. Was in Gottes Namen brachte Annegret von Mauerbach dazu, sich mit diesem Mann einzulassen?

Forsch näherten sie sich dem Vorzelt und veranlassten Vareses Frau, alarmiert von ihrem Stuhl aufzuspringen und den drei Männern entgegenzulaufen.

»Ist mein Sohn in Schwierigkeiten? Was ist passiert?«

Antonio hob beschwichtigend die Hand und fragte: »Wie kommen Sie darauf? Wo ist Ihr Sohn?«

»Ich warte seit über einer Stunde auf ihn. Er sollte längst zurück sein.«

»Ich hab dir gleich gesagt, dass das Warten nichts bringt. Junge Leute haben ihren eigenen Kopf«, ließ sich Günther Schrewe vernehmen. »Er ist mit den Jungs losgefahren. Sie wollten in einen der Clubs am Strand. Wenn morgen Früh die Sonne aufgeht, werden sie alle wieder in ihren Zelten schlummern.« Er lachte und leerte sein Weißbierglas. »Jungs halt!«

»Lass mich mit deinen Binsenweisheiten zufrieden.«

Das klang jetzt nicht nach einem verliebten Liebespaar, mehr nach einem Ehepaar, dachte Antonio amüsiert, das über Kindererziehung unterschiedlicher Meinung war. Annegret von Mauerbach, die in Jeans und T-Shirt vor ihnen stand, hatte alles Glamouröse abgelegt. Sie wirkte wie eine normale Mutter, die sich Sorgen um ihren Sohn machte. Ein Seitenblick auf Vincenzo Mauro genügte, um Antonio zu versichern, dass sein Interesse an der von ihm bewunderten, seriösen und eleganten Dame deutlich nachgelassen hatte. Er scharrte mit seinen Schuhspitzen im Kies herum und zeigte deutlich, dass sie endlich zum Punkt kommen sollten. Kinderkram war ihm lästig.

»Sie haben hier auch einen Camper auf dem Platz?«, fragte Antonio den Kanulehrer.

»Sicher! Gleich der nächste hier links vom Reisemobil der Frau von Mauerbach. Wir sind Nachbarn.«

»Und die Jungs?«

»Sie schlafen in den kleinen Kuppelzelten dort drüben, näher am Wasser. Wir bleiben ja nur ein paar Tage, da reichen diese völlig aus.« Er deutete vage in die dunkle Nacht hinter seinem alten Campingwagen. Nur wenn man darauf hingewiesen wurde, konnte man in der Dunkelheit die kleinen Ein- und Zweimannzelte erkennen.

»Wie viele Jungs sind es denn, die Sie begleiten?«

»Fünf!«

»Und Sie waren alle heute beim Empfang des Bürgermeisters?«

»Was soll das? Sie waren ja selbst vor Ort. Also?«

»Beantworten Sie einfach meine Frage!«

»Ja sicher, alle fünf waren bei Di Santo. Wir gehören zur Delegation der geladenen Gäste von Wolfing. Warum auch immer!«

»Wann sind Sie und die Jungs hier auf dem Campingplatz nach dem Empfang eingetroffen?«

»Hm, ... keine Ahnung! Irgendwann zwischen zweiundzwanzig und dreiundzwanzig Uhr, würde ich sagen.« Günther Schrewe begann, unruhig auf seinem Campingstuhl hin und her zu rutschen.

»Waren Frau von Mauerbach und ihr Sohn da bereits zurück?«

Günther Schrewe zog die Augenbrauen zusammen und sah Antonio böse an. Nun ahnte er wohl, dass dieses Frage- und Antwortspiel auf kein gutes Ende hinauslief. In einer entschiedenen Geste verschränkte er die Arme vor seiner Brust und sagte schneidend: »Keine Ahnung. Fragen Sie sie doch selbst!«

Antonio lächelte ihn freundlich an und sagte zu Enrico gewandt: »Begleite Herrn Schrewe bitte zu seinem Camper, nimm seine Personalien auf, die Handynummer brauchen wir auch. Und Herr Schrewe, ich gehe davon aus, dass Sie uns in den nächsten Tagen zur Verfügung stehen! Haben wir uns verstanden? Keine überhastete Abreise! Möglicherweise kommen wir morgen nochmals vorbei und befragen Sie und Ihre Jungs. Aber da haben Sie sicher nichts dagegen.«

Bevor der ehemalige Gymnasiallehrer widersprechen konnte, fasste ihn Enrico am Oberarm, zog ihn vom Stuhl hoch und geleitete ihn energisch zu dessen Campingwagen.

»Macht es Ihnen etwas aus, wenn wir unsere Unterhaltung in Ihrem Reisemobil fortführen, Frau von Mauerbach?«

Sie schüttelte wortlos den Kopf und führte Antonio und Vincenzo Mauro über eine kleine Treppe ins Innere ihres American Coach. Sie ging voraus, an einer professionell eingerichteten Einbauküche vorbei in einen großzügigen Sitzbereich, der mit allem Komfort ausgestattet war. Eine Ledergarnitur mit zwei Clubsesseln, ein Couchtisch aus Glas, Einbauschränke in Mahagoni und Marmorfliesen am Boden vervollständigten das üppige und sehr amerikanische Interieur. Als sich Annegret von Mauerbach zu ihnen umdrehte und gastfreundlich auf die Sessel wies, zitterten ihre Hände.

»Darf ich Ihnen etwas anbieten? Ein kühles Weißbier von unserer Brauerei?«

Beide Herren verneinten. Sie nahmen auf den Clubsesseln Platz und die Brauerin setzte sich auf die Kante des Sofas. Ihre Gesichtsfarbe war fahl geworden unter der Bräune. Deutlich traten die Falten um ihren Mund und die Augen hervor. Ihr Blick, der von einem zum anderen wanderte, zeugte von Panik.

»Was ist geschehen? Bitte sagen Sie mir, was los ist!«

»Wir haben gegen einundzwanzig Uhr fünfundvierzig einen Notruf aus der *Villa Sole* erhalten. Meine Leute und ich hatten den Empfang gerade verlassen und waren auf dem Heimweg.«

»Sie waren alle bei Di Santo? Warum?«, fragte sie nach, doch Antonio überging den Einwurf. Ganz offenbar hatte sie dort keine Augen für die übrigen Gäste gehabt, was ihn nicht wunderte.

»Stattdessen sind wir dann nach Garda gefahren. Es tut mir sehr leid, Signora, aber wir haben keine gute Nachricht.« Antonio hielt inne, beobachtete die Frau auf dem Sofa, deren Lippen sich bläulich verfärbt hatten, als wäre sie viel zu lange im kalten Wasser gewesen. Er wagte es kaum, weiter zu sprechen. Wie würde sie die Nachricht verkraften? Was wusste sie? Was ahnte sie? Er hatte keine Wahl, er musste weitermachen. Antonio räusperte sich: »Als wir in der *Villa Sole* ankamen, haben wir Ihren Mann, Raimondo Varese, tot vorgefunden.«

»Aber ... das kann doch gar nicht sein?« Hilflos sah sie von einem zum anderen. Vincenzo Mauro sah betreten in seinen Schoss und verkrampfte die Hände ineinander. Solche Gespräche schätzte er gar nicht.

»Hatte Raimondo einen Unfall?«

»Nein!« Antonio zögerte. »Es tut mir leid, das sagen zu müssen, Signora.« Wieder zögerte er. Wie er diese Aufgabe hasste. Dann entschied er sich für Klartext. Er kam ja doch nicht darum herum. »Ihr Mann wurde erschossen!«

Es trat eine unnatürliche Stille ein. Annegret von Mauerbach sah von einem zum anderen, sichtlich bemüht, den Sinn der Worte zu begreifen, die ihre Welt von einem Moment auf den anderen unwiderruflich auf den Kopf stellten. Antonio behielt sie wachsam im Auge. Jedes Mal verhielten sich die Angehörigen anders. Es war nicht vorhersehbar, was als Nächstes passieren würde. Die Witwe saß jetzt stocksteif auf der Sofakante, schwieg und sah nur starr geradeaus. Nach Minuten, die sich zogen, weil kein weiteres Wort fiel, liefen ihr die Tränen über die Wangen. Sie schien sie nicht zu bemerken, denn sie machte keine Anstalten, diese wegzuwischen oder ein Taschentuch zu verwenden. Dann kippte sie plötzlich nach vorne und es war der Geistesgegenwart Vincenzo Mauros zu verdanken, dass sie nicht mit dem Gesicht auf die Glasplatte des Couchtisches aufschlug. Im letzten Moment riss er sie zurück, lehnte sie an die Polsterung des Sofas und schlug ihr sachte, aber bestimmt auf die Wangen.

»Signora, bitte! Kommen Sie zu sich. Signora, ... hier sind wir!«

Es dauerte, bis sie ihre Ohnmacht überwunden hatte. Antonio holte ein Glas Wasser aus ihrer Küche und gemeinsam mit Mauro gelang es, sie auf das Sofa zu legen. Weitere Minuten vergingen. Dann strich sich Annegret von Mauerbach die Haare aus dem Gesicht und setzte sich entschieden wieder auf.

»Sollen wir einen Arzt rufen, Signora?«, fragte Antonio Fontanaro pflichtschuldig nach, obwohl er das nun gar nicht wollte.

Er brauchte so rasch wie möglich Antworten auf einige wichtige Fragen. Je mehr Zeit sie zum Nachdenken hatte, desto weniger glaubhaft würde das, was sie aussagte, am Ende sein. Trotz ihrer buchstäblich sprachlosen Reaktion auf die Todesnachricht schloss er nicht aus, dass sie ihren Mann umgebracht hatte. Es wäre nicht das erste Mal, dass der Täter oder die Täterin erst bei der Konfrontation mit der Tat begriff, was er oder sie angerichtet hatte. Der Verdrängungsprozess konnte sogar einige Tage andauern. Waren erst einmal Ärzte und Medikamente im Spiel, kamen neben der Verdrängung noch Wirkstoffe hinzu, die die Tat weiter vernebelten. Und je mehr Zeit verstrich, desto findiger wurden die Verdächtigen darin, Ausreden und Szenarien zu erdichten, um den Kopf aus der Schlinge zu bekommen und sich selbst etwas vorzumachen. Wenn dann anschließend Anwälte dazwischenfunkten und ihre Mandanten davon überzeugen konnten, überhaupt zu schweigen, wurde seine Arbeit immer mehr zum Lotteriespiel. Aufmerksam sah er Annegret von Mauerbach ins Gesicht, prüfte, ob das, was sie in den nächsten Minuten aussagen würde, für ihn verwertbar war, oder ob sie so unter Schock stand, dass sie nur wirres Zeug von sich geben würde. Er musste es versuchen.

»Können wir Ihnen ein paar Fragen stellen?«

Sie nickte. Vincenzo Mauro hatte sich auch wieder in seinen Sessel gesetzt und beobachtete ebenfalls sehr konzentriert durch seine Brille die Witwe.

»Können Sie sich erinnern, wann Sie das Fest bei Di Santo verlassen haben?«

»Sie waren doch selbst dabei. Sagen Sie es mir!«

Hoppla, dachte Antonio. Sie hatte sich rasch gefangen. Auch Mauro zog eine Augenbraue steil nach oben in seine hohe Stirn.

»Nun! Haben Sie eine Erinnerung daran?« Antonios Stimme war seidenweich. Er sprach, als hätte er den aggressiven Unterton in ihrer Stimme nicht wahrgenommen.

»Ich weiß es wirklich nicht genau! Mein Mann ...!« Weiter kam sie nicht. Antonio konnte sich denken, was sie andeuten wollte.

»Wissen Sie noch, wie Sie nach Hause gekommen sind?«

»Mein Sohn und ich haben uns auf der *Piazza Brà* ein Taxi genommen.«

»Das Sie bis hierher gebracht hat?«

»Bis zum Campingplatz! Ja!«

»Wie kommen Sie denn überhaupt normalerweise von hier weg, wenn Sie in die Stadt oder in den Ort fahren wollen? Mit dem riesigen Camper funktioniert das wohl nicht?«

Sie lachte nervös. »Nein, sicher nicht. Mein Sohn und ich haben ein *motorino*.«

»Eines zu zweit oder jeder eines?«

»Warum ist denn das so wichtig, welche Gefährte mein Sohn und ich haben? Es gibt immer Möglichkeiten, von hier wegzukommen.«

»Ah ja! Erzählen Sie es mir!«

»Die Jungs, wie Günther sie nennt, sind mit zwei VW-Bussen da. Da steht immer einer zur Verfügung. Günther hat auch noch ein *motorino*. Also wir sind sehr mobil.«

»Sehr schön. Dann erzählen Sie mir doch, wie Sie zum Empfang von Di Santo gekommen sind!«

Vincenzo Mauro schüttelte inzwischen genervt den Kopf. Auch ihm schienen diese Fragen nicht zielführend. Nur noch einen Moment, dachte Antonio, vielleicht begreifst du es dann!

»Robert Holzinger hat uns in seinem Wagen mitgenommen.«

»Hm ... Und er hat Sie hier abgeholt?«

Annegret von Mauerbach begann, mit ihren Händen an den Oberschenkeln schnell hintereinander über den Stoff der Jeans zu streifen. Diese Frage war ihr sehr unangenehm. Sie räusperte sich.

»Ich weiß, worauf Sie hinauswollen, Commissario«, sagte sie mit belegter Stimme. »Aber ich habe meinen Mann nicht ... erschossen.«

»Davon ist im Moment gar nicht die Rede. Ich frage lediglich, ob Robert Holzinger Sie und Ihren Sohn hier abgeholt hat.«

»Nein. Hat er nicht. Mein Sohn und ich sind mit den *motorini*, wir haben zwei davon, zur *Villa Sole* gefahren. Es sind ja nur wenige Kilometer. Dann hat uns Robert gemeinsam mit seiner Freundin, die sich später als Freundin meines Mannes herausstellte, zum Empfang gefahren.«

Nun war Mauro sichtlich zufrieden. Ein kleines Lächeln stahl sich auf seine Lippen und in seine dunkelbraunen Augen trat ein verschlagener Ausdruck und schon hakte er ein: »Das heißt, das Taxi hat Sie und ihren Sohn nach dem Empfang zur *Villa Sole* gebracht, dort haben Sie wieder ihre *motorini* genommen und sind anschließend hierher gefahren. Was ist dann passiert?«

Überrascht sah sie ihn an. »Was soll dann passiert sein?«

»Ich möchte wetten, dass Ihr Sohn außer sich war. Die Szene auf dem Empfang, der peinliche Auftritt seines Vater, muss doch Thema zwischen Ihnen beiden gewesen sein, sonst hätten Sie nicht Hals über Kopf den *Palazzo Barbieri* verlassen. Oder irre ich mich da?«

Annegret von Mauerbach stand vom Sofa auf, trat an den Mahagonischrank und öffnete eine Klapptüre. Dahinter kam eine beleuchtete Bar zum Vorschein. Komplett mit Spiegeln ausgekleidet, erschienen die Flaschen in vielfältiger Wiederholung. Gläser in allen Größen und Formen, passend für Drinks aller Art, ließen keine Wünsche offen.

»Ich brauche einen Cognac! Die Herren? Auch einen?«

Vincenzo Mauro war aufgesprungen und an ihre Seite getreten. Mit Kennerblick überflog er die reiche Auswahl an Spirituosen.

»Wenn es Ihnen nichts ausmacht, gerne von diesem französischen Fläschchen.« Er deutete auf eine bauchige Flasche, die zur Hälfte mit einer tiefdunkelbraunen Flüssigkeit gefüllt war.

»Der Herr hat einen ausgezeichneten Geschmack. Warum nicht! Wenn Sie mich weiter so bearbeiten, finde ich mich in den nächsten Stunden ohnehin in Untersuchungshaft wieder. Warum soll ich mir zuvor nicht noch was Ordentliches gönnen.«

Antonio gefiel der Fortgang der Befragung überhaupt nicht. Eine betrunkene Zeugin war nichts wert. Und die Aussage eines Täters unter Alkohol genauso wenig. »Für mich nichts!«, stellte er augenblicklich richtig, als Annegret von Mauerbach Anstalten machte, einen dritten Cognacschwenker reichlich zu befüllen.

Als sie alle wieder auf ihren Plätzen saßen, beantwortete die Brauereibesitzerin Antonios Frage.

»Sie haben natürlich recht, Commissario. Mein Sohn war außer sich. Er stellte mich hier zur Rede. Fragte, ob ich völlig den Verstand verloren hätte, diesen Schmarotzer von Ehemann weiter zu unterstützen, mir seine Affären gefallen zu lassen. Wenn er mich in aller Öffentlichkeit blamiere, sei das mein Problem, meinte mein erwachsener Sohn, wenn das gegen ihn ginge, sei er nicht bereit, das Spiel mitzuspielen. Er wollte seinen Vater morgen Früh nach dem Frühstück zur Rede stellen. Das hatte ich mir ausgebeten. Eine Auseinandersetzung noch in der Nacht kam für mich nicht in Frage. Also ist mein Sohn zusammen mit seinen Freunden, die hier schon auf ihn warteten, losgefahren. Sie wollten in einen Club am Strand. So wie Ihnen das mein Bekannter vorhin erzählt hat.«

»Haben Sie ein Verhältnis mit Herrn Schrewe?«

»Was?« Jetzt lachte sie herzlich auf! »Nein! Wirklich nicht! Wir sind befreundet. Im gleichen Sportverein. Er gibt den Jungs Unterricht im Kanu- und Kajakfahren. Auch meinem Sohn Jan. Aber das ist auch schon alles.«

Antonio ließ es bei dieser Aussage bewenden. Scharf sah er der Witwe in die Augen und fragte, jedes Wort betonend: »Sie haben in der *Villa Sole* niemanden angetroffen und mit niemandem gesprochen?«

Mit beiden Händen umfasste sie den Cognacschwenker, um das Glas und damit auch den Inhalt zu wärmen. Selbst in dieser Situation wusste sie, was sie dem edlen Getränk schuldig war, dachte Antonio verblüfft.

»So ist es! Ich habe nicht einmal nachgesehen, ob jemand im Haus ist. Es hat mich nicht interessiert. Mein Sohn drängte. Er wollte endlich zurück nach Bardolino. Ich hatte ihn schon gegen seinen Willen zum Empfang geschleppt. Nach dem Auftritt meines Mannes war er nur noch stinksauer!«

»Noch einmal, Signora: Sie haben kein Wort mit ihrem Mann gesprochen? Sie hatten keinen Streit, der ausuferte? Keine Auseinandersetzung? Auch nicht Ihr Sohn Jan?«

Sie schüttelte entschieden den Kopf, ließ die Flüssigkeit im Glas kreisen, um es dann an die Lippen zu setzen und den Cognac mit einem Zug hinunterzukippen. Befremdet beobachtete Antonio das Verhalten der Witwe. Es schien ihm der richtige Zeitpunkt, eine der entscheidenden Fragen zu stellen.

»Besitzen Sie oder ihr Sohn eine Waffe?«

»Nein!«

»Günther Schrewe?«

»Fragen Sie ihn selbst!«

Ihre erste Antwort war eine fette Lüge und die zweite ein gekonntes Ausweichmanöver. Antonio hatte genug gehört und gesehen. Er verstand zwar nicht, weshalb eine Frau wie Annegret von Mauerbach einen Windhund wie Raimondo Varese zum Ehemann machte und ihn jahrelang durchfütterte, aber vielleicht konnte Lavinia das morgen bei einem Verhör unter Frauen in Erfahrung bringen. Im Moment jedoch wollte er die Witwe nicht weiter befragen und sich weitere Märchen anhören.

Er stand auf und sagte: »Signora, es tut mir leid, aber ich muss Sie bitten, einige Sachen zusammenzupacken. Nicht alle Ihre Antworten entsprechen der Wahrheit. Es besteht in Anbetracht der Tat und der Motive, die Sie unstrittig haben, der Verdacht auf Fluchtgefahr. Dottor Mauro, Sie sind sicher so freundlich und klären die Signora über ihre Rechte auf?«

»Wird mir ein Vergnügen sein, Commissario!«

»Ich möchte meinen Anwalt anrufen!« Annegret von Mauerbach begann ihre Situation richtig einzuschätzen. Es wurde ernst für sie.

»Selbstverständlich! Bitte machen Sie das jetzt gleich«, forderte Antonio sie auf, »damit Ihr Anwalt einen Kollegen von hier beauftragen oder selbst möglichst rasch anreisen kann. Und im Übrigen darf ich Sie darauf hinweisen, Signora, Sportpistolen sind auch Waffen! Bei entsprechendem Einsatz ist ein Schuss aus ihnen absolut tödlich.«

Die Witwe fuhr sich mit beiden Händen durch die Haare.

»Was denken Sie denn von mir! Ich habe meinen Mann geliebt.«

»Das ist nur schwer vorstellbar!«, ließ sich Vincenzo Mauro trocken vernehmen.

»Sie müssen mir glauben, ich habe meine Sportpistole nicht hier!«

»Darüber werden wir uns morgen in der *Questura* unterhalten, Signora!« Der Commissario wandte sich zum Gehen. »Ich muss mich um meinen Ispettore kümmern. Vielleicht war ihr Freund Schrewe mitteilsamer und hat Brauchbares zu Protokoll gegeben.«

Vincenzo Mauro war inzwischen ebenfalls von seinem Sessel aufgestanden und sagte jetzt sehr bestimmt: »Signora, darf ich Sie bitten, mit mir und zwei unserer Polizisten zurück nach Verona zu fahren? Ein weiterer Kollege wird sich gründlich in Ihrem Reisemobil umsehen.« Und zu Antonio gewandt sagte er: »Ich denke, wir werden morgen in der *Questura* einigen Personen gehörig auf den Zahn fühlen.«

24

Eilig verließ Antonio den American Coach und mit wenigen Schritten hatte er den hell erleuchteten Campingwagen von Günther Schrewe erreicht. Er horchte in die Stille der Nacht, doch er hörte nichts als das leichte Wellenschlagen des Gardasees an den Kiesstrand. Zikaden schnarrten wie im Hochsommer. Eine trügerische Idylle suggerierte eine heile Urlaubswelt. Er versuchte, die Zikaden auszublenden und lauschte. Kein Gespräch, keine Stimmen waren zu hören. Nichts! Entschlossen öffnete er die Wohnwagentür und trat ein. Auf Sitzbänken saßen sich Enrico und Günther Schrewe schweigend gegenüber. Zwischen ihnen auf dem Tisch standen leere Wassergläser und ein geöffneter Pistolenkoffer, auf den ihre Blicke gerichtet waren. Neugierig trat Antonio näher.

»Was haben wir denn da?«

»Nach was sieht es denn aus?«, fragte der Kanulehrer. Aufreizend gelassen blickte er zu ihm auf. Die Arme hatte er vor dem Bauch verschränkt. »Ein leerer Pistolenkoffer!« Er lächelte selbstgefällig. »Na und!«

»Und wo ist die Waffe?«

»Zuhause in der Schießstätte, wo sie hingehört. Das ist nur ein Reisekoffer, billigste Ausführung. Kostet keine neun Euro! Schauen

Sie sich das an! Alles aus Kunststoff. Innen wie außen. Eine teure Sportpistole bewahrt man so nur im Notfall auf!«

»Warum haben Sie sich dann so ein billiges Teil gekauft, wenn Sie es nicht verwenden? Und was könnte so ein Notfall sein, damit der Koffer zum Einsatz kommt?«

Gelassen stützte sich Schrewe mit beiden Unterarmen auf dem Tisch ab und fragte ruhig: »Wollen Sie sich nicht neben ihren Kollegen setzen? Auch ein Glas Wasser vielleicht?«

Antonio blieb stehen und schwieg.

»Also, dieser Koffer gehört sozusagen zur Grundausstattung meines Campers, wie die Kaffeemaschine und die Bettdecke. Wenn wir Sportschützen mit unserem Verein in eine Nachbargemeinde zum Training oder Wettkampf fahren, dann lege ich meine Sportwaffe in diesen Koffer. Ich übernachte immer auf einem Campingplatz. Gehe nie ins Hotel oder in eine Pension. In Deutschland habe ich meine Waffe immer bei mir. Wenn ich ins Ausland fahre, bleibt die Waffe selbstverständlich im Inland an der Schießstätte, wo sie gemeldet ist. Eine Ausfuhr ist nicht erlaubt und wird von mir auch nicht gemacht.«

»Sie müssten die Waffe auch im Inland, wenn Sie fern der Heimat trainieren oder einen Wettkampf haben, in der Nacht einschließen lassen, falls Sie dort über mehrere Tage bleiben.«

»Richtig! Mache ich aber nicht! Und wird Ihnen egal sein!«

Georg Breitwieser aber ganz sicher nicht, dachte Antonio nicht ohne Genugtuung. Die nächste Überprüfung des Schützenvereins von Wolfing nahm gerade Formen an. Nach den Vorfällen am lauschigen Gardasee würde Breitwieser nicht zögern und seine Leute bei Schrewe und Co. vorbeischicken.

»Mein Kollege konnte Sie informieren?«

Schrewe nickte. »Ich kann ganz gut Italienisch.«

»Was hat er Ihnen erzählt?«

»Sie meinen den Toten in der Villa?«

»Wie gut kannten Sie Raimondo Varese?«

»Gar nicht! Ich habe ihn erst vor wenigen Stunden bei Di Santo aus nächster Nähe gesehen. Wir haben noch nie ein Wort miteinander gewechselt. Wo auch? Mit Opern habe ich nichts zu schaffen.«

»Wie lange sind Sie schon mit Frau von Mauerbach liiert?«, legte Antonio nach.

Schrewe lachte laut auf. »Wer erzählt denn so einen Unsinn? Annegret? Sie haben ein bisschen zu viel Phantasie.« Dann wurde er unvermittelt ernst und sagte: »Ich lebe allein. Und dabei bleibt es auch!«

»Wie gut kannten Sie Matthias Holzinger?«

»Robert und Matthias sind Mitglieder im Sportschützenverein von Wolfing, so wie Annegret, Jan, Korbinian Holzinger und dreißig andere Bürger aus dem Ort und der Umgebung.«

»Gehören Sie auch zum Gemeinderat von Wolfing?«

Jetzt lachte Schrewe schallend. »Nein, mit dem Sauhaufen habe ich nichts zu tun. Das hätte mir gerade noch gefehlt.«

»War die Stimmung dort so schlecht?«

»Keine Ahnung. Wie gesagt, ich gehöre nicht dazu. Aber das, was man sich erzählt und was in der Zeitung steht, lässt nicht darauf schließen, dass sich die Herren gut vertragen. Da hat fast jeder mit dem anderen eine Rechnung offen.«

»Der zweite Bürgermeister von Wolfing war heute auch mit seiner Frau auf dem Empfang. Wie war denn dessen Verhältnis zu Holzinger?«

Günther Schrewe kniff die Augen zu feinen Schlitzen zusammen. »Was soll das, Commissario? Fragen Sie ihn doch selbst! Er wohnt im Hotel Europa, wie die anderen Großkopferten auch.«

»Gehört der zweite Bürgermeister von Wolfing auch zum Schützenverein?«

»Nein.«

Ein Verdächtiger weniger! Antonio setzte sich neben Enrico und sah Schrewe offen ins Gesicht.

»Ein Glas Wasser wäre wirklich nicht schlecht, Herr Schrewe, wenn es keine Umstände macht.«

Der Kanulehrer griff unter den Tisch und holte eine Flasche Mineralwasser aus einem Träger hervor. Über seinem Kopf in einem kleinen Wandschrank befanden sich kleine Gläser, die einmal Senf enthalten hatten. Davon nahm er eines und füllte es für Antonio randvoll.

»Was erzählt man sich denn im Ort über das Verhältnis der beiden Brüder Holzinger? Oder anders gefragt, wie verhielten sie sich denn im Sportverein, bei Wettkämpfen?«

So redselig der Kanulehrer beim Empfang gewesen war, so schmallippig gab er sich jetzt.

»Bei einem Wettkampf tritt immer jeder gegen jeden an. Und jeder will gewinnen. Das ist völlig normal. Sonst bräuchte man gar nicht erst mitzumachen.«

»Gab es Streit zwischen den Brüdern bei solchen Anlässen?«

»Ja, sicher! Die beiden haben immer einen Grund zum Streiten gefunden. Und wenn die Rita, also die Frau vom Matthias, dabei war, ging es noch mehr hin und her. Zum Schämen die ganze Familie, wenn Sie mich fragen.«

»Und wie war das Verhältnis von Frau von Mauerbach zu Matthias Holzinger?«

Schrewe räusperte sich und fuhr mit einer Hand über die blanke Tischplatte. Es war ihm anzusehen, dass er nicht gern auf diese Frage antworten wollte.

»Das fragen Sie sie am besten selbst!«

»Nein, ich frage Sie. Also!«

»Sie mochten sich nicht! Annegret hatte sich vor zwei oder drei Wochen geweigert, den Wahlkampf von Matthias Holzinger finanziell zu unterstützen.«

»Wieso kam er überhaupt auf die Idee, Frau von Mauerbach könnte ihm eine Parteispende machen?«

»Aus Paritätsgründen! Matthias warf ihr vor, immer nur die Künstleragentur seines Bruders zu sponsern. Der hatte wohl zu dieser Zeit eine größere Summe für das Opernfestival hier in Verona von ihr bekommen. Matthias fühlte sich ungerecht behandelt. Schließlich würde sie von ihm als Bürgermeister auch profitieren. Er stellte ihr Verträge in Aussicht, wenn er sein neues Vier-Sterne-Hotel eröffnet, das er noch bauen wollte in Wolfing. Dann könnte ihre Brauerei die Ausschankkonzession bekommen, wenn Sie ihm die Wahlkampagne bezahlt. Doch sie hat sich geweigert.«

»Kann es sein, dass Matthias Holzinger etwas gegen Frau von Mauerbach in der Hand hatte?«

Überrascht sah Günther Schrewe Antonio an.

»Sie meinen, ob er sie erpresst hat?«

»Wäre doch möglich?«

»Und deshalb hat sie ihn erschossen? Und zwei Tage später ihren über alles geliebten Mann? Sie sind ja völlig verrückt, Commissario. Völlig verrückt.«

Antonio stand auf, nahm den Pistolenkoffer an sich und sagte:

»Herr Schrewe, ich kann Ihnen versichern, dass wir noch Fragen an Sie haben werden. Hast du den Pass von ihm?«, fragte er Enrico. Dieser nickte bestätigend.

»Gut! Wir haben Kollegen von den *Polizia di Stato* hier abgestellt. Diese warten auf den Sohn von Frau von Mauerbach und sie haben ein Auge auf das große Reisemobil und auf Sie und ihre Jungs. Denken Sie erst gar nicht daran, abzureisen! *Buona notte!*«

Antonio und Enrico verließen den Campingbus und gingen auf den Polizeiwagen zu, der weiter weg geparkt war. Im Näherkommen entdeckte der Commissario ein kleines rotes Auto, das ihm ziemlich bekannt vorkam. Wenn er sich nicht sehr täuschte, hatte Yakanabe ein solches am Abend gefahren. Er zog seinen Notizblock aus der Tasche, schrieb sich die Nummer auf, riss den Zettel aus dem Block und hielt ihn Enrico hin.

»Kannst du mir bis morgen den Halter heraussuchen?«

»Sieh dir die Plakette an. Das ist ein Mietwagen, wie sie hier zu Hunderten an Touristen aus Übersee vermietet werden.«

»Dann sieh zu, dass du herausbekommst, wer den Wagen vor diesem nicht gerade neuen Wohnwagen gemietet hat. Ziemlich scheußliches Teil übrigens. Zu Hause ist offenbar niemand. Alles dunkel!«

Im Weggehen machte er mit seinem Handy noch ein Foto von dem Kleinwagen. Wer wusste, wozu er es noch gebrauchen konnte.

25

Wolfing, 9.00 Uhr

»Grüß Gott!«, rief Georg in den leeren Schankraum der Schießstätte am Ortsrand von Wolfing. »Keiner da?« Als keine Antwort kam, durchschritt er die Gaststube und öffnete am entgegengesetzten Ende eine Tür, die auf einen Gang hinausführte. Dort folgte er dem Hinweisschild: Toiletten, Garderoben und Waffendepot. Das konnte so falsch nicht sein, dachte er und stand wenig später in einem schmalen, fensterlosen Raum, der von einer flackernden Neonröhre notdürftig beleuchtet wurde. An einem alten Küchentisch saß ein Mann mittleren Alters und las Zeitung. Hinter ihm befand sich eine große Metallwand, die in einzelne Längssegmente mit stabilen Scharnieren unterteilt war. Offenbar ließ sie sich mehrteilig aufklappen. Im mittleren Segment waren ein Zahlenkombinationsschloss und ein flacher Griff eingelassen. Das sah nach einem Waffenschrank aus Stahlblech aus.

»Guten Morgen. Entschuldigen Sie die Störung!«

Der Mann sprang hoch und wurde ganz rot im Gesicht.

»Sie können einen aber auch erschrecken. Was wollen S' denn so früh schon bei uns?«

Georg hielt ihm seine Polizeiplakette hin, worauf der Mann förmlich die Hacken zusammenschlug.

»Sie kommen bestimmt wegen dem Matthias Holzinger. Ich hab's schon gehört. Schlimme Sach'!«

»Sind Sie für die sichere Aufbewahrung der Schusswaffen zuständig?«

»Ja, im Moment schon, vertretungsweise!«

»Sie könnten mir aber sagen, ob Waffen fehlen, ob sie bei einem Wettkampf gebraucht werden oder wer von den Mitgliedern gerade seine Waffe mitgenommen hat?«

»Selbstverständlich!« Ganz eifrig nickte der Mann. »Im Moment sind alle Waffen vor Ort. Es finden keine Wettkämpfe statt und einige unserer Mitglieder halten sich in Italien, also in Verona und am Gardasee auf. Da hat keiner seine Waffe mitgenommen. Ist ja auch verboten, gell!« Treuherzig schaute er Georg an.

»Haben Sie eine Liste oder ein Buch, wo Sie die Entnahmen der Waffen verzeichnen?«

»Wir haben sogar einen Computer für solche Sachen. Momenterl.«

Er machte sich am Zahlenschloss des Metallschranks zu schaffen, bis sich die schwere Türe mit einem leisen Klick öffnete und der Mann die Schranktür wie bei einer gefalteten Ziehharmonika zurückklappte. Zum Vorschein kam eine Wandeinteilung in viele einzelne Fächer. Jedes davon mit einer Tür und eigenem Schloss versehen, sowie ein größeres offenes Fach, in dem Papiere lagen und obenauf ein Laptop, den der Mann nun mit großer Geste auf den Tisch legte. Er klappte den Deckel hoch und tippte ein Passwort ein.

»Sagen Sie«, fragte Georg, »diese Schließfächer enthalten die Sportwaffen oder?«

»Richtig. Jedes Vereinsmitglied hat ein solches Schließfach für die Pistole und die Munition.«

Georg zählte im Stillen die Türchen und kam auf fünfunddreißig.

»Kann ich einmal so ein Fach offen ansehen? Zum Beispiel das von Günther Schrewe?«

»Warum denn ausgerechnet vom Günther? Der arbeitet sehr akkurat hauptamtlich als unser Waffenwart. Da hat alles seine Ordnung!«

Das war eine interessante Neuigkeit. »Es wäre trotzdem wichtig!«

»Eigentlich darf ich das nicht! Ich darf nur im Beisein des jeweiligen Fachbesitzers das Schloss öffnen!«

»Und bei einer Polizeikontrolle?«

»Das ist was anderes!«

Georg musste lächeln. Der Mann hatte das Pulver nicht erfunden.

»Ich kann natürlich in einer Stunde wiederkommen und mit ordentlichen Papieren eine Durchsuchung durchführen.« Die Doktor Schaller brauchte dafür eine geschätzte Ewigkeit, befürchtete Georg. »Aber die Zeit können wir beide uns doch sparen?«

»Ja, ja sicher. Wenn Sie meinen.«

Er kontrollierte auf dem Bildschirm die Mitgliederliste und öffnete das Fach 5 von Günther Schrewe mit einem Schlüssel, der an einem großen Bund hing und der sich ebenfalls in dem offenen Tresorfach befand. Ein zweiter Schlüssel des Eigentümers wurde nicht benötigt. Ein richtiges Tresorfach sah anders aus, stellte Georg für sich fest. Gemeinsam sahen sie in das offene Fach. Drinnen befanden sich ein Futteral aus stabilem, gewebtem Kunststoff und mehrere Schachteln Munition. Georg griff sich das Futteral. Es war schwer und ganz sicher nicht leer. Er öffnete den Reißverschluss und nahm die Pistole heraus. Er hatte eine silberfarbene SIG Sauer P226 Sport in der Hand. Die Munition bestand aus Patronen mit Kaliber 9 mm.

»Und Herr Schrewe besitzt keine weitere Waffe?«

»Nein! Nicht hier im Vereinsheim. Wir haben alle nur eine Pistole.«

Tja, das würde Antonio nicht gefallen, dachte Georg. In der Mail, die er in der Nacht noch von ihm erhalten hatte, hatte sein Spezl vermutet, Schrewe könnte seine Waffe mitgenommen und vielleicht Annegret von Mauerbach oder ihrem Sohn für den Mord ausgeliehen haben.

»Könnten Sie mir einen Ausdruck der Waffenliste und ihrer Besitzer machen?«

»Sicher! Aber ..., Sie glauben doch nicht, dass einer von uns den Matthias erschossen hat? Mit einer unserer Sportpistolen?«

Georg schwieg. Es wäre nicht das erste Tötungsdelikt mit einer Sportwaffe, mit dem er es zu tun bekam. Ein 9 mm Projektil war universell einsetzbar und das klassische Geschoss dafür. Wenn man ein ganzes Magazin aus nächster Nähe abfeuerte, allemal. Die SIG Sauer Sport sah ein Magazin mit fünfzehn Patronen vor. Das sollte reichen für einen Mord. Er studierte die Liste der Waffenbesitzer genau. Sie unterschied sich nicht von der Mitgliederliste, die ihm Florian Huber geschickt hatte.

»Und es fehlt keine Waffe?«, fragte er zur Sicherheit nach.

»Dann schaun mer halt nach!«

Der Waffenwart öffnete ein Kästchen nach dem anderen. Keine Pistole fehlte. Alles war an seinem Platz, wie es sich gehörte. Es wäre ja auch zu schön gewesen, dachte Georg resigniert, wenn er so einfach an die Lösung des Falls gekommen wäre.

Eine halbe Stunde später betrat er sein Büro, wo ihn Kriminaloberrat Pfaffenrieder schon erwartete. Wenn Georg Breitwieser etwas gar nicht leiden konnte, dann Leute, die in seinem leeren Büro herumschnüffelten. Jedem anderen Kollegen hätte er jetzt die Leviten gelesen, vor allem in der Stimmung, in der er sich nach dem unergiebigen Besuch der Schießstätte befand, aber bei Pfaffenrieder konnte er sich keine Ausfälligkeit erlauben.

»Herr Kriminaloberrat, was verschafft mir die Ehre Ihres frühen Besuchs?«

»Was heißt hier früh, Breitwieser? Es ist fast zehn Uhr und Sie sind noch immer nicht auf der Autobahn. Ich dachte, ich hätte mich gestern klar und deutlich ausgedrückt?«

»Sonnenklar, ohne jeden Zweifel!«

»Aber?«

»Aber es gibt neue Entwicklungen im Fall Holzinger, die meine Anwesenheit in Traunstein noch erfordern. Schlimmer noch, ich benötige von Frau Dr. Schaller Durchsuchungsbeschlüsse für Privat- und Geschäftsräume, die keinen Aufschub dulden.«

Alois Pfaffenrieder musterte Georg aus seinen kleinen Schweinsäuglein und verzog skeptisch seine Mundwinkel nach unten. »Was soll das heißen? Neue Entwicklungen?«

Georg sah ihn scharf an, wappnete sich vor dem zu erwartenden Unmutsausbruch und sprach das Unvermeidliche aus: »Es gibt einen weiteren Todesfall in ...«

»Himmelherrgottsackranochmal! Warum glauben Sie denn, dass ich möcht, dass Sie sofort aufbrechen und nicht erst, wenn Sie so weit sind, Breitwieser! Bewegen Sie einmal Ihren Hintern! Und wer ist es? Der Robert? Es ist der Robert Holzinger?«

Georg nahm auf seinem Schreibtischstuhl Platz und betrachtete interessiert seinen aufgelösten Chef. Die ungesunde Röte in dessen dickem, aufgequollenem Gesicht ließ nichts Gutes ahnen. Er hoffte, dass Pfaffenrieder regelmäßig seinen Blutdruck kontrollieren ließ. Er schien ihm eindeutig im oberen Bereich zu liegen.

»Wieso kommen Sie jetzt auf Robert Holzinger?«, fragte er nach und fand diese Schlussfolgerung seines Chefs gar nicht so dumm. Sollte sich der Täter vertan haben? In der Dunkelheit der Nacht? Nach reichlich genossenem Alkohol bei Di Santo oder anderswo? Ein breiter Rücken war schnell verwechselt. Als ihn Toni morgens um drei Uhr früh herausgeklingelt hatte und ihm die neuesten Nachrichten überbrachte, waren sie beide nicht auf diese Möglichkeit gekommen. Beide hatten sie fest angenommen, dass Frau von Mauerbach hinter dem Mord steckte. Sie oder unter Umständen auch ihr Sohn hatten so überzeugende Motive, angefangen bei verletztem Stolz und Eifersucht bis hin zu blindem Hass, der den Verstand ausschaltete. Sie warteten eigentlich nur noch auf ein Geständnis, das einer von beiden ablegte. Der Sohn jedenfalls war in der Nacht noch nicht aufgetaucht, mit seinen Freunden von seiner Diskothekentour noch nicht zurückgekehrt. Die Variante, Robert Holzinger hätte anstelle von Raimondo Varese sterben sollen, brachte ein ganz anderes Täterprofil ins Spiel, mussten sie sich doch fragen, wer den Holzingers nach dem Leben trachtete und warum. Ihre Tätersuche wäre dann weiter im Umfeld der Familie Holzinger zu suchen. Frau von Mauerbach vielleicht aus dem Schneider.

Aber soweit waren sie noch nicht. Varese war tot und nicht Robert. Also mussten sie in jedem Fall die Privat- wie die Geschäftsräume der Brauereibesitzerin untersuchen, bevor ihr Anwalt, der sich von Traunstein Richtung Verona auf den Weg machte, dies untersagte. Ein Durchsuchungsbeschluss von Richterin Schaller war unvermeidlich. Hier hoffte er auf die Unterstützung seines Vorgesetzten. Doch zunächst wollte Georg seine Frage beantwortet haben.

»Wie kommen Sie darauf, dass es der Täter auf Robert Holzinger abgesehen haben könnte?«

»Ja, mei!« So recht wollte Pfaffenrieder mit der Sprache nicht heraus. »Die Holzingers sind bei uns alles andere als beliebt! Ich könnt mir gut vorstellen, dass sie unten, in Italien, auch nicht nur Freunde hatten.«

»Aber bei der letzten Bürgermeisterwahl kam Matthias Holzinger immerhin auf siebzig Prozent der Stimmen. So unbeliebt kann er nicht sein. Und sein Bruder ist politisch, denke ich, nicht aktiv. Wer von seinen Künstlern, die er vertritt, könnte ihm nach dem

Leben trachten? Wenn er tot ist, gibt es auch erst mal keine Engagements und kein Geld.«

»Na ja, neben der Lichtgestalt Matthias«, begann Pfaffenrieder, »der die Leute mit seinen politischen Ansichten und Reden begeistern kann, ist sein Bruder ein armseliger Kerl. Geld hat der Robert ja sowieso keins! Von dem ist doch nichts zu holen. Der Matthias ist da aus ganz anderem Holz geschnitzt. Das hat der Bürgermeister von Verona, ... na, wie heißt er denn gleich?«

»Renzo Di Santo!«, half Georg gespannt aus. Was wusste denn der Kriminaloberrat über die Beziehung der beiden Bürgermeister?

»Also, der Di Santo hat das gleich richtig erkannt. Ich weiß ja nicht, was die beiden für eine Abmachung haben. Darüber hat mir die Gabi nichts erzählt. Aber ...«

»Wer bitte schön, ist denn die Gabi?«

»Das ist meine Schwiegertochter!« Ganz entrüstet schaute Pfaffenrieder seinen Mitarbeiter an, als könnte er doch wohl voraussetzen, dass er das wusste.

»Und in welcher Beziehung steht Ihre Schwiegertochter zum Bürgermeister von Wolfing?«

Geschäftig rückte sich Pfaffenrieder einen Stuhl vor Georgs Schreibtisch zurecht, ließ sich darauf nieder und beugte sich ihm vertrauensvoll und verschwörerisch entgegen.

»Meine Schwiegertochter arbeitet für die PR-Agentur, die den Wahlkampf von Matthias Holzinger vorbereitet. Da gibt es eine Menge zu tun, das können Sie sich gar nicht vorstellen. Unter anderem hat diese PR-Agentur auch die Rede von Holzinger, die er in Verona gehalten hat, geschrieben und ins Italienische übersetzt. Der Holzinger sprach ja sehr gut Italienisch.«

»Aha«, mehr brachte Georg erst mal nicht zustande.

»Ja, da schaun S'!« Meckernd lachte der Kriminaloberrat und griff mit seinen Daumen unter die moosgrünen Hosenträger, die er zu seiner Lodenjoppe trug.

Jetzt fehlte nur noch, dass er es schnalzen ließ, dachte Georg und beobachtete argwöhnisch seinen Vorgesetzten. Dann fragte er: »Und bei welcher Gelegenheit hat Holzinger diese Rede in Verona gehalten?«

»Sie sagen mir jetzt nicht, Breitwieser, dass Sie das nicht wissen?«

Georg schaute ihn stumm an und schwieg. Ab sofort konnte er nur noch verlieren. Was war ihnen da entgangen? Auf den Toni konnte er sich doch normalerweise verlassen! Von ihm wusste er, dass Robert Holzinger den Wahlkampf von Di Santo finanziell unterstützen wollte und dafür im Gegenzug die Künstler für die Oper *Aida* stellen durfte. Aber offenbar gab es da noch weitere Verwicklungen.

»Die ganze Reise der Wolfinger Delegation nach Verona mit Opernbesuch, Stadtbesichtigung und dem ganzen anderen Trallala, war doch eine geniale Idee von den beiden Bürgermeistern. Di Santo und seine Partei haben in Italien große Probleme, ihre Wähler bei der Stange zu halten. Zwischen der BCS, der Partei der Bayerischen Christsozialen und dem PFNI, dem *Partito Fronte Nazionale d'Italia* gibt es seit längerem einen Gedankenaustausch. Anlässlich der Hundertjahrfeier der Opernfestspiele hat Di Santo einen Kongress einberufen und die Bürger seiner Stadt dazu eingeladen. Wichtigster Redner des Abends war Matthias Holzinger. Di Santo wollte seinen Zuhörern einmal einen Bürgermeister präsentieren, der das uneingeschränkte Vertrauen seiner Bürger genießt, der weit über die Hälfte der Stimmen einheimst, weil er ein überzeugendes Parteiprogramm vertritt und seine Wahlversprechen auch einhält. Vor allem Letzteres musste für den Italiener mehr oder weniger einem Wunder gleichgekommen sein. Di Santo möchte den *Fronte Nazionale* neu beleben und bei einem wiederholten Wahlsieg das dann als seine persönliche Leistung präsentieren. Für ihn steht es bei der nächsten Wahl, die auch im Herbst stattfindet, Spitz auf Knopf. Er hat sozusagen den Matthias als eigenen Wahlredner auftreten lassen.«

»Wann hat dieser Abend stattgefunden?«

Pfaffenrieder lief erneut hochrot an im Gesicht. Er presste die Lippen zusammen und schien kurz davor zu explodieren.

»Ja, Herrschaftszeiten, Breitwieser, muss ich denn immer Ihre Arbeit machen, oder wie schaun mer aus?«

Georg hielt dem vernichtenden Blick stand. Viel hing von der Antwort ab. Das war ihm klar.

»Der Kongress fand am Samstagabend in Verona statt.« Bedrohlich nahe kam der Kopf von Pfaffenrieder auf Georg zu und dann fuhr er seinen rechten Zeigefinger aus und stieß ihn seinem Mitarbeiter auf die Brust. »Das war am Tag vor dem Mord an Holzinger.«

Georg blies durch dicke Backen Luft aus und lehnte sich weit in seinem Bürostuhl zurück, um dem Finger zu entkommen. »Irgendjemandem scheint seine Rede nicht gefallen zu haben!«, bemerkte er dann.

»Sie ham schon Nerven, Breitwieser!«

»Doch ich verstehe immer noch nicht, weshalb Sie darauf kommen, das nächste Opfer hätte Robert Holzinger sein können?«

Alois Pfaffenrieder erhob sich vom Stuhl und strich sich die Hose glatt, dann sagte er: »Ich kenn mich in dem Künstlermilieu nicht aus. Aber Eifersüchteleien zwischen den Primadonnen und den Herren Tenören sind vermutlich an der Tagesordnung. Vielleicht fühlte sich einer schlecht behandelt. Robert Holzinger soll ja dieses Mal in Verona das große Geld machen, hört man. Würde mich nicht wundern, wenn er trotzdem nicht hinkäme mit den Kosten und wieder mit leeren Taschen dasteht und seine Künstler ihm auf die Pelle rücken. Ich bin mir sicher, dass es bei den Morden an den Holzinger-Brüdern ums Geld ging. War in der Familie noch nie anders.«

Für Pfaffenrieder war es ausgemachte Sache, dass eigentlich Robert hätte dran glauben müssen. Seine klamme Kasse war allen bekannt. Ob er mit den Parteiklüngeleien seines Bruders auch etwas zu tun hatte, mussten sie noch genauer untersuchen, nahm sich Georg vor. Gut möglich, dass das Mitgliedern anderer Parteien in

Italien nicht gepasst hatte, dass sie Angst um ihre Stimmen bekamen und die unliebsamen Deutschen, die sich in Politik und Kunst Einfluss verschafften, aus dem Weg räumen wollten und sich bei Raimondo Varese vertan hatten. Das war ein mögliches Szenario, nur Georg glaubte nicht so recht daran. Viel schlüssiger schien es ihm, dass der Mord an dem Operntenor einen Endpunkt in einem Familiendrama darstellte. Und die Rolle, die Matthias Holzinger in diesem Drama spielte, kannten sie nur noch nicht.

»Jedenfalls«, bekräftigte Alois Pfaffenrieder und baute sich in voller Größe vor Georgs Schreibtisch auf, »ist das jetzt Ihre Aufgabe, möglichst rasch zu klären, was da in Italien los ist. Und was haben Sie vorhin erwähnt? Sie brauchen Durchsuchungsbeschlüsse für Privat- und Gewerberäume? Von wem, wenn ich fragen darf? Wer ist verdächtig?«

»Annegret von Mauerbach und ihr Sohn!«

Einen Moment zuckte Pfaffenrieder erschrocken zusammen und dann brach er in schallendes Gelächter aus. »Sie sind ja nicht ganz bei Trost, Breitwieser! Versuchen Sie erst gar nicht, mit Frau Doktor Schaller in Kontakt zu treten. Das werde ich zu verhindern wissen, dass Sie bei der Brauereibesitzerin von Mauerbach die Schränke und Zimmer durchwühlen und in der Brauerei einen Aufstand machen. Da können Sie sich gewaltig die Finger verbrennen, Breitwieser. Das lassen Sie mal ganz schön bleiben! Ham S' mich verstanden? Und jetzt schaun S', dass S' endlich auf die Autobahn kommen, bevor ein weiteres Unglück geschieht!«

»Frau von Mauerbach wurde vermutlich von Matthias Holzinger erpresst!« Georg ließ diese Aussage im Raum schweben. Und sein Chef, der schon fast an der Tür war, drehte sich wieder um.

»Wer hat Ihnen denn den Bären aufgebunden, Breitwieser? Ich hätt Ihnen mehr Verstand zugetraut!« Dann zog er die Tür hinter sich zu.

Unmittelbar danach griff sich Georg Breitwieser den Telefonhörer und ließ sich mit Richterin Dorothea Schaller verbinden.

26

Garda, 10.00 Uhr

»Hören Sie mal! Nehmen Sie Ihre dreckigen Hände von meinem Hemd! Wir haben einen Vertrag und an den halten Sie sich gefälligst. Und jetzt lassen Sie mich sofort los!«

Ein Mann in weißer Leinenhose und dunkelblauem Hemd stand vor Robert Holzinger auf dem Steg der *Villa Sole* und versuchte, sich den zudringlichen Künstleragenten und Immobilienmakler vom Leib zu halten. Antonio Fontanaro stand nicht weit entfernt mitten auf dem Rasen und beobachtete interessiert die beiden Männer. Langsam trat er näher. Holzinger drehte ihm den Rücken zu und schien heftig auf den Mann einzureden. Als seine Worte nicht die gewünschte Wirkung erzeugten, packte er sein Gegenüber am Hemdkragen und zog ihn hin und her, zumindest versuchte er es. Das Ganze sah hilflos aus, weil sein Gegner einen halben Kopf größer war. Dieser schaffte es, sich den kleinen, korpulenten Holzinger mit einer entschiedenen Abwehrbewegung vom Hals zu halten, worauf dieser gefährlich ins Straucheln geriet. Bevor er rückwärts in das seichte Wasser des Gardasees fiel, bekam ihn Antonio im allerletzten Moment zu fassen.

»Wer sind Sie?«, fragte ihn der Mann, immer noch in Rage. »Hat Herr Holzinger etwa die Stirn, einen weiteren Käufer für die *Villa*

Sole zu präsentieren, um den Preis weiter in die Höhe zu treiben?«, und zu Robert Holzinger gewandt sagte er mit sich überschlagender Stimme: »Ich werde Sie verklagen, Herr Holzinger! Wegen erpresserischen Betrugs! Haben Sie mich verstanden? Ich zahle fünf Millionen für Ihre Hütte und keinen Penny mehr. So haben wir den Vorvertrag abgeschlossen. Egal, mit welchen Mitteln Sie das ändern wollen. Und Sie«, wandte er sich an Antonio und zeigte mit ausgestrecktem Zeigefinger auf ihn, »können gleich wieder Leine ziehen, verstanden? Ich kaufe die Villa. Hier gibt es für Sie nichts mehr zu holen.«

Die beiden Kontrahenten waren ganz nach Antonios Geschmack. Im Zorn wurden gern unbedachte Bemerkungen gemacht. Ruhig und mit einem kleinen Lächeln auf den Lippen, zeigte er dem Gast von Holzinger seine Dienstmarke und sagte: »Guten Morgen, die Herren. Ich würde es begrüßen, wenn wir uns auf der Terrasse wie gesittete Menschen unterhalten könnten. Mit wem habe ich denn das Vergnügen?«

»Paul Ehrmann, mein Name! Immobilieninvestor aus Berlin!«

Antonio erinnerte sich sofort an den Namen. Robert Holzinger hatte Ehrmann als Alibi benutzt und behauptet, er hätte ihn am Sonntagnachmittag in *Garda Centro* gesprochen. Das traf sich gut. Schweigend gingen sie nebeneinander über den gepflegten Rasen zur Terrasse und nahmen dort auf den Sesseln und dem Sofa Platz. Unaufgefordert brachte Signora Bonomi zwei Flaschen Mineralwasser und Gläser. Antonio betrachtete sie genau. Sie wirkte sehr blass, hatte dunkle Schatten unter den Augen und ihre Hände zitterten stark, als sie die Wassergläser auf dem Gartentisch abstellte. Bevor er ging, musste er noch einmal mit ihr reden. Er hatte das deutliche Gefühl, dass die Frau von Gewissensbissen geplagt wurde und nicht wusste, wie sie sie loswerden sollte.

»Signora, wären Sie wohl so freundlich und brächten mir einen *espresso*?«, fragte er ausgesprochen höflich.

»Und bring auch gleich die Grappaflasche mit«, warf Robert Holzinger ein. »Im Wohnzimmerschrank muss noch eine sein. Und drei Gläser!«

»Lassen Sie mal die Flasche, wo sie ist, Signora.« Und zu Holzinger gewandt ergänzte Antonio: »Ich würde es ausgesprochen begrüßen, Sie einmal in annähernd nüchternem Zustand zu befragen, Signor Holzinger. In den letzten Tagen ist mir das nicht gelungen.«

Robert Holzinger lief rot an im Gesicht, schwieg aber zu diesem Affront. Dagegen hatte sich Paul Ehrmann etwas beruhigt und verfolgte interessiert den Schlagabtausch der beiden Herren.

»Ich weiß nicht so recht, um was es hier geht«, begann er, »und es interessiert mich auch nicht wirklich, wenn ich ehrlich bin. Meine Zeit ist bemessen. Ich fahre morgen zurück nach Berlin. Ich möchte jetzt lediglich den Vertrag unterzeichnen und dann bin ich auch schon weg. Und bevor Sie mich erneut fragen, Herr Holzinger, nein, ich bin nicht bereit auf die bereits ausgemachte Kaufsumme 500.000 Euro draufzulegen, und nein, ich interessiere mich nicht für die neue Motoryacht an Ihrem Steg. Die im Übrigen nicht mehr so neu ist, wenn man die Schrammen bedenkt, die sie vom Sturm, der am Sonntagabend hier wütete, davon getragen hat.«

»Was ist denn das für ein Vorvertrag, auf den Herr Ehrmann mehrmals schon hingewiesen hat?«, fragte Antonio nach.

»Ein Vertrag für den Verkauf der *Villa Sole*!« Robert gab sich zugeknöpft.

»Das habe ich schon verstanden. Aber weshalb ein Vorvertrag? Wem soll dieser nützen? Warum so umständlich?«

Adriana Bonomi erschien mit drei *espressi*, die sie an die Herren verteilte. Antonio hoffte auf deren belebende Wirkung. Er war seit sechs Uhr morgens auf den Beinen, obwohl es fast drei Uhr früh gewesen war, als er endlich in den Federn lag. Gemeinsam mit Enrico hatte er versucht, Annegret von Mauerbach in der Nacht noch ein Geständnis oder weitere Hinweise zu entlocken. Doch sie hatte eisern geschwiegen, sich auf ihren Anwalt berufen und ansonsten immer wieder nach ihrem Sohn gefragt, der bis jetzt noch nicht wieder aufgetaucht war. Soweit er wusste. Allerdings hatte er kurz nach neun Uhr die *Questura* verlassen und kannte die neuen Entwicklungen noch nicht, sollte es welche geben. Er griff zu einem der Zuckertütchen, die die Haushälterin auf einem Teller gebracht hatte, und entleerte es in seine Tasse. Der Inhalt eines zweiten folgte. Normalerweise mochte er es nicht so süß, aber er hatte den Eindruck, ein paar Kalorien mehr könnten jetzt nicht schaden.

»Und weiter?«, forderte er Robert Holzinger auf, seine dürren Worte zu ergänzen.

»Herr Holzinger wollte sichergehen, dass ich es mir nicht anders überlege, wenn ich morgen nach Berlin zurückkehre. Der Notar in Verona braucht wohl noch zwei oder drei Wochen, bis der Verkauf der Villa ordnungsgemäß über die Bühne gehen kann. Solche Verträge sind nicht unüblich. Und ich habe damit auch kein Problem. Aber Herr Holzinger soll mich nicht für dumm verkaufen. Bedingung war, dass sein Bruder den Vorvertrag auch unterzeichnet, deshalb komme ich heute nochmals vorbei, weil dessen Unterschrift am Sonntag noch nicht vorlag.«

Robert Holzinger wurde noch eine Spur röter im Gesicht. Ob vor Zorn oder peinlicher Betroffenheit, war schwer zu sagen. Er stürzte hastig seinen *espresso* hinunter und verschluckte sich prompt dabei. Hustend und japsend nützte er den Augenblick, um im Haus zu verschwinden. Antonio war sicher, dass sein Weg direkt ins Wohnzimmer und zur Grappaflasche führte.

»Sie haben sich am Sonntag mit Herrn Holzinger getroffen?«, wandte er sich an den Berliner Geschäftsmann.

»Ja, wir waren um kurz nach vier Uhr nachmittags in Garda in seinem Büro verabredet.«

»Und wann ist Herr Holzinger erschienen?«

»Er war schon da, als ich sein Büro betrat.«

»Und er hatte den Vorvertrag dabei, damit Sie ihn unterzeichnen sollten?«

»Richtig. Aber es fehlte, wie gesagt, die Unterschrift des Bruders. Ich hatte Herrn Holzinger klar gemacht, dass dieser Vertrag nur mit Zustimmung von Matthias Holzinger funktioniert. Robert allein kann das Haus ja nicht verkaufen.«

»Wie hat Herr Holzinger denn versucht, Sie dennoch zur Unterschrift zu bewegen? Was hat er Ihnen erzählt, weshalb sein Bruder noch nicht unterschrieben hat?«

»Sein Bruder hätte einen dringenden Termin in Deutschland und sei bereits am Sonntagmorgen mit der Bahn nach Bayern gefahren und käme erst Mitte oder Ende der Woche zurück. Zu diesem Zeitpunkt wäre ich längst in Berlin, meinte er. Und es wäre doch unerheblich, ob sein Bruder mitunterzeichne oder nicht. Beim echten Kaufvertrag müsste er ja dann ohnehin unterschreiben.«

Hatte Robert da schon gewusst, dass sein Bruder nicht mehr lebte, oder war ihm sein Tod später mehr als gelegenen gekommen? Hatte es das Schicksal mit dem Musikagenten wirklich so gut gemeint? Antonio konnte nur spekulieren. Aber auch Paul Ehrmann hatte ein prima Motiv. Der Wunsch, eine Villa am See zu besitzen, war an sich schon verwegen, wenn man Angebot und Preise kannte. War der Immobilienhai aus Berlin so hinter dem Anwesen her, dass er über Leichen ging, sich des störrischen Bruders, der partout nicht unterschreiben wollte, mit der Schusswaffe entledigte? Antonio fixierte Ehrmann und fragte schneidend: »Haben Sie sich noch nicht gefragt, Herr Ehrmann, weshalb die Mordkommission im Haus der Holzingers vorstellig wird?«

»Herr Holzinger erzählte mir, dass gestern Abend der Tenor, Raimondo ... Dingsbums, den Namen habe ich vergessen, im Garten der Villa erschossen wurde. Das stimmt doch?«

»Das ist richtig. Hat er Ihnen auch erzählt, dass an gleicher Stelle am Sonntagnachmittag, so gegen zwei Uhr oder zwei Uhr dreißig sein Bruder ebenfalls erschossen worden ist? Haben Sie das nicht mitbekommen?«

Paul Ehrmann schüttelte den Kopf. Erstmals schien ihn sein Selbstbewusstsein zu verlassen.

»Wenig später haben Sie sich mit Robert Holzinger in Garda getroffen. Wie wirkte denn der Immobilienmakler auf Sie? War er fahrig, nervös? Hatte er unter Umständen für die Uhrzeit schon wieder zu viel getrunken?«

»Das in jedem Fall! Er erzählte etwas von einem zu üppigen Mittagessen und von einem Streit zwischen seinen Künstlern am Tisch.«

Robert Holzinger kam mit Papieren in der Hand auf die Terrasse zurück, die er vor Paul Ehrmann nachlässig auf den Tisch warf.

»Da haben Sie Ihren verdammten Kaufvertrag. Jetzt, wo mein Bruder nicht mehr lebt, ... das hat Ihnen der Herr Kommissar doch sicher gerade erzählt?« Aufmüpfig sah er von einem zum anderen. »Sicher hat er Sie ausgefragt, wann wir uns am Sonntag getroffen haben! Hab ich recht?«

Keiner antwortete ihm. Schweigend sahen sie ihn an und warteten ab, was er noch so alles von sich geben würde. Es war unschwer erkennbar, dass er eine Grappaflasche gefunden und ihr auch ausgiebig zugesprochen hatte.

»Jetzt, wo mein Bruder nicht mehr lebt, brauchen wir auch seine verdammte Unterschrift auf dem Vorvertrag nicht mehr. Also, jetzt unterschreiben'S endlich das Papier, dann können S' heimfahren nach Berlin, bis der Notar so weit ist.« Ein dümmliches Lächeln verklärte sein aufgeschwemmtes Gesicht, und er ließ sich mit einem lauten Ächzen auf den Korbstuhl aus Plastikgeflecht fallen.

Mit einem schnellen Griff schnappte sich Antonio Fontanaro den Vertrag, bevor Paul Ehrmann reagieren konnte, faltete ihn zweimal und steckte ihn in die Seitentasche seiner Lederjacke. Er stand auf und sagte: »Sie werden mich jetzt in die *Questura* begleiten, Herr Holzinger. Der Vertrag ist ein wichtiges Beweismittel bei der Suche nach dem Mörder Ihres Bruders. Wie Sie nur zu gut wissen, hätte er niemals einen solchen Vertrag unterzeichnet. Wenn ich die Lage richtig einschätze, und mein Kollege Georg Breitwieser von der Mordkommission Traunstein hat daran überhaupt keinen Zweifel gelassen, würde Ihr Bruder niemals und unter keinen Umständen Immobilienbesitz verkaufen. Da müsste ihm schon das Wasser bis zum Hals stehen.« Als er die Worte ausgesprochen hatte, wurde ihm erst bewusst, wie makaber sie waren. Georg hatte ihm erzählt, wie erfolglos Rita Holzinger in Wolfing gegen die Fluten des Hochwassers ankämpfte. »Wenn jemand allerdings finanziell große Probleme hat, dann sind Sie das. Ihr Konto hier in Italien weist eine riesige Finanzlücke auf. Der Verkauf der *Villa Sole* ist für Sie überlebensnotwendig. Doch daraus wird erst einmal nichts werden. Sie sind bis zur Klärung der Erbansprüche der einzelnen Familienmitglieder nicht befugt, Anteile aus dem Familienbesitz zu verkaufen. Ich fürchte«, und dabei wandte er sich direkt an den Berliner Immobilieninvestor, »Sie werden sich ein anderes Objekt am Gardasee suchen müssen. Die *Villa Sole* ist bis auf weiteres unverkäuflich.«

Mitten hinein in dieses brisante Gespräch, ertönte der Klingelton seines Handys. Enrico Brandino war am Apparat.

»Es gibt Néuigkeiten, Tonio. Erst wollte keiner mit der Sprache herausrücken und jetzt haben wir plötzlich zwei Geständnisse für den Tod an Varese. Es wäre gut, du könntest schnellstmöglich in die *Questura* kommen. Ach ja, eh ich es vergesse, Fausto hat die Auswertung der Überwachungskameras des Parkhauses von Verona vorbeigebracht. Varese ist mit seinem Fiat Sonntagnacht nach der Aufführung der *Aida* selbst weggefahren. Ebenso Moto Yakanabe. Er hatte seinen Wagen neben Varese geparkt und fuhr etwa eine halbe Stunde später los. Beide Herren haben uns in dieser Sache belogen. Wie wir schon vermutet haben, hatten sie sich abgesprochen. Varese können wir nicht mehr befragen, aber bei Roberto und Moto sollten wir rasch nachhaken. *A dopo!*«

Bevor Antonio nachfragen konnte, hatte sein Ispettore schon wieder aufgelegt. Er beugte sich über den Tisch Robert Holzinger entgegen und sagte: »Und jetzt will ich ganz genau wissen, wann Sie am Sonntag, nach dem Mittagessen die Villa verlassen haben, wo Sie überall waren und wann genau! Das Märchen vom Fahrdienst nach Verona, den angeblich Moto Yakanabe und Raimondo Varese in Anspruch genommen haben, ist gerade wie eine Seifenblase geplatzt. Also! Ich bin ganz Ohr!«

In Ermangelung eines gefüllten Schnapsglases stürzte Robert Holzinger den Inhalt des Wasserglases hinunter und stellte es krachend auf dem Tisch ab.

»Es war nicht so, wie Sie denken!«

War es ja nie, dachte Antonio ergeben. Er wusste nicht, wie oft er diesen Satz in seiner Polizistenkarriere schon gehört hatte.

»Signor Holzinger, Sie begleiten mich jetzt zur *Questura*. Dort gibt es neue Entwicklungen, die keinen Aufschub mehr dulden.« Und zu Ehrmann gewandt sagte er: »Darf ich um Ihre Papiere bitten?« Er gab die wichtigsten Daten in sein Handy ein. »Ich glaube zwar nicht, dass wir Ihre Hilfe nochmals benötigen, aber wer weiß!

27

Traunstein 10.00 Uhr

Georg befand sich im Amtsgericht Traunstein auf der Suche nach dem Zimmer der Ermittlungsrichterin Dr. Dorothea Schaller. Er war noch nicht oft hier gewesen, denn in der Regel erledigte er seine Anfragen und Bitten telefonisch oder per Mail. Doch in diesem Fall war sowohl Eile als auch persönliches Engagement gefordert und so fuhr er mit dem Aufzug in den zweiten Stock, ging einen weiß gestrichenen Gang entlang, an dessen Wänden großformatige Fotos von den Seen und Flussläufen rund um Traunstein aufgehängt waren, und klopfte schließlich an der Tür des Vorzimmers. Eine junge Frau öffnete ihm und geleitete ihn überaus freundlich ins Büro von Richterin Schaller, die er bis zu diesem Zeitpunkt nur einmal getroffen hatte: auf der Weihnachtsfeier des Polizeipräsidiums vor einem knappen halben Jahr. Sie trug ihr aschblondes Haar halblang und seitlich gescheitelt, auf ihrer langen, spitz zulaufenden Nase saß eine randlose Brille, die ihre großen, blauen Augen kaum verdeckten. Nichts an ihr war abschreckend oder abweisend. Und Georg wunderte sich, weshalb er mit ihr nicht zurechtkam. Dass sie sich streng an die Regeln hielt, konnte er ihr schlecht vorwerfen. Sie sah ihn erwartungsvoll an und meinte dann anstelle einer Begrüßung: »Kriminaloberrat Pfaffenrieder hat mich schon vorgewarnt, dass Sie vermutlich persönlich bei mir auftauchen werden.« Sie sagte das völlig ernst, ohne einen Anflug von Humor oder leiser Ironie. Und da wusste Georg ganz genau, weshalb er sich mit ihr so schwer tat.

»Ich habe versucht, Sie telefonisch zu erreichen!«, entschuldigte er sich und fand das gleichzeitig unter seiner Würde. Er wollte jetzt nicht lange um den heißen Brei herumreden und dumm herumstehen. Er zog sich einen der Freischwinger, die vor dem grauen Schreibtisch der Richterin standen, näher heran.

»Darf ich?«, fragte er rein pro forma und saß schon auf dem Stuhl. Er blickte ihr direkt ins Gesicht. »Ich will Ihre kostbare Zeit nicht lange in Beschlag nehmen, Frau Doktor Schaller. Ich kann mir gut vorstellen, dass Herr Pfaffenrieder«, den beeindruckenden Titel ließ er ganz bewusst weg, »nicht möchte, dass man in den Privat- und Geschäftsräumen der Brauereibesitzerin von Mauerbach herumstöbert. Diese SMS ...«, dabei holte er sein Handy aus der Hosentasche, »hat mich vor wenigen Minuten von Commissario Fontanaro aus Verona erreicht. Frau von Mauerbach hat bei seinen Kollegen den Mord an Raimondo Varese gestanden. Varese war der Ehemann der Brauereibesitzerin und Vater des gemeinsamen Sohnes Jan, der ebenfalls behauptet, den Vater in einer Villa am Gardasee getötet zu haben.«

Er legte ihr sein Handy auf die Papiere, die sich vor ihr auf dem Schreibtisch stapelten. »Tatort ist erneut die *Villa Sole*. Dort, wo am Sonntagnachmittag der Besitzer der Villa, Matthias Holzinger, ebenfalls durch Schüsse zu Tode gekommen ist. Sie haben uns freundlicherweise Zugang zu den privaten Räumen von Herrn Holzinger verschafft.« Was aufgrund des hohen Wasserstands im Souterrain des Landhauses nicht viel half, denn das Büro dort bestand nur noch aus Schlamm und Dreck. »Ähnliches erhoffe ich mir nun für das Anwesen von Frau von Mauerbach, das sich in Trostberg, nur wenige

Kilometer von der Brauerei entfernt befindet, die der Familie von Mauerbach seit zwei Generationen gehört. Da der Herr Kriminaloberrat meine Anwesenheit in Italien als dringend erforderlich ansieht, wäre ich Ihnen verbunden, wenn Sie mir möglichst rasch einen Durchsuchungsbeschluss für das Anwesen und die Brauerei der Mauerbachs ausstellen könnten.« Erwartungsvoll sah er sie an.

Dorothea Schallers Miene war undurchdringlich. Sie tippte irgendetwas in ihren Computer und sagte dann: »Da es sich bei dem Toten um den Ehemann der geständigen Täterin oder Vater des geständigen Täters handelt, sehe ich keine Notwendigkeit, die Geschäftsräume der Brauerei für eine Durchsuchung frei zu geben. Der Durchsuchungsbeschluss für die Privaträume wird Ihnen per Boten zugestellt.«

Als Georg sich nicht bewegte, fügte sie hinzu: »Ich wünsche Ihnen einen guten Tag.« Und es war bitterernst gemeint. Kein Lächeln, kein Handschlag. Nichts!

»Entschuldigen Sie, wenn ich nochmals nachhake«, begann Georg, und die Richterin zog erstmals eine gezupfte Augenbraue in die hohe Stirn, »aber es verdichten sich die Anzeichen, dass die beiden Morde zusammenhängen. Wir vermuten, dass Matthias Holzinger Frau von Mauerbach in der Hand hatte.«

»Erpressung?«

»Ja, es wäre möglich.«

»Worauf stützt sich Ihr Verdacht?«

Heikle Frage. Er und Toni hatten nur Vermutungen und damit brauchte er der Schaller nicht wirklich zu kommen. Also verlegte er sich aufs Behaupten.

»Matthias Holzinger bot Frau von Mauerbach einen umfangreichen Deal an. Sie bekommt die Ausschanklizenz für den Golfclub und das Vier-Sterne-Hotel in Wolfing, dessen Baubeginn kurz bevorsteht, und sie gibt ihm dafür eine Finanzspritze für die Wahl zum Bürgermeister.«

»Es ist Ihnen schon klar, dass Sie mir jetzt von zwei zusätzlichen Straftaten berichten? Einmal geht es um Bestechlichkeit und zum anderen um Anstiftung zur Veruntreuung von Haushaltsgeldern der Gemeinde Wolfing.«

Die Frau war erfreulich schnell von Begriff.

»Eben! Deshalb ist jeder auf seine Weise erpressbar. Und vermutlich gibt es da noch mehr, was wir noch nicht wissen, aber wissen sollten. Mord ist kein Kavaliersdelikt. Deshalb wäre es schon gut, wir könnten uns jeweils in den Geschäftsräumen umsehen.«

»Ich denke darüber nach! Und jetzt entschuldigen Sie mich. Ich habe noch anderes zu tun.«

Georg erhob sich von seinem Freischwinger. Er hatte nur ein Etappenziel erreicht, was ihn wurmte.

»Und lassen Sie mir Zeit, Herr Hauptkommissar. Vor zwei Stunden brauchen Sie nicht nachzufragen. Haben Sie das verstanden? Die Papiere werden Ihnen, wie gesagt, per Boten ins Kommissariat zugestellt«, wiederholte sie noch eine Spur präziser.

»Völlig, Frau Doktor Schaller. Und auch Ihnen noch einen schönen Tag.« Blöder Spruch! Georg sah zu, dass er weiterkam, bevor er noch eine Bemerkung machte, die er mit Sicherheit bereuen würde.

Verona, 11.30 Uhr

»Jan, jetzt nehmen Sie bitte wieder auf Ihrem Stuhl Platz. Es bringt gar nichts, wenn Sie, aufgescheucht wie ein hungriger Tiger, im Raum auf- und abstürmen.

» I c h habe meinen Vater getötet. Verstehen Sie!« Er blieb vor Antonio und Enrico stehen, die hinter einem schmalen Tisch saßen und ihn unverwandt ansahen. Der junge von Mauerbach war in hohem Maße erregt. In seinen Augen stand die reine Panik. »Lassen Sie meine Mutter aus dem Spiel. Sie hat keine Ahnung davon, was gestern Nacht passiert ist. Sie will mich schützen, aber das kann sie nicht!« Verzweifelt schlug er die Hände vors Gesicht und wiederholte sehr viel leiser: »Das kann sie doch nicht!«

»Bitte, Jan«, Antonio war aufgestanden und griff den jungen Mann an der linken Schulter, um ihn zu einem der unscheinbaren Plastikstühle von fahler grauer Farbe zu führen, mit denen der Vernehmungsraum ausgestattet war. Auf dem Tisch lag ein Diktafon und zeichnete das Gespräch auf. Enrico hatte einen Laptop vor sich und tippte hin und wieder etwas hinein. Widerstrebend nur nahm Jan auf der Kante des Stuhls Platz, jederzeit bereit, aufzuspringen und seinen hastigen Lauf in dem kleinen Zimmer wieder aufzunehmen. Er schien gar nicht richtig anwesend zu sein, die Fragen, die Antonio ihm stellte, ignorierte er. Er wiederholte nur immer wieder, dass er am Tod des Vaters schuld sei.

Es klopfte. Fausto betrat den Vernehmungsraum und legte vor Antonio einige Papiere auf den Tisch, um wieder wortlos zu verschwinden. Antonio griff sich die Unterlagen und las. Es handelte sich um die Ergebnisse der Ballistik. Und danach stand es einwandfrei fest, dass beide Taten mit derselben Waffe und mit Kaliber 9 mm ausgeführt worden waren. Die Pathologin und er hatten also am Tatort von Varese recht gehabt, als sie Projektile mit 9 mm vermuteten, die seinen Rücken durchsiebt hatten. Zumindest wussten sie jetzt, dass sie nur nach einer Waffe suchen mussten. Antonio reichte das Blatt an Enrico weiter und sah sich das nächste Papier an. Es waren die Ergebnisse des Bluttests, den sie mit Jan von Mauerbach, kurz nachdem er morgens um sieben Uhr auf dem Campingplatz von Bardolino mit seinen Kumpels aufgetaucht war, gemacht hatten. Er hatte einen leicht erhöhten Alkoholspiegel, war aber ansonsten clean. Keine Drogen, keine Medikamente. Auch dieses Blatt schob er Enrico zu. Sie konnten von Mauerbach also befragen und seine Aussagen waren durch einen Anwalt später nicht so leicht in Frage zu stellen.

Antonio beugte sich dem jungen Mann entgegen und sagte: »Gut, wir glauben Ihnen, Jan. Aber wir würden gern den Tathergang von Ihnen erfahren. Wann und wie haben Sie Ihren Vater umgebracht?«

Verwirrt sah er ihn an. »Wie?«, fragte er nach. »Sie haben ihn doch gesehen, oder etwa nicht? Ich weiß nicht mehr, was ich alles gemacht habe.«

Antonio wartete ab. Schwieg.

Enrico übernahm nach einigen Sekunden, die unnatürlich lang erschienen, nur unterbrochen, von einem wischenden Geräusch, das Jan mit seinen Handflächen erzeugte, als er mit beiden Händen immer wieder über die Tischoberfläche strich. Er versuchte, Staub, Brösel, Schmutz zu entfernen, den es dort nicht gab.

»Erzählen Sie uns, wie Sie vom Empfang in die *Villa Sole* gelangt sind! Sie sind zusammen mit ihrer Mutter aufgebrochen. Das haben der Commissario und ich beobachtet. Da war es vielleicht kurz vor oder kurz nach acht Uhr abends. Aber was geschah dann?«

»Wir haben uns ein Taxi genommen!« Langsam, nach Worten suchend, begann Jan von Mauerbach zu erzählen. Je mehr er sich erinnerte, je mehr er in seine Geschichte hineinkam, desto flüssiger wurde sein Bericht. »Das Taxi hat uns zur Villa gebracht. Dort war alles finster. Kein Licht brannte. Nur der Parkplatz war beleuchtet. Neben unseren beiden *motorini* gab es keine Wagen auf dem Parkplatz. Wir waren völlig allein.« Plötzlich sah er den beiden Polizisten offen in die Augen. Konzentriert und höchst wachsam. »Ich sagte zu meiner Mutter, lass uns die Leute herausklingeln! Ich wollte sehen, wie mein Vater wohnt, wie er lebt! Doch meine Mutter sagte mir, dass Raimondo in der Villa nur zu Besuch sei. Dass das nicht sein Haus wäre! Niemand wäre da! Alle bei Di Santo eingeladen!«

Jan lachte trocken auf. »Hätte ich mir doch denken können, oder? Mein Vater und eine Villa! Absurd wäre das! Völlig absurd!«

»Warum?«, fragte Enrico nach.

Jan brach in ein sehr helles, verkrampftes Gelächter aus. »Woher sollte mein Vater das Geld für eine Villa nehmen? Er hatte ja immer nur Schulden! Pumpte meine Mutter an, wenn er wieder kein Engagement hatte. Und sie zahlte. Immer! Ohne nachzufragen!«

»Woher wollen Sie das wissen? Dass sie nicht nachfragte?«

Antonio überging Enricos Frage und sagte stattdessen: »Sie sind auf die *motorini* gestiegen und zum Campingplatz gefahren?«

Jan nickte. »Dort war auch niemand. Meine Kumpels waren noch auf dem Empfang. Das hätten wir uns schenken sollen, diesen dämlichen Empfang. Von Anfang an wollte ich nicht mitgehen, aber meine Mutter bestand darauf, dass ich sie begleite, um meinen Vater nach Jahren wieder zu treffen. Wie dieses Treffen ausgesehen hat, haben Sie ja selbst miterlebt. Erbärmlich das Ganze. Erniedrigend. Vor allem für meine Mutter!«

Jan warf sich in dem Stuhl zurück und schlug erneut die Hände vors Gesicht. »Ich habe mich selten so geschämt!«, brach es aus ihm heraus. »All die feinen, noblen Leute. Allen voran der arrogante

Bürgermeister von Verona, der meiner Mutter um den Bart geht, damit sie der *Agenzia* finanziell weiter unter die Arme greift, bekommt als Dreingabe den Triumph, zu sehen, was für eine armselige Ehe sie mit dem berühmten Tenor Varese führt.«

Unvermittelt sprang er wieder auf und stürmte los, von einer Wand zur anderen, wie von Sinnen. Dann blieb er abrupt im Raum stehen, warf die Arme in die Luft und rief verzweifelt: »Und sie wäre geblieben. Stellen Sie sich das vor, sie wäre geblieben, hätte vornehm geschwiegen und Smalltalk mit den beiden Damen gemacht, die mein Vater im Schlepptau hatte, mit denen er sie ungeniert betrog.«

Erschöpft, wie nach einem langen Ausdauerlauf, nahm er wieder auf dem Stuhl Platz. Sein Oberkörper sackte zusammen, als hätte er keine Luft und keine Kraft mehr.

»Ich bin in unseren Camper, habe mich umgezogen, die Pistole eingesteckt und bin mit meinem Roller losgefahren.«

»Woher hatten Sie denn eine Pistole, Herr von Mauerbach?«

Verwirrt sah er Antonio an. Er schüttelte den Kopf. »Das weiß ich nicht mehr!«

Der Commissario hakte nicht nach. Er wartete ab und hoffte, dass auch Enrico erst einmal stillhalten würde. Der Junge sprach wie zu sich selbst, wie in Trance. Es war keineswegs sicher, ob er wusste, was er erzählte.

»Ich bin zur Villa zurückgefahren und jetzt stand der alte Fiat von meinem Vater auf dem Parkplatz. Mit dieser alten Klapperkiste hatte er uns vor Jahren schon in Trostberg besucht. Im Haus war es immer noch dunkel, aber die Tür stand offen. Ich ging hinein. Rief den Namen meines Vaters. Mehrmals. Doch er antwortete nicht. Dann sah ich ihn auf der Terrasse sitzen, ein Glas in der Hand.« Jan fuhr sich mit der Hand über die Stirn. Sein Gesicht glänzte nass von Schweiß. Die Erzählung strengte ihn an. Sie kostete ihn Kraft und, wie Antonio vermutete, jede Menge Phantasie. Je länger er ihm zuhörte, desto weniger glaubte er, dass Jan seinen Vater erschossen hatte. Er schien traumatisiert, aber nicht vom Mord am eigenen Vater. Vielmehr traumatisiert von einer familiären Situation, die ihm in ihrer Unzulänglichkeit erst in den letzten Stunden vollends bewusst geworden war. Seit er den Vater bei Di Santo erlebt hatte und die ungenügende Reaktion seiner Mutter, wusste er nicht mehr, auf wen er mehr wütend sein sollte, auf den Vater, der sich alle Rechte nahm, oder auf die Mutter, die, aus welchen Gründen auch immer, dieses Verhalten duldete.

»Ich ging zu ihm, stellte ihn zur Rede. Doch er lachte mich nur aus. Meinte, ich solle erst mal erwachsen werden. Dann würde man sehen, ob ich ohne das Geld meiner Mutter etwas auf die Beine stellen könnte, ob ich besser wäre als er.« Jan schüttelte heftig den Kopf, als wollte er die Erinnerung an das Gespräch abschütteln. »Mein Vater stand auf. Wir gingen in den Garten. Und er fragte mich, was ich denn werden wollte. Was ich denn studierte. Er hatte vergessen, dass ich schon seit einem Jahr Brauwesen studiere, um den Betrieb zu übernehmen, um meiner Mutter zu helfen. Als ich ihm das sagte, brach er in lautes Gelächter aus. Meinte, so stelle er sich das vor. Der junge Erbe bereitet sich auf die Übernahme der Firma vor. Und da hatte ich genug, habe die Pistole genommen und ihm mitten ins Herz geschossen. Ich glaube, ich habe mehrmals abgedrückt. Ich weiß es nicht mehr, aber ich habe ihn erschossen. Ich bin ein guter und sicherer Schütze, Herr Kommissar. Ich kann das! Irgendwo im Garten oder auf der Terrasse der Villa war das.«

»Du hast ihm von vorne direkt ins Herz geschossen? Mehrmals?«

Erschöpft lehnte Jan in seinem Stuhl, aber er lächelte erleichtert. »Ja, genauso war es. Mitten ins Herz! Und jetzt können Sie meine Mutter bitte nach Hause schicken. Sie war es nicht!« Sein Hemd klebte nass an seiner Brust, die Haare hingen über die feuchte Stirn. Er hatte sich verausgabt, alles erzählt, was er auf dem Herzen hatte. Auch die Geschichte vom Tod des Vaters, die er sich vielleicht viele

Male ausgemalt hatte. Wie es wohl sein würde, wenn er ihn einmal allein anträfe, wenn er ihn endlich zur Rede stellen könnte. Jetzt war für ihn der Moment gekommen, jetzt hatte er zugeschlagen.

»Sie sind sehr müde, Jan!«, sagte Antonio leise und sehr ruhig. Der Junge tat ihm unendlich leid. »Wir werden Sie jetzt in eine Klinik bringen, damit ein Arzt sich um Sie kümmern kann. Morgen sieht die Welt wieder anders aus. Glauben Sie mir!«

Antonio gab Enrico ein Zeichen. Jan von Mauerbach leistete keinerlei Widerstand, als ihn der Ispettore aus dem Zimmer führte. Auch der Commissario fühlte sich erschöpft und ausgelaugt. Mit diesem Geständnis konnte er nichts anfangen. Der Junge hatte sich in eine Phantasiewelt geflüchtet, förmlich in einen Rausch geredet und sich in einem Akt von Beschützerinstinkt vor die Mutter stellen wollen. Er war der Mann im Haus, er musste Schaden von der Person abwenden, die er am meisten liebte und brauchte. Bevor er sich in den nächsten Vernehmungsraum begab, wo Annegret von Mauerbach auf ihn wartete, telefonierte er mit einem der Kollegen, die auf dem Campingplatz zurückgeblieben waren.

29

»Wie sieht es bei Ihnen aus, Agente Risi? Alles ruhig auf dem Campingplatz?«

»*Sì*, Commissario, alles ruhig.«

»Habt ihr die Jungs befragen können, wann sie am Abend in die Disco aufgebrochen sind und wer alles dabei war?«

»Auch das, Commissario. Übereinstimmend sagen die Jungs, dass sie alle um dreiundzwanzig Uhr von hier aufgebrochen sind. Aber Jan von Mauerbach war nicht dabei. Sie haben ihn im *Flamingo*, einer Disco in Bardolino am Strand, getroffen.«

»Jan war schon dort?«

»*Esatto!*«

Das war nicht gut, dachte Antonio. Gar nicht gut! Erstens hatte Annegret von Mauerbach sie dann glatt erneut belogen und zweitens fragte er sich, ob die Geschichte, die ihnen Jan erzählt hatte, etwa doch stimmte. Er hätte Zeit gehabt, zur Villa zu fahren und mit dem Vater zu streiten! Ein Streit mit tödlichem Ausgang? Antonio wollte, konnte das nicht glauben!

»Haben die Jungs etwas erzählt? Wie war Jan drauf? Nervös? Trank er mehr als sonst? War er schweigsam, in sich gekehrt oder aufgedreht?«

»Was Sie alles wissen wollen, Commissario. Wir haben Probleme mit der Sprache. Nur einer von Ihnen kann einigermaßen Italienisch. Und ihr Lehrer mischt sich immer ein, will, dass die Jungs die Klappe halten.«

Das konnte sich Antonio lebhaft vorstellen.

»Ist der Junge mit den italienischen Sprachkenntnissen in der Nähe? Kann ich mit ihm sprechen?«

»*Un momento.* Ich versuche es, Commissario.«

Antonio hörte Stimmen, lautes Rufen und dann: »Hallo, ich bin Sebastian Kirchner, der Polizist sagt, Sie wollen mich sprechen, Commissario?«

»Ja, danke, Sebastian. Wie gut kennen Sie Jan von Mauerbach?«

»Ähm, ja ... ich weiß nicht, worauf Sie hinauswollen.«

»Ganz einfach, wie lange kennen Sie ihn und von wo?«

»Wir kennen uns seit der Grundschule und haben gemeinsam Abitur gemacht.«

»Na, dann kennen Sie ihn doch ziemlich gut. Was ist Jan für ein Typ? Mehr ruhig und besonnen oder eher einer, der es mal wissen will, schon mal einen draufmacht?«

Sebastian lachte. »Also einen draufmachen eher nicht. Jan ist sehr verschlossen, erzählt nur selten, was er gemacht hat oder was er denkt. Aber er ist ein hervorragender Sportler. Deshalb verstehen wir uns so gut.«

»Sind Sie auch im Kanu- und Ruderclub und im Schützenverein?«

»Nur im Kanu- und Ruderclub.«

»Rudert ihr auch regelmäßig in Bardolino?«

»Ja, sicher. Wir bereiten uns auf Wettkämpfe vor und gehen deshalb mindestens zweimal am Tag raus. Je nach Wetter. Wenn der See ruhig ist, dann im See, ansonsten suchen wir uns Teilstrecken von Flüssen aus. Morgen wollen wir zum *Mincio*. Da gibt es Stellen, wo man richtig gut Strecke machen kann, sagt Günther.«

»Am vergangenen Wochenende, wo seid ihr da gepaddelt?«

»Am Samstag auf der Fahrt von Traunstein hierher haben wir unterhalb von Trento Halt gemacht und ein Teilstück der Etsch ausprobiert. Hat momentan aber nicht genug Wasser. Am Sonntag sind einige auf dem See gefahren, die andere Gruppe hat es nochmals im Fluss versucht.«

»Wo waren Sie?«

»An der Etsch!«

»Und Jan?«

»Der wollte mit seiner Mutter etwas unternehmen. Keine Ahnung, was die beiden gemacht haben.«

»Und der Kanulehrer?«

»Der wollte sich zwei unserer Boote genauer ansehen. Sie waren auf dem steinigen Grund der Etsch aufgelaufen und hatten gefährliche Schrammen bekommen. Darum wollte er sich am Sonntag kümmern, damit wir dann unter der Woche wieder richtig loslegen können.«

»Und gestern vor dem Empfang?«

»Gestern ging gar nichts. Erst Stadtrundfahrt, dann Pizzaessen auf der *piazza*, dann umziehen und Empfang. Wir fanden das alle ziemlich öde. Aber wenn man schon eingeladen wird, muss man auch hingehen, meinte Günther.«

Immer wieder als letzte Instanz der Günther, dachte Antonio amüsiert. Die Jungs schienen ihm ja aufs Wort zu gehorchen.

»Wann wollt ihr denn zurück nach Traunstein?«

»Erst am Sonntag. Wir müssen ja noch trainieren. Und ich müsste jetzt auch zu den anderen. Günther wartet schon im VW-Bus, Commissario.«

»Wo fahrt ihr heute hin?«

»Wir wollen nach Peschiera und von dort bis Sirmione paddeln. Im Süden ist das Wasser weniger bewegt als weiter nördlich.«

Sagt der Günther, ergänzte Antonio in Gedanken. »Dann viel Spaß, Sebastian, und passt gut auf!«

Antonio schob sein Handy in die Hosentasche seiner Jeans. Bevor er die zweite Vernehmung machte an diesem frühen Vormittag, besuchte er seinen Vice Fausto in dessen Büro. Wie immer hatte Fausto Berge von Papieren auf dem Schreibtisch und der Boden war mit Ordnern bedeckt, dass man einen Balanceakt vollführen musste, um den Arbeitsplatz zu erreichen. Das schenkte sich Antonio lieber und rief dem Kollegen von der Tür aus zu: »Habt ihr schon herausgefunden, wer den roten Kleinwagen, den wir auf dem Campingplatz von Bardolino gesehen haben, gemietet hat?«

»Bei der Autovermietung geht niemand ans Telefon. Ich habe einen von den Kollegen der *Polizia* vorbeigeschickt. Er sollte jeden Moment zurück sein.«

»Wer kümmert sich eigentlich um Roberto Holzinger? Den habe ich vorhin mitgebracht!«

»Schwierige Geschichte, Tonio. Ich habe mit ihm gesprochen. Ohne Anwalt sagt er gar nichts mehr. Ich wollte Näheres zu seinem Verhältnis zu Varese erfahren und wissen, wann genau er mit Paolina Venturini den Empfang verlassen hat. Doch sein Gedächtnis hat nichts hergegeben. Fehlanzeige! Ein Kollege fährt ihn gerade wieder zurück nach Garda. Tut mir leid. Vincenzo Mauro hat dafür grünes Licht gegeben!«

Maledizione! Verdammt! Wenn man nicht alles selber machte! Bis zur nächsten Befragung in der Villa hatte sich Roberto sicherlich abermals bis zur Halskrause volllaufen lassen. Antonio zog die Tür wieder zu und betrat das zweite Vernehmungsbüro, wo Annegret von Mauerbach und Lavinia Strano auf ihn warteten. Als er in das Zimmer hineinging, sprang die Brauereibesitzerin auf, als hätte sie sich auf eine heiße Herdplatte gesetzt.

»Bitte, Commissario, glauben Sie Jan kein Wort. Der Junge ist durch den Wind. Ich bin an allem schuld. Das habe ich gestern erkannt. Ich habe nur an mich gedacht, nicht auch an meinen Sohn. Mir war überhaupt nicht klar, wie er unter meiner nicht vorhandenen Ehe gelitten hat. Ich habe gedacht, wenn es ihm an nichts fehlt, wenn er ein schönes Zuhause hat, alles machen kann, was er will, dann fehlt der Vater nicht, dann geht ihm nichts ab. Aber da habe ich mich getäuscht. Mit Geld allein ist nicht alles zu lösen. Diesen Vorwurf von ihm musste ich mir gestern Abend nach dem Empfang völlig zu Recht gefallen lassen.«

Sie fuhr sich mit den Händen durch die Haare. Antonio setzte sich neben Lavinia an den Tisch und wartete ab. Er hatte nicht vor, den Redeschwall der Frau zu stoppen.

»Nach dieser Auseinandersetzung bin ich in die Villa gefahren und habe meinen Mann zur Rede gestellt, ihm ins Gewissen geredet. Doch er hat mich nur ausgelacht und mich schließlich als dumme Kuh bezeichnet.« Sie sah Antonio an und er hatte den Eindruck, als hätte sie Tränen in den Augen. Wie immer wirkte sie sehr beherrscht, doch hinter der Fassade tobte ein Sturm, den er nicht einzuordnen verstand. Was fühlte diese Frau wirklich für ihren Sohn, für ihren verstorbenen Mann? Wer war Annegret von Mauerbach?

Sie schluckte, als hätte sie ein trockenes, viel zu großes Stück Brot im Mund, und sagte: »In diesem Moment habe ich mir zum ersten Mal eingestanden, dass ich meinen Mann hasse. Ich habe die Pistole aus meiner Jeans geholt und auf ihn gezielt. Egal, was Jan Ihnen erzählt hat, es stimmt nicht. Er will mich schützen.«

Wie ihr Sohn wenige Minuten zuvor schritt sie im Eiltempo durch den Vernehmungsraum, von Wand zu Wand und wieder zurück. Sie waren sich in ihrer Erregung und in ihren Bewegungsabläufen sehr ähnlich.

»Frau von Mauerbach, jetzt beruhigen Sie sich bitte und nehmen wieder auf dem Stuhl Platz. Ich will Ihnen gern glauben, dass Sie ihren Mann erschossen haben. Aber vielleicht erzählen Sie uns der Reihe nach, was gestern Nacht passiert ist. Bislang wollten Sie ja darüber nicht mit uns sprechen. Ihr Anwalt ist auch noch nicht da. Also, können wir uns unterhalten oder warten wir auf den Anwalt?«

Lavinia Strano schaltete das Diktiergerät ein und Antonio sah erwartungsvoll zur Brauereibesitzerin, die sich sichtlich zusammennahm und überlegte, wie sie am besten anfing. Sie schob die Hände zwischen die Oberschenkel und wippte leicht in ihrem Stuhl hin und her. Sie tat sich schwer, den Einstieg zu finden, und Antonio würde ihr nicht helfen.

»Wo soll ich denn anfangen?«

»Ganz, wie Sie möchten«, antwortete Antonio freundlich.

»Was hat Ihnen denn mein Sohn erzählt?«

Antonio erlaubte sich ein kurzes Lachen und sagte dann: »Das ist für Ihre Aussage nicht wichtig, Signora!«

»Ich habe gestern Nacht meinen Mann auf dem Grundstück der *Villa Sole* erschossen!«

»Wann war das ungefähr?«

»Kurz nach neun Uhr abends, vielleicht auch ein bisschen später. Genau kann ich das nicht sagen.«

»Gut! Was ist in der Villa passiert, Signora?«

»Der Streit mit meinem Sohn hat mich ziemlich aufgewühlt. Ich fühlte einen mächtigen Zorn auf meinen Mann, der uns vor allen Augen blamiert hat. Ich habe mich selten im Leben so geschämt und erniedrigt gefühlt.«

Sie sah Antonio an und nun liefen ihr Tränen über die Wangen, die sie mit den Handrücken wegwischte.

»Sie waren ja selbst dabei, Commissario, und Sie auch!«, wandte sie sich an Lavinia, die kurz nickte. »Wie hat das auf Sie gewirkt? Peinlich, blamabel?« Sie fingerte ein gebrauchtes Taschentuch aus der Hosentasche und schnäuzte sich.

»Ja, sicher, Signora!«, bestätigte Lavinia Strano, »aber doch ausschließlich für Ihren Mann.«

»Ich weiß nicht! Männer finden es doch toll, wenn einer gleich mehrere Frauen hat, die sich gegenseitig bekriegen, ankeifen. Das macht ihnen doch Spaß. Da kommen sie sich doch erst wie richtige Männer vor.«

»Und das bemerkten Sie erst gestern? Da hat es Sie zum ersten Mal gestört, wie wenig ernst Ihr Mann die Ehe mit Ihnen nimmt? Wie lange sind Sie mit Raimondo Varese verheiratet gewesen?«

»Dreiundzwanzig Jahre! Auf dem Papier! Er war ja nie da! Eigentlich hatte ich keinen Ehemann.«

»Wie müssen wir uns Ihr Verhältnis zu Varese vorstellen?« Antonio interessierte sich wirklich für die Ehe der beiden. Für ihn machte das alles keinen Sinn. Warum ließ sich eine Frau wie Annegret von Mauerbach solch ein Verhalten über Jahre gefallen? Warum jagte sie diesen Mann, der nur Leid und Kosten brachte, nicht zum Teufel?

Wie zuvor ihr Sohn begann sie, mit den Handflächen über den Tisch zu streichen. Sie versuchte sich zu sammeln, das Richtige zu sagen.

»Haben Sie Zeit?«, fragte sie überraschenderweise.

»*Sì!*«

Annegret von Mauerbach lehnte sich in ihrem Plastikstuhl zurück und begann, ihre Geschichte zu erzählen. Eindringlich und in gesetzten Worten berichtete sie von ihrer Kindheit, die geprägt war von Arbeit und bedingungsloser Unterstützung für den Vater, der allein die Brauerei leitete und sich wenig um seine Tochter, die mit dreizehn Jahren zur Halbwaisen geworden war, kümmern konnte. Es fehlte ihr an nichts, außer an Wärme und dem Gefühl, ernst und für voll genommen zu werden. Sie hatte eine gute Singstimme und bekniete den Vater, Gesangsunterricht nehmen zu dürfen, doch er wollte die Stunden nicht bezahlen. Sie sollte sich darauf einstellen, in der Brauerei mitzuarbeiten, für Musik war kein Platz. Das Einzige, was sie ihm mit achtzehn Jahren abtrotzen konnte, war ein Opernabonnement in Salzburg. Es sollte ihre einzige Freude für viele Jahre bleiben. Kurz nach ihrem achtundzwanzigsten Geburtstag starb der Vater und sie übernahm die Firmenleitung. Nach der Testamentsverlesung erkannte sie, mit welch üppigen Geldmitteln ihr Vater sie zurückgelassen hatte. Daraufhin gründete sie eine Stiftung zur Ausbildung von Opernsängern. Einer der Ersten, der in den Genuss eines Stipendiums am Salzburger Konservatorium kam, das von ihrem Geld bezahlt wurde, war Raimondo Varese. Robert Holzinger, der in ihr eine willige Förderin seiner noch jungen Künstleragentur fand, machte sie eines Tages während der Opernfestspiele miteinander bekannt. Varese war fünf Jahre jünger als sie, charmant, mittellos, anhänglich und genauso allein und genauso von der Oper besessen. Zwei Musikfanatiker hatten sich gefunden und lieben gelernt. Als Annegret von Mauerbach zwei Jahre später mit Jan schwanger war, wurde geheiratet. Sie ahnte, worauf sie sich einließ, aber letztlich hatte sie nicht begriffen, was sie ihrem Sohn mit dieser Fernehe antat. Auch er wuchs ohne die Nähe des Vaters auf, ein Halbwaise in übertragenem Sinne wie sie selbst.

»Die Übereinstimmung unserer Schicksale ist mir wirklich erst gestern im Streit mit meinem Sohn aufgegangen. Er hat mir all das vorgeworfen, was ich meinem Vater so gerne auch einmal gesagt hätte. In meinem Egoismus, unbedingt den Mann halten zu wollen, der sich innerlich längst von mir getrennt hatte, habe ich die Bedürfnisse meines Sohnes nicht gesehen. Mein Mann ist ein Tenor, das wollte ich den Leuten erzählen. Mein Mann macht das, was ich so gerne auch gemacht hätte. Aber ich fand nie den Mut, mich über den Willen meines Vaters hinwegzusetzen. Das war die traurige Wahrheit, der ich das Leben meines Sohnes geopfert habe.«

Sie sah auf und ihr Blick ließ all die Verzweiflung erkennen, die sie bisher geschickt verborgen hatte. Von der selbstbewussten Geschäftsfrau, die ihnen gestern Abend in ihrem American Coach gegenübergesessen hatte, war wenig übrig geblieben.

»Sie hatten also doch eine Waffe dabei, die Sie nach dem Streit mit ihrem Sohn mitgenommen haben. Wie sind Sie zur *Villa Sole* gekommen?«, fragte Antonio.

Einen Moment sah sie ihn verdutzt an. Dann nickte sie.

»Ja, ich habe meine Sportwaffe genommen und bin zur Villa zurückgefahren. Mein Mann stand im Garten und genoss die Aussicht.« Sie hielt inne und sah in ihren Schoß.

Antonio fand es bezeichnend, dass Mutter und Sohn derart gute Geschichtenerzähler waren. Hatte sich so ihr Zusammenleben gestaltet? Die Mutter berichtet vom glorreichen Vater, der irgendwo in der Weltgeschichte auf einer Bühne steht und den grandiosen Othello gibt? Und Jan, der Supersportler, findet in Günther Schrewe einen Ersatzvater und markiert den zufriedenen Sohn, dem es an nichts fehlt? Objektiv war das vermutlich sogar richtig. Doch Schrewe kann den Vater und den fehlenden Ehemann nicht ersetzen. Der ehemalige Chemielehrer und Kanutrainer war nur ein Kumpel und in dieser Funktion das Bindeglied zwischen Mutter und Sohn.

Antonio begann, gedanklich die verschiedenen Szenarien des Abends durchzuspielen. Hatte sie von Schrewe die Waffe bekommen? Eine Pistole, die in dem billigen Futteral mit auf Reisen ging? Die nicht registriert war? Und nach der Tat kehrte Annegret zum Campingplatz zurück, und der Kanulehrer versuchte, sie zu beruhigen?

Von Jan fehlte zu diesem Zeitpunkt jede Spur. Die Mutter wusste, dass ihr Sohn hochgradig erregt war, als er nach ihrem Streit den Campingplatz verließ. Als er immer noch nicht aufgetaucht war, als Antonio und Mauro in Bardolino ankamen, rechnete sie sofort mit dem Schlimmsten. Vielleicht hatte er einen Unfall, vielleicht tat er sich etwas an, vielleicht war er zum Vater gefahren und was dann? Ängste einer Mutter, die wusste, dass sie nicht alles richtig gemacht, den Sohn in die Enge getrieben hatte. Günther Schrewes Beruhigungsversuche konnten sie nicht überzeugen. So zumindest hatte es für Antonio ausgesehen, als er mit dem Staatsanwalt in der Nacht die beiden beobachtete.

Oder aber Annegret von Mauerbach hatte ihren Mann an dem Abend nicht mehr gesehen. Sie fuhr zusammen mit Jan in einem Taxi zurück zur *Villa Sole*. Die beiden holten ihre *motorini*, doch dann trennten sich ihre Wege. Die Mutter fuhr nach Bardolino und Jan irgendwohin. Der Streit der beiden hatte vielleicht nur kurz aber heftig auf dem Parkplatz vor der *Villa Sole* stattgefunden. Und nun wartete die Mutter bang auf die Rückkehr von Jan. Doch woher hatte der Junge die Waffe? Der Kumpel, der väterliche Freund hatte immer eine dabei? Auf Reisen mit einem Camper musste man mit allem rechnen? Zur Not griff man zur Selbstjustiz? War Schrewe so gestrickt und hatte Jan davon gewusst? Antonio wollte das nicht ausschließen. Scharf beobachtete er die Frau auf der anderen Seite des Tisches. Er sah ihr an, wie sie jetzt mit sich kämpfte, wie sie versuchte, den Mord an Varese auf ihre Kappe zu nehmen. Er kam ihr nicht zu Hilfe. Auch Lavinia Strano schwieg und beobachtete die Brauereibesitzerin, die doch alles hatte im Leben und dennoch gescheitert war.

»Ich war unglaublich wütend auf meinen Mann«, fuhr Annegret von Mauerbach leise fort. »Noch nie zuvor hatte mein Sohn solche Worte gefunden, mich so angegangen wie gestern Abend. Ich habe völlig die Kontrolle verloren, hatte nur noch ein Ziel, den Mann, der mir das alles angetan hatte, aus dem Weg zu räumen.«

»Sie hätten sich doch einfach von ihm trennen können«, bemerkte Lavinia leise.

Doch Annegret von Mauerbach schüttelte entschieden den Kopf. »Nein, das war keine Alternative. Raimondo ist für mich wie eine Droge. Ich hätte es nicht geschafft, ohne ihn weiterzuleben. Er hat mein Leben für mich gelebt, hat das gemacht, was ich nicht durfte. Könnten Sie sich von Ihrem Leben trennen?«, fragte sie und meinte es vollkommen ernst.

»Und wenn er tot ist, bedeutet das doch, dass Sie jetzt auch tot sind!«, führte Lavinia diesen abenteuerlichen Gedanken konsequent zu Ende.

Annegret von Mauerbach sah sie mit ausdruckslosen Augen an. »Danke, Signorina, dass S i e mich wenigstens verstanden haben.« Ihr Blick fiel auf Antonio, der nicht so recht wusste, wie ihm hier geschah. Frauen hatten offenbar doch eine andere Lebensauffassung als Männer. Wenn die Deutsche meinte, was sie da sagte, dann war sie in höchstem Maß suizidgefährdet. Sie erwartete nichts mehr vom Leben. Allein der Sohn, für den sie sich verantwortlich fühlte, brachte sie noch so weit, hier ihre Geschichte zu erzählen. Was mit ihr geschah, war ihr völlig gleichgültig. Bei einem der nächsten Schießtrainings würde sie vielleicht die Waffe gegen sich selbst richten, wenn sie nicht wegen Mordes zu vielen Jahren Haft verurteilt wurde. Doch soweit waren sie noch lange nicht.

»Nun, Signora«, setzte er an, »wie ging es dann weiter? Ihr Mann stand im Garten, sah auf den See hinaus. Was ist dann passiert?«

»Ich habe Raimondo zur Rede gestellt, ihn gefragt, was er sich bei seinem Auftritt beim Bürgermeister gedacht hatte. Wissen Sie, was er mir darauf antwortete? Ich hätte ihm durch meine Anwesenheit die Show vermasselt. Ich hätte seine Reputation gefährdet. Ich hätte ihn dem Spott aller ausgesetzt!« Sie schüttelte den Kopf und sagte: »Da hatte ich endgültig genug. Ich war mir nicht klar in diesem Moment, was meine Tat auch für mich später bedeuten würde. Mein Kopf war voll von Anklage, Enttäuschung, von der Erkenntnis, dass ihm unser gemeinsamer Sohn völlig schnuppe war. Der Streit mit Jan hatte mir die Augen geöffnet, mich sehr aufgewühlt. Und als mein Mann, anstatt Reue zu zeigen, mich auch noch verantwortlich machte für die Blamage, mich übel beschimpfte, habe ich die Pistole aus meiner Hosentasche gezogen, durchgeladen und auf ihn aus nächster Nähe geschossen.«

Erschöpft lehnte sie sich in dem Stuhl zurück und sah vor sich hin. Sie hatte aus ihrer Sicht alles gesagt, was nötig war.

»Wie oft haben Sie denn auf ihn geschossen, Signora?«, hakte Antonio nach.

»Zweimal, vielleicht dreimal. Keine Ahnung.«

»In die Brust oder in den Rücken?«

Widerwillig sah sie ihn an. »Halten Sie mich für feige? Natürlich in die Brust. Mitten in die Brust.«

»Und wo ist die Waffe jetzt?«

Erneut vergrub sie ihre Hände zwischen den Oberschenkeln, zögerte. Diese Frage hatte sie offenbar nicht erwartet.

»Ich bin aus dem Haus gestürzt, habe mich auf meinen Roller gesetzt und bin wieder Richtung Bardolino und Campingplatz gefahren. Irgendwo auf dem Weg dorthin habe ich die Waffe ins Gebüsch geworfen. Keine Ahnung, wo das genau war.«

»Wie viele Waffen besitzen Sie und Ihr Sohn?« Antonio ließ nicht locker. Georgs Bericht von seinem Besuch in der Schießstätte kannte er. War ja auch nicht schwer, sich den Inhalt zu merken. Außerdem würde es ein Leichtes sein, die Waffen, die auf die von Mauerbachs zugelassen waren, herauszufinden. Es war aber auch klar, dass sie sich jederzeit weitere besorgen konnten. Doch nach dem Bericht der Brauerin war es nicht sehr wahrscheinlich, dass sie mit der Absicht, Varese zu töten, aus Bayern angereist war. Das traute er ihr weder zu, noch machte es Sinn. Ihre geradezu abhängige Liebe zu ihrem Ehemann ließ diesen Schluss nicht zu. Im Gegenteil, sie glaubte, Vater und Sohn könnten von dem Treffen profitieren. Die beiden Geständnisse waren aus seiner Sicht nichts wert. Dennoch musste er sie berücksichtigen.

»Was ist denn das für eine Frage? Glauben Sie, ich habe ein Waffenlager zu Hause? Mein Sohn und ich besitzen jeweils eine Sportwaffe und ein Jagdgewehr.«

Waren ja nicht wenige, dachte Antonio. Für die meisten Bürger wären es vier zu viel.

»Mein Anwalt muss jeden Moment da sein«, erklärte sie wieder mit erstarkter Stimme und schon bekanntem Selbstbewusstsein. »Lassen Sie meinen Sohn umgehend frei und verständigen Sie Günther Schrewe, damit er sich um ihn kümmert. Mein Anwalt wird alles andere regeln. Ich habe gesagt, was ich bereit bin auszusagen. Mehr werden Sie von mir nicht hören.«

»Das reicht ja erst einmal.« Antonio fühlte, wie er zornig wurde. Die Dame machte ein falsches Geständnis und glaubte, sie könnte in der *Questura* auch das Zepter schwingen. Er hätte gute Lust gehabt, sie ein wenig schmoren zu lassen und abzuwarten, bis ihr Anwalt wirklich durch die Tür hereinkam. Stattdessen sagte er kühl: »Unsere Polizeipsychologin kümmert sich im Moment um Ihren Sohn. Wie wir von anderer Stelle erfahren haben, ist Günther Schrewe heute mit den Jungs beim Training und mit den Booten nach Peschiera gefahren. Vorläufig kann er sich nicht um Ihren Sohn kümmern.« Er verzichtete bewusst darauf, ihr anzubieten, Jan selbst zu holen. Es gab keine Handhabe, die Dame länger in der *Questura* zu halten, doch das musste er ihr nicht auf die Nase binden. Vincenzo Mauro würde schon wissen, was zu tun war.

Antonio stand auf und sagte zu Lavinia Strano: »Bitte, begleite Frau von Mauerbach in den Besucherraum, bis ihr Anwalt kommt. Ich schicke Fausto zur Verstärkung.« Zu Frau von Mauerbach gewandt sagte er: »Was wir von Ihrem Geständnis halten sollen, weiß ich noch nicht so recht, Signora. So, wie Sie die Tat geschildert haben, hat sie sich nicht zugetragen. Das steht fest. Sie haben jetzt Zeit, nochmals über alles nachzudenken. Vielleicht wollen Sie uns in ein paar Stunden eine neue Variante schildern.«

30

Verona, 14.00 Uhr

»Mauro will dich sprechen!« Enrico Brandino trat Antonio auf dem Gang in den Weg, als der Commissario aus dem Vernehmungsraum kam und eigentlich in sein Büro wollte.

Antonio sah ihn ärgerlich an und sagte aufgebracht: »Schau mal auf die Uhr. Kurz vor zwei! Bisher habe ich nur Lügen auf nüchternen Magen gehört. Mir reicht's! Ich habe Hunger und werde mich jetzt nicht vom Staatsanwalt abhalten lassen, sondern endlich zum Mittagessen gehen. Seine Wünsche und Befehle müssen warten. Sag unserem geschätzten Dottore, mein Bericht liegt morgen früh auf seinem Schreibtisch. Keine Ahnung, wie ich das schaffen soll, aber im Moment habe ich für ihn keine Zeit. Und dann komm! Fausto und Lavinia wissen Bescheid. Wir treffen uns in zehn Minuten bei Bruno! Es gibt frische *spaghetti alle vongole veraci*, die lasse ich mir nicht ohne Not entgehen!«

Sein Ispettore wand sich ein wenig und legte seinen Zeigefinger auf den Mund, um ihm zu signalisieren, nicht so laut zu sprechen. Im Flüsterton informierte er ihn: »Mauro saß während der Vernehmung im Nebenraum und hat eure Befragung der Signora verfolgt. Er tobt und flucht.«

»*Capito!*«, antwortete Antonio genauso leise. »Es bleibt dabei. In zehn Minuten bei Bruno!« Dann ging Antonio auf die Tür zu, die zum Nebenraum führte. Im letzten Moment zögerte er und drehte sich nochmals zu seinem Ispettore um.

»Eine Frage noch, konntest du inzwischen mit dem alten Mann, dem Nachbarn der Holzingers in Garda sprechen? Hat er etwas gehört gestern Abend?«

»Du meinst Ernesto Rubini? Der hat in der Tat etwas gehört. Laute Stimmen, Streit und dann Schüsse.«

»Weshalb hat er die Schüsse nicht der Polizei gemeldet?«

»Sollen die Deutschen sich doch alle totschießen, hat er gemeint. Ein paar weniger von ihnen könnten nicht schaden.«

»Und hat er was gesehen?«

Enrico schüttelte den Kopf. »Er saß angeblich auf der Terrasse, als er eine laute Stimme hörte. Sie sprach nicht Italienisch. Da ist er sich sicher. Eine fremde Sprache. Deutsch, vielleicht. Kann aber auch Englisch gewesen sein, oder eine andere Sprache, die der Mann verwendete. Er war sich auch sicher, dass die Stimme zu einem Mann gehörte. Ich habe mich an den Platz auf der Terrasse gesetzt, auf dem er in der Nacht angeblich bei einem Glas Wein saß. Von dort kann man nicht über die Büsche ins Nachbargrundstück oder auf das kurze Strandstück sehen. Raimondo Varese wurde ja auf dem unteren Rasenstück liegend aufgefunden. Rubini hatte keine Möglichkeit, irgendetwas zu beobachten.«

»Und er ist nicht aufgestanden und hat nachgeschaut, was drüben vor sich ging?«

»Angeblich nicht! Er interessiere sich nicht für die Angelegenheiten fremder Leute.«

»Wer's glaubt, wird selig!«, murmelte Antonio. Aber er wusste auch, dass eine weitere Befragung des alten Mannes nichts brachte. Er würde ganz sicher stur bei seiner Aussage bleiben.

»Annegret von Mauerbach hat eine tiefe Stimme«, sinnierte Antonio. »Aber sie spricht hervorragend Italienisch, ebenso Jan. Vergessen wir Rubini! Ein alter Mann mit Hörproblemen!« Antonio drehte sich zur Tür. »Also, dann bis gleich bei Bruno.« Er straffte sich, legte ein Lächeln auf die Lippen, obwohl ihm alles andere als danach zumute war, und betrat den Nebenraum des Vernehmungszimmers.

»*Buongiorno*, Dottore! Schön, Sie zu sehen. Wie war eigentlich ihr Opernabend? Darüber haben wir uns noch gar nicht unterhalten.«

»Sparen Sie sich Ihren Smalltalk für einen Dümmeren auf!« Vincenzo Mauro stand vor der Spezialglasscheibe, durch die man in den Vernehmungsraum blicken konnte, ohne von der anderen Seite gesehen zu werden. »Was sollte das, Commissario? Frau von Mauerbach muss unter Gewahrsam gestellt werden. Hier!« Er hielt ihm ein Stück Papier hin, das ohne Zweifel die Untersuchungshaft für Annegret von Mauerbach beantragte. Er hatte es ja geahnt. Antonios leerer Magen zog sich schmerzhaft zusammen. Mauro wusste, was zu tun war, wenn es sich dabei auch um Unsinn handelte.

»Die Signora hat ein astreines Geständnis abgelegt. Der Fall ist für uns erledigt! Sie«, und dabei deutete er mit dem Kinn auf Antonio, denn seine Hände hatte er in die Hosentaschen geschoben, »Sie beschäftigen sich ab sofort nur noch mit dem Mordfall Holzinger. Ist das klar?« Seine dunkelbraunen Augen funkelten hinter den dicken Brillengläsern. Er war weit davon entfernt, einen Scherz zu machen.

»Ich glaube nicht, dass wir die beiden Fälle voneinander getrennt betrachten können, Dottore.« Antonio ließ sich nicht vorschreiben, welche Mordfälle er auf welche Art und Weise abarbeitete. »Und das Geständnis der Signora ist nichts, aber rein gar nichts wert. Das wissen Sie so gut wie ich. Nebenbei bemerkt, den Tod an Matteo Holzinger wird sie niemals zugeben. Denn sie hat weder den einen noch den anderen der Männer erschossen. Genauso wenig wie ihr Sohn sich irgendetwas zuschulden hat kommen lassen.« Hoffentlich irrte er sich da nicht. »Wir sind keinen Schritt weiter. Leider!«

»Hm«, brummte Vincenzo Mauro unwillig vor sich hin. »Mir gefällt das nicht! Ist die Tatwaffe denn inzwischen aufgetaucht, Commissario?«

Antonio schüttelte den Kopf und sah dann seine staubigen Schuhspitzen an. Er rang mit sich, ob er weitere Neuigkeiten mit dem Staatsanwalt teilen sollte. Dann allerdings konnte er seine *spaghetti alle vongole veraci* vergessen. Doch sein Pflichtbewusstsein siegte über den Hunger und er gab sich einen Ruck.

»Ich konnte vorhin in Garda auch noch mit der Hausdame der Holzingers, mit Anna Bonomi, sprechen. Sie hat ihre Aussage präzisiert. Sie kann nicht mit Bestimmtheit sagen, wann wer das Haus nach dem Mittagessen am Sonntagnachmittag verlassen hat. Damit platzen die Alibis, freilich nur noch die von Roberto Holzinger und Moto Yakanabe. Varese braucht ja inzwischen keines mehr!«

»Keine weiteren Hiobsbotschaften auf nüchternen Magen, Commissario.« Mauro sah auf seine dicke, goldene Markenuhr. »*Madonna*, so spät schon! Wohin gehen wir zum Mittagessen? *Da Bruno*?«

Der Stich, der messerscharf seine nervösen Magennerven traf, tat Antonio richtiggehend weh. Der Typ hatte wirklich den siebten Sinn. Er würde ihn nicht loswerden. So viel war klar. Und die Kollegen würden Antonio anschließend mit Vorwürfen überziehen. Aber was sollte er machen? Die weitere interessante Neuigkeit, die er von Signora Bonomi erfahren hatte, war ein Anruf kurz vor zwei Uhr am Sonntag. Sie war gerade dabei gewesen, den Geschirrspüler einzuräumen. Ein Mann war am Apparat und fragte mit starkem, deutschen Akzent nach Roberto. Er wollte wissen, ob es bei der Probe in der *Arena* bliebe. Signora Bonomi musste dem Mann erklären, dass außer Matteo Holzinger niemand mehr im Haus war, dass alle Künstler die Villa schon verlassen hatten. Leider nannte er seinen Namen nicht und bevor sie weiter nachfragen konnte, hatte er schon aufgelegt. Da hatte jemand sicher sein wollen, dass die Luft rein war. Neben den Bewohnern der Villa, die sehr wohl wussten, dass der Hausherr einen begrenzten Bewegungsradius hatte, nur mit der Motoryacht weiterkam, hatte eine außenstehende

Person versucht, sich Gewissheit zu verschaffen. Antonio sah in das neugierige Gesicht von Vincenzo Mauro, der immer noch auf eine Antwort wartete. Noch sah Fontanaro keinen Grund, dieses neue Wissen mit ihm zu teilen.

»*Esatto*, Dottore. Mögen Sie Venusmuscheln?« Ein letzter Versuch, das Unvermeidliche aufzuhalten.

»*Eccome!*« Mauro formte mit der rechten Hand eine lockere Faust, fügte Daumen und Zeigefinger zusammen und bewegte die Hand aus dem Gelenk mehrere Male schnell hin und her. Antonio verstand: Der Staatsanwalt aß nichts lieber als Venusmuscheln. »Wir treffen uns dort.« Mit diesen Worten verließ Mauro den Raum und stürmte den Gang entlang Richtung Aufzug.

Antonio zögerte. Ob er ihm folgen und gleich zum Essen gehen oder zuerst Giorgio in Traunstein informieren sollte? Dann griff er entschieden nach seinem Handy und hatte Glück.

»Na, alter Schwede«, begrüßte der ihn, »wie stehen die Aktien?«

»Nicht gut, fürchte ich. Die Geständnisse der Mauerbachs sind nichts wert.«

»Na sauber! Gut, dass ich das jetzt erfahre. Dann hätte ich mir den Weg zur Dr. Schaller schenken können!«

»Bekommst du Durchsuchungsbeschlüsse?.«

»Für die Privaträume ja, für die Brauerei wohl eher nicht. Die Familie muss ja in einem desolaten Zustand sein, wenn das dabei rauskommt. Und du bist dir sicher, dass es nicht doch einer von beiden gewesen sein könnte?«

»Was ist schon sicher? Aber die Beschreibungen, wie sie Raimondo Varese erschossen haben wollen, stimmen nicht mit den Fakten überein. Allerdings hat uns Annegret von Mauerbach etwas Interessantes erzählt. Sie hat vor etwa zwanzig Jahren eine Stiftung gegründet, die es jungen Sängern und Musikern ermöglicht, am Konservatorium von Salzburg zu studieren. Einer der Stipendiaten war ihr späterer Ehemann Raimondo Varese. Meinst du, du kannst in Erfahrung bringen, ob es die Stiftung noch gibt und wohin die Geldflüsse momentan fließen? Und herausfinden, ob Roberto Holzinger Nutznießer dieser Stiftung ist?«

»Du glaubst also auch immer noch, Robert könnte seinen Bruder auf dem Gewissen haben?«

»Zumindest versucht er sehr intensiv und nicht mit legalen Mitteln, die Villa am See zu veräußern. Er hat große finanzielle Probleme und wird jede Geldquelle anzapfen, die sich ihm bietet. Und Matteo hat dem Hausverkauf sicher nicht zugestimmt. Wenn sein Bruder sich überhaupt getraut hatte, ihm einen solchen Vorschlag zu unterbreiten. Die Brüder haben am Sonntag heftig gestritten. Das bestätigte mir die Hausdame. Sie kann jedoch nicht sagen, worum es ging. Denn sie versteht kein Deutsch.«

»Florian Huber hat mir einen umfangreichen Ordner mit allen möglichen Dokumenten zusammengestellt. Vor allem geht es dabei auch um Grundbucheintragungen, Baugenehmigungen und testamentarische Verfügungen unter den Holzingers. Das ist alles sehr aufschlussreich, aber zu kompliziert für ein Telefonat auf der Autobahn. Ich bin nämlich schon hinter Bozen.«

»*Stupendo!* Großartig! Ich freu mich sehr, dich bald zu sehen. Deine Hilfe ist mehr als erwünscht.«

»Wenn alles klappt, bin ich in zwei Stunden auf der *Piazza Brà* in der *Liston Bar* bei einem *aperitivo*. Sehen wir uns?«

»Nur wenn du deinen sagenhaften Ordner gleich mitbringst.«

»Mach ich! *Ciao, a dopo!*«

Eine Viertelstunde später betrat Antonio das *Ristorante* seines Freundes Bruno. Er trat durch die Tür und sofort war der Straßenlärm gedämpft. Er tauchte ein in die elegante Atmosphäre des Speisesaals. Die Schwarzweiß-Fotos italienischer Filmstars an den Wänden, die dunkelbraunen Ledersessel auf Veroneser Marmor, die mit weißem Damast gedeckten Tische und flackerndes Kerzenlicht hatten eine beruhigende, stimmungsaufhellende Wirkung auf ihn. Es gab nichts Besseres, um abzuschalten, als bei Bruno zu speisen. Wie gerne hätte er jetzt das Essen allein genossen, ohne Kollegen, ohne Staatsanwalt, ohne Todesfälle, deren Klärung ihm unverdaulich im Magen lagen. Aber er hatte die Hoffnung, dass der Abend mit Giorgio, Marissa und Stefania dann doch privater und ungestörter verlaufen würde als dieses Mittagessen. Vielleicht wären sie dann auch der Lösung des Falls deutlich näher.

Der Gastraum war voll besetzt wie immer und Antonio entdeckte die drei Kollegen an einem Tisch nahe der Küche. Das würde Mauro vermutlich nicht so schätzen. Doch das konnte er nun nicht ändern. Warum auch? Er nahm auf dem letzten freien Sessel Platz und winkte Bruno, der sofort am Tisch erschien.

»*Veraci?*«, fragte der nur kurz. Weshalb sollte sich Antonio lange mit der Karte aufhalten? Er nickte zustimmend und sagte: »Wir brauchen noch einen Stuhl an der Stirnseite. Dottor Mauro gibt uns die Ehre!«

»*Sei pazzo!* Bist du verrückt?«, waren die wenig schmeichelhaften Kommentare, die Fausto machte, während er ihn böse anfunkelte. »Nicht mal beim Essen haben wir unsere Ruhe. Schon den ganzen Vormittag hat er uns genervt.«

»Was wollte er denn wissen?«

»Er hat es sich nicht nehmen lassen und den Obduktionsbericht von Varese persönlich vorbeigebracht.«

»Und was steht drin?«

Bruno brachte eine Weinkaraffe und goss den leicht moussierenden Weißwein großzügig in die bereitstehenden Gläser. Eine weitere Karaffe mit stillem Wasser platzierte er in der Mitte des Tisches neben einem ordentlich gefüllten Brotkorb. Dann war er schon wieder auf und davon. Der sonst durchaus redselige Bruno hatte es heute sehr eilig.

»Es gibt Unterschiede zum Mord an Matteo«, sagte Fausto und verriet damit nichts Neues. Er schob sich ein Stück frisches Weißbrot in den Mund. Im Kauen fuhr er fort: »Der Deutsche wurde, wie wir wissen, von zwei Schüssen getroffen. Da die Dottoressa die Entfernung des Schützen mit maximal fünfunddreißig Metern angegeben hat, haben wir erneut das Gelände gründlich absuchen lassen, um weitere Indizien zu finden.«

»Das war ja auch nicht sehr präzise.«

Fausto nickte und ein weiteres Stück Brot wanderte in seinen breiten Mund. »Aber der Standort des ersten Täters lässt sich nach wie vor nicht genau bestimmen! Und dabei wird es wohl auch bleiben!«

»Das Nachbargrundstück?«, fragte Enrico sicherheitshalber nach.

»Nerv nicht, Enrico. Damit sind wir längst durch! Wir haben nichts gefunden!«

»Oder von der *Villa Sole* selbst«, warf Antonio in die Runde. »Von der Terrasse oder vom Balkon aus!«

»*No, no!*«, sagte Fausto sofort. «Nicht vom Balkon. Der Einschusswinkel wäre ein völlig anderer, wenn von oben nach unten gezielt worden wäre. Das hätte die Dottoressa in jedem Fall bemerkt.«

Da musste Antonio ihm recht geben. Er sah Bruno mit einem großen Tablett aus der Küche kommen. Darauf standen die dampfenden Teller mit den *spaghetti alle vongole veraci*. Er freute sich auf den Geschmack von Muscheln, Petersilie, Knoblauch, etwas Weißwein und *peperoncino*. Das würde ein Fest werden. Hoffentlich war Fausto mit seinem Bericht zu Ende, bevor ihnen noch allen der Appetit verging. Doch noch während Bruno die Teller vor den Kollegen abstellte, setzte sein Vice erneut an.

»Varese dagegen hatte es nicht so gut, möchte ich sagen«, begann er ungerührt und griff nach der Gabel. »Die ziellos auf den Rücken und in den Bauch abgefeuerten Schüsse haben wohl erst in Summe zum Tod geführt. Und sie wurden aus einer Entfernung von etwa zehn bis maximal fünfzehn Metern abgegeben. Unsere Leute von der Kriminaltechnik haben in einer der Ritzen des Terrassenpflasters und im Rasen Patronenhülsen gefunden. Vielleicht hat sich der Täter im Schießen von der Terrasse aus seinem Opfer genähert und gleichzeitig drauflos geballert. Das hält die Dottoressa für möglich. Und sie sagt, dass es sich definitiv um zwei verschiedene Schützen gehandelt haben muss. Matteo wurde von einem Profi niedergestreckt, Varese von jemandem, der vermutlich zum ersten Mal in seinem Leben eine Schusswaffe in der Hand gehabt hat. Er hat insgesamt zehn Schüsse auf sein Opfer abgegeben.«

»Zehn Schüsse!«, wiederholte Antonio nachdenklich. »Es ist nicht gesagt, dass es nicht noch mehr waren und einige ihr Ziel verfehlten.«

Fausto nickte und grinste den Commissario an. »*Esatto*, Tonio. Das habe ich auch gedacht und glaube, wir haben es mit einem Magazin von fünfzehn Schuss zu tun. Das Magazin blieb in der Waffe. Der erste Schütze verbraucht zwei, der nächste feuert alles ab und trifft dabei aus nächster Nähe zehnmal. Dann muss er aufhören, sein Magazin ist leer. Nachschub hat er keinen!«

»Da hat sich jemand in den Rausch geschossen!« Antonio schüttelte angewidert den Kopf. Verzweifelt sah er den dampfenden Teller an. Damit schieden alle Personen, die im Schützenverein von Wolfing aktiv waren, als Täter bei Varese aus. Nicht so für Matteo, dachte Antonio. Die von Mauerbachs waren folglich immer noch nicht ganz aus dem Schneider. Seit er wusste, dass Annegret mit Matteo auch Geschäfte gemacht haben könnte, musste er abwarten, was ihre Kontobewegungen aussagten, die Giorgio hoffentlich mitbrachte.

Fausto stopfte sich die Damastserviette in den Hemdkragen und drehte sich die erste Portion *spaghetti* mit der Gabel zurecht. »*Buon appetito!*«

Antonio ergriff nachdenklich seine Gabel und beugte sich über das Gericht. Der intensive Geruch siegte über seine widersprüchlichen Gefühle. Ganz automatisch setzte sich auch seine Gabel in

Bewegung. Er konnte nicht ausschließen, dass Annegret von Mauerbach eine Rechnung mit Matteo offen gehabt hatte und eine weitere Waffe besaß. Das wäre nicht unmöglich und eine weitere Lüge aus ihrem Mund genauso wenig.

»Ah, die Herren sind schon beim Mahl!« Vincenzo Mauro war an den Tisch getreten und sah in glückliche Gesichter.

»Dottore, welche Ehre!« Bruno gab Vincenzo Mauro die Hand. »Ich bringe Ihnen gleich die Karte. *Spaghetti alle vongole veraci* sind aus. Unser Commissario hat die letzte Portion bekommen.«

Fausto bekam einen Hustenanfall und einen hochroten Kopf, den er mit einem kräftigen Schluck Weißwein zu stoppen versuchte. Die säuerlich verzogene Miene des Staatsanwalts half ihm dabei nicht so recht.

»Was empfehlen Sie mir stattdessen, Bruno?« Mauro rührte die Speisekarte erst gar nicht an.

»*Tortelli di zucca con burro di salvia. Una specialità mantovana!*« Wie aus der Pistole geschossen antwortete Bruno und blieb dabei völlig ernst. Antonio hatte Mühe, sich das Lachen zu verbeißen. Die *tortelli*, gefüllt mit einer süßsauren Masse, die hauptsächlich aus Kürbisfleisch bestand und mit Essig gewürzt war, stellte so ziemlich das absolute Kontrastprogramm zu den *vongole veraci* dar. Antonio konnte dieser Spezialität aus Mantua absolut nichts abgewinnen. Zu penetrant süß für seinen Geschmack.

»*D'accordo!*« Der Staatsanwalt aus Rom hatte keine Ahnung, was da auf ihn zukam. Nicht jeder Gaumen ließ sich von den *tortelli* begeistern. Auch die Kollegen schwiegen und aßen mit noch größerem Vergnügen die *spaghetti* mit Muscheln, die durch den scharfen *peperoncino* alles waren, nur nicht süßlich.

»*Tutto a posto?*«, fragte Bruno überflüssigerweise nach. Und alle nickten unisono. Selbstverständlich war alles in Ordnung. Bestens!

Antonio war als Erster fertig und legte seine Serviette beiseite, während Vincenzo Mauro nur dem Wein zusprach. Seine Nudelportion ließ noch auf sich warten.

»Nun, erzählen Sie, Dottore«, begann Antonio. »Sie sind mir noch einen Bericht ihres Opernabends schuldig.«

»Wollen Sie wirklich wissen, wie dieser unselige Abend ausgegangen ist, Commissario? Mein Tausend-Euro-Anzug ist ruiniert, die teuren Karten sind verfallen, weil die *Agenzia* natürlich bei Gewitter keinen Ersatz leistet. Höhere Gewalt, heißt es von dort lapidar. Selbst Di Santo konnte mir nicht helfen. Und meine neue Flamme hat mir die Rechnung für ihren Friseur geschickt. Der Abend war ein finanzielles Desaster. Antonio beugte sich ihm leicht entgegen, weil er glaubte, sich verhört zu haben.

»Was wollten Sie von Di Santo?«, fragte er nach.

»Na, er hat bei der *Agenzia* doch einen gewissen Einfluss. Da die Stadt Zuschüsse zahlt, kann er bei der Vergabe der Aufführungen schon mitreden. Aber er wollte mir nicht helfen, wieder an meine 500 Euro zu kommen, die meine Karten im Parkett gekostet haben. Er meinte nur grinsend, es träfe keinen Armen. Scherzbold, unser Sindaco. Doch ich werde ihm das bei passender Gelegenheit schon heimzahlen. Allerdings muss ich zugeben, dass er natürlich im Moment andere Sorgen hat.«

»Wie meinen Sie das?« Antonio fand das Gespräch mit Mauro immer wieder erstaunlich ergiebig. Ohne es zu wollen, war der Staatsanwalt eine Quelle der Heiterkeit und der unerwarteten Neuigkeiten.

»Die *Aida* von diesem japanischen Unglücksraben kann er nun endgültig und mit bestem Gewissen absetzen, um Schaden von der Stadt abzuwenden, ihre Reputation zu retten. Der Tenor liegt in der Pathologie. Ohne Tenor keine *Aida*!«

»Welche Gnade für das Publikum«, ließ sich Fausto vernehmen und wischte sich seinen Mund mit der Serviette ab. »Nicht alles muss man bis zum bitteren Ende aushalten.«

»Aber bei einer solchen Inszenierung gibt es doch für jeden Sänger mindestens einen Ersatz!«, warf Antonio ein. »Es würde mich wundern, wenn Roberto Holzinger nicht Vorsorge getroffen hätte!«

»*Esatto*, Commissario! Das hat Moto Yakanabe auch versucht, dem Bürgermeister klar zu machen.«

»Woher wissen Sie das?«

»Ich war wie gesagt bei Di Santo wegen der Opernkarten, aber ich war nicht allein bei ihm. Als ich in seinem Büro eintraf, hatte er einen ausgeprägten Disput mit dem Japaner, der sich mit Händen und Füßen gegen die Absetzung seiner *Aida* zur Wehr setzte. Aber Di Santo hat ihn nur ausgelacht. Hat von Schicksal und von höherer Gewalt, auch in diesem Fall, erzählt«, Vincenzo lachte nicht ohne Schadenfreude, »und sich gegen eine Neubesetzung der Tenorpartie ausgesprochen.«

»Wer sollte denn singen?«

»Der Japaner hatte die Stirn und hat Di Santo einen Russen als Ersatztenor vorgeschlagen! Fragen Sie mich jetzt nicht nach dem Namen. Unaussprechlich für mich!«

Nun wurde es geradezu spannend.

»Die Todesfälle bringen unseren Bürgermeister in arge Bedrängnis. Die ganze schöne Planung ist dahin.«

Antonio spitzte die Ohren. Genüsslich lehnte sich der Staatsanwalt in seinem Ledersessel zurück und machte sich bereit für eine längere Ansprache.

»Di Santo würde natürlich liebend gerne auf die japanische *Aida* verzichten. Aber wenn ich die Sache richtig interpretiere« – an dieser Stelle meldete selbstverständlich niemand Zweifel an –, »dann hätte diese Lösung schon einen ziemlich unschönen Haken. Der tote Matteo nützt unserem Sindaco politisch nichts mehr, der glorreiche Tenor ist tot, Roberto pleite. Doch die Wahl wird stattfinden, egal, ob Di Santo über die nötigen Geldmittel für seinen Wahlkampf verfügt oder nicht.«

Ganz unbeabsichtigt schaltete sich Antonio in den Gedankengang des Staatsanwalts ein: »Roberto Holzinger hatte sich von Anfang an übernommen, konnte entweder Di Santos Forderungen nicht erfüllen oder die Gagen seiner Künstler nicht bezahlen. Der Bürgermeister war nicht zimperlich, nahm Roberto in die Pflicht. Dieser sah nur noch einen Ausweg: die Villa zu veräußern. Außer ...«

»Außer«, nahm Vincenzo Mauro Antonios Faden auf, »Roberto hätte noch eine weitere Geldquelle. Schließlich hatte er Gelder auf einem Nummernkonto deponiert.«

»Wie ist die Sache für Moto Yakanabe ausgegangen?«, fragte Antonio mit angehaltenem Atem.

»Keine Ahnung. Er wird inzwischen Koffer packen, nehme ich stark an.«

Antonio sprang vom Tisch auf. Warum rückte der Unglücksrabe Mauro erst jetzt mit dieser alarmierenden Nachricht heraus? Doch bevor Antonio noch Anweisungen an seine Leute geben konnte, vibrierte sein Handy in der Hosentasche.

»*Pronto!*«

»Agente Risi am Apparat, Commissario. Ich bin im Hafen von Peschiera. Es hat einen Unfall gegeben und ein Junge, Sebastiano, meinte, Sie sollten sofort kommen.«

»Was ist passiert?«

»Einer der Kanuten ist über Bord gegangen und wird gerade reanimiert. Es sieht nicht gut aus, fürchte ich.«

»*Grazie*, Agente, wir kommen!«

Und zu seinen Kollegen am Tisch sagte er: »Wir haben einen Notfall. Fausto und Lavinia, ihr fahrt sofort zur *Villa Sole* und verhindert, dass sich Roberto und Moto Yakanabe vom Acker machen. Enrico und ich fahren nach Peschiera. Die Rechnung für das Essen übernehme ich am Abend.«

»Dottore, *a dopo!*«

Damit ließen sie den verdutzten Vincenzo Mauro allein am Tisch zurück.

Im Laufschritt ging es die *Via Stella* entlang, am *Palazzo Barbieri* vorbei, zur *Via Pallone* und zur *Ponte Aleardi* über die Etsch. Wo war Jan, schoss es Antonio durch den Kopf. Er hatte keine Zeit, um noch in sein Büro zu laufen, deshalb rief er in der *Questura* an, um mit der Psychologin zu sprechen, die Jan betreuen sollte.

»Es tut mir leid, Commissario, aber Jan von Mauerbach wollte nicht bleiben. Er hat jede Unterstützung durch uns und auch die Medikamente, die ich ihm geben wollte, verweigert. Ich konnte ihn nicht dazu zwingen.«

»Selbstverständlich nicht. Wann hat er die *Questura* verlassen?

»Kurz nach ein Uhr, denke ich. Im Übrigen gemeinsam mit seiner Mutter. Ihr Anwalt hat erwirkt, dass sie unverzüglich die *Questura* verlassen konnte.«

Das hatte er nicht anders erwartet.

»*Grazie*, Signora!«

Antonio blickte auf die Uhr. Jetzt war es kurz nach drei Uhr nachmittags. Jede Menge Zeit für Jan, um seinen Freunden, die heute mit Günther Schrewe zum Training nach Peschiera wollten, zu folgen. Antonio spürte, wie sein Pulsschlag in die Höhe schnellte. Es durfte, es konnte nicht sein, dass Jan das nächste Opfer sein sollte, das es in diesem Fall zu beklagen gab. Wie sollte er Annegret von Mauerbach wieder unter die Augen treten? Hatten sie den Jungen zu sehr in die Mangel genommen? Nicht ohne Grund hatte Antonio auf psychologische Betreuung bestanden. Aber zu dieser war es nicht gekommen. Antonio und Enrico stürmten auf den Parkplatz der *Questura* und bestiegen den Dienst-Alfa.

31

Peschiera, 15.30 Uhr

Antonio trat das Gaspedal durch und jagte den Wagen aus der Stadt hinaus. Mit Martinshorn und Lichthupe raste er mit Enrico neben sich die *autostrada* bis zur Ausfahrt Peschiera entlang. Dort folgte er dem Gassengewirr des Ferienorts bis zur *Marina* und bog in die *Via Lungolago Mazzini* nahe der Festung ein. Am Straßenende, dort, wo am Horizont der hellblaue See im Sonnenlicht flimmerte, die weißen Segel gestaffelt sich im Wind bauschten, sah er einen Krankenwagen mit langsam rotierendem Blaulicht und eine Menschentraube auf dem Gehsteig. Er fuhr so dicht heran, wie es ihm nur möglich war. Einen Wagen vor ihm erkannte er als den alten VW-Bus von Schrewe. Der Anhänger, in dem die Kanus transportiert wurden, war leer.

»*Avanti!*« Mit Enrico im Schlepptau legte er die letzten fünfzig Meter bis zum Ende der Uferstraße im Laufschritt zurück. Je näher er der Menschenmenge kam, die dicht gedrängt zusammenstand, desto verhaltener wurden Antonios Schritte. Er hatte Angst vor dem, was ihn in wenigen Augenblicken erwartete. Sein Herz pochte im Hals und er fühlte, wie er kurzatmig wurde. Ihm schien der Brustkorb zu eng zu werden, so als presste ihm ein kräftiger Unbekannter die Rippen mit Macht zusammen.

Agente Risi hatte ihn und Enrico entdeckt und eilte auf sie zu. Sie gaben sich die Hand. Dann begleitete er sie ohne viele Worte zu machen bis nach ganz vorne, an das Ende der Uferpromenade. Antonio sah die Jungs von Günther Schrewe, die ein Knäuel bildeten, betreten zu Boden blickten. Auf die Schnelle konnte er Jan unter ihnen nicht entdecken. Ganz nahe an der Bordkante stand ein weiterer Krankenwagen und er sah zwei Sanitäter, die sich zum Boden hinunterbeugten. Sie waren gerade dabei, ein großes weißes Tuch über einen Körper zu legen. Antonio wurden die Knie weich. Sie kamen zu spät. Wer immer dort am Boden lag, war tot. Er fuhr sich mit der Hand über die Stirn und sagte zu Enrico: »Ich fürchte, wir haben einen großen Fehler gemacht! Einen, den wir nicht mehr gut machen können.«

Enrico, sehr blass um die Augen, sah ihn verstört an. »Wie meinst du das?«

Antonio ging weiter und kniete sich schließlich neben den bedeckten Körper am Boden. Einen Moment noch zögerte er, hatte Angst davor, der Wahrheit ins Gesicht blicken zu müssen, etwas grundlegend falsch gemacht zu haben. Dann hob er das weiße Stofftuch an der Stelle hoch, wo er den Kopf des Toten vermutete und blickte in die bleichen Züge von Günther Schrewe. Antonio fühlte, wie ihm der Atem stockte und dann plötzlich unendliche Erleichterung seinen Körper überschwemmte. Er ließ den Stoff zurückfallen. Seine Augen wurden feucht und die Zange, die sich um seine Brust gelegt hatte, löste sich langsam, aber spürbar. Er stand auf, drehte sich um und blickte in die versteinerte Miene von Jan von Mauerbach.

Einen Moment war Fontanaro versucht, den jungen Mann in die Arme zu nehmen, aber etwas in dessen Blick ließ ihn davor zurückschrecken. Der Junge konnte nicht ahnen, dass er ihn schon tot vor sich gesehen hatte, die tröstende Geste mehr ein Versuch gewesen wäre, sich selbst einer wunderbaren Wahrheit zu versichern.

Der junge Mauerbach hätte es nicht verstanden. Gleichzeitig warf Schrewes Tod Fragen auf und war kaum weniger tragisch. Bei aller Erleichterung trat der Fall in eine neue Dimension. Was aber sollte Antonio dem jungen Mann Tröstliches sagen? Stattdessen war es Jan, der mit rauer Stimme ansetzte:

»Günther hat mit mir noch gesprochen, bevor er in sein Kanu gestiegen ist. Es war ein seltsames Gespräch.« Seine Stimme war leise, aber klar. »Er sagte zu mir: ›Du wirst sehen, Jan, der Commissario wird den Mord an deinem Vater aufklären. Verlass dich drauf‹.«

»Möchten Sie wirklich wissen, wer Ihren Vater auf dem Gewissen hat?« Antonio kamen immer mehr Zweifel, ob die Wahrheit in diesem Fall eine gute sein würde.

Doch Jan achtete nicht auf seine Frage. »Und er hat gesagt, ich solle auf mich achtgeben. Egal, was Sie noch herausfänden, sollte ich versuchen zu verhindern, dass der Hass mein Leben bestimmt. Er würde es vergiften und am Ende zerstören.«

Welche Botschaft hatte Günther Schrewe seinem jungen Freund und ihm, dem Commissario, mit auf den Weg geben wollen? Antonio fragte sich, was sie bei den Ermittlungen übersehen hatten. Schrewe hatte definitiv mehr gewusst, als er ihm und Enrico in seinem Campingwagen erzählt hatte. Das leere Pistolenfutteral, das sie bei ihm entdeckt hatten, war vielleicht doch benutzt worden. Noch immer war die Tatwaffe nicht aufgetaucht und eine abschließende Ermittlung in dieser Richtung nicht möglich. Die Untersuchung des Futterals durch Petrelli hatte nichts ergeben. Es gab keine frischen Schmauchspuren, die darauf hinwiesen, dass die Waffe nach ihrem Einsatz wieder zurückgelegt worden war.

»Waren Sie dabei, als der Unfall passierte?«

»Unfall?« Jan lachte gequält auf. »Das ist doch Blödsinn! Schauen Sie sich den See an: flaues Geschwappe an einem heißen Sommertag. Und in so einem See soll Günther, der Wildwasserspezialist, einfach aus dem Kanu kippen und ertrinken? Das ist nicht möglich.«

»Was wollen Sie mir erzählen, Jan?«

Der Junge sah ihn zornig an. »Was wohl? Günther wollte in diesem See umkommen. Aber warum? Können Sie mir das erklären, Commissario? Warum?«

Was konnte Antonio schon sagen? Nichts von Substanz. Gerne hätte er mehr gewusst, mehr zu berichten gehabt. Er stand genauso vor einem Rätsel wie der junge Mann.

»Im Moment, fürchte ich, nein. Dafür habe ich noch keine Erklärung. Ist Ihre Mutter auch hier?«

Jan schüttelte den Kopf. »Nein, sie ist mit ihrem Anwalt in unserem Camper geblieben. Er hatte wohl gleich den Vertrag dabei, damit die Bezahlung auch glattgeht. Aasgeier alle miteinander. Als würde meine Mutter irgendjemandem Geld schuldig bleiben. Im Gegenteil!«

»Wie meinen Sie das, Jan? Im Gegenteil?«

»Sie zahlt immer. Auch wenn es für sie nichts zu bezahlen gibt. Es wird Zeit, dass ich in der Firma anfangen kann. Dann hört dieser ganze Mäzenatenkram auf. Die Brauerei ist veraltet. Wir müssen dringend modernisieren, sonst sind wir bald nicht mehr wettbewerbsfähig. Ein gutes Weißbier allein reicht nicht aus. Meiner Mutter ist das nicht wichtig. Aber ich will so nicht arbeiten. Keinesfalls.«

»Lassen Sie uns ein paar Schritte gehen, Jan. Das ist kein angenehmer Ort. Und wir können leider für Herrn Schrewe nichts mehr tun.«

Jan wischte sich über die Augen. Er stand da wie festgewurzelt, sah auf den bedeckten Körper und bewegte sich nicht vom Fleck.

»Er hat mir den Vater ersetzt, den ich nie hatte!«, brach es aus ihm heraus. »Meine Mutter will das nicht hören, aber es stimmt. Günther hat mir beigebracht, wie man segelt oder mit dem Kanu paddelt, wie man eine Sportpistole oder ein Jagdgewehr bedient und wie man Fußball spielt. Er hat mich unterstützt, wenn es in der Schule nicht rund lief oder wenn ich mit Mädchen Schwierigkeiten hatte. Er war immer für mich da!« Dann sah er Antonio ernst und sehr traurig in die Augen. »Die Opernwelt meiner Mutter sagt mir gar nichts. Dieses völlige Abtauchen in Musik kann ich nicht nachvollziehen. Ich verstehe es einfach nicht. Wenn meine Mutter eine CD von Raimondo auflegte, brauchte ich sie nicht anzusprechen. Sie sah und hörte mich einfach nicht. Und ich fürchte, das wird jetzt, nach seinem Tod, nicht besser werden. Sie wird sich in ihrem Musikzimmer einschließen und für niemanden zu sprechen sein. Ich werde für sie noch weniger eine Rolle spielen als bisher.«

Wenn es noch einer Erklärung für Jans falsches Geständnis bedurft hätte, hier war sie! Er hatte versucht, sich die Liebe und Anerkennung seiner Mutter zu sichern, indem er ihre vermeintliche Schuld auf sich nahm. Antonio empfand tiefes Mitgefühl für diesen sensiblen jungen Mann, der nicht zu wissen schien, wo er hingehörte und bei wem er Halt finden konnte. Er wünschte ihm, dass die Brauerei dieses Vakuum würde füllen können und Jan die Bestätigung und Anerkennung bekäme, die er so sehr brauchte.

Unvermittelt stand Enrico neben ihnen. Er flüsterte Antonio ins Ohr: »Fausto hat sich gemeldet! In der *Villa Sole* ist der Teufel los.«

Nicht schon wieder, dachte Antonio erschrocken. Er hatte genug für einen Tag erlebt.

»Roberto Holzinger und dieser japanische Regisseur sind aneinandergeraten. Die Haushälterin berichtete Fausto, Moto habe Holzinger ein blaues Auge und einige Schrammen im Gesicht verpasst. Das Gästezimmer sei in einem desolaten Zustand. Der kleine Japaner muss ein Karate-Kamikaze sein, denn er hat einige Möbelstücke kurz und klein geschlagen. Dann hat er sich Roberto geschnappt und hat mit ihm die Villa verlassen. Wohin er mit seiner Geisel wollte, wusste Frau Bonomi nicht. Fausto und Lavinia haben nur noch die völlig aufgelöste Signora angetroffen. Moto ist jetzt wegen schwerer Körperverletzung und Geiselnahme zur Fahndung ausgeschrieben.«

Verdammt, dachte Antonio. Es hörte nicht auf. Er musste seine Sinne beieinander behalten, damit er den Überblick nicht verlor.

»Konnte dir unser Vice wenigstens endlich sagen, wem das kleine rote Fahrzeug gehört, das ich heute Früh auf dem Campingplatz gesehen habe?« Und das ich, wenn mich nicht alles täuscht, auch Sonntagnacht vor der Villa gesehen habe, als der Japaner es dort abstellte, ergänzte Antonio in Gedanken.

»Richtig! Gut, dass du mich erinnerst. Fausto bat mich, dir auszurichten, dass es tatsächlich der von Moto Yakanabe angemietete Wagen ist. Ein Clio übrigens.«

Bingo! Was wollte Moto morgens um drei Uhr noch auf dem Campingplatz? Hatte Moto womöglich in der Nacht noch darauf gewartet, dass sie Annegret von Mauerbach allein zurückließen? Wollte er sich mit ihr über die Nachbesetzung der Tenorrolle besprechen? Hatte sie letztlich in dieser Sache das Sagen? Moto auf dem Campingplatz war alles, nur kein Zufall. Antonio überlegte einen Augenblick. Momentan hatte er einige Baustellen zu viel, um überall gleichzeitig zu sein und die Fäden zusammenzuführen.

»Enrico, hör gut zu: Fausto soll zurück in die Stadt und zum Rathaus fahren. Ich bin fast sicher, dass Moto dort zusammen mit seiner Geisel auftaucht. Er wird nochmals versuchen, den Bürgermeister umzustimmen. Dazu braucht er die Schützenhilfe von Roberto Holzinger. Wir kommen unverzüglich nach.

Außerdem sollen einige Kollegen von den *Polizia di Stato* Lavinia in der *Villa Sole* unterstützen, falls Moto zurückkehrt. Dann brauche ich einen weiteren Wagen mit drei bis vier Kollegen auf dem Campingplatz. Die Camper und Signora von Mauerbach müssen bewacht werden. Ich will sofort Bescheid wissen, wenn Roberto Holzinger oder Moto Yakanabe irgendwo auf der Bildfläche erscheinen. Ist das klar?«

»*Perfettamente!*«

»Wenn du alles mit Fausto geklärt hast, fährst du mit mir und dem jungen Mauerbach nach Verona zurück. Ich will mir auch noch den Bürgermeister vornehmen. Ich denke, er hat uns einiges zu erklären.« Dann ging er langsam zu Jan zurück, der sich auf einem der Betonsteine, die am Gehsteigrand aufgestellt waren, niedergelassen hatte. Die Hände in die Hosentaschen geschoben, schaute er blicklos auf die weißen Segelboote, die im kaum bewegten Wasser der *Marina* von Peschiera vor sich hindümpelten.

Antonio trat auf ihn zu, zog das Handy aus der Innentasche seiner Lederjacke und hielt es ihm hin. »Könnten Sie bitte Ihre Mutter anrufen? Ich habe eine dringende Nachricht für sie.«

Wenige Augenblicke später hatte er Annegret von Mauerbach in der Leitung.

»Signora, es tut mir leid, Sie erneut aufzuschrecken! Nein, ... Ihrem Sohn geht es gut. Aber ich mache mir Sorgen um I h r e Sicherheit. Ist der Japaner Yakanabe bei Ihnen aufgetaucht? Nein? Gut so, dann machen Sie jetzt bitte Folgendes: Nehmen Sie Ihr Handy mit, verschließen Sie Ihren Camper und gehen zu Fuß auf Schleichwegen, keinesfalls auf den üblichen Trampelpfaden, zur Pizzeria des Campingplatzes. Mischen Sie sich dort unter die Menschen. Vermeiden Sie es, irgendwo allein zu bleiben. Haben Sie das verstanden, Signora? Bitte möglichst rasch Ihren Wohnwagen verlassen. Dort warten Sie, bis einer meiner Leute Sie holt.«

Jan sah ihn erschrocken an. »Weshalb haben Sie Sorge, Moto könnte meiner Mutter etwas antun?«

Sie gingen nebeneinander her und bestiegen schließlich den Dienst-Alfa von Antonio.

»Kennen Sie Moto Yakanabe?«

»Flüchtig. Er ist öfter auf dem Campingplatz gewesen, um diesen russischen Tenor zu besuchen. Meistens streiten die beiden, wenn sie sich treffen.«

Antonio wurde hellhörig. Das musste die zweite Besetzung der Tenorpartie sein. »Hat der Russe seinen Campingwagen in eurer Nähe?«

»Ja, keine dreißig Meter entfernt. Es ist ein alter, abgenutzter Wagen, der vom Campingplatzbetreiber an Personen vermietet wird, die billigste Unterkünfte suchen. Der Typ hat ja nun gar kein Geld.«

»Was wissen Sie noch über ihn?«

»Nikita Projevkow stammt aus Moskau und hat ein Stipendium für das Konservatorium in Salzburg bekommen.«

»Durch die Stiftung Ihrer Mutter?«

»Ja, ... möglich! Keine Ahnung! Jedenfalls ist Nikita die zweite Besetzung für die Rolle meines Vaters. Soviel habe ich mitbekommen. Vermutlich wird er die Tenorrolle in der *Aida* jetzt übernehmen.«

Oder auch nicht, weil Di Santo die Aufführung abgesetzt hat, dachte Antonio. Der brutale Auftritt Motos in der *Villa Sole* hatte genau in dieser Absage ihren Ursprung. Nach dem fruchtlosen Gespräch mit Di Santo, das Vincenzo Mauro so plastisch geschildert hatte, standen für den Japaner Reputation und eine Menge Geld auf dem Spiel. Da konnte man schon mal ausrasten.

»Gehört dieser Russe auch zum Pool der Agentur von Roberto Holzinger?«

»Sie glauben doch nicht, dass ich das weiß?« Jan lachte und schüttelte nachsichtig den Kopf. Es war das erste Mal, dass der Junge aus seiner Schockstarre erwachte. Allerdings dauerte es nur wenige Sekunden, dann blickte er wieder ernst zur Windschutzscheibe hinaus. Antonio hatte die *autostrada* erreicht und konnte nun wieder in Richtung Verona ungehindert Gas geben.

»Eigentlich wollte ich Sie unverzüglich nach Bardolino zu Ihrer Mutter fahren und Sie erst einmal zur Ruhe kommen lassen. Doch die Situation hat sich leider weiter verschärft. Mein Kollege und ich müssen dem Bürgermeister einen Besuch abstatten. Ich hoffe, Sie haben nichts dagegen, mit uns zu fahren.«

»Mir ist es völlig egal, wo wir hinfahren. Ich habe definitiv nichts Besseres vor!«

Antonio wechselte auf die zweite Überholspur und staubte per Lichthupe die Autos vor ihm zur Seite. »Ein Kollege der *Polizia* wird Sie später nach Bardolino fahren. Inzwischen können Sie uns vielleicht kurz erzählen, was sich auf dem See ereignet hat?«

Jan schüttelte unwillig den Kopf. »Da gibt es nicht viel zu erzählen. Als ich gegen zwei Uhr am Hafen ankam, waren meine Freunde schon in ihren Kanus und am Paddeln. Günther wusste, dass ich nachkomme, und hatte ganz offensichtlich auf mich gewartet. Er war nur mit einer Badehose bekleidet.«

»Hat Sie das irritiert?«

»Ja, schon! Günther trug fast immer einen Neoprenanzug.«

»Neopren bei der Hitze?«

»Der Gardasee hat sehr unterschiedliche Tiefen und damit auch Temperaturen. Günther ging immer auf Nummer sicher. Und dann meinte er, ich solle nicht mitkommen auf den See, sondern wieder nach Hause fahren. Er hätte mein Kanu gar nicht mitgenommen.«

»Er wollte verhindern, dass auch Sie auf dem See sind?«

»So sieht es im Moment für mich aus. Dann sagte er mir diese Sätze, die im Nachhinein wie ein Abschiedsgruß klingen, stieg in sein Kanu, machte es vom Steg los, griff sich das Paddel und legte los. Mit wenigen Schlägen hatte er die Jungs erreicht.«

»Also, ... er war gut in Form?«

»Na, klar! Er hatte eindeutig die beste Technik von uns allen. Und dann hat er noch etwas völlig Untypisches gemacht, weshalb ich am Ufer stehen blieb und ihm nachschaute. Meist übernimmt einer von uns Jungs die Führung auf dem Gewässer und bestimmt die Richtung und das Tempo. Günther hielt sich immer irgendwo in der Mitte oder am Ende von der Truppe auf. Falls was passierte, wäre er rasch zur Stelle. Doch heute ging er an die Spitze und gab ungewöhnlich Gas. Sehr bald wurde der Abstand zwischen dem ersten Mann, es war Sebastian, und Günther immer größer. Selbst vom Ufer aus konnte ich das deutlich erkennen. Er ging effektiv ans Limit. Das macht man nicht, wenn man noch einige Kilometer vor sich hat, da teilt man sich die Kraft ein. Und während ich mich noch darüber wunderte, kam einer dieser Touristendampfer vorbei. Er fuhr zwischen den Kanus von Günther und Sebastian durch. Es gab einen stärkeren Wellenschlag. Der Dampfer war nur gemächlich unterwegs. Die Touris sollten ja was haben von ihrer Fahrt. Als das Schiff endlich vorbei war und ich wieder freie Sicht auf den See hatte, dümpelte Günthers Kanu in den kurz aufeinander folgenden Wellen, die sich hinter dem Ausflugsschiff bildeten. Das Kanu war leer. Von Günther nichts mehr zu sehen. Sebastian hatte es offenbar auch bemerkt, er gab mit den Armen hektisch Zeichen und dann paddelte er wie verrückt los. Zwei Segelboote in der Nähe bemerkten ebenfalls, dass bei uns etwas nicht stimmte, und nahmen Kurs auf das Kanu. Mehrere Personen sprangen ins Wasser und tauchten. Und irgendwann gelang es zwei von ihnen, Günther aus dem Wasser zu ziehen.«

Den Rest konnte sich Antonio denken. Jan saß mit gesenktem Kopf neben ihm und kämpfte mit den Tränen. Kurz nur legte er ihm einen Arm um die Schultern. »Es tut mir außerordentlich leid Jan, dass Sie ihren Freund verloren haben. Ich kann Ihnen gar nicht sagen, wie sehr!« Dann griff er wieder zum Lenkrad und sie schwiegen, bis sie die Ausfahrt *Verona Nord* erreicht hatten.

Antonio machte sich Gedanken. Er fragte sich, ob Selbstmord durch Ertrinken in diesem Fall möglich war. Ein Mann wie Schrewe, erfahren mit Wildwasser, sollte einfach so ins Wasser kippen und ertrinken? Wo blieb sein Selbsterhaltungstrieb? Sein Überlebenswille? Konnte er diesen so einfach ausschalten? Ober aber, wie hatte er nachgeholfen, dass es nicht beim Versuch blieb? Eine Obduktion schien Antonio mehr als nur angezeigt. Sie war unbedingt nötig.

Und er fragte sich außerdem, was der Suizid von Günther Schrewe für die Ermittlungen bedeutete. Angeblich hatte der Kanulehrer Raimondo Varese nicht gekannt. Falls Schrewe ein Verhältnis mit Annegret von Mauerbach unterhielt, dann drohte von Tenor Varese, der selbst einem lockeren Liebesleben nachging, keine Gefahr. Die beiden Herren gingen sich am besten aus dem Weg und das war's. Für Raimondo Varese war es nur wichtig, dass seine Ehefrau ihm Geld überwies, wenn Not am Mann war. Was sie und sein Sohn sonst trieben, war ihm herzlich egal.

Und was das andere Mordopfer, Matteo Holzinger, anbelangte, so war der Kontakt zwischen ihm und Schrewe offensichtlich auf den Schützenverein beschränkt gewesen. Welchen Grund sollte er gehabt haben? Der Waffenwart war weder im Gemeinderat noch hatte er geschäftliche oder gar private Beziehungen mit den Holzingers. Antonio hoffte, dass Giorgio Licht ins Dunkel um Schrewes Selbstmord bringen würde. Er hatte noch keine Informationen, wie die Deutschen in ihrem Heimatort Wolfing zueinander standen. Er sah auf die Borduhr. Giorgio sollte eigentlich schon in Verona sein. Antonio wählte die Handynummer des bayerischen Kollegen über die Freisprechanlage.

Verona, 17.00 Uhr

Auf der *Piazza Brà* schoben sich die Passanten in beiden Richtungen über den breiten Gehsteig vor den Bars und Cafés aneinander vorbei. Viele schlenkerten mit Designer-Papiertüten der berühmten Bekleidungsmarken. Andere schleckten mit glückseligem Gesichtsausdruck ein Eis. Dazwischen Touristengruppen, bestens erkennbar an beigefarbenen Baumwollshorts mit Zippern an allen erdenklichen und unbrauchbaren Stellen, an Socken in Sandalen und ärmellosen Steppjacken. Für die Oper komplettierten die Herren ihr Outfit mit karierten Hemden aller Couleurs, die Damen mit T-Shirts in kräftigen Farben und prächtigen Blumenmustern auf üppigen Busen. So stellte sich zumindest der deutsche Besucher des Opernfestivals auf den billigen Plätzen der *Seconda Gradinata* die passende Kleiderordnung vor.

Georg Breitwieser, der sich pünktlich zum *aperitivo* in der *Liston Bar* eingefunden hatte, beobachtete mit Vergnügen und gleichzeitigem Befremden das Flanieren der Einheimischen und der Touristen. Die Reisegruppen, die bereits jetzt auf dem Weg zum Abendessen waren, damit sie pünktlich um neunzehn Uhr den Einlass in die Katakomben der *Arena* nicht verpassten, blieben ihm ein Rätsel. Nichts gegen günstige Preise. Dass es Oper auch für den kleinen Geldbeutel gab, war wunderbar und den *Veronesi* hoch anzurechnen, die immer noch Karten für diese großartigen Aufführungen unter dreißig Euro anboten. Aber musste sich der Besucher dazu anziehen wie zum Grillfest im Schrebergarten? Keiner verlangte Smoking und Abendkleid. War auf den harten Steinquadern der *Seconda Gradinata* auch nicht angesagt. Wer wollte dem Parkett schon die Show stehlen? Aber dunkle Hose und ordentliches Hemd oder Poloshirt für den Herrn und luftige Tops, elegante Hose oder Rock für die Dame steigerten doch das Vergnügen, einen besonderen Abend zu erleben, seiner Ansicht nach deutlich. Er blickte mit Freude auf seine geflochtenen Mokassins aus weichem, schwarzem Leder, die Luft durchließen und trotzdem sehr elegant aussahen. Es ging doch nichts über ein ansprechendes Schuhwerk! Die locker sitzende, schwarze Leinenhose zum aprikotfarbenen Poloshirt vervollständigte sein sommerliches Outfit, in dem er das angenehme Gefühl hatte, nicht schon auf den ersten Blick als Tourist erkannt zu werden.

Georg nahm einen Schluck von seinem *Crodino* – noch war er im Dienst –, in dem drei Eiswürfel und eine Organgenscheibe schwammen, und schob sich wider besseres Wissen einige Erdnüsse in den Mund. Die kleinen Knabbereien, die automatisch zu einem *aperitivo* gereicht wurden, waren Gift für seine Figur. Aber wie oft saß er so selbstvergessen in einer Bar beim Drink? In Traunstein oder Chieming bot sich dazu selten eine Gelegenheit. Sein Glas hatte er geleert und langsam aber sicher wurde er unruhig. Wo blieb Toni?

Neben sich auf dem Stuhl hatte Georg einen Ordner abgelegt. Die gesammelten Werke seines Oberinspektors Florian Huber waren bereit, um mit Antonio durchgesprochen zu werden. Breitwieser griff danach und vertiefte sich in die Kontoauszüge von Annegret von Mauerbach und Robert Holzinger. Dank Richterin Schaller war er nun mit bestem Zahlenmaterial versorgt. Sie hatte Wort gehalten und Einsicht in die Bankdaten gewährt. Holzinger und Mauerbach hatten demnach einen regen finanziellen Transfer. Annegret überwies und Robert reichte weiter. Das Konto von ihm bei der Traunsteiner Raiffeisenbank war allerdings deutlich im Minus. Varese bekam monatlich Apanagen seiner Ehefrau in Höhe von dreitausend Euro. Damit kam der Tenor sicher gut über die Runden, vor allem dann, wenn er zusätzlich ein Engagement hatte, so wie jetzt. Das Handy, das Georg auf dem Bistrotisch abgelegt hatte, vibrierte und wanderte langsam über die gelbe Tischdecke.

»*Pronto!*«

»*Ciao*, Giorgio!«

»Wo bleibst du? Ich habe mein erstes Glas Champagner auf deine Kosten schon getrunken.«

Antonio lachte. »Aus unserem *aperitivo* wird leider nichts, Giorgio. Ich bin zusammen mit Enrico auf dem Weg zum *Palazzo Barbieri*. Können wir uns dort in etwa zehn Minuten treffen? Ich fürchte, unser Bürgermeister hat unliebsamen Besuch bekommen. Außerdem hat es einen weiteren Todesfall gegeben. Günther Schrewe, der Kanulehrer aus Wolfing, ist vor knapp zwei Stunden im Gardasee ertrunken.«

»Da schau her! ... Gut, dann erwarte ich dich auf den Stufen der Säulenhalle.«

Antonio hatte aufgelegt und Georg sah zum *Palazzo Barbieri*, der die *Piazza Brà* hinter den Bäumen des vorgelagerten Parks mit seinem flachen Giebelfeld überragte. Die grüne Oase, deren Bänke voll besetzt waren, wurde von Kindern und Jugendlichen bevölkert. Die hoch aufspritzende Fontäne des Springbrunnens sorgte für Abkühlung zwischen all den aufgeheizten Steinen im Zentrum der Stadt.

Er würde also erstmals einen Blick hinter die honorige Fassade des Rathauses werfen können. Er war gespannt. Gleichzeitig sorgte er sich um die Planungen des Abends. Die Mitteilung von Antonio verhieß nichts Gutes! Ob sie es wohl schafften, pünktlich bei Bruno zu sein, um die Damen zu treffen? Ob er nicht besser einen kurzen Zwischenbescheid gab? Er winkte dem Kellner und bezahlte die Rechnung.

Mit dem Ordner unter dem Arm bahnte er sich einen Weg durch die Passanten, überquerte die *piazza* auf ihrer der Altstadt zugewandten Seite, nahe der *Arena*. Dort herrschte Gedränge. Der Ticketschalter war bereits geöffnet, um letzte Karten für die Oper *Nabucco* zu verkaufen, die an diesem Abend aufgeführt wurde. Er wich einigen Kostümierten aus, die als stolze Ägypter in Gold und Blau verkleidet waren und Prospekte für die verschiedenen Opernaufführungen verteilten. Wenige Augenblicke später hatte er den Treppenaufgang des Rathauses erreicht, ging einige Stufen nach oben und setzte sich. Von dort hatte er einen prima Überblick über den Platz und würde Antonio und sein Dienstfahrzeug sofort sehen, wenn er die Auffahrt entlang kam. Einen Moment wog er sinnierend sein Handy in der Hand, dann wählte er Stefanias Nummer.

»*Ciao*, Giorgio! Bist du schon in Verona?«

»*Ciao*, Stefania! Ja, ich sitze auf der *Piazza Brà* und genieße den frühen Abend. Herrliches Wetter habt ihr hier. Wie immer!«

»Bei euch regnet es! Habe ich schon mitbekommen.« Einen Moment herrschte Stille, dann fragte Stefania hellsichtig: «Du willst mir aber nicht für heute Abend absagen, oder?« Sie schien zu ahnen, dass sein Anruf nicht einfach nur netter Smalltalk war. »Keine Ausreden, hörst du! Marissa und ich haben uns schon über die Garderobe verständigt. Wir warten auf euch. Mach dir keine Illusionen.«

»Wir arbeiten an einem ziemlich komplexen Fall und im Moment überschlagen sich die Ereignisse. Keine Ahnung, wann wir am Abend aus der *Questura* wegkommen. Ein weiterer Toter macht es uns nicht leichter und ich warte gerade auf Antonio und seine Leute. Dann wollen wir uns mit dem Bürgermeister unterhalten. Ich kann beim besten Willen nicht sagen, wie lange das alles dauern wird. Es tut mir leid!«

»Was sagst du da?« Stefanias Stimme war plötzlich sehr ernst geworden, hatte ihren neckenden Unterton verloren.

»Was führt euch zum Bürgermeister? Ist er in euren Fall verwickelt? Glaubt dem schönen Renzo Di Santo kein Wort. In der Regel lügt er einen nach Strich und Faden an. Der Mann ist gefährlich.«

»Wie meinst du das?«

»Er ist mit allen Wassern gewaschen, kennt nur seine eigenen Interessen. Er klebt an seinem Bürgermeistersessel. Ihm ist jedes Mittel recht, das ihm ermöglicht, weiterzuregieren«

»Das ist in unseren Gemeinden nicht anders!«

Doch Stefania di Castello ließ sich nicht bremsen. »Gegen ihn und seine Frau laufen mehrere Prozesse! Sie hat sich mit dem ganzen verfügbaren Geld bereits auf die Bahamas abgesetzt. Das sollte Antonio eigentlich wissen. Hat er dir darüber nichts erzählt?«

»Nein! Hat er nicht!«

»Also, hör zu! Loredana Benedetti, verheiratete Di Santo, Gattin unseres geschätzten Bürgermeisters, hatte eine Immobilienagentur und über diese Firma diverse dubiose Wohnungsverkäufe getätigt.«

Bei Georg begannen die Alarmglocken zu schrillen. Kam die Freundschaft zwischen Robert Holzinger und Di Santo auch über dessen Immobilienagentur zustande? War neben der Vergabe von Inszenierungen der *Arena* und den politischen Ambitionen des verblichenen Matthias auch der Erwerb aus Immobiliengeschäften für den Italiener von Interesse? Konnte das ein Zufall sein? Gleiches Gewerbe? Gleiche Machenschaften? Es sollte ihn nicht wundern, wenn Di Santo den kleinen Holzinger finanziell komplett ausgezogen hatte. Genau betrachtet hing das Leben des Bürgermeisters inzwischen an einem seidenen Faden. Was machte Holzinger, wenn er den Geldforderungen von Renzo nicht nachkommen konnte? Drohte ein weiterer Mord? Georg versuchte, sich auf das, was Stefania ihm erzählte, zu konzentrieren.

»Dabei kamen ausschließlich Wohnungen zum Verkauf, die ihr Mann auf eigenen Grundstücken von Bauträgern bauen ließ. Es ging etwa um ein Grundstück oberhalb von Lazise, das noch von

Renzos Großvater stammte, der dort einen kleinen Bauernhof betrieben hatte. Es sollten Ferienwohnungen mit Seeblick entstehen. Zehn wurden geplant und mit Prospekten und Zeitungsanzeigen vor allem bei euch in Deutschland angeboten. Das Interesse war riesig. Nach einem knappen halben Jahr waren die Wohnungen verkauft. Wie sich später jedoch herausstellte, hatte Loredana nicht zehn, sondern fünfzehn Wohnungen veräußert. Doch nicht genug damit. Die Bauträgerfirma verklagte Di Santo, weil er die Zahlungen, die nach bestimmten Bauabschnitten fällig wurden, nicht leistete. Es kam, wie es kommen musste, der Bauträger ging pleite. Ein zweiter folgte und ein dritter war dumm genug, auf das sinkende Schiff aufzuspringen. Die überwiegend deutschen Käufer verloren ihre Einlagen, die Bauträger ihre Firmen, nur Loredana und Renzo Di Santo hatten ihren Schnitt gemacht.«

»Woher weißt du das alles so genau?«

»Ein Kunde von mir, ein Hotelier aus Hamburg, der regelmäßig meinen Wein für sein Restaurant bezieht, ist eines der Opfer. Ich habe ihm auch noch den Tipp gegeben. Seither höre ich nichts mehr von ihm.« Sie lachte kurz auf. »Außerdem war es einige Wochen Stadtgespräch. Das kannst du dir sicher vorstellen.«

»Und wie ist die Geschichte am Ende ausgegangen?«

»Die Gelder der geprellten Käufer lagen sicher angelegt in einer Bank auf den Bahamas. Da die Immobilienfirma nur auf den Namen und das Risiko von Loredana lief, konnte man Renzo Di Santo in diesem Fall nicht den Prozess machen. Er setzte noch eins drauf und behauptete, er wäre schließlich der Hauptgeschädigte. Er hatte eine halb fertiggestellte Baustelle, die er nur noch unter Wert abstoßen konnte. Sein schöner Grund und Boden, das Erbe seines geliebten Großvaters war dahin, das beste Geschäft seines Lebens flöten. Diese Chuzpe muss man erst einmal haben.«

»Und dabei ist es geblieben?«, fragte Georg ungläubig nach.

»Keiner hat den Bürgermeister verantwortlich gemacht, wegen Betrugs angezeigt?« Er mochte das gar nicht glauben. Seine deutschen Landsleute setzten doch normalerweise Himmel und Hölle in Bewegung, um zu ihrem Recht und an ihr Geld zu kommen. Prozessieren war eines ihrer bevorzugten Hobbys.

»Meines Wissens nicht. Die Verantwortung und das Risiko trug allein Loredana. Renzo dagegen kandidiert zum zweiten Mal für das Bürgermeisteramt, als wäre alles in schönster Ordnung. Seine Frau wartet auf den Bahamas ab, bis ihre zweijährige Bewährungsstrafe abgelaufen ist. Anschließend kommt sie sicherlich zurück, um hier wieder als *Grande Dame* Hof zu halten.«

»Und Di Santo hat sich notgedrungen ein neues Modell für die Finanzierung seiner Wiederwahl überlegt. Dieses Mal versucht er über die *Agenzia* und Robert Holzingers Musikagentur an Spielgeld für seinen Wahlkampf zu kommen, denn seine Frau kann ihm nicht mehr helfen. Damit nicht genug! Seine Forderungen an Roberto sind so überzogen, dass dieser nicht umhin kommt, die Familienvilla zu veräußern.« Es lief immer wieder auf das gleiche Mordmotiv hinaus, dachte Georg. Doch wie hingen der tote Varese und seit heute auch noch Günther Schrewe damit zusammen?

»Und welche Prozesse laufen gegen Renzo?«, wollte er wissen.

»Es besteht der Verdacht, er habe Steuergelder für die Parteienfinanzierung verwendet. Noch sperrt sich die Staatsanwaltschaft, Klage zu erheben, aber es ist wohl nur noch eine Frage der Zeit.«

Das war in der Tat starker Tobak und passte nur zur gut zu den Details, die auch Antonio schon angedeutet hatte. Breitwieser beobachtete ununterbrochen während des Gesprächs mit Stefania die Auffahrt vor dem Rathaus. Es konnte nicht mehr lange dauern und sein Spezl musste um die Ecke biegen.

Hatte Vincenzo Mauro etwa dem Bürgermeister Schützenhilfe geleistet, ging es ihm durch den Kopf. Keine Anklage gegen den Freund erhoben? Korruption auf der ganzen Linie, bis in die obersten Ebenen der *Magistratura* hinein? Wieder ging sein Blick über die im Schritttempo entlangfahrenden Wagen. In Wolfing hatte Matthias Holzinger ein ähnliches Spiel getrieben, niemand hatte es gewagt, seine Baupläne und Investitionsvorhaben zu bremsen oder gar zu verhindern. Die Niederlegung der Ämter einiger Gemeinderäte hatte er billigend in Kauf genommen. Sie waren austauschbar. Wer nicht nach seiner Pfeife tanzte, sollte sich schleichen. Und die laxe Handhabung des Traunsteiner Landratsamtes, wenn es um die Genehmigung von Bauvorhaben ging, hatte ihm in die Hände gespielt. In Georgs Ordner hatte er es schwarz auf weiß. Und dann sah er den schnittigen Dienstwagen seines Freundes zwischen den schlendernden Passanten auftauchen.

»Stefania, so leid es mir tut, aber ich muss Schluss machen. Du hast mir sehr geholfen. *Mille grazie.* Antonio fährt gerade vor. Ich melde mich nochmal. Bitte nimm es uns nicht übel, wenn es spät wird.«

»›Spät‹ ist gut. ›Gar nicht‹ ist keine Option. *Capito?*« Sie lachte und sagte: »Ich freue mich wirklich sehr darauf, dich nach so langer Zeit wiederzusehen. Also, enttäusche mich nicht!«

33

»Raus hier! Alle beide!«

»Wie redest du denn mit mir?«

»Wir sind nicht die Fürsorge für notleidende Künstler, Roberto, sondern eine Kommune mit Verantwortung für die Steuergelder unserer Mitbürger.«

Antonio Fontanaro hatte gemeinsam mit Georg und Enrico das Rathaus betreten. Kurz nach ihnen waren dann Fausto Castillo und überraschend schnell auch Vincenzo Mauro ins Vestibül gestürmt. Sie hatten die Empfangsdamen, die ihnen aufgeregt hinterherriefen, ignoriert und, gemeinsam mit drei Polizisten als Verstärkung im Rücken, das Treppenhaus durchschritten. Immer zwei Stufen auf einmal nehmend, waren sie bis hinauf in den zweiten Stock gelangt, wo sich die normalen Büros der Stadtverwaltung befanden, um schließlich ziemlich außer Atem das Büro des Bürgermeisters zu erreichen.

Renzo Di Santos Stimme war unverkennbar und überschlug sich fast. Durch die offenstehende Tür konnten sie jedes seiner Worte bestens verstehen. Er gab sich alle Mühe, überzeugend zu klingen. Doch sein Versuch, Selbstbewusstsein zu demonstrieren, gelang ihm überraschenderweise nicht in üblichem Maße.

Antonio und seine Begleiter pressten sich an die Wand und lauschten angestrengt. Vorsichtig spähte Fontanaro ins Innere des Büros und sah drei Herren, die sich feindselige Blicke zuwarfen. Di Santo hielt sich mit einer Hand die Backe, mit der anderen umklammerte er die Rückenlehne seines Bürosessels aus schwarzem

Leder. Sein elegantes Sakko lag am Boden, die Krawatte baumelte an seinem offenen Hemdkragen und das weiße Hemd war ihm seitlich aus der Hose gerutscht.

Der kleine Japaner Yakanabe hatte seine Hände zu Fäusten geballt und sprang wie ein Gummiball vor dem riesigen Schreibtisch des Bürgermeisters hin und her. Er führte einen Veitstanz auf, als befände er sich in der letzten Runde eines alles entscheidenden Boxkampfes. Dabei schien er die Auseinandersetzung körperlich am besten verkraftet zu haben. Robert Holzinger lehnte an der holzvertäfelten Wand und hielt sich ein Taschentuch, das rote Flecken aufwies, an die Nase. Ein Auge war blau unterlaufen und an der Wange hatte er mehrere Schrammen. Gut möglich, dass diese Verletzungen noch vom Kampf mit Yakanabe in der *Villa Sole* herrührten. Jetzt jedenfalls war der Japaner gewillt, es auch noch mit Di Santo aufzunehmen. Kein Zweifel, bis vor wenigen Augenblicken hatte es in dessen gepflegtem Büro tätliche Auseinandersetzungen gegeben, die noch nicht zu Ende ausgetragen waren. Der Bürgermeister hatte sich hinter sein Schreibmöbel geflüchtet und versuchte jetzt zumindest verbal, den starken Mann herauszukehren.

»Die *Aida* ist abgesetzt! Das ist mein letztes Wort! Wenn Sie noch Honoraransprüche haben, wenden Sie sich an Roberto Holzinger! Er hat einen Batzen Geld von der *Agenzia* bekommen. Halten Sie sich gefälligst an ihn.«

Robert stöhnte auf und setzte zu einer Antwort an, aber es kam nicht dazu, denn Di Santo brüllte:

»Und jetzt raus, alle beide, oder ich rufe die Polizei!«

Ein besseres Stichwort gab es nicht. Antonio, Georg und Fausto traten gleichzeitig aus ihrer Lauschposition heraus und in das Büro des Bürgermeisters ein.

»Wir sind schon da, Signori, und wir schlagen vor, dieses sehr aufschlussreiche Gespräch in der *Questura* fortzuführen«, sagte Antonio mit lauter Stimme.

»Mich müssen Sie entschuldigen, ich habe einen Termin.« Schon kam Di Santo um seinen Schreibtisch herum, klaubte sein Sakko auf, zog die Krawatte mit einem gekonnten Griff fest und schob den Knoten sauber unter den Kragen. Mit einer flinken Handbewegung schnappte er sich sein Handy, das auf dem Schreibtisch lag, sowie einen umfangreichen Schlüsselbund und bewegte sich mit Elan und einem kurzen Kopfnicken in die Runde auf die Tür zu, wo ihm zwei Kollegen der *Polizia*, die aus dem Dunkel des Korridors auftauchten, den Weg vertraten. »Was soll das?« Di Santo drehte sich wieder um und schaute Antonio Fontanaro ärgerlich an. Dann fiel sein Blick auf den Staatsanwalt.

»Willst du dem Treiben hier kein Ende setzen, Mauro? Pfeif deine Bluthunde zurück!«

Antonio traute seinen Ohren nicht!

»Es kann ja wohl niemand im Ernst glauben, Signor Di Santo sei in die Mordserie verstrickt«, behauptete Vincenzo Mauro.

Fontanaro sah den Staatsanwalt überrascht an. Hatte dieser tatsächlich von einer Mordserie gesprochen? Was sollte denn das nun wieder werden? Doch der Überraschungen nicht genug, fuhr Mauro fort: »Renzo, ein für alle Mal, ich habe dir schon mehrfach gesagt, du sollst Persönliches und Berufliches nicht verquicken, unsere Bekanntschaft nicht vor unqualifizierten Ohren an die große Glocke hängen. Noch dazu in einem Fall, wo du nicht unbeteiligt bist und man dir Bestechlichkeit im Amt vorwerfen könnte. Im Zweifelsfall kann und werde ich dich nicht schützen. Ich hoffe, du hast mich verstanden.«

»In Rom, bei deiner alten Dienststelle warst du nicht so zimperlich! Mir ist da einiges zu Ohren gekommen, was vermutlich den Commissario brennend interessieren dürfte. Deine Weste ist keineswegs so weiß, wie du sie gerne hättest!«

Vincenzo Mauro wurde bleich im Gesicht. »Willst du mich erpressen? Das solltest du lieber lassen.« Sein unterdrückter Zorn war unüberhörbar. »Ich bin sicher, dass sich Commissario Fontanaro auch brennend für deine Immobiliengeschäfte, die Spendengelder für deine Wahlkampagne und das zweifelhafte Auswahlverfahren der *Agenzia* in Bezug auf die Opernaufführungen zum *Centenario* interessiert. Du sitzt selbst im Glashaus, Renzo. Pass auf, dass es nicht über dir zusammenstürzt.« Der Staatsanwalt ging zur Tür, doch bevor er endgültig verschwand, sagte er: »Überlege dir genau, mit wem du dich anlegst, Renzo. Es könnte sein, dass du dich in diesem Fall übernimmst. Und denk nicht mal daran, die Stadt zu verlassen! Hast du mich verstanden? *Mi hai sentito?*«

Antonio war nach diesem Schlagabtausch derart verblüfft, dass es ihm erst einmal die Sprache verschlug. Auf dem Empfang hatte er schon das Gefühl gehabt, Mauro und Renzo hätten ein zu inniges Verhältnis. Mehr denn je fragte er sich, was sie miteinander verband.

Georg hielt sich im Hintergrund. Er hatte in diesem Land keine Handlungsbefugnisse, würde im Notfall aber tatkräftig seinen Freund unterstützen. Nach den Informationen zur laxen Staatsanwaltschaft, die ihm Stefania hatte zukommen lassen und die er nun eindeutig bestätigt bekam, konnte ein guter Zeuge nicht schaden, falls es darauf ankam.

Doch Vincenzo Mauro war noch nicht fertig. Er wurde jetzt endgültig dienstlich und ging deutlich auf Distanz zu Di Santo. Offenbar war auch ihm klar geworden, dass er sich auf dünnem Eis bewegte, und er wollte vor den Kommissaren nicht das Gesicht verlieren.

»Wir respektieren Ihre Immunität als Bürgermeister! Bei begründetem Verdacht der Mitwirkung an einer kriminellen Handlung wissen wir, wo wir Sie finden, Signor Di Santo.« Vincenzo Mauros letzte Feststellung war frostig und schmallippig vorgebracht. Dem vertraulichen Ton des Bürgermeisters wollte er sich vor Zeugen nicht weiter anschließen. Di Santo war einen Moment lang irritiert, dann starrte er ihn herausfordernd an.

»Ach, sind wir plötzlich keine Freunde mehr?«

Doch Vincenzo Mauro war schon zur Tür hinaus und im dunklen Korridor des Rathauses verschwunden.

»*What's going on?*«, versuchte sich Moto Yakanabe Gehör zu verschaffen. »Ich werde alle mir möglichen Mittel ergreifen, um die Absetzung der *Aida* zu verhindern«, fügte er finster hinzu.

Di Santo erwies sich in diesem Moment, trotz der offenen Anfeindung durch den Staatsanwalt, als Herr der Lage. »Und was sollen das für Mittel sein, Signore?« Herausfordernd sah er den Japaner an. »Packen Sie Ihre Koffer und verschwinden Sie. Ihr aberwitziges Projekt ist gescheitert, das habe ich Ihnen heute Nachmittag schon gesagt, und hat meine Stadt ein Vermögen gekostet. Meine Geduld ist am Ende, Signore. Ich möchte keine weiteren Aufführungen von Ihnen zu Gesicht bekommen. Außerdem haben wir einen unserer besten Tenöre verloren. Sie glauben doch nicht im Ernst, dass wir Varese durch einen ...«, und jetzt überlegte er genau, was er sagen wollte, »einen R u s s e n ersetzen. Das ist einfach lächerlich. Undenkbar.«

»So lautet der Vertrag!«, begehrte Moto Yakanabe eigensinnig auf. »Das kann schon sein.« Di Santo knöpfte demonstrativ sein Sakko mit dem mittleren Knopf zu, um zu signalisieren, dass er nun endgültig verschwinden würde. »Wie gesagt, das ist das Problem von Roberto Holzinger, nicht meines!« Er blickte seinen Geschäftsfreund an, der bleich und teilnahmslos an der Wand lehnte, als ginge ihn das alles nichts an. Er stand unter Schock und reagierte nicht auf diese Konfrontationen.

Antonio konnte die Auseinandersetzung in der *Villa Sole*, die ihm Fausto gemeldet hatte, immer besser einordnen. Die Zerstörung von Möbelstücken im Gästezimmer, das der Japaner bewohnt, und die Verletzungen, die Robert Holzinger im Verlauf des Streits davongetragen hatte, waren eindeutige Indizien dafür, dass der Regisseur mit allen Mitteln versuchte, den deutschen Musikagenten an seine vertraglichen Vereinbarungen zu erinnern. Und jetzt glaubte er in grenzenloser Selbstüberschätzung, er könnte auch dem Bürgermeister Beine machen.

Moto Yakanabe vertrat Di Santo den Weg, bevor Fausto einschreiten konnte. Mit erhobenen Fäusten ging er auf den Bürgermeister los, der ihn an den Unterarmen packte und sie festhielt.

»Was soll das werden, Signor Yakanabe? Ihre *Aida* ist gestorben. *Basta!*« Mit einer entschiedenen Bewegung stieß er das Leichtgewicht von sich und brachte den Regisseur ins Taumeln.

In Robert Holzinger kam plötzlich Leben. Er bewegte sich von der Wand weg und auf den Schreibtisch des Bürgermeisters zu. Dort hielt er sich mit beiden Händen an der Tischkante fest. Mit starrem Blick fixierte er seinen Freund Renzo.

»Nur damit das klar ist«, begann er mit schleppender Stimme, »die Inszenierung von 1913 wird am Samstag wie geplant aufgeführt und an allen anderen dafür vorgesehenen Terminen. Es mag ja sein, dass dir plötzlich die moderne *Aida* nicht mehr gefällt. Aber es kann nicht sein, dass Verona zum *Centenario* ohne *Aida* dasteht.« Robert räusperte sich und griff sich an den Hals. Antonio vermutete, dass ihm Moto Yakanabe im Gerangel in der Villa auch an die Gurgel gegangen war. Der Schachzug von Holzinger war jedoch nicht von schlechten Eltern. So angesäuselt, wie Antonio angenommen hatte, schien Roberto nicht zu sein. Auch Di Santo sah ihn überrascht an und nahm wieder auf seinem Schreibtischstuhl Platz. Seine Flucht hob er sich erst mal für später auf.

Moto Yakanabe wandte nun seine Aufmerksamkeit Robert Holzinger zu und sagte langsam und sehr deutlich: »Du hast doch gar keinen Tenor für deine antike *Aida*, die außer Achtzigjährigen keiner hören oder sehen will. Ohne Tenor keine *Aida*. Di Santos Worte!« Er lachte hämisch.

»Nikita Projevkow hat auch mit mir einen Vertrag. Er ist nicht nur die zweite Besetzung in d e i n e r *Aida*, sondern auch in meiner. Es macht ja wohl keinen Sinn, wenn sich zwei Tenöre auf die gleiche Rolle einstellen. Signora Annegret von Mauerbach hat ihm bereits einen Vorschuss bezahlt.«

Der Japaner wurde feuerrot im Gesicht. Neu aufflammender Zorn kochte hoch. Unvermittelt packte er Robert Holzinger am Hemdkragen und schüttelte ihn rabiat.

»Das erlaubst du dir nicht! Projevkow ist mein Sänger! Ich habe ihn nach Verona geholt. Wir beide haben noch großartige gemeinsame Projekte vor. Du wirst ihn mir nicht ausspannen, verstanden! Projevkow macht nur mit mir Geschäfte.«

Robert Holzinger lachte ihn einfach aus. »Da musst du aber früher aufstehen, Moto! Du glaubst doch nicht, dass Projevkow was anbrennen lässt? Er hat sich nach allen Seiten abgesichert. Und seine letzte Versicherung ist Annegret von Mauerbach. Sie hat ihn schon in Salzburg gefördert so wie Raimondo Varese vor fünfundzwanzig Jahren. Sie ist ein Opernfreak! Sie wird es nicht zulassen, dass die *Aida* stirbt.« Und mit einem triumphierenden Blick in Richtung Renzo Di Santo fügte er noch hinzu: »Und das weiß auch unser geschätzter Bürgermeister.«

Moto drehte sich wieder zu Di Santo um, der inzwischen mit maliziösem Grinsen die Auseinandersetzung verfolgte.

»Stimmt das? Wollen Sie mit ihm«, dabei deutete er aggressiv mit ausgestrecktem Arm in Richtung Holzinger, »und der angestaubten Aufführung von 1913 weitermachen? Wollen Sie das wirklich?«, fragte er drohend und beugte sich über den Schreibtisch Renzo Di Santo entgegen. Der wich ihm aus, lehnte sich in seinen Ledersessel und rollte ihn rückwärts. Er schlug sein rechtes über das linke Bein und sagte: »Genauso ist es, Signore. Roberto sieht die Lage richtig.«

Georg schüttelte es innerlich. Renzo war wie eine Fahne im Wind. Blies der Wind auch noch so stürmisch, er wusste immer, wo er sich am besten hindrehte.

»Das *Centenario* ohne *Aida* geht nicht. Es geht aber sehr wohl ohne Ihr Experiment, Yakanabe. Das ist hier und heute zu Ende und das ist mein letztes Wort!« Renzo stieß sich vom Boden ab und stand abrupt vom Stuhl auf. »Ich denke, wir können ...«, weiter kam er nicht.

»So also stellen Sie sich das vor, Herr Bürgermeister! Sie wollen natürlich nicht auf Robert Holzinger und seine Millionen aus dem Verkauf der Villa verzichten! Noch ist die Wahl nicht gewonnen. Raimondo hat mir erzählt, was zwischen euch läuft, hat mir erzählt, worüber die Brüder beim Mittagessen am Sonntag gestritten haben. Robert Holzinger steht mit dem Rücken zur Wand, strampelt und zuckt wie eine Fliege im Spinnennetz!«

Moto Yakanabe machte einige Schritte auf den sprachlosen Di Santo zu, der sich wieder auf den Sessel zurückfallen ließ, und sagte drohend: »Wollen Sie Holzingers nächstes Opfer sein? Wollen Sie Matteo und Raimondo folgen? Geben Sie Robert Holzinger eine Flasche Grappa in die Hand und anschließend, wenn Sie am wenigsten damit rechnen, wird er Sie mit Schüssen durchsieben. Darin hat er inzwischen Übung.«

Antonio hielt die Luft an. Niemand sagte ein Wort. Sein Blick fiel auf Georg, der mit schnellen Schritten zu Robert Holzinger eilte, seinen Ordner zu Boden warf und den Mann auffing. Der Bayer war leichenblass geworden und lautlos in sich zusammengesackt.

»Was erzählen Sie denn für einen gottverdammten Blödsinn!«, fuhr Renzo den Japaner an. »Roberto mag ein Dummkopf und ein Trinker sein, aber er ist kein Mörder.« Und zu Antonio gewandt sagte er: »Sie glauben doch nicht etwa, was dieser Wahnsinnige von sich gibt?«

Antonio schüttelte den Kopf, aber mehr über den unerwarteten Verlauf, den der Abend nahm, als über die Äußerungen. Das konnte doch alles nicht wahr sein! Er ging auf Yakanabe zu und drehte ihn zu sich herum. Dabei grub er seine Hand schmerzhaft in die Schulter des Regisseurs. Das entsprach zwar keiner Dienstvorschrift, aber er fühlte eine unglaubliche Wut in sich, hatte nur noch den Wunsch, diesen kleinen, aggressiven Mistkerl zwischen die Finger zu bekommen. »Wenn Sie alles so genau wissen, dann können Sie mir sicher auch etwas über Günther Schrewe sagen?«

»Wer soll das sein?«

»Halten Sie uns nicht zum Narren! Er ist der direkte Nachbar von Nikita Projevkow auf dem Campingplatz von Bardolino. Schrewe hat Sie dort mehrfach gesehen und gehört, wie Sie mit dem Russen gestritten haben. In der Nacht, als angeblich Roberto seinen Tenor erschossen haben soll, habe ich Ihr rotes Auto dort parken gesehen. Was haben Sie dort gemacht?«

»Ich habe auf Nikita gewartet, wollte ihm mitteilen, was passiert ist. Aber als er bis morgens um vier Uhr nicht zurück war, bin ich gefahren.«

»Sie wollten doch bei der Leiche bleiben! In Ihrem Land ist es doch Sitte, die Toten nicht sich selbst zu überlassen, haben Sie mir erklärt. Sehr lange hat Ihre Totenwache nicht gedauert!«

Mit schmalen Augen sah der Japaner Antonio an.

»Wie kommen Sie darauf, dass Roberto Holzinger seinen Tenor erschossen hat?«, insistierte Antonio Fontanaro weiter.

»Ich habe gesehen, wie er seinen Bruder erschossen hat. Da liegt es nahe, dass er an gleicher Stelle weitermacht. Das ist doch kein Zufall.«

Antonio fühlte einen unprofessionellen Widerwillen gegen Moto Yakanabe, den er nicht unterdrücken konnte. Er würde noch Mittel und Wege finden, ihn in seine Schranken zu weisen. Deshalb sagt er zu den Polizisten: »Nehmt sie alle beide mit. Ich habe genug Lügen für einen Tag gehört.« Er hatte erhebliche Zweifel an der Aussage des Japaners, dennoch musste er sie in Erwägung ziehen. Vor allem die Feststellung, er habe Roberto dabei beobachtet, wie er seinen Bruder erschoss, konnte er nicht ignorieren und er fürchtete, sie könnte wahr sein.

Dagegen hielt er die Beschuldigung, Roberto könnte auch Varese erschossen haben, für völlig aus der Luft gegriffen. Roberto war gemeinsam mit anderen Gästen vom Empfang im *Palazzo Barbieri* direkt nach Hause gefahren. Dafür gab es Zeugen. Und er wusste, dass Moto erst nach ihm selbst in der Villa eingetroffen war. Also gar nicht wissen konnte, wer Varese auf dem Gewissen hatte. Sie hatten es mit rivalisierenden Künstlern zu tun. Jeder neidete dem anderen die Butter auf dem Brot. Und Di Santo genoss die Aufmerksamkeit und Macht, die ihm dieses Spiel ermöglichte. Das war genau nach seinem Geschmack. Und sie konnten gerade ihm keinen Strick daraus drehen. Er war vielleicht schuld daran, dass sich andere gegenseitig umbrachten, aber er hatte sich mit Sicherheit nicht die Hände schmutzig gemacht.

Wenige Augenblicke später standen Antonio und Georg im Schatten des *Palazzo Barbieri* und beobachteten den Abtransport von Robert Holzinger und Moto Yakanabe durch die *Polizia di Stato*. Fausto und Enrico würden sich in der *Questura* um die beiden kümmern. Holzinger bot ein Bild des Elends, das Antonio nahe ging. Die Miene von Yakanabe dagegen war wie versteinert. Er ging stocksteif zwischen den Polizisten, die ihn zu einem Wagen führten.

»Was hältst du von Motos Aussage?«, fragte Antonio seinen Freund.

»Ein Querulant und ein Denunziant. Er ist mir zutiefst zuwider! Alles, was er erzählt, scheint fragwürdig und unterliegt einem Kalkül!«

»Da geht es dir wie mir!« Ein schwacher Trost, aber immerhin. »Di Santo und Vincenzo Mauro geben ein erstaunliches Gespann ab. Wer einen solchen Staatsanwalt zum Vorgesetzten hat, braucht wirklich keine Feinde mehr.«

Georg lachte verhalten. »Du tust mir leid! Aber ich frage mich: Wer von beiden ist korrupter?«

»Das willst du nicht wissen.«

»Stefania hat mir von den Prozessen erzählt, die gegen die Di Santos laufen«, erzählte Georg. »Robert wurde von ihm gnadenlos benutzt. Leider ist die Familie Holzinger in sich derart zerstritten, dass Di Santo leichtes Spiel hatte. Robert glaubt in seinem Größenwahn, aus seiner Künstleragentur könnte nochmal was richtig Großes werden. Wenn es Annegret von Mauerbach nicht gäbe, würde ich sagen, müsste er sich die Kugel geben.«

»Glaubst du Yakanabe? Hältst du es für möglich, dass Roberto seinen Bruder erschossen hat?«

»Der Verkauf der *Villa Sole* kommt nur ohne Matthias zustande!«

»Dann brauchen wir mehr als nur die Beschuldigungen durch Yakanabe, sondern handfeste Beweise! Wir sollten mal Nikita Projevkow nach seiner Meinung zu den Vorkommnissen fragen. Gut möglich, dass er auch Wissenswertes zu seinem Regisseur beitragen kann.«

34

Bardolino, 18.30 Uhr

Sie parkten im Schatten einer ausladenden Pinie und verließen den Dienstwagen. Einige Gäste des Campingplatzes waren dem langsam dahinrollenden Fahrzeug neugierig zu Fuß gefolgt, hielten aber respektvollen Abstand. Antonios erste Reaktion war es, die Leute zu verscheuchen. Aber er wusste, dass das nichts brachte, sie nur noch neugieriger und penetranter machte. Also hielt er den Mund. Auch Georg schwieg, obwohl ihm das sichtlich schwerfiel. Hinter ihnen hatte ein Wagen der *Polizia di Stato* Halt gemacht. Zwei Kollegen stiegen aus, die sich Antonio zur Verstärkung mitgenommen hatte. Sie bildeten eine natürliche Barriere zu den Schaulustigen. Der American Coach der Mauerbachs, der schäbige Campingwagen von Nikita Projevkow und Günther Schrewes Camper standen in Sichtweite.

»Diese Nachbarschaften sind schon mehr als ideal«, sagte Georg nachdenklich. »Da bekommt doch jeder mit, was der andere macht. Hört, was nebenan gesprochen wird. Das geht doch gar nicht anders.«

»Vielleicht hat Signora Mauerbach dafür gesorgt, dass ihr neuer Schützling Projevkow in ihrer Nähe ist. Vielleicht wollte sie ihn beobachten und hat deshalb diesen schäbigen Campingwagen für ihn gemietet.«

»Du hast doch auch mit Schrewe gesprochen. Hat er dir nichts erzählt?«

»Was hätte er erzählen sollen? Was hätte ich deiner Meinung nach fragen sollen?«

Breitwieser hatte seinen Ordner immer noch unter dem Arm. Antonio hatte sich schon darüber lustig gemacht. Er liefe herum wie ein Versicherungsvertreter mit dem ultimativen Kundenangebot! Georg hatte gar nicht darauf reagiert, vielmehr war er sich sehr sicher, dass er die Daten und Fakten noch brauchen würde. Doch im Moment fragte er sich auch, was relevant war. Worauf sollten sie den Finger legen, wie nachbohren, was untersuchen? Wo lag das alles entscheidende Mordmotiv?

»Die Campingwagen von Schrewe und Mauerbach habt ihr durchsucht? Keine Waffe weit und breit?«, fragte Georg nach.

»So ist es!«

»Und was ist mit Projevkow? Immerhin hat er ein handfestes Motiv, seinen Rivalen aus dem Weg zu räumen. Als zweite Besetzung kommt er nur zum Zug, wenn Varese krank wird. Will er auf Nummer sicher gehen, muss er nachhelfen.«

»Du glaubst wirklich, dass das einer macht? Was würde er gewinnen? Einen Auftritt, vielleicht zwei. Und dann? Verhaftung, Verurteilung, Ende der Karriere, bevor sie überhaupt begonnen hat?«

»Das sind Künstler, Toni. Da darfst du nicht mit rationalen Überlegungen kommen. Leidenschaftliche Menschen, die nur ihr Ziel vor Augen haben, kämpfen mit allen Mitteln und machen sich viel zu spät Gedanken über mögliche Konsequenzen. Jeder Mörder glaubt, er wird nicht entdeckt.«

Antonio schaute gedankenverloren auf den Boden, überlegte, ob er ohne Genehmigung von Mauro zuschlagen sollte. Dann gab er den Polizisten Zeichen. Die Kollegen hatten nur auf das Signal gewartet und pochten an die klapprige Tür des Campingwagens, den der russische Tenor bewohnte. Unmittelbar darauf öffnete sie sich und der schwarze Schopf des Opernsängers wurde sichtbar. Dann trat der Mann mit einem Kreuz eines Klavierträgers aus seiner Behausung. Die nicht ganz so stark gebauten Polizisten wichen unwillkürlich ein wenig zurück.

»Was wollen Sie von mir?«

»Wir würden uns gern mit Ihnen unterhalten«, sagte Antonio und winkte Projevkow von seiner Tür weg, was seine Kollegen von der *Polizia* augenblicklich dazu nutzen, im Campingwagen zu verschwinden.

»He, was soll das? Dürfen Sie das?«

»Wir hätten ein paar Fragen an Sie. Was haben Sie gestern Abend gemacht?«, wollte Antonio wissen. Soweit er sich erinnerte, stand Projevkows Name nicht auf der Liste der geladenen Gäste von Di Santo. Der Bürgermeister hatte keine Veranlassung gesehen, den ›Russen‹, wie er sich ausdrückte, zum Empfang zu bitten.

»Ich war im *Caffè degli Artisti* hinter der *Arena*.«

»Wann sind Sie nach Hause gekommen?«

»Um vier oder halb fünf Uhr morgens. Genau weiß ich das nicht mehr.«

»Wie sind Sie hergekommen?«

»Was soll das? Was sollen all die Fragen?«

Antonio lächelte ihn verbindlich an. »Bitte, Signore. Wie sind Sie zurück nach Bardolino gekommen?«

»Ein Freund hat mich nach Hause gefahren. Selbst konnte ich das nicht mehr!« Er sah die beiden Kommissare herausfordernd an. »Was werfen Sie mir denn vor? Was ist los?«

»Ich bin sehr sicher, dass Sie ganz genau wissen, was los ist!«

Nikita Projevkow schwieg. Kein ausgesprochener Sympathieträger, fand Georg und konnte nur mühsam seinen Mund halten. Antonio dagegen setzte mit ruhiger Stimme die Befragung fort.

»Ist Ihnen etwas aufgefallen, als Sie nach Hause kamen? Haben Sie hier noch jemanden getroffen? Hat jemand auf Sie gewartet?«

»Um vier Uhr morgens?« Der Tenor lachte auf. »Wer sollte hier auf mich warten, mich besuchen? Eine Frau vielleicht, haha!«

»Moto Yakanabe vielleicht?«, warf Georg ein und ließ ihn nicht aus den Augen. Dem Russen verging augenblicklich das Lachen und er sah ihn lauernd an.

»Weshalb ausgerechnet Moto? Was hätte er sich von einem Gespräch mit mir bei Sonnenaufgang versprochen?«

»Sie hatten öfter Streit?«, bohrte Antonio nach.

»Wer sagt das?«

»Günther Schrewe.«

»Kenne ich nicht!«

Antonio deutete Richtung See.

»Die Kanufuzzis? Mit denen habe ich nichts zu tun!«

»Annegret von Mauerbach, Ihre direkte Nachbarin, hat Ihnen ein Stipendium bezahlt?«

»Ich habe ein Stipendium in Salzburg bekommen. Wer das bezahlt, ist mir ehrlich gesagt, scheißegal!«

Georg juckte es in den Händen. Wenn er etwas nicht leiden konnte, dann Ausfälligkeiten von Leuten, die besser den Mund hielten. Und offensichtliche Lügen waren ihm ein Dorn im Auge. Es gab überhaupt keine Zweifel, dass Projevkow die Mauerbachs kannte, die keine zwanzig Meter von ihm den Stellplatz gemietet hatten. Er ließ sich nicht gern für dumm verkaufen und sagte: »Hat Robert Holzinger den Kontakt zwischen Ihnen und Frau von Mauerbach hergestellt?«

Projewkov verlegte sich aufs Schweigen. Ihn aufs Glatteis zu führen, war Georg nicht gelungen.

»Moto Yakanabe hat uns erzählt, er habe auf Sie gewartet bis ungefähr halb vier, dann ist er gefahren. Vermutlich wollte er Sie über den Tod Ihres Konkurrenten Varese informieren. Ihnen sagen, dass

Sie nun zum Zug kommen, dass Sie pünktlich zur nächsten Probe erscheinen sollen, und zwar nüchtern.«

Nikita Projevkow runzelte die Stirn und schob die Hände in die Hosentaschen. Alles an ihm zeigte, ab sofort war er auf der Hut. Er wusste ganz genau, worum es ging.

Einer der Polizisten, die wieder aus dem Campingwagen des Russen traten, hatte einen Plastikbeutel in der Hand, den er gut sichtbar hin- und herschwenkte. Georg ließ ein weiteres Mal seinen Ordner zu Boden fallen, der ihm mehr im Weg als nützlich war. Parallel zu Antonio packte er mit kräftigem Griff einen Oberarm des überraschten Russen. Sie drückten ihm beide entschieden auf den Rücken und ein Kollege ließ die Handschellen zuschnappen.

»He, was soll das? Sind Sie verrückt geworden?«

Der Polizist reichte Georg den Beutel und packte an seiner Stelle den Tenor mit einem geschulten Griff.

»Eine Kalaschnikow sieht anders aus!« Breitwieser lächelte ihn schief an. »Haben Sie einen Waffenschein für diese Pistole?«

»Nein, habe ich nicht, weil dieses verdammte Ding nicht mir gehört.«

»Wem gehört die Waffe Ihrer Meinung nach?«, fragte Antonio.

»Woher soll ich das wissen?«

»Meine Kollegen begleiten Sie jetzt zur *Questura* und klären Sie über Ihre Rechte auf. Heute Abend oder morgen Früh werden wir uns mit Ihnen beschäftigen.«

Die Kollegen zogen ihn zum Polizeiwagen und schoben ihn auf die Rückbank. Ein Polizist eilte um das Auto herum und nahm neben ihm im Fond Platz. Der andere winkte und rief: »*Buona sera, Commissari!*«

»Unseren Abend mit den Damen können wir vergessen!« Georg war ärgerlich und frustriert zugleich. Sie mussten an dem Fall dranbleiben.

Antonio zuckte die Schultern. Es war ihm anzusehen, dass er dazu gar keine Meinung abgeben wollte. Wie viele Abende hatte ihm sein Job schon verdorben? Georg öffnete den Zippverschluss des Plastikbeutels und holte die Waffe mit einem Taschentuch heraus. Er drehte und wendete sie vorsichtig in der Hand: »In der Schießstätte von Wolfing habe ich solche Dinger mehrfach gesehen. Der Waffenwart sagte mir, dass die meisten der Schützen eine SIG Sauer verwenden, Kaliber 9 mm. Das ist natürlich keine seltene Pistole, aber eine der besten Sportwaffen, die es auf dem Markt gibt.«

»Universell einsetzbar. Nicht nur als Sportwaffe!«

»Hast du einen Stift zum Schreiben?«

Antonio hielt ihm einen Bleistiftstummel hin, den er aus der Hosentasche zog. Georg hob seinen Ordner vom Boden auf, staubte ihn notdürftig mit der Hand ab und schrieb auf ein Blatt die Registriernummer der Waffe. Dann ließ er die Pistole wieder in den Beutel gleiten und reichte ihn Antonio. »Eure Ballistik wird rasch klären, ob es die Tatwaffe ist. Und ich rufe jetzt meinen Oberinspektor Huber an. In Kürze werden wir wissen, ob diese Pistole einem der Wolfinger Schützen gehört.«

Als Georg sein Telefonat beendet hatte, knüpfte Antonio an ihr Gespräch an und dachte laut nach: »Vielleicht hat sich unser Russe die Waffe angeeignet? Von den Mauerbachs? Oder vielleicht hat er Schrewe einmal damit hantieren sehen? Vielleicht hatte der Deutsche entgegen seiner Aussage doch eine Waffe dabei? Wer nimmt schon ein leeres Futteral mit?«

»Nikita wartet«, spann Georg die Gedanken weiter, »bis Schrewe einmal mit seinem Kanu unterwegs ist, und klaut die Waffe aus dem Campingwagen.« Langsam aber zielstrebig bewegte sich Breitwieser auf den Camper von Günther Schrewe zu, untersuchte das große Rückfenster und dann die Tür. Mit den Fingerkuppen seiner rechten Hand strich er behutsam über den Türrahmen und über das Schloss. »Hier hat sich jemand zu schaffen gemacht! Überhaupt kein Zweifel. Und dann mit großer Präzision die weichen Metallteile wieder in Form gedrückt, damit das Schloss wieder funktioniert. Diese Camper sind ja formbar wie Plastilin. Nichts Stabiles! Keine Sicherheit.«

Antonio kam und prüfte sorgfältig mit den Fingern. Georg hatte recht!

»Aber Günther Schrewe hat nichts von einem Einbruch erwähnt!«

»Warum wohl? Dann hätte er zugeben müssen, dass er eine Pistole eingeführt hatte. Das Risiko konnte er nicht eingehen. Unter Umständen hätte er seine Waffenbesitzkarte verloren, seine Lizenz als Sportschütze.«

»Dann ist Nikita Projevkow unser Mann. Alles passt zusammen«, sagte Antonio. »Er brauchte nicht auf Moto zu warten in der Nacht. Er wusste schon vor ihm, dass er bald in der *Arena* auftreten würde. Nach der Tat fuhr er nach Verona, weg vom Geschehen, und ließ sich im *Caffè degli Artisti* vor Zeugen richtig volllaufen. Wir müssen klären, wann er dort eingetroffen ist.«

Georg setzte hinzu: »Ich bin sicher, dass die Mauerbachs mehr wissen, als sie uns bisher gesagt haben.«

»Der Junge ist auf der Rückfahrt von Peschiera endlich aus sich herausgegangen. Der Schock über Schrewes Suizid saß tief. Aber für die Morde selbst hat er nichts Verwertbares geliefert.«

»Wo sind die beiden?«

»Ich habe sie gebeten, in der Pizzeria auf dem Campingplatz in Deckung zu gehen.«

»Dann sollten wir sie nicht länger warten lassen.«

35

Annegret von Mauerbach und ihr Sohn Jan saßen in der Pizzeria des Campingplatzes stumm wie Fische an einem Fenstertisch inmitten lärmender Kinder, Geschirrgeklapper und reger Unterhaltung anderer Gäste. Sie hatten keinen Blick für die grandiose Aussicht auf den See. Glatt, dunkelgrün und scheinbar von unergründlicher Tiefe lag er nur wenige Steinwürfe von ihnen entfernt. Kein Segelboot zerschnitt seine Fläche, keine Enten erzeugten Kreise darauf. Das gegenüberliegende Ufer zeigte sich als dunkle, kaum konturierte Silhouette im Gegenlicht der untergehenden Sonne. Das Gebäude der Pizzeria war nur durch wuchtige Felsblöcke und hellgraues Geröll, die einen unwegsamen Strand bildeten, vom Wasser getrennt.

Die Mauerbachs hatten sich nicht viel zu sagen. Jans Augen waren gerötet und auf eine Leere irgendwo am Ende des hohen Raums gerichtet, der mit Panoramafenstern an drei Seiten Ausblicke eröffnete. Die Hände hatte er in die engen Taschen der Jeans geschoben, nur die Daumen schauten heraus. Er lehnte schräg im klassischen, dunkelbraunen Holzstuhl mit einem Sitzgeflecht aus dickem, gedrehtem Bast, wie es ihn zu Tausenden in den Pizzerien in aller Welt gab. Annegret von Mauerbach hielt ein leeres Bierglas in den Händen, drehte es unablässig und starrte die rotweiß karierte Tischdecke an, als gäbe es dort etwas von besonderem Interesse.

Antonio und Georg näherten sich den beiden.

»Die zwei sind fertig mit sich und der Welt!«, flüsterte Breitwieser seinem Freund zu. Ohne weitere Vorankündigung nahmen sie den Mauerbachs gegenüber am Tisch Platz. Antonio legte in seine Mitte kommentarlos den Beutel mit der Pistole.

Annegret von Mauerbach schreckte zusammen und sah die beiden alarmiert an. Jan wandte ihnen den Kopf zu und sah dann auf den Beutel. Seine Augen wurden eine Spur dunkler. Mit einer Hand, die zitterte, zog er den Beutel zu sich heran.

»Ist das die Tatwaffe? Wurde damit mein Vater erschossen?«

»Mach dich nicht lächerlich!«, fuhr seine Mutter hart dazwischen.

»Sie erkennen die Waffe, Jan«?«, fragte Georg leise nach.

»Wie soll man eine Waffe wiedererkennen, die hunderte von Schützen verwenden?«, antwortete Annegret von Mauerbach mit aufgebrachter Stimme. »Lassen Sie meinen Sohn in Ruhe. Sie sehen doch, dass er ziemlich mitgenommen ist. So eine Waffe, die kann jedem gehören«, und damit versetzte sie dem Beutel mit der Hand einen Stoß, dass er Richtung Tischkante geschleudert wurde. Georg fing ihn geistesgegenwärtig auf und legte ihn dezidiert zurück auf den Tisch. »Ich habe eine SIG Sauer, Jan hat eine, Günther Schrewe hatte eine, von der Familie Holzinger hat vermutlich ebenfalls jeder eine. Das ist eine der besten Sportwaffen, die es momentan gibt. Und vermutlich kommt sie auch in Italien regelmäßig zum Einsatz!«

»Ganz Ihrer Meinung«, bestätigte Georg ruhig und nickte Jan zu. »Eine Identifizierung wäre nur dann möglich, wenn die Waffe gekennzeichnet wäre. Mit einem Aufkleber oder mit einer Ritzung im Griff. Aber hier ist nichts dran. Ein vollkommen makelloses Exemplar.«

»Was wollen Sie dann von uns?«

»Eine Unterhaltung!«, antwortete Antonio freundlich.

Und während sie noch alle vier auf die Schusswaffe starrten, die durch ihre bloße Existenz Furcht und Unbehagen verbreitete, vibrierte Georgs Handy, das er neben sich auf dem Tisch abgelegt hatte.

»Ich höre, Florian. Wie war der Name? Jutta Brettschneider? Danke. Alles bestens.« Er legte das Telefon auf den Tisch zurück. Was war ihm da im Chiemgau entgangen? Hätte er die Spur der Frau doch weiterverfolgen sollen? Georg fühlte sich gar nicht wohl in seiner Haut.

Jan und Annegret starrten ihn einen Moment sprachlos an, dann stand der junge Mann abrupt auf. Er schien zu schwanken, dann stürzte er in Richtung Toiletten. Annegret von Mauerbach rang nach Fassung. Mit beiden Händen strich sie sich über die Augen.

»Das ist nicht wahr, oder? Die Pistole gehörte nicht Jutta Brettschneider?«

»Doch. So ist es!« Georg sah ihr fest in die Augen. »Haben Sie eine Erklärung dafür?«

»Unsere Freundin Jutta ist seit über einem halben Jahr tot!«

»Wie wird das in der Schießstätte von Wolfing gehandhabt, wenn ein Mitglied verstirbt? Wer kümmert sich um die Waffe?«

»Die Familie! ... Der Waffenwart!« Annegrets Gesichtsausdruck veränderte sich, wurde unbeteiligt. Sie sah zum Fenster hinaus auf den dunklen See.

»Günther Schrewe!«, ergänzte Georg in ihre Gedanken hinein. »Er hat die SIG Sauer nach Bardolino mitgebracht.« Das war keine Frage mehr, sondern eine Feststellung. Aber hatte er auch damit geschossen? Antonio sah ihn überrascht an. »Wir wissen, dass die Morde hier am See von ein und derselben Waffe ausgeführt wurden. Bleibt abzuwarten, ob es sich dabei um diese Sportpistole handelt«, Georg hob den Beutel hoch und legte ihn wieder ab, »die einer Toten gehörte. Oder haben Sie eine andere Erklärung für uns, Frau von Mauerbach? Wer könnte Zugriff auf die Waffe gehabt haben?«

»Wie wäre es mit Robert Holzinger? Günther hat die Sportpistole der Familie, soviel ich weiß, an Rita zurückgegeben. Vielleicht hat Robert seine Schwägerin beklaut und die Pistole auf die Reise mitgenommen!«

»Warum?«

»Was weiß denn ich? Fragen Sie ihn doch selbst!«

Sollte Moto Yakanabe wirklich die Wahrheit gesagt haben? Hatte er Robert beobachtet, wie der auf seinen Bruder schoss? War Holzinger so naiv zu glauben, ein Mord in Italien wäre schwerer aufzuklären als zu Hause im Chiemgau? Hatte er planlos, im Grapparausch gehandelt? Georg war sich alles andere als sicher. Wer garantierte ihnen, dass Schrewe die Sportpistole wirklich der Familie zurückgegeben hatte? Rita Holzinger war für sein Gefühl hauptsächlich an Geld interessiert, eine Waffe hatten sie und der Rest der Holzingers selbst. Wozu sollte sie eine weitere behalten? Eine gebrauchte SIG Sauer brachte zwischen tausend und dreitausend Euro ein, je nachdem, wie viele Schuss bislang damit abgefeuert worden waren. Ein nettes Taschengeld! Georg sah seinen Freund an, der Frau von Mauerbach fixierte, die Stirn in Zweifeln zusammengezogen. Auch ihm gefiel die Geschichte nicht.

»Bleibt für uns zu klären, ob Schrewe die Pistole nicht nur behalten, sondern auch benützt und wie viele Menschen er letztendlich auf dem Gewissen hat«, ergänzte Antonio mitleidslos. Machte das wirklich Sinn? Welchen Plan sollte Schrewe verfolgt haben, der über ein halbes Jahr, seit dem Tod von Jutta Brettschneider, in ihm reifte? Weshalb wartete er diese Reise ab, die im November des vergangenen Jahres vermutlich noch gar nicht geplant war! Wenn es ihm auch nicht gefiel: Es blieb nur Robert Holzinger als Täter übrig.

Annegret sah Fontanaro böse an. »Warum sollte Günther ... meinen Mann töten?« Sie holte tief Luft, klammerte sich mit beiden Händen an der Stuhlkante fest. Georg machte sich nun doch Vorwürfe. Vielleicht verlangten sie zu viel von ihr. In dem Wunsch, den Fall endlich aufzuklären, gingen Antonio und er zumindest im Moment ziemlich unsensibel mit der Witwe Vareses um. Doch sie fing sich, fragte nach: »Warum Matthias Holzinger? Das ergibt doch keinen Sinn!«

»Bleiben wir im Moment bei Ihrem Mann«, stellte Antonio sachlich fest. »Wir haben eine klare Zeugenaussage, die Roberto Holzinger für den Tod an Matteo verantwortlich macht. Lassen wir es einmal dabei!«

»Einen Brudermord?« Sie schüttelte ungläubig den Kopf. »Und Günther meinen Mann? Ihr seid ja völlig übergeschnappt!« Annegret von Mauerbach schob den Stuhl quietschend über den Holzdielenboden und stand auf. Für sie nahm das Gespräch eine offenbar unerträgliche Wendung.

»Setzen Sie sich sofort wieder hin!« Georg sprang auf und hinderte sie daran, Richtung Ausgang zu streben. Sein Tonfall ließ keinen Widerspruch zu. Die Brauereibesitzerin nahm wieder Platz. Auch Georg setzte sich wieder. »Hat Ihnen Herr Schrewe von dem Einbruch erzählt?«, fragte er sie übergangslos.

»Was denn für ein Einbruch?«

»Wir haben uns vorhin die Eingangstür zum Campingwagen ihres Freundes angesehen. Das Schloss weist eindeutige Spuren von Gewaltanwendung auf.«

»Aha, ... keine Ahnung! Wo haben Sie denn die Waffe gefunden?«

Georg hob seinen Ordner hoch, den er an ein Tischbein gelehnt hatte, und klappte ihn vor sich auf. Er sah Annegret klar ins Gesicht und sagte: »Wir unterhalten uns jetzt einmal über Jutta Brettschneider. Sie beide waren miteinander befreundet. Das hat mir auch Veronika Gruber bestätigt, die ich vorgestern dazu befragen konnte. Meine Mutter, die wiederum mit Juttas Mutter gut befreundet war, hat mir erzählt, dass Jutta Brettschneider einen Lebensgefährten hatte, dass diese Beziehung aber von den Holzingers nicht geduldet wurde. Und ein Gespräch mit dem Arzt, bei dem

Frau Brettschneider wegen ihres Tumors in Behandlung war, ergab, dass sie sich gegen die von ihm empfohlene Therapie entschieden und stattdessen einen Heiler aufgesucht hat, den ihr ihre Schwester Rita wärmstens ans Herz gelegt hatte. Was können Sie mir dazu erzählen, Frau von Mauerbach?«

Antonio hörte Georg atemlos zu. Was taten sich denn da plötzlich für Gräben auf? Auch Annegret war eine Spur blasser geworden. Um ihren Mund bekam sie einen scharfen Zug, der ihr Gesicht hart und verhärmt aussehen ließ. Diese Frau hatte mehr im Leben ertragen, als man ihr ansah, dachte Georg und musste sich eingestehen, dass sein Versuch, das Gespräch in ruhigere Bahnen zu lenken, gerade grandios scheiterte. Ihr Urlaub am Gardasee, der Besuch der Oper mit ihrem Mann in der Hauptrolle entpuppte sich für die Brauerin als Albtraum.

»Ich weiß nicht, wie die Waffe von Jutta hierher kommt.« In ihrer Stimme schwang Verzweiflung. »Ich weiß aber, dass Günther die SIG Sauer Rita zurückgegeben hat. Sie war die Alleinerbin, sie musste entscheiden, was mit der Waffe geschehen sollte. Die wenigen persönlichen Dinge, die Günther im Haus seiner Freundin hatte, packte ihm Rita in eine Plastiktüte und warf sie ihm buchstäblich vor die Füße mit den Worten: ›Lass dich hier nie wieder blicken, Günther. Jutta wollte schon lange nichts mehr mit dir zu tun haben.‹«

»Moment«, unterbrach sie Georg, der langsam zu begreifen begann, »verstehe ich Sie richtig? Charly, der Lebensgefährte von Jutta Brettschneider, war Günther Schrewe?«

Annegret schlug sich entsetzt die Hand an den Mund. »Das haben Sie nicht gewusst?«

Georg schüttelte den Kopf. Ihm verschlug es für einen Moment die Sprache. Bis zu diesem Moment hatte Annegret von Mauerbach die Befragung gelenkt, im Griff gehabt. Und nun das!

»Wo haben Sie denn den alten Spitznamen her? Den habe ich ja schon jahrelang nicht mehr gehört.« Die Brauerin schaute zum Fenster hinaus, erschöpft und sehr traurig.

»Von Veronika Gruber.«

»Ah, die Vroni.«

»Hat Jutta ihn auch so genannt?«

»Ja, manchmal. Vor allem dann, wenn sie von früheren Zeiten erzählt haben, als sie sich im Ruderclub kennenlernten. Damals war Günther nur Sportler, nicht Trainer. Und weil es im Club zwei Günther gab, musste einer einen Spitznamen bekommen, denn wenn man beim Vierer-Kajak im Wettkampf Kommandos gibt, muss klar sein, wer gemeint ist. So wurde aus Günther Charly.«

Georg mochte es nicht glauben. Eine simple Erklärung für jede Menge Verwirrung. Diese Neuigkeit musste er erst verdauen. Aber wie hing das mit dem Mord an Matthias Holzinger zusammen oder gar mit Varese? Die Frage nach dem Motiv von Schrewe blieb.

»Sie wollten mehr zur Übergabe der Pistole von Schrewe an Rita Holzinger erzählen«, nahm er den Faden wieder auf.

»Wo war ich?« Annegret sah ihn verzweifelt an.

»Rita hat Günther rausgeworfen.«

»Ja, richtig.«

Georg merkte, wie die Brauerin sich zusammenriss, wie sie um Haltung kämpfte.

»Rita denkt ja immer nur ans Geld und ans Erbe. Sie rief Günther zum Abschied hinterher: ›Lass dir ja nicht einfallen, irgendwelche Ansprüche auf Juttas Erbe geltend zu machen. Ihr wart nie verheiratet. Du hast nie in ihrem Haus gewohnt, warst immer nur stundenweise zu Besuch. Jutta war viel zu anständig, sonst hätte sie dir längst die Türe gewiesen.‹« Annegret von Mauerbach wischte sich eine Träne aus dem Augenwinkel.

»Was hatten denn die Holzingers gegen Schrewe einzuwenden? Ein Lehrer mit Pensionsanspruch, zwei erwachsene Menschen mit eigenen Wünschen und Plänen. Wie hat es Rita Holzinger geschafft, ihre Schwester in Schach zu halten, über ihr Leben zu bestimmen?«, forschte Georg nach.

»Das ist für einen Außenstehenden schwer verständlich.« Annegret strich sich über die Stirn. »Man könnte meinen, wir lebten im einundzwanzigsten Jahrhundert, aber die Holzingers haben das noch nicht mitbekommen. Für diese Familie gelten eigene Gesetze, sie haben eine eigene Zeitrechnung, eigene Wertvorstellungen. Die größten Sünden Günthers waren seine Scheidung und seine erwachsene Tochter. Einen Geschiedenen nimmt man nicht, der kommt uns nicht ins Haus, war der Kommentar von Matthias. Dass das Haus Jutta gehörte, ignorierte er. Rita wiederum hatte gut reden, hatte mit zweiundzwanzig Jahren schon einen Sohn und Erben. Jutta lernte Günther mit fünfunddreißig Jahren kennen. Da war er gerade frisch geschieden. Rita redete Jutta erfolgreich ein, dass sie Günther nicht heiraten dürfe, das sei von der Kirche verboten, folglich dürfe sie auch kein uneheliches Kind von ihm bekommen. Sie lebe mit ihm in Sünde! Ein Kind bedrohte natürlich das schöne Erbe von Brettschneider selig. Matthias machte Jutta unmissverständlich klar, dass das Grundstück am See im Besitz der Holzingers bleibt. Das Landhaus, das er direkt ans Ufer bauen ließ, war sein letzter Geniestreich. Keinesfalls wollte er seinen Grund und Boden mit Günther und dessen Nachkommenschaft teilen.

Ich habe oft auf Jutta eingeredet, ihr gesagt, sie solle Rita in ihre Schranken weisen, sich nicht um die verbohrten, egoistischen Wünsche ihrer Schwester scheren, an ihr eigenes Lebensglück denken. Aber sie hat es nicht geschafft. Sie wolle keinen Ärger in der Familie, keinen Streit, so lautete ihr ewiges Mantra.«

Georg fand seine schlimmsten Befürchtungen bestätigt und brauchte nun noch einen letzten Beweis. Er blätterte wieder in seinen Papieren und fand die Unterlagen der Baugenehmigung von Korbinians Neubau auf besagtem Seegrundstück.

»Wissen Sie noch, wann Jutta Brettschneider genau gestorben ist?«

Annegret nickte. Sie hatte wieder begonnen, mit den Händen über die Tischdecke zu wischen, Brösel zu entfernen, die es dort nicht gab. Jan kam von der Toilette zurück. Unschlüssig blieb er mitten in der Pizzeria stehen. Er war immer noch unnatürlich blass im Gesicht. Um seine Beine krabbelte ein Baby am Boden, zog sich dann, vor Vergnügen quietschend, an seiner Hose hoch. Er schien es nicht zu bemerken. Antonio stand auf, hob das Kleinkind auf und drückte es der Mutter in die Arme.

»Kommen Sie zu uns, Jan, es gibt noch Einiges zu besprechen.«
»Ich weiß gar nichts.«
»Ihre Mutter weiß genug.«

Widerstrebend nahm Jan auf dem Stuhl Platz und schaute demonstrativ zum Fenster hinaus. Dort zog die Dämmerung über das gegenüberliegende Ufer und den See herauf. Die Sonne war hinter der Bergkette verschwunden. Noch strahlte der Himmel tiefblau. Aber in weniger als einer Stunde würde es Nacht werden am Gardasee. Georg sah auf die Uhr. Fast acht Uhr abends. Er hatte Hunger. Der feine Geruch aus dem Holzofen und die *pizze*, die fortwährend an ihnen vorbeigetragen wurden, waren verführerisch. Aber es kam kein Kellner vorbei, der nach ihren Wünschen fragte. Die Camper ließen den Laden brummen. Wer bestellen wollte, musste sich schon selbst bemerkbar machen. Georg bezwang sein Hungergefühl so gut es ging.

»Jutta Brettschneider ist am 25. November 2012 in den Abendstunden auf der Palliativstation des Traunsteiner Krankenhauses verstorben«, gab Frau von Mauerbach Auskunft.

»Sie waren dabei«, dämmerte es Antonio.
»Ja, zusammen mit Veronika Gruber!«

»Aus den Unterlagen des Baureferats geht hervor, dass Korbinian Holzinger am 20. Oktober 2012 die Pläne für ein Einfamilienhaus eingereicht hat. Die Baugenehmigung wurde sehr rasch am 10. November erteilt. Der Abbruch des alten Elternhauses von Jutta Brettschneider wurde laut Rechnung der Abbruchfirma am 20. November begonnen. Da hat Jutta Brettschneider noch gelebt. Doch ihr Name taucht nirgends auf. Es gibt keine Unterschrift auf dem Abbruchauftrag, keine Schenkungsurkunde, kein Testament. Als ich vorgestern am Haus der Holzingers vorbeikam, hatte Korbinian mit seiner Familie den Neubau bereits bezogen.«

Annegret von Mauerbach schlug laut mit der Faust auf den Tisch. »Ich hab es immer gewusst. Dieser Mistkerl! Für Holzinger, der jahrelang im Baureferat tätig gewesen war, war es doch ein Kinderspiel, die Baugenehmigung für den Sohn zu bekommen. Keiner seiner Spezl fragte nach. Jeder kannte die familiäre Situation. Warum also warten?« Annegret war rot vor Zorn im Gesicht geworden.

Doch ihr Sohn stoppte ihren Ausbruch. »Misch dich nicht ein! Was gehen uns die korrupten Holzingers an? Dass sie hinterm Geld her sind wie der Teufel hinter der Seele, das ist doch alles kalter Kaffee und Schnee von gestern. Mir geht es nur darum, wer meinen Vater auf dem Gewissen hat.«

Antonio ließ sich nicht vom Thema abbringen. »Frau Brettschneider hat Günther Schrewe geliebt?«

»Ehrlich gesagt, ... ich weiß es nicht«, antwortete Annegret von Mauerbach zögernd, als hätte sie sich diese Frage nie selbst gestellt. »Ich weiß nur, dass Günther Jutta geliebt hat, dass er allen Hindernissen zum Trotz immer zu ihr gehalten und ihr geholfen hat. Er war verzweifelt, weil sie die Therapie nicht gemacht und stattdessen diesen Heiler aufgesucht hat, der mit Handauflegen, Kräuterumschlägen und Klangschalen dem Krebsgeschwür zu Leibe rücken wollte. Günther hatte höllische Angst davor, Jutta zu verlieren. Doch sie hörte nicht auf ihn. Es war zum Haare raufen.«

Da konnte ihr Antonio nur beipflichten. Sie hatten eine Menge trauriger Familiengeschichten gehört und das ganze Spektrum von Motiven zur Auswahl: Eifersucht, Missgunst und Neid unter

Künstlern, korrupte Politiker, geldgierige Verwandte, einen riesigen Schuldenberg, enttäuschte Liebe, Verlust des Partners!

Antonio sah Georg von der Seite an, wartete auf weitere Eröffnungen, auf weitere dunkle Schatten, die aus dessen Ordner aufsteigen würden. Doch sein Freund blätterte ratlos in den Unterlagen, suchte nach neuen Anhaltspunkten, die sie weiterbrachten.

Als von Georg nichts kam, beschloss Antonio, an den Anfang der Ereignisse zurückzukehren. »Was haben S i e beide am Sonntagnachmittag gemacht?«

Annegret wollte zu einer Antwort ansetzen, doch Jan kam ihr zuvor.

»Wir waren paddeln auf dem See!«

»Sie beide allein?«

»Ja!«

Ein böser Blick der Mutter traf ihn, doch es schien ihn nicht zu stören. Georg hoffte, dass der Junge endlich bereit war, mit der Wahrheit, soweit er sie kannte, herauszurücken.

»Und wo?«

»Wir sind von Bardolino aus Richtung Garda unterwegs gewesen.«

»Bis zur *Villa Sole*?«

»Nein, nicht bis zur *Villa Sole*«, ging die Mutter entschieden dazwischen.

»Jeder in seinem eigenen Kanu?«

»Ja!«

»Haben Sie Verdächtiges gesehen, Schüsse gehört? Ist Ihnen irgendetwas aufgefallen?«

Annegret von Mauerbach schüttelte den Kopf und senkte den Blick auf den Tisch.

Jan warf den Kopf in den Nacken und sagte: »Ich bin vor meiner Mutter gepaddelt, einiges vor ihr. Ich habe den Steg der *Villa Sole* gesehen und einen Mann mit dickem Bauch auf dem Steg. Er hat in die Landschaft geschaut, dann hat er sich umgedreht, hat zu uns hergesehen und wollte dann zurück zum Garten. Kurz bevor er das Ende des Stegs erreicht hatte, griff er sich plötzlich an die Brust und dann ist er wie in Zeitlupe zusammengesackt und ins Wasser gefallen.«

»Sie haben keine Schüsse gehört?«

»Das ist nicht so leicht auf dem Wasser. Zwei Paddler, das Wasser schwappt, spritzt, Geräusche vom Ufer, Autolärm, der Wind kommt aus der falschen Richtung. Ich meine, ich hätte einen dumpfen Schlag gehört. Aber das kann alles Mögliche gewesen sein.«

»Und Sie, Frau von Mauerbach?«

»Nichts!«

»Was haben Sie dann gemacht? Ihnen muss doch klar gewesen sein, dass mit dem Mann etwas nicht stimmte? So viele Möglichkeiten gab es ja nicht!«

»Nur wenige Augenblicke später lief eine Person über den Steg. Sie trug einen Neoprenanzug, auch über dem Kopf. Aus der Entfernung war nicht zu erkennen, wer das war. Die Person sprang in ein Kanu, das hinter der großen Motoryacht verborgen war, und paddelte in unsere Richtung.«

»Wir haben sofort umgedreht«, fuhr Jan fort, »und haben uns im nahen Schilfgürtel verborgen. Wir wollten nicht, dass man uns sieht. Es war ja alles schon ein wenig komisch. Es hat nicht lange gedauert, dann passierte das Kanu unser Versteck. Wir haben noch eine Weile verstreichen lassen und sind dann erst zum Campingplatz zurückgekehrt.«

»Sie wollten nicht wissen, wer in dem Kanu saß, Frau von Mauerbach?«

»Nein, wollten wir nicht!«

»Haben Sie sonst noch etwas Verdächtiges bemerkt?«

Jan schien einen Moment zu zögern, dann schüttelte er verneinend den Kopf.

Seine Mutter starrte in ihren Schoß und gab keine Auskunft.

»Ist Ihnen später auf dem Campingplatz irgendetwas aufgefallen, ist Ihnen jemand entgegengekommen?«

»Nein, wir sind zu unserem Campingbus gelaufen und haben noch mitbekommen, wie Moto Yakanabe auf Projevkow einredete, schließlich stritten sich die beiden lautstark«, erzählte Jan.

»Um welche Uhrzeit war das ungefähr?«

»Halb vier! Vielleicht auch etwas später!«

»Und warum haben Sie uns das alles nicht schon längst erzählt?« Antonio sprang auf und stützte sich schwer atmend mit beiden Armen auf dem Tisch ab. »Ich glaube es einfach nicht!« Wütend musterte er die beiden Mauerbachs. »Das wird für Sie ein Nachspiel haben, Signora!«

»Wir wollten nicht hineingezogen werden! Wir haben ja nur einen Kanuten gesehen. Und das in ziemlicher Entfernung. An der Kanuschule kann sich jeder ein Boot nehmen. Die alten Boote werden nicht bewacht und nicht gegen Geld vermietet. Sie stehen allen zur Verfügung. Es hätte jeder sein können!«

»Es geht doch auch um Ihren Mann, Signora! Es könnte derselbe Täter gewesen sein!« Antonio richtete sich auf. Er war unglaublich zornig, wusste aber, dass er das nicht zeigen durfte. Sonst bekam er aus den Mauerbachs nichts mehr heraus. Sie mauerten im wahrsten Sinne des Wortes.

»Möglich! Aber was hilft es mir oder Ihnen, wenn ich irgendjemanden verdächtige? Ich wusste doch bis vor wenigen Minuten gar nicht, dass die Todesfälle vielleicht irgendwie zusammenhängen. Und Sie im Übrigen auch nicht!« Diesen Seitenhieb konnte sie sich nicht verkneifen. »Heute Morgen glaubte ich noch, meinen Sohn schützen zu müssen. Jetzt erzählen Sie mir, Günther Schrewe könnte möglicherweise zwei Männer auf dem Gewissen haben. Ehrlich gesagt weiß ich nicht mehr, was ich glauben soll und deshalb werden mein Sohn und ich jetzt nach Hause gehen.«

»Eine letzte Frage noch«, setzte Antonio an, »weshalb, glauben Sie, hat Günther Schrewe Selbstmord begangen?«

»Nein, ... keine Frage mehr. Sondern Sie sind gefordert. Klären Sie erst einmal, ob mit dieser Waffe da«, und Annegret von Mauerbach deutete mit ausgerecktem Zeigefinger auf den Beutel in der Tischmitte, »geschossen wurde! Ob das die Tatwaffe ist! Dann reden wir weiter.« Sie stand auf und Jan folgte seiner Mutter mit schlurfenden Schritten, wie es nur Jugendliche mit zu großen Turnschuhen fertigbringen.

Antonio blickte ihr nach. »Wo sie recht hat, hat sie recht.« Er sah Georg an und setzte hinzu: » Da bekommt Petrelli heute noch Arbeit. Außerdem komme ich um vor Hunger.«

»Frag mich mal!« Georg schob den Stuhl zurück und nahm den Ordner unter den Arm. Er sah auf die Uhr. »Wir könnten es noch schaffen!«

»*Chiaro*, alter Schwede! Ich rufe Marissa an. In spätestens einer Stunde sind wir bei Bruno.

Verona, 21.30 Uhr

»Heute Mittag seid ihr alle auf und davon, als wäre die Polizei hinter euch her!« Bruno grinste frech in die Runde. »Der Dottore hat eine üppige Rechnung hinterlassen, Tonio, und mich gefragt, ob mir die *tortelli di zucca* wirklich selber schmecken?«

Stefania schmunzelte und sah Georg von der Seite an. Sie saßen seit fünf Minuten einträchtig am Tisch, Antonio und Marissa gegenüber, und amüsierten sich über den Bericht von Bruno.

»Der Dottore war nicht bereit zu bezahlen, meinte, es ginge alles auf die Rechnung des Commissario. Würde mich nicht wundern, wenn er später noch auftaucht.«

Antonio winkte ab. »*No, no.* Er hat ein Date! Heute Abend haben wir Ruhe! Was empfiehlst du uns? Wir sterben vor Hunger!«

»Das hört sich gut und nach großer Rechnung an.« Bruno öffnete spielerisch eine Speisenkarte, die er mitgebracht hatte, tat so, als versenke er sich darin, um sie dann mit großer Geste wieder zuzuklappen. »Lasst euch überraschen! Außerdem hat Stefania heute Vormittag schon Weine von ihrem Castello vorbeigebracht. Sie stehen bereit für eine Verkostung.«

Diese Ankündigung wurde mit großen Ahs und Ohs aufgenommen. Georg fand die Hand von Stefania unter dem Tisch und drückte sie sanft. Die Anspannung, die ihn auf der Fahrt von Bardolino nach Verona voll im Griff gehabt hatte, wich langsam, aber sicher. Die Italienerin hatte ihn vor wenigen Minuten fest an sich gedrückt und ihn ohne Umschweife mitten auf den Mund geküsst. Die von ihm gefürchtete Fremdheit und Scheu nach so vielen Monaten ohne ein Treffen war nicht eingetreten. Verstohlen betrachtete er ihr Profil, sah ihre leicht geröteten Wangen, die strahlenden Augen und die vollen Lippen und fühlte, wie die schwindende Anspannung durch eine wachsende Erregung ersetzt wurde. Seine aufwühlenden Gedanken wurden von Bruno unterbrochen, der mit langstieligen Sektflöten zurückkam.

»Signora di Castello kredenzt einen *Spumante brut* von ihrem Weingut. *Salute!*«

Sie hoben die Gläser, prosteten sich zu.

»Aus welchen Reben hast du diesen Brut gemacht, Stefania?«, fragte Marissa, als sie alle den ersten Schluck genommen hatten. Doch die Winzerin musste die Antwort schuldig bleiben.

»*Buona sera!* Da komme ich ja gerade noch rechtzeitig. Bruno, haben Sie für mich auch ein Glas?« Vincenzo Mauro zog sich ungefragt vom Nachbartisch einen Stuhl heran und setzte sich an die Stirnseite des Tisches. Vier ungläubige Augenpaare musterten ihn. Keiner machte sich die Mühe, freundlich dreinzuschauen.

»Oh, welche Freude in Ihren Gesichtern!« Mauro war nicht dumm, aber er sah keine Veranlassung, das Feld zu räumen. Er zog die Mundwinkel nach unten und schob die Brille auf seiner Nase zurecht. Bruno setzte nachdrücklich ein Sektglas vor ihm auf dem Tischtuch ab, hob entschuldigend die Schultern, als wollte er zu den anderen sagen: Ihr wolltet mir ja nicht glauben, und trollte sich dann rasch in seine Küche.

»Ich bin sicher, heute Abend bekomme ich etwas Ordentliches zu essen. Bruno wird es nicht wagen, mir erneut mit einer *specialità mantovana* den Magen zu verderben.«

Als ihn alle anderen weiter anschwiegen, fragte er Antonio direkt: »Haben Sie es schon gehört, Commissario?«

Fontanaro sah ihn nur an und fragte sich, weshalb er mit diesem Mann gestraft war. Nach dem wenig glanzvollen Auftritt im *Palazzo*

Barbieri und den Anschuldigungen Di Santos hatte Vincenzo Mauro die Stirn, ihnen auch den Abend zu ruinieren?

»Stören wir?«, fragte Georg mühsam beherrscht. »Wenn Sie sich mit dem Commissario ungestört unterhalten möchten, Dottore, fragen wir Bruno, ob er einen freien Tisch für die Damen und mich hat.«

»*No, no*, ganz und gar nicht. Ich bin sicher, Signor Breitwieser, dass Sie die Nachricht auch hören möchten.«

Georg war sich alles andere als sicher. Er hatte einen anstrengenden Tag hinter sich, ein Menge Zeugen befragt und eine Menge Mist gehört. Er hatte genug, wollte nur noch in Ruhe essen, diesen Abend und ein wenig Privatheit genießen. Der Druck von Stefanias Hand unter dem Tisch wurde intensiver.

Bruno balancierte große, bunte Teller aus Muranoglas auf den Händen und dem linken Unterarm und stellte sie vor seinen Gästen ab. Er hatte es nicht gewagt, Vincenzo Mauro zu übergehen. Antonio sah es mit gemischten Gefühlen. So wurden sie den Staatsanwalt nie los.

»Ich darf die Vorspeise servieren?«, fragte Bruno geschäftstüchtig. »*Carpaccio di cavallo* mit *rucola*, altem *balsamico* und Spänen von *parmigiano reggiano!*"

»Pferdefleisch?« Mauros volle Stimme war zu einem Hauch geworden. Fassungslos betrachtete er den Teller vor sich, dann Bruno, der sich erlaubte, ihm Derartiges zu servieren.

»*Sì, Dottore! Una specialità del Lago di Garda!*«

»Lassen Sie mich mit Ihren Spezialitäten in Ruhe! Mir liegt das Mittagessen noch im Magen.«

»Seepferdchen!« Georg konnte sich nicht zurückhalten und die Damen bekamen einen Lachkrampf, den Mauro mit hochgezogener Augenbraue quittierte. Er verstand nur Bahnhof.

»Ich bin betrübt, das zu hören, Dottore!« Bruno blieb vollständig ernst und sah den Staatsanwalt mit treuherzigen Hundeaugen an.

Marissa presste sich die Serviette vor den Mund und täuschte einen Hustenanfall vor. In ihren Augen schwammen Tränen.

»*Tutto a posto*«, versicherte Antonio, »ich freue mich den ganzen Tag schon auf diese Vorspeise«, und gab Bruno einen Wink zu verschwinden. Er griff sich sein Besteck. »*Buon appetito!*«

»Sie essen das wirklich? Das ist ein Armeleuteessen. So etwas hat meine Großmutter nach dem Krieg auf den Tisch gebracht. Das Fleisch war zäh und schmeckte einfach widerlich!«

Stefania ergriff den Brotkorb und reichte ihn über den Tisch.

»Probieren Sie ein frisches Stück Weißbrot dazu, Dottore, Sie werden sehen, es schmeckt köstlich. Das ist alles, nur kein Armeleuteessen. Bruno verlangt für diesen hübschen Teller dreißig Euro und wird nicht einmal rot dabei.« Sie lachte und schob sich den ersten Bissen in den Mund. Bruno schüttelte tadelnd den Kopf. Er war in Hörweite geblieben, zu neugierig, wie seine Vorspeise ankam.

Andächtiges Schweigen senkte sich über den Tisch und genussvolles Kauen war Beweis genug für ein gelungenes Antipasto. Mauro, als Erster fertig, legte sein Besteck quer über den Teller und sah den anderen beim Essen zu. Sein Bedürfnis, die Kommissare mit seinen Neuigkeiten zu überfallen, schien nicht mehr so dringlich zu sein.

Auch Antonio hatte sich gefangen und war nun doch neugierig, was ihnen Mauro erzählen wollte. Gerne wäre er ihn möglichst rasch losgeworden. Er musste doch ein Date haben? Konnte er ihn danach fragen? Als auch Georg sein Besteck beiseitelegte, entschloss sich Fontanaro, in die Offensive zu gehen. »*Allora*, Dottore, was gab es so Wichtiges?«

»Ah, nun sind Sie neugierig?« Ein wenig zierte er sich noch, dann rückte er mit der Sprache heraus: »Die Pistole, die Sie Petrelli zur Untersuchung gegeben haben, ist die Tatwaffe.«

»Hat Petrelli auch das Kaliber nochmals bestätigt? 9 mm?«, fragte Breitwieser sicherheitshalber nach.

»Sehr gut! Commissario, nehmen Sie sich ein Beispiel! Signor Breitwieser achtet auf die Details!«

Du Depp, dachte Georg und lächelte dabei den Staatsanwalt reizend an.

»9 mm! Genau! Allerdings verwundert mich Folgendes: Weshalb schießt man in Deutschland als Sportschütze mit 9 mm und nicht mit kleineren Kalibern? Damit wird eine Sportwaffe sehr leicht zu einer Mordwaffe!«

»Der stellvertretende Waffenwart in Wolfing hat diese Frage beantwortet, denn ich habe mich wie Sie, Dottore, gewundert«, erklärte Georg, auch wenn er Vincenzo Mauro nur ungern beipflichtete. »Mein Mitarbeiter, Florian Huber, hat bei ihm nachgefragt und erfahren, dass Günther Schrewe vor etwa zwei Jahren im Schützenverein von Walther-Pistolen mit langem Lauf auf SIG Sauer mit deutlich kürzerem Lauf umstieg. Da er nicht nur Waffenwart, sondern auch Schießtrainer war, Wettkämpfe organisierte, passten sich seine Schüler ihm an.« Ganz sicher hatte er auch Jutta Brettschneider beim Waffenkauf beraten, dachte Georg bei sich.

»Günther Schrewe hat also seine Sportfreunde davon überzeugt, eine Pistole zu kaufen, die sie für den Sport und bei Bedarf auch zum sicheren Töten verwenden konnten!« Sehr clever, dachte Antonio. Sie hatten zwar alle als Sportschützen nur eine Waffenbesitzkarte und keinen Waffenschein, doch das hielt jemanden, der vorhatte, einen Mord zu begehen, ganz sicher nicht ab!

»Eine Planung von langer Hand, würde ich sagen!«, spekulierte Vincenzo Mauro. »Dazu passt auch der Obduktionsbericht, den die Dottoressa über Signor Schrewe gemacht hat.« Nun hatte er endlich die Aufmerksamkeit aller auf sich gezogen. Er ließ eine Kunstpause folgen, genoss die aufmerksamen Blicke der anderen, nahm einen Schluck vom Prosecco und sagte dann: »Der Mann wollte auf Nummer sicher gehen. Gründlich, wie die Deutschen sind, ist er nicht nur über Bord gegangen, sondern hat zusätzlich Zyankali geschluckt.«

»Als Chemielehrer wusste er vermutlich, wie er an das Gift herankam«, dachte Georg laut.

»Sehr plausibel!«, bestätigte Mauro gnädig. Er trank sein Sektglas leer und verzog seinen Mund zu einem schiefen Lächeln, wie es für ihn charakteristisch war, wenn er meinte, einen entscheidenden Sieg davon getragen zu haben.

»*Complimenti*, Signora. Ihr *Spumante* ist ganz außergewöhnlich. Würde es Ihnen etwas ausmachen, mir in den nächsten Tagen eine Kiste mit zwölf Flaschen zu liefern?« Der Staatsanwalt schob seinen Stuhl zurück und erhob sich. Mit einer angedeuteten Verbeugung in keine bestimmte Richtung verabschiedete er sich: »Ich danke Ihnen, Commissario, für die Einladung, wünsche Ihnen und den verehrten Damen noch einen schönen Abend. Bis morgen dann in der *Questura*. Ich bin mir sicher, dass wir vor dem Mittagessen wissen werden, wer unser Täter ist.«

Dein Wort in Gottes Ohr, dachte Antonio und atmete erleichtert aus.

Mauro winkte Bruno lässig zu und verließ eilig das Restaurant. Der Wirt schaute ihm sprachlos nach. Ein Ereignis von Seltenheitswert. Dann trat er an den Tisch der Freunde und begann, die leeren Teller wegzuräumen.

»Wie hat euch mein *cavallo* geschmeckt?« Er lächelte spitzbübisch.

»Die Chianarinder aus Umbrien haben es nicht verdient, von dir als Pferde verkauft zu werden, mein Lieber«, sagte Antonio lachend. »Es gibt nichts Feineres als *Chiana. Una specialità dell'Umbria.*«

»Du hast das wirklich gemerkt, Tonio?«

»Aber bitte! Ich liebe *cavallo*! Aber ich kann ein *carpaccio* vom Pferd sehr wohl von einem vom Rind unterscheiden. Leider sind wir nicht dabei, wenn sich Vincenzo Mauro demnächst irgendwo nochmals diese Vorspeise bestellt. Ich gäbe viel darum, dann sein Gesicht zu sehen.«

»Armeleuteessen!«, wiederholte Bruno abfällig. »Die Pasta kommt gleich!« Mit dieser verheißungsvollen Ankündigung ließ er die Freunde allein.

»Ich bin überzeugt davon, dass uns die Mauerbachs erneut an der Nase herumgeführt haben«, sagte Georg verbittert. »Jede Wette, dass die beiden den Kanuten erkannt haben, der von der *Villa Sole* weglief, nachdem Matteo unfreiwillig im See baden ging. Jeder Kanute hat seinen eigenen Paddelstil, wie jeder Tennisspieler seinen eigenen Aufschlagsstil hat. Sie haben den Mann erkannt, aber die Mauerbachs geben vor, auf beiden Augen blind zu sein. Verstecken sich im Schilf. Für wie blöd halten uns die beiden eigentlich?« Georg nahm sich ein Weißbrot, zupfte es in kleine Stückchen, zerbröselte es auf dem Tischtuch und schob sich dann gedankenverloren eines davon in den Mund.

»Kannst du dir dagegen vorstellen«, fragte er Antonio, »Projevkow oder Moto steigen in so eine alte Nussschale, wie sie von der Kanuschule im Wasser bereitliegen, paddeln zur *Villa Sole* und erschießen erst Matthias und später Varese?« Nur kurz hielt er inne, denn er erwartete keine Antwort. »Ich bin mir absolut sicher, dass Schrewe Holzinger umgelegt hat, und zwar mit der Waffe seiner Geliebten, die er mit großer Sorgfalt auswählte. Matthias Holzinger hatte das Lebensglück der beiden aus reiner Gewinnsucht zerstört, verhindert, dass sie ein Paar wurden und Kinder bekamen.

Als seine Freundin sich weigerte, eine lebensverlängernde Therapie zu machen, den frühen Tod akzeptierte, begann er, den tödlichen Plan, den er schon länger mit sich herumschleppte, weiterzuentwickeln. Er redete Jutta erfolgreich ein, sie brauche auch, wie alle anderen in der Schießstätte, eine neue Waffe, mit der er später den Widersacher, den Querulanten und korrupten Politiker aus dem Weg räumen konnte, dem das Leben und die Besitzverhältnisse anderer vollkommen egal waren.« Georg sah noch Veronika Gruber vor sich, verzweifelt und stumm auf einer Gymnastikmatte sitzen, mit ihren Kindern in der Turnhalle evakuiert, allein gelassen von ihrem Mann, der die ungeheuerliche Anmaßung Holzingers nur mit Mühe verdaute, um seinen Grund und Boden bangte und sich erst einmal absetzte, bevor er sich wieder unter die Augen seiner Frau traute.

Antonio setzte die Überlegungen seines Freundes fort: »Schrewe war es, der bei Signora Bonomi anrief und sich vergewisserte, ob sich Matteo am Sonntagnachmittag allein in der Villa aufhielt. Dann konnte er zuschlagen.

Moto dagegen macht uns weiß, Roberto hätte den Bruder getötet. Er will ihm, blind vor Wut, den Brudermord anhängen, weil er seinen Musikagenten für den Verlust der *Aida* verantwortlich macht, und rächt sich mit einer Falschaussage. Es war Schrewe, der zweimal präzise auf seinen Widersacher schoss. Der Kanulehrer hatte nie vor, nach Wolfing zurückzukehren, sondern plante von vornherein, im Gardasee zu ertrinken, unterstützt durch ein absolut tödliches Gift. Doch sein Plan ging nicht ganz auf. Weshalb hat er die Waffe nicht einfach nach der Tat in den See geworfen, sondern brachte sie zurück in seinen Camper?«

»Weil sie Symbolkraft hat und weil Schrewe wollte, dass ihr die richtigen Schlüsse zieht. Es kam ihm ja nie darauf an, den Kopf aus der Schlinge zu ziehen. Er wollte, dass er entdeckt wurde und er wollte, dass ihr begreift, warum er Matteo umgebracht hat. Und vermutlich wollte er auch, dass dessen Familie seine Tat als einen Racheakt erkennt. Grauenvoll!« Stefania schüttelte entsetzt den Kopf. »Ich beneide euch wirklich nicht um euren Job. Da laufe ich doch lieber tagelang in meinem Weinberg herum.« Sie winkte Bruno, der die Order verstand und mit einer dickbauchigen Weinflasche wiederkam.

»Ihr seht so aus, als könntet ihr einen Nachschlag vertragen«, meinte er aufgekratzt. »Die Signora kredenzt euch einen *Soave Classico Superiore* von 2010. Sie hat ihn ein Jahr im Barrique ausgebaut.« Er goss einen Schluck in Stefanias Glas, die den Wein von goldgelber Farbe im Glas kreisen ließ und probierte.

»*Bene!*« Sie strahlte und freute sich an ihrem guten Produkt. Bruno füllte die Gläser.

»Molto buono«, bestätigte auch Antonio mit anerkennendem Blick. »Deine Weine werden von Jahr zu Jahr besser!«

Die Winzerin errötete, was sonst gar nicht ihre Art war, und freute sich. Breitwieser nutzte ihre Verlegenheit, gab ihr rasch einen Kuss auf die Wange und flüsterte ihr ins Ohr: »Hast Glück gehabt! Mir schmeckt er auch!« Ein kleines Lächeln noch, in der Rolle des Charmeurs kam er sich selten dämlich vor, dann wurde er unvermittelt ernst.

Die Sache mit der Waffe war seiner Meinung nach noch nicht ausdiskutiert. »Günthers Plan ging insofern schief, als ihm die Waffe geklaut wurde. Das hatte er sicherlich nicht mit einkalkuliert. Und ganz bestimmt wollte er nicht, dass das nächste Opfer Raimondo Varese war, der Mann seiner geschätzten Freundin Annegret von Mauerbach.«

»Glaubst du, er wusste, wer ihm die Pistole geklaut hat?«, fragte Marissa.

Georg sah Antonio fragend an.

»Wir müssen Jan von Mauerbach nochmals befragen. Und zwar ohne die Mutter. Er glaubt immer noch, den väterlichen Freund schützen zu müssen. Er weiß viel mehr, als er zugibt. Vor allem zum Streit zwischen Moto und Projevkow, den Jan kurz erwähnt hat, müssen wir Details wissen. Eigentlich ist die Sachlage klar: Projevkow erschießt den Widersacher, um die Rolle zu bekommen.«

»Das glaube ich nicht!«, schaltete sich Stefania wieder ein. »Das ist doch viel zu durchsichtig. Woher soll er überhaupt gewusst haben, dass es nebenan eine Waffe zu klauen gibt?«

»Interessante Frage«, musste Georg zugeben.

»Oder hatte Schrewe doch einen Grund, auch den Mann von Annegret von Mauerbach zu erschießen und hat dafür nochmals den Weg über den See genommen?«, fragte Antonio mehr sich selbst als in die Runde. »Er hat mitbekommen, dass Varese den Empfang verließ. Aber hatte der Kanulehrer auch genug Zeit? Und weshalb sollte ausgerechnet er ziellos und unpräzise, vielmehr voller Wut auf sein zweites Opfer schießen? Das passt nicht zum korrekten Chemielehrer, zum Schützenkönig von Wolfing. Das macht überhaupt keinen Sinn.«

37

Mittwoch, 19.06.2013

Verona, 9.00 Uhr

»Was hast du vor?« Antonio Fontanaro und Georg Breitwieser gingen den dunklen Korridor im zweiten Stock der *Questura* entlang und suchten das Beobachtungszimmer auf. Erstaunt folgte Georg seinem Freund. »Was machen wir hier?« Er schaute durch das Floatglas in den leeren Vernehmungsraum. »Willst du jetzt unsere Lügenbarone nacheinander verhören? Glaubst du, das bringt etwas?«

»Nein, ich glaube nicht, dass das was bringt!« Antonios Ton war unvermutet scharf. »*Ma sono incavolato!*«

»Weshalb bist du stinksauer?« Georg hatte Antonio noch selten unbeherrscht oder aufbrausend erlebt. Das war ein unerwarteter Zug an ihm.

»Ich werde nicht mehr abwarten, bis uns die Zeugen das erzählen, was wir hören wollen.« Er stand unter Erfolgsdruck und war, nach der langen alkoholreichen Nacht, angeschlagen und zunehmend frustriert darüber, dass sie mehr oder weniger auf der Stelle traten. Seit sieben Uhr morgens war er schon wieder im Büro und hatte mit Enrico einen Schlachtplan entworfen. Sein Schlafmangel machte die Laune nicht besser. Fausto ließ sich von seiner Frau entschuldigen, konnte erst später nachkommen. Der Vice war mit der Kirschenernte beschäftigt und kämpfte mit den Vögeln darum, wer als Erster auf dem Baum war.

Enrico und er hatten nach Mitternacht noch vergeblich versucht, den Japaner und den Russen zum Sprechen zu bringen, aber sie waren nicht weit damit gekommen. Projevkow beschuldigte Yakanabe, ihm die Pistole untergeschoben zu haben. Der Regisseur wiederum behauptete, sein Tenor habe aus Ehrgeiz und Neid den Kontrahenten ausgeschaltet. Roberto Holzinger war bei einer weiteren Befragung gegen ein Uhr morgens, als er endlich einigermaßen nüchtern war, bei der Behauptung geblieben, er habe die *Villa Sole* am Sonntagnachmittag kurz nach zwei Uhr verlassen, habe Varese an der *Arena* für die Generalprobe des Galaabends abgeliefert und sei anschließend weiter ins Büro nach *Garda Centro* gefahren, um auf seinen Käufer Ehrmann zu warten. Antonio konnte diese Aussage nur bedingt überprüfen. Varese war tot und gab keine Auskünfte mehr. Das Bühnenpersonal und die Garderobiere, die am Sonntagnachmittag in der *Arena* Dienst gehabt hatten, konnten sich nicht an Robert Holzinger erinnern. Niemand schien ihn dort zu kennen, wie Lavinia in ihrem Bericht festgehalten hatte. Sehr wohl aber konnte sich die Garderobiere an Moto Yakanabe erinnern, der mit Nikita Projevkow Sonntagnacht nach der abgebrochenen Galavorstellung einen veritablen Streit ausgetragen haben sollte. Schließlich habe der Russe türenknallend seine Garderobe verlassen. Der erzürnte Japaner sei zurückgeblieben und habe in einem Wutanfall den Spiegel zertrümmert, den der Tenor zum Schminken und Anziehen benötigte.

In Yakanabe steckte ein schwer zu zügelnder Choleriker, der zerbrochenes Inventar hinterließ, wenn er seinen Willen nicht bekam. Was in der Künstlergarderobe genau gesprochen worden war, konnte Lavinia nicht in Erfahrung bringen. Weder Bühnenarbeiter noch Garderobiere konnten das gebrochene Englisch der Kontrahenten durch die dünnen Wände verstehen. Vielmehr hatten sie sich über das zornige Kauderwelsch köstlich amüsiert und gelacht.

Bis in die letzten Nervenspitzen angespannt, ob das, was er jetzt vorhatte, auch funktionierte, bedachte Fontanaro seinen Spezl Breitwieser mit einem Seitenblick. Der Freund wirkte auf ihn geradezu unverschämt entspannt und abgeklärt. Vielleicht hätte er sich mit Giorgio doch besser abgestimmt. Sein Gewissen war alles andere als rein. Doch jetzt war es dafür zu spät. Missmutig und ärgerlich auf sich selbst, machte ihn das zufriedene Lächeln im Gesicht des Bayern noch übellauniger. Dessen positive Haltung nahm er ihm persönlich übel. Es war nicht schwer, sich auszumalen, wie prächtig sich Stefania und Giorgio verstanden hatten in der zurückliegenden Nacht. Offensichtlich kam junge Liebe mit deutlich weniger Schlaf aus. Er war nur noch wie tot ins Bett gefallen.

Die Tür zum Vernehmungsraum öffnete sich und Lavinia trat ein, gefolgt von Enrico und Jan von Mauerbach. Antonio schaltete den Lautsprecher ein, zog sich einen Stuhl heran, setzte sich und schlug die Beine übereinander. Georg begriff, dass er keine weiteren Erläuterungen bekam, und nahm sich ebenfalls einen Stuhl.

»Jan, ich möchte betonen, dass nichts, was Sie in diesem Raum sagen werden, gegen Sie verwendet werden wird. Wir benötigen Ihre Mithilfe bei der Suche nach dem Mörder Ihres Vaters und Sie haben sich dankenswerterweise dafür bereit erklärt.« Enrico versuchte sich in einem ungezwungenen Tonfall, um den jungen Mann auf seine Seite zu ziehen. Er erntete dafür lediglich einen skeptischen Blick.

»Bringen Sie die Herren Yakanabe und Projevkow zum Sprechen, so wie Sie es mit Commissario Fontanaro abgemacht haben. Bei den beiden Kontrahenten braucht es nicht viel und schon liegen sie sich in den Haaren. Es sollte nicht schwer sein, einen erneuten Streit zu provozieren.«

»Ich weiß nicht, ob ich dafür die geeignete Person bin«, wehrte Jan ab. »Haben Sie eine Vorstellung davon, wie ich mich fühle? Sie bringen zwei Typen herein, wovon einer zu hundert Prozent meinen Vater auf dem Gewissen hat!«

»Bisher nehmen wir das nur an!«, schränkte Enrico ein.

Antonio hielt unwillkürlich die Luft an.

»Andererseits bin ich mir sehr sicher, dass Sie wissen, wer Matteo getötet hat. Doch Sie schweigen darüber wie über so vieles andere auch.« Enrico konnte den Vorwurf in seiner Stimme jetzt doch nicht unterdrücken. Auch er hatte vom ewigen Hin und Her bei den Zeugenbefragungen inzwischen die Nase voll. Bisher hatten sie nur Halbwahrheiten zu hören bekommen. Dennoch war er weiter bemüht, ruhig seine Belehrung vorzubringen. »Wie der Commissario Ihnen bereits erklärt hat, macht man sich normalerweise als Zeuge einer Straftat selbst strafbar, wenn man bei einer polizeilichen Befragung die Unwahrheit sagt oder angibt, von der Straftat keine Kenntnis zu haben. In ihrem Land, habe ich mir sagen lassen, gibt es dafür ein Strafmaß von drei bis fünf Jahren ohne Bewährung. Wollen Sie Ihr junges Leben mit einer solchen Last beschweren?«

»Was habt ihr vor?«, flüsterte Georg Antonio zu. »Habt ihr den Wortlaut abgesprochen? Weiß der Junge, auf was er sich einlässt?« Dieser Alleingang von Antonio war neu und er gefiel ihm überhaupt nicht. Bisher hatten sie doch immer an einem Strang gezogen. Was war plötzlich in den Freund gefahren?

Antonio Fontanaro starrte stur zum Polizeispiegel und auf die Szenerie im Vernehmungsraum. Ihm war alles andere als wohl dabei. Er ahnte, dass ihm Georg diese Aktion übel nehmen würde. Ihm ginge es im umgekehrten Fall genauso. Er hoffte inständig, dass Jan von Mauerbach die richtigen Worte fand, sich richtig verhielt und anschließend alle mit dem Experiment ihren Frieden machten. Antonio konnte von Glück sagen, dass Vincenzo Mauro offensichtlich ebenfalls eine lange Nacht hinter sich gebracht hatte und noch nicht in der *Questura* erschienen war. Denn rechtlich sauber war sein Vorgehen gewiss nicht.

»Antonio, ich rede mit dir!«, begehrte Georg auf.

»Warte es doch bitte einfach ab!«

»Ein Kollege wird die Herren Yakanabe und Projevkow hereinführen und Sie mit den beiden allein lassen«, fuhr Enrico mit seiner Erläuterung fort. »Die beiden Kommissare befinden sich hinter dieser Spiegelwand«, er deutete in die entsprechende Richtung, »und werden jedes Wort genau verfolgen. Eine Kamera filmt das Gespräch und natürlich nehmen wir es auch auf. Sollte einer der Herren ausfällig werden oder sich die Situation zuspitzen, sind wir sofort zur Stelle. Sie brauchen keine Angst zu haben. Es wird Ihnen nichts geschehen. Halten Sie sich an das, was wir vorhin miteinander abgesprochen haben.«

Enrico stand vom Stuhl auf und verließ den Vernehmungsraum. Jan von Mauerbach starrte ihm nach, zog ein Taschentuch aus der Hosentasche und wischte sich über seine Stirn. Seine Nervosität war zum Greifen. Dennoch straffte er sich. Erregt, aber hoch aufgerichtet, ging er an der schmalen Stirnseite des Zimmers auf und ab.

»Als wir gestern Abend bei Bruno beschlossen, Jan nochmals allein, ohne die Mutter, zu vernehmen, bin ich davon ausgegangen, dass wir das gemeinsam machen, Toni! Von einem Alleingang war nicht die Rede! Oder habe ich da etwas nicht mitbekommen?« Georg gab sich keine Mühe, seinen Ärger zu unterdrücken. Er fühlte sich übergangen und er hatte Sorge, dass sich die italienischen Kollegen zu viele Rechte herausnahmen. Er würde es nicht zulassen, dass man mit Jan von Mauerbach Schindluder trieb. In diesem Moment erschienen im Vernehmungsraum Projevkow und Yakanabe. Damit wurde eine weitere Diskussion überflüssig. Georg musste die Sache jetzt laufen lassen.

In der Mitte des schmalen, aber langen Vernehmungsraums stand ein Tisch. Auf jeder seiner Querseiten standen zwei Stühle. Doch die drei Personen zogen es vor, erst einmal stehen zu bleiben und sich zu mustern. Antonio hielt die Luft an. Weshalb sagte der junge Mauerbach nichts? Er sollte doch in die Offensive gehen, die beiden sofort unter Druck setzen. Stattdessen lehnte er mit dem Rücken an der Wand, schwieg und warf den Männern böse Blicke zu.

Yakanabe hatte wenig Geduld und unterbrach als Erster die Stille.

»Haben Sie Ihren Vater erschossen? Sind wir hier, weil wir das bezeugen sollen?«

»Halt deinen Mund, Moto!«, fuhr Projevkow dazwischen. »An deiner Stelle wäre ich ganz still!«

»Was willst denn du von mir!«, begehrte der Japaner auf und machte ein paar Schritte auf den Russen zu, hielt aber im letzten Moment genug Abstand. Der Tenor überragte ihn um eine volle Kopflänge und sah ihn nur mitleidig von oben herab an.

»Den Streit haben wir schon! Gratuliere! Sollte das so ablaufen?«, fragte Georg leise und bedachte Antonio mit einem ironischen Lächeln.

»Vielleicht passt einer in der Hitze des Gefechts nicht auf und sagt mehr, als gut für ihn ist!«

»Dein Wort in Gottes Ohr!« Georg war nicht überzeugt.

»Spricht er kein Englisch?« Moto hatte immer noch Oberwasser. »Will er uns nicht verstehen?« Überheblich grinste er Jan von Mauerbach an.

»Weshalb behaupten Sie, Robert Holzinger habe seinen Bruder erschossen?« Glasklar und in bestem Englisch stellte Jan ihm diese Frage. Er ließ die beiden Männer nicht aus den Augen. »Robert Holzinger war zur Tatzeit bei Angelina Connors im Hotel!«

»Waaas?« Georg war aufgesprungen und sah Antonio verblüfft an. »Hast du das gewusst? Oder habt ihr euch das ausgedacht, um Moto aufs Glatteis zu führen?«

Antonio schüttelte den Kopf. Es war ihm anzusehen, dass er genauso überrascht war. »Das ist nicht die Frage, die wir mit dem Jungen abgesprochen haben.«

»Du kannst jederzeit unterbrechen!«

»Einen Teufel werde ich!«

Auch Moto war überrumpelt, brauchte einen Moment, um die Bedeutung zu begreifen. Dann grinste er. »Bei Angelina? Was wollte er denn von ihr? Hat er geglaubt, die Operndiva lässt ihn auch mal ran, weil er so großartige Honorare bezahlt?« Er lachte schallend, bekam sich gar nicht mehr in den Griff.

»Im Gegensatz zu Robert Holzinger waren Sie in der *Villa Sole*, als dessen Bruder erschossen wurde. Die Schüsse haben Sie aus dem Zimmer und auf den Balkon getrieben. Von dort haben Sie zugesehen, wie Matthias Holzinger in den See kippte.«

Nun hielt es auch Antonio nicht mehr auf seinem Stuhl. Er sprang auf, trat ganz nah an die Spiegelwand heran, als wolle er sich vergewissern, ob das, was da vor seinen Augen vor sich ging, auch wirklich wahr sein konnte.

»Verdammt, was macht der Junge da? Warum erzählt er das erst jetzt? Wir hätten uns viel Scherereien und Arbeit erspart, wenn er schon früher mit der Sprache herausgerückt wäre.« Antonio fühlte sich hilflos in seinem Ärger auf Jan.

»Vermutlich hat er mit seiner Mutter inzwischen Klartext geredet. Hat aufgehört, daran zu glauben, es mache Sinn, irgendjemanden zu decken. Langsam aber sicher begreift er, was geschehen ist, wie alles zusammenhängt. Ein einundzwanzigjähriger junger Mann sieht zu, wie ein Mann erschossen wird. Er ist Zeuge, als sein bester Freund und Vaterersatz den Freitod im See sucht. Zwischen diesen Ereignissen wird der Vater erschossen, den er eigentlich nicht wirklich kennt. So hat er keine Chance mehr, Versäumtes nachzuholen. Und die Mutter, die zu den beiden Männern ein ganz eigenes Verhältnis hat, ist ihm weder Hilfe noch Trost.« Du hast Glück, Toni, dachte Georg, dass der junge Mann überhaupt zu sprechen beginnt, sich selbst aus dem tiefen Loch zieht, anstatt ein Fall für den Psychiater zu werden und für die nächsten Monate traumatisiert zu schweigen.

Im Vernehmungsraum war Moto das Lachen vergangen, mit schnellen Schritten war er um den Tisch herumgelaufen und baute sich vor Jan auf, der ihn freilich um Längen überragte. Der Junge klebte förmlich mit dem Rücken an der Wand, blickte dem Japaner aber unerschrocken ins Gesicht. Die Hände in die Taschen seiner Jeans geschoben, sah er den kleinen Mann ungerührt an. Er hatte durch sein Training als Kanute ein breiteres Kreuz und sich deutlich abzeichnende Muskeln unter seinem T-Shirt. Dagegen nahm sich der Regisseur wie ein schmächtiges Bürschchen aus. Projevkow hielt sich im Hintergrund, beobachtete sehr interessiert, was sich vor seinen Augen abspielte.

»Kurz darauf kamen Sie auf dem Campingplatz an und hatten mit ihm da«, Jan deutete auf den russischen Tenor, »eine Auseinandersetzung! Stimmt doch, oder?« Jan stieß sich von der Wand ab und wechselte zur anderen Seite des Tischs. Der junge Mauerbach schien überraschend entschlossen. Als hätte er auf diesen Augenblick nur gewartet. »Moto setzte Ihnen zu!«

Nun lief auch der Russe rot an im Gesicht.

»Er erpresste Sie regelrecht, wenn ich mich richtig erinnere! Sie beide haben über die Tenorpartie in der *Aida* verhandelt, als wäre mein Vater schon tot. Nur habe ich das damals noch nicht begriffen. Ich kam von den Duschräumen zurück, weil meine Mutter unser Bad im Camper für sich brauchte, und hörte gerade noch, wie Sie laut über die Chancen diskutierten, die sich durch den Einsatz von Nikita Projevkow für Herrn Yakanabe in Moskau ergeben würden. Geradezu elektrisiert waren Sie von der Idee, Projevkow würde für Sie an der *Neuen Oper* in Moskau ein gutes Wort einlegen und die Verantwortlichen dazu bewegen, den *Ring* von Wagner dort in der nächsten Spielsaison von Ihnen inszenieren zu lassen.« Jan schwieg einen Moment, bekam aber aus dem Augenwinkel offenbar mit, dass sich Yakanabe von hinten näherte, denn er drehte sich blitzschnell um. Der kleine Mann kam mit erhobenen Fäusten auf ihn zu, doch Jan packte ihn entschieden an den Unterarmen und schob ihn zurück.

»Ich geh jetzt da rein!«, sagte Antonio atemlos. Sein Experiment drohte aus dem Ruder zu laufen. Doch jetzt war es Georg, der ihn zurückhielt.

»Warte! Wir sind kurz davor zu begreifen, wer wen warum erschossen hat.«

»Ich bin ja ein Opernlaie«, fuhr Jan ruhig fort. »Bei Ihrem Streit verstand ich nur Bahnhof. Aber doch so viel, um mich mit meiner Mutter darüber unterhalten zu können. Sie klärte mich auf, wusste natürlich, um was es Ihnen beiden ging. Dass Sie für Moskau Pläne machten, ahnte sie allerdings nicht. Sie fühlte sich hinters Licht geführt. Sie fragte sich, wann ihr russischer Tenor wohl mit der Sprache herausrücken würde, dass er in der nächsten Opernsaison in Salzburg nicht zur Verfügung stand.« Ein bedeutungsvoller Blick traf Projevkow, der nur eine Augenbraue hob und den Seitenhieb an sich abtropfen ließ. »Doch auch meine Mutter zog, was meinen Vater betraf, nicht die richtigen Schlüsse«, fuhr Jan fort, »fand es nur sehr dreist, dass Sie beide über die Rolle ihres Mannes diskutierten, als wäre er gar nicht vorhanden, als wäre der Auftritt der zweiten Besetzung bereits beschlossene Sache. Ganz abgesehen davon standen wir beide unter Schock. Man sieht nicht jeden Tag, wie jemand erschossen wird.«

»Du weißt also, wer den dicken bösen Mann getötet hat?«, fragte Yakanabe zwischen den Zähnen. »Was willst du dann von uns? Wir waren es nicht!«

Jan ließ den Regisseur unerwartet los und stieß ihn heftig von sich. Yakanabe stolperte und fiel hart auf den Steinboden. »Du Mistkerl!«, presste er hervor, rappelte sich auf, wurde aber dann von Projevkow gepackt und auf einen der Stühle geworfen.

Während der Japaner noch keuchte, wandte sich der Russe an Jan: »Geht deine Geschichte noch weiter, Junge? Oder hast du jetzt keine Phantasie mehr? Und du«, zischte Projevkow Yakanabe an, »hältst besser deinen Mund. Begreifst du nicht, dass das hier ein abgekartetes Spiel ist?« Projevkow maß Jan mit einem durchtriebenen Blick und starrte dann direkt in die Floatglasscheibe.

»Er hat noch eine Trumpfkarte!«, war sich Georg mittlerweile sicher und beobachtete den jungen Mann ganz genau, während Antonio unruhig auf seinem Stuhl hin- und herrutschte.

Jan lehnte sich an die Spiegelwand. »Mein Freund Sebastian hat mir etwas Interessantes erzählt. Er berichtete von einem Gast beim Empfang des Bürgermeisters, der dem Kellner, scheinbar aus Versehen, eine Hand ins Gesicht schlug, worauf dem sein Tablett mit Sektkelchen aus den Händen glitt, er zwischen den Gästen die Balance verlor und zu Boden ging. Ein Regen von Glassplittern ergoss sich über die feine Gesellschaft. Wir haben über diese Episode sehr gelacht und ich habe es bedauert, dass ich nicht auch Zeuge dieses Missgeschicks geworden bin. Zu dem Zeitpunkt war ich schon auf dem Weg zurück nach Garda. Ich fragte Sebastian, wer denn der Übeltäter war.« Jan löste sich von der Wand, ging auf den Tisch zu und beugte sich zu Yakanabe hinunter.

Georg bewunderte die selbstbewusste Haltung des jungen Mannes und konnte ihn sich in diesem Moment als Jungunternehmer sehr gut vorstellen. Er würde seine Mutter mehr als nur unterstützen. Er würde diese neue Rolle mit der nötigen Portion Mumm ausfüllen. Die Ereignisse hatten ihn reifen lassen, schneller, als ihm lieb sein konnte.

»Ein kleiner, ungeschickter Japaner, sagte mein Freund, habe das Malheur angerichtet!« Jan machte eine Pause. »Warum wohl haben Sie dieses auffällige Missgeschick provoziert, Herr Yakanabe? Ich bin sicher, die Kommissare werden eins und eins zusammenzählen und Ihnen den Mord an meinem Vater nachweisen.«

»Was weißt denn du! Ich war den ganzen Abend über bei Di Santo. Wie hätte ich deinen Vater töten sollen? Untersteh dich, mich zu beschuldigen.« Yakanabe stieß den Stuhl zurück, der krachend auf den Boden fiel, und stützte sich auf der Tischplatte ab. Das Möbel zwischen sich, maßen sich Moto und Jan mit wütenden Blicken.

»Fahren Sie nicht ein kleines, rotes Auto, Herr Yakanabe?«, fragte Jan und es war herauszuhören, dass er ungeduldig wurde. »Commissario Fontanaro hat mir das Foto gezeigt. Morgens um drei Uhr stand der Wagen in der Nähe des Campingbus' von Nikita Projevkow.«

»Ich habe es doch gleich gewusst, dass du mir die Pistole untergeschoben hast. Gleich nach der Tat wolltest du die Waffe loswerden. Und dazu hast du dir ausgerechnet mich ausgesucht? Bist du von allen guten Geistern verlassen?«

»Habt ihr die Leute in der *Villa Sole* keiner Leibesvisitation unterzogen? Konnte Moto ungeniert das Haus mit der Tatwaffe verlassen? Sag mir, dass das nicht wahr ist, Toni!« Georgs Stimme war lauter geworden. Aufgebracht musterte er den Freund, der unverwandt durch das Floatglas schaute und einfach so tat, als hätte er nichts gehört.

Projevkow löste sich langsam von der Wand und kam dem Tisch bedrohlich näher. Doch Moto hatte nur Augen für den jungen Mauerbach, der weitersprach, den Einwurf des Tenors nicht beachtete.

»Als ich mit meiner Mutter von der *Villa Sole* auf unseren *motorini* in jener Nacht wegfuhr, hätte mich fast ein roter Clio über den Haufen gefahren, als ich in die *Gardisana* rechts einbiegen wollte. Kurz nach dem Unfall des Kellners müssen Sie unbemerkt den Empfang verlassen haben, mit genau einem Ziel, nämlich meinen Vater ...«

Mit einer raschen Bewegung packte Moto Yakanabe die Tischkante, stürzte das Möbel donnernd um, dass Jan nur mit einem beherzten Satz zur Seite seine Füße retten konnte, bevor die Kante auf seine Zehen knallte. Mit einem flinken Sprung über den umgekippten Tisch kam der Japaner Jan ganz nahe. Er schnappte sich einen der umgestürzten Stühle und zertrümmerte ihn mit einem heftigen Schlag auf die Tischkante. Mit einem Stuhlbein in der Hand ging Moto auf Jan los. »Was bist du nur für ein verdammter Lügner!« Er holte weit aus und schlug mit voller Wucht auf die Schulter des jungen Mannes ein. Sein Schmerzensschrei ging Georg durch Mark und Bein. Endlich öffnete sich die Tür und drei Polizisten stürzten herein, um Moto Yakanabe zu überwältigen, der sich weiter mit dem Stuhlbein zu wehren verstand. Er verletzte einen Polizisten an der Stirn, dass ihm das Blut in ein Auge rann. Fausto und Enrico stürmten in den Vernehmungsraum und konnten schließlich den Angreifer festnehmen und abführen.

Georg und Antonio sahen sich an.

»Experiment geglückt. Gratuliere.« Grußlos ließ Georg seinen Freund zurück.

38

Samstag, 22.06.2013

Verona, 20.00 Uhr

Der Himmel über der *Arena di Verona* färbte sich saphirblau an diesem lauen Sommerabend. Das Licht der untergehenden Sonne färbte die Ränder der weißen Streifenwolken zart rosa. Ein warmer Wind strich um das antike Gebäude, brachte die Fahnen, die rund um die *Arena* das Programm des *Centenario* verkündeten, sachte ins Schwingen. Aus dem Gebäude selbst drangen modrig dumpfer Geruch und feuchte Kühle. Georg stand einige Meter abseits vom Haupteingang, an einen der Steinpoller gelehnt, und beobachtete die Zuschauer, die in fröhlichem Geplauder und Gelächter an ihm vorbeischritten, die Herren in Jacketts und Anzügen, die Damen in Cocktail- und Abendkleidern. Zu dieser vorgerückten Stunde, die Pforten für die *Seconda Gradinata* waren schon seit geraumer Zeit geöffnet, nahm der Strom des Parkettpublikums zu. Er war unglaublich nervös, schaute abwechselnd auf seine Uhr, deren Zeiger sich im Schneckentempo vorwärts bewegten, und über die Köpfe hinweg, ob er nicht Stefania schon irgendwo dazwischen entdeckte.

Sie hatte sich über seine Einladung zu einem Opernabend in der *Arena* mehr als nur gefreut. Sie war begeistert gewesen und hatte mit leuchtenden Augen gemeint: »Da muss ein bayerischer Commissario kommen und mich einladen, damit ich die *Arena* auch einmal von innen sehe.«

Georg hatte es kaum glauben wollen, dass seine Idee, die seiner Ansicht nach nicht gerade von Einfallsreichtum zeugte, so gut ankam. Nun war er neugierig, wie gut sich der italienische Tenor in der *Aida* an diesem Abend schlagen würde. Sie hatten Nikita Projevkow am Abend zuvor auf freien Fuß gesetzt. Ihm war nichts nachzuweisen gewesen. Doch die *Agenzia* war nach all dem Aufruhr und den Zeitungsmeldungen nicht bereit, diesen vom Skandal gebeutelten Tenor auftreten zu lassen.

Di Santo war mit unbekanntem Ziel verreist. Informierte Kreise vermuteten, dass er Urlaub bei seiner Frau auf den Bahamas machte. Seine Verstrickung in die unsauberen Methoden der Opernvergabe, die damit verbundenen Wahlspenden durch einen deutschen Immobilienmakler und nicht zuletzt die enge Verbindung zum Mörder des beliebten italienischen Tenors Raimondo Varese hatten ihn wohl bewogen, erst einmal zu verschwinden und Gras über die Sache wachsen zu lassen.

Georg fühlte die Vibration seines Handys in der Hosentasche. Stefania würde doch nicht im letzten Moment absagen? Auf dem Display las er ›Barbara‹. Sofort beschleunigte sich sein Puls. Weshalb sollte ihn seine Schwester anrufen? Doch nur, wenn mit der Mama etwas nicht stimmte. Sollte ihm dieser Abend mit Stefania nicht vergönnt sein?

»Ja, was gibt's?«

»Entschuldige, Schorsch, aber die Mama will selbst mit dir reden!«

»Ist was passiert?«

»Ja woher! Sensationslustig ist sie, die Mama, kaum zu glauben in ihrem Alter.« Barbara lachte. »Geht's dir gut? Habt ihr den Täter schon gefasst? Du kommst aber schon heim morgen Abend, oder?«

Immer die gleichen Standardfragen, dachte Georg erleichtert. »Freilich! Mach dir keine Sorgen. Morgen Abend bin ich wieder da!«

Dass er seit zwei Tagen mehr durch die Gassen von Verona gestreift, so manches Schuhgeschäft um einige Paare erleichtert, bei einigen Winzern vorstellig geworden war und den großen Kofferraum des Dienstfahrzeugs mit Weinkisten bestückt hatte, anstatt hinter einem Mörder her zu rasen, musste die liebe Schwester ja nicht wissen. Im Weingut von Stefania hatte er richtig zugeschlagen, das musste er zugeben. Da würde er an so manchem einsamen Abend in Chieming zumindest Gaumenfreuden erleben, wenn die begehrte Frau schon viele Kilometer entfernt wohnte. Doch all diese Gedanken wollte er jetzt nicht zulassen.

»Was gibt's denn so Wichtiges, Mama?«

»Hörst du keine Nachrichten in Italien? Bei uns regnet es immer noch. Die ganze Ernte ist im Eimer.«

Das hatte er natürlich auch mitbekommen. Doch bei der Wetterlage war das nicht verwunderlich und keine Neuigkeit, die Katharina Breitwieser veranlasste, am Samstagabend gegen zwanzig Uhr den Sohn anzurufen. Da steckte schon etwas anderes dahinter.

»Aha, hat die Barbara Probleme mit dem Mais?«, fragte er pflichtschuldig nach.

»Die Barbara doch net! So ein Krampf. Ihre Kühe stehen trocken im Stall, denen ist der Regen egal. Und die Wiesen erholen sich schon wieder.«

Georg übte sich in Geduld. Die Mutter war manchmal eine Meisterin der dramatischen Spannung.

»Die Rita Holzinger hat es erwischt.«

Georg wurde hellhörig. Was sollte das heißen? Ein weiterer Todesfall? Das konnte er nicht gebrauchen. Seit gestern war endlich und endgültig klar, wer für den Mord an Varese verantwortlich war. Er hatte keine Lust, dieses Fass erneut aufzumachen.

»Was willst du damit sagen, Mama?«

»Ihr schönes Landhaus mit all den wertvollen Möbeln und blühenden Geranien auf dem Balkon ist gestern in den Chiemsee abgerutscht!« Georg sah das verschmitzte Lächeln seiner Mutter geradezu vor sich. »Es gab kein Halten mehr, sagt die Maria. Sogar den schweren Land Rover musste die Feuerwehr aus dem Wasser ziehen. Ist Dorfgespräch. Kannst dir ja denken.«

Georg war sprachlos. Die Familie Holzinger hatte jetzt nichts mehr zu lachen.

»Warum sagst denn nix? Es gibt doch noch eine Gerechtigkeit auf der Welt. Der Herrgott schlagt schon drein, wenn's nötig ist. Das wollte ich dir nur sagen! Komm gut heim morgen und fahr vorsichtig.« Dann war die Leitung tot.

Georg schob gedankenverloren das Handy zurück in die Seitentasche der Leinenhose. Seine Mutter hatte eine besondere Form von Aberglauben, denn eine Kirche hatte sie seit dem Tod des Vaters nicht mehr von innen gesehen. Damals hatte der Herrgott alles falsch gemacht, den Vater viel zu früh zu sich geholt.

»Hast du einen weiteren Mordfall?« Stefania stand unvermittelt vor ihm und schaute ihm prüfend ins Gesicht.

Statt einer Antwort nahm er sie fest in die Arme und küsste sie. Eine große Leichtigkeit erfüllte Georg, wie er sie schon lange nicht mehr erlebt hatte. Wenn er ehrlich war, kannte er ein solches Gefühl rund ums Herz gar nicht richtig. Es fühlte sich großartig an und er wollte es weder hinterfragen noch darüber nachdenken. Dieser Abend gehörte ihm und Stefania.

»Nein, kein weiterer Mordfall, keine Sorge. Das Handy ist ausgeschaltet. Ich bin für die nächsten Stunden nicht erreichbar, sie gehören allein dir und der hoffentlich grandiosen Musik dort drinnen.«

Sie nahmen sich an den Händen, betraten das dunkle Gemäuer der *Arena*, stiegen viele breite Stufen nach oben und kamen schließlich bei ihren Plätzen an.

»*È splendido!*«, rief Stefania aus. »Es ist wunderbar. So groß habe ich mir das Innere der *Arena* gar nicht vorgestellt. So viele Menschen und dann noch eine riesige Bühne mit Aufbauten, die man selbst aus dieser Entfernung noch gut erkennen kann.« Sie konnte sich gar nicht beruhigen.

»Was hast du denn da dabei?«, fragte Georg und deutete auf einen Picknickkorb, den er erst jetzt entdeckte. »Entschuldige! Ich hatte nur Augen für dich und dein wunderschönes Kleid und dabei nicht bemerkt, dass du einen schweren Korb trägst.«

»Jaja, immer diese Ausreden!« Sie kicherte und zog dabei die Nase kraus. Dann öffnete sie die Klappe des Korbs, und eine Flasche Prosecco, zwei Gläser, eine Salami, ein Glas Oliven und eine *ciabatta* kamen zum Vorschein. »Der Abend wird lang, habe ich mir sagen lassen.«

»Ich habe einen Tisch auf der *Piazza Brà* für zwei Uhr morgens bestellt. Da musst du dann schon noch ein wenig Hunger mitbringen.«

»Keine Sorge, mein Lieber. Mein Hunger wird dich eine Kleinigkeit kosten.« Sie klappte den Deckel wieder zu. »Kurz vor der Ouvertüre öffne ich den Prosecco. Zuvor aber bin ich neugierig. Du hast mir die Geschichte mit Jan und eurem Experiment am Telefon ja kurz erzählt. Dem Jungen geht es gut?«

Georg nickte. »Ja, er wird einen großen blauen Fleck bekommen, aber das ist auch alles.«

»Hast du dich mit Tonio ausgesprochen? Marissa war sehr besorgt, dass eure Freundschaft Schaden genommen hat.«

Widerwillig musste Georg lächeln. Den Frauen blieb doch nichts verborgen. Er wusste schon, weshalb er bisher lieber allein gelebt hatte. Doch trotz der Neugierde Stefanias, die ihn bei jeder anderen genervt hätte, fragte er sich, ob er sein Lebensmodell überdenken sollte. Er war sich sehr bewusst, dass die Winzerin dabei war, sein Dasein völlig auf den Kopf zu stellen.

»Antonio hat mich gleich noch am Mittwochnachmittag ins *GranCaffè Excelsior* auf der *Piazza Brà* eingeladen.«

»Da hatte einer aber ein extrem schlechtes Gewissen.« Stefania amüsierte sich.

»Es war ihm zwei Gläser Champagner wert. Er wusste natürlich, dass sein Vorgehen in mehrfacher Hinsicht gefährlich gewesen war, wenn ihm letztendlich auch der Erfolg recht gab. Und er war sehr besorgt, unsere Freundschaft könnte einen Riss bekommen haben. Aber ich bin nicht nachtragend!«

»Das merke ich mir!«

Antonio hatte sich bei Georg in aller Form entschuldigt. Und Antonio hatte einen gewichtigen Grund für sein Vorgehen gehabt und dieser hieß Vincenzo Mauro. Die offensichtlichen Verstrickungen des Staatsanwalts mit dem Bürgermeister und den anderen Herren der Justiz, wie sie auf dem Empfang deutlich geworden waren, hatten ein rasches Handeln nötig gemacht. Antonio hatte befürchtet, dass Mauro gezielt Befragungen untersagte, weil er Sorge gehabt hatte, sein Name könnte in Verbindung mit einem Tötungsdelikt genannt werden. Es war ja bis zum Schluss nicht klar, wer hinter dem Tod von Varese steckte.

»Ihr habt den Mörder? Der Fall ist wirklich abgeschlossen?«, freute sich Stefania.

»Ja, ist er!« Georg überlegte, wie er ihr kurz und bündig das Ergebnis ihrer Vernehmungen mitteilen konnte, die ihn und Antonio noch den ganzen Donnerstag und Freitag beschäftigt hatten. Es war Kleinkram gewesen, letzte Puzzlesteinchen, die noch fehlten, um zweifelsfrei festzustellen, dass Moto Yakanabe Raimondo Varese auf dem Grundstück der Holzingers erschossen hatte. Und dann entschied sich Georg doch, Stefania ausführlicher von den Vernehmungen der letzten beiden Tage zu erzählen.

Jans Aussagen und Antonios Beobachtungen in der Mordnacht in Garda und Bardolino ergaben langsam aber sicher ein konkretes Bild. Georg war Zeuge gewesen, als Enrico und Antonio den Japaner regelrecht in die Mangel nahmen. Schließlich knickte Moto ein und gab zu, dass er in den Campingwagen von Schrewe eingebrochen war, als dieser vom Mord an Matthias Holzinger in die

Kanuschule zurückgekommen war und sich zum Duschen in die Sanitäranlagen des Campingplatzes zurückzog. Moto schilderte, wie Schrewe, die Ruhe in Person, sorgfältig seinen Campingwagen absperrte und mit Waschzeug und frischer Badehose in Richtung Duschräume verschwand. Er selbst hatte sich hinter dem riesigen American Coach versteckt und konnte den Wolfinger heimlich beobachten. Er hatte zuvor nur geahnt, dass der Kanute, der über den Steg der *Villa Sole* lief und in ein bereitliegendes Kanu sprang, nach Bardolino zu dieser Kanuschule zurückkehren würde.

Moto berichtete, wie er sich unverzüglich, kurz nach halb drei Uhr nachmittags am Sonntag, ins Auto gesetzt habe und zum Campingplatz gerast sei. Dort sah er dann tatsächlich den Mann im Neoprenanzug aus dem Kanu steigen und in seinem Camper verschwinden. Mit Schrewe hatte er nie ein Wort gewechselt. Allein die Tatsache, dass der Mann über eine Waffe verfügte, hatte ihn interessiert und er hatte gehofft, der Kanute würde die Waffe behalten. Sonst hätte er die Pistole gar nicht mehr mit ins Kanu genommen, sondern gleich in den See geworfen. Dabei hatte Yakanabe zu diesem Zeitpunkt noch keinen konkreten Plan. Das zumindest behauptete er. Er fand es ideal, sich eine Waffe beschaffen zu können, mit der ein anderer schon zugeschlagen hatte. Das senkte die Gefahr, selbst als Mörder erkannt zu werden, seiner Meinung nach enorm. Noch dazu, wenn er die Pistole einem anderen unterschob.

»Aber es war doch ausgesprochen dumm, ausgerechnet Projevkow, von dem Yakanabe sich Unterstützung in Moskau erwartete, die Waffe unterzuschieben?«, fragte Stefania, die ihm jedes Wort von den Lippen abzulesen schien. Er legte den Arm um ihre Schulter und zog sie an sich. »Du bist eine aufmerksame Zuhörerin! Aber du behältst das alles, was ich dir jetzt erzähle, schön für dich?«

»Hältst du mich für ein Klatschmaul?«, fragte sie scheinbar entrüstet.

»Marissa wird dich löchern!«

»Natürlich. Und was du mir nicht erzählst, erfahre ich dann hoffentlich von ihr.« Dann lachte sie über Georgs finstere Miene. »Du glaubst aber auch alles, was man dir erzählt, oder? Kein Wunder, dass dich die Mörder um den Finger wickeln!«

»Sei nicht so frech!«

»Und du lenk nicht ab.« Unversehens hatte sie ihn auf den Mund geküsst. »Bitte, wieso hat Moto seinem Tenor ein solches Ei gelegt?«

»Es rächte sich, dass Moto mehr oder weniger spontan handeln musste. Er wusste, dass er die Waffe sehr rasch wieder dorthin zurückbringen musste, wo er sie herhatte, auf den Campingplatz. Und nachdem Antonio mit Enrico, Mauro und einigen Kollegen der *Polizia* verschwunden und die Kriminaltechniker in die Zimmer der Gäste ausgeschwärmt waren, hatte er still und leise die Villa verlassen, seinen kleinen Wagen bestiegen und war zum Campingplatz gefahren. Dort traf er zu seiner Überraschung erneut auf Antonio und Mauro. Trotz der Gefahr, entdeckt zu werden, beschloss er zu bleiben. Abseits, hinter dickem Buschwerk, parkte er den Clio, schlich sich aus dem Wagen und versteckte sich. Dabei behielt er den American Coach, den Campingwagen von Schrewe und den Campingbus von Projevkow im Auge. Und die Zeit verging. Antonio befragte zusammen mit Mauro Annegret von Mauerbach. Enrico ging mit Schrewe in dessen Camper. Später ging auch Antonio dorthin, Mauro fuhr mit dem Dienst-Alfa von Antonio weg, aber ein weiterer Wagen der *Polizia di Stato* blieb. Für Moto verrann die Zeit. Schließlich konnte er von Glück sagen, dass bis vier Uhr morgens Nikita nicht auftauchte. Sein Campingbus, den er nie absperrte, weil das Schloss marode war, blieb als letzte Chance, die Waffe loszuwerden. Schrewe und Annegret von Mauerbach wurden bis zum Morgen von Polizisten bewacht. Er konnte nur hoffen, dass weder Nikita noch sie auf die Idee kamen, den Campingbus des Russen zu durchsuchen. Als es dann doch passierte, glaubte Moto, er könne wenigstens die eigene Haut retten, wenn das Projekt *Ring* in Moskau ohne Projevkow auch schon gestorben war.«

»Aber sein rüdes Verhalten machte ihn doch überaus verdächtig?«

»Sowieso! Die kaputten Möbel, die seinen Fluchtweg säumten, sprachen Bände. Moto Yakanabe lebte in der irrigen Annahme, das Vertragsrecht auf seiner Seite zu haben. Er sah absolut rot, als ihm klar wurde, dass Di Santo nicht Wort halten und die *Aida* absetzen würde. Er beglückwünschte sich zu seiner Weitsicht, eine Waffe besorgt zu haben. Wenn es keine *Aida* gab, brauchte er auch seinen Agenten nicht mehr und lenkte alle Schuld auf ihn, bezichtigte ihn des Brudermordes. Ihm war jedes Mittel recht, von sich und seinem perfiden Plan abzulenken. Seine Idee, Schrewe mit der Mordtat an Matteo zu erpressen, schlug fehl, weil der Kanute es vorzog, im Gardasee zu sterben.«

Die Musiker traten auf die Bühne, gefolgt von einem Dirigenten in schwarzem Frack und silbergrauer Hose.

»Jetzt wird es aber höchste Zeit!« Stefania fischte die Prosecco-Flasche aus dem Picknickkorb und ließ den Korken knallen. Zahlreiche Köpfe weiter oben, auf den Stufen der *Seconda Gradinata*, wurden deutsche Unmutslaute hörbar. Die Ouvertüre zu stören, ging nun gar nicht. Stefania schenkte ein und gemeinsam prosteten sie nach oben!

»*Salute*, Giorgio. Auf einen wundervollen Abend.« Das Lächeln, das sie ihm schenkte, ließ ihn schmelzen. Seine Lippen fanden die ihren zu einem langen Kuss. Die Klänge des Orchesters wehten über die Ränge und erzählten von einer gemeinsamen Nacht unter Sternen, von Verheißungen jenseits der *Arena* und der *Piazza Brà* in den Hügeln des *Soave*, in einem Schlafzimmer inmitten eines herrlichen Weinguts.

Er sollte sich keine Verbrechen wünschen, doch in diesem Moment hoffte Georg gegen alle Vernunft und mit jeder Faser seines Herzens, dass Antonio sehr bald wieder in Traunstein anrufen und sagen würde: »*Ciao*, alter Schwede, wir haben einen neuen Fall!«

Obwohl das genau genommen sein Text war.

edition tingeltangel

Mehr Spannung aus unserem Programm:

In einem Kurzkrimi schickt *Marta Donato* ihren Kommissar Georg Breitwieser in die Chiemgauer Alpen.

Mordsgipfel – Krimis aus den bayerischen Bergen von Marta Donato, Wolfgang Schweiger, Nicole Eick, Bettina Brömme, Markus Richter, Arno Wilhelm, Manuela Obermeier, Harry Kämmerer, Friederike Schmöe, Heidi Rehn u.a.

»*Auf die Gefahr hin, in ein falsches Licht zu geraten: So macht Morden Spaß.*« (Allgäuer Zeitung)

Wolfgang Schweiger:
Die Vergangenheit kennt kein Ende – Kriminalroman

Mai 1956, Chiemgau: Brandgeruch hängt über einem armseligen Bauernhof. Bauer und Bäuerin sind tot, wurden brutal ermordet. Ein Raubüberfall scheidet aus, da ist sich Kommissar Manfred Mehringer sicher. Dennoch nehmen seine Kollegen umherziehende »Zigeuner« fest. In Frankfurt stößt währenddessen der Journalist Holger Seiffert auf die Spur eines ehemaligen SS-Offiziers und Kriegsverbrechers, der im Schatten der Chiemgauer Berge untergetaucht sein soll.

Nicole Eick: Wenn der Engel kommt
Kriminalroman

Übler Geruch dringt aus der Wohnung der alten Frau im zwölften Stock eines Hochhauses. Als das Nachbarsmädchen Alarm schlägt, wird die vereinsamte Seniorin tot aufgefunden. Alle gehen davon aus, dass sie eines natürlichen Todes gestorben ist – bis drei weitere Menschen ein ähnliches Schicksal erleiden. Plötzlich geraten gleich zwei Pflegedienste ins Visier der Polizei.

»*Geht unter die Haut.*« (Neue Presse Coburg)

Bettina Brömme: Des Glückes dunkle Seele
Thriller

Neun Jahre in Haft. Unschuldig! Als sie entlassen wird, wartet der wahre Täter schon auf sie.

»*Ein mitreißender Thriller um Liebe, Familie, Eltern-Kind-Beziehungen, über Verantwortung und Schuld. Immer wieder wechseln die Erzählebenen von Gegenwart zu Vergangenheit, was dem Thriller eine zusätzliche Spannung verleiht.*«
(ekz Bibliotheksdienste)

Markus Richter: Königsherz
Neuschwanstein-Thriller

1886: »Ludwig II. ist abgesetzt«, verkündet die Delegation aus München. Ein Bote soll schnell noch brisante Tagebücher in Sicherheit bringen. Doch der Auftrag bringt Verderben. Markus Richter schildert das Ende König Ludwigs so intensiv wie niemand zuvor.

Wie Ludwig II. »zu Tode kam, dafür liefert das Buch eine durchaus denkbare Version« (BR)

Arno Wilhelm: Todsicher verschlüsselt
Krimi

Annalena löst Probleme für die Unterwelt – bis sie selbst eines hat: vier Leichen in Berchtesgaden. Eine ist ihr Bruder, ein IT-Spezialist. Sie muss ermitteln – in Konkurrenz zu einer nach Bayern strafversetzten Kommissarin. Geht es um Cyber-Crime?

»*Flüssige Unterhaltung mit Action, Augenzwinkern und einer Reihe von ordentlich durchstrukturierten Figuren.*« (ekz Bibliotheksdienste)